작가론총서 18

루 쉰

전형준 엮음

1997

작가론총서 18
루쉰

펴낸날/ 1997년 8월 29일

엮은이/ 전형준
펴낸이/ 김병익
펴낸곳/ ㈜**문학과지성사**
등록번호/ 제10-918호(1993.12.16)

서울 마포구 서교동 363-12호 무원빌딩(121-210)
편집 : 338)7224~5 · 7266~7 FAX 323)4180
영업 : 338)7222~3 · 7245 FAX 338)7221

ⓒ 전형준, 1997. Printed in Seoul, Korea
ISBN 89-320-0941-4

값 8,000원

작가론총서 18

루 쉰

Lu Xun

책머리에

──동아시아 문학의 거울로서의 루쉰

　중국 바깥에 가장 널리 알려진 현대 중국 작가는, 중국 내에서도 20세기 내내 중국 문학의 강력한 중심으로 작용해온 루쉰(魯迅)이다. 소련의 작가 고리끼가 「아Q정전(阿Q正傳)」의 러시아어 역본을 읽고 눈물을 흘렸다는 유명한 일화도 있거니와 루쉰 소설은 일찍부터 여러 외국어로 번역되어 많은 외국 독자들에게 감동을 주었다.

　그러나 중국 바깥에서 루쉰에 대해 가장 큰 관심을 보인 곳은 일본이었다. 일본에서는 1927년 10월 『대조화(大調和)』 잡지에 단편소설 「고향」의 일역이 역자의 서명 없이 발표되면서부터 일본인에 의한 루쉰 소설 번역이 시작되었는데, 루쉰의 일역은 30년대 들어 급격히 활발해졌고, 그 활발한 번역은 금세 각종 단행본·선집·문집, 그리고 마침내는 전집의 출판으로 이어졌다. 루쉰에 대한 연구 또한 놀라울 만큼 활발히 진행되었다. 이 관심은 일본 내부의 진보적 사상 운동 속에서 형성된 것이었다. 특히 전후의 일본에서 진보적 지식인들이 새로운 자기 정립을 위해 고투를 벌이는 데에 루쉰 해석은 대단히 중요한 작용을 하였다. 일본의 루쉰 연구는 지금도 기본적으로 같은 맥락 속에서 이루어지고 있다.

　우리나라에서도 루쉰은 일찍부터 관심을 끌었다. 최근 김시준 교수의 실증 작업에 의해 밝혀진 바로는 「광인 일기(狂人日記)」가 한국인인 유수인(柳樹人)에 의해 번역된 때가 이미 1925년이었고 그 번역이 1927년 8월 『개벽』 잡지에 발표되었으니 오히려 일본보다 빨랐다. 그 빠름에 비하면 그 이후의 번역 작업은 그다지 활발하게 이루어졌다고 하기 어려우나, 대신 우리나라에서는 많은 사람들이 직접 중국어 원본이나 일역본을 통해 루쉰을 읽었고, 루쉰에게서 문학적 영향을 받은 경우도 적지 않았다. 가령 한설야는 1956년에 쓴 「로신과 조선 문학」이라는 글에서 1930년대 후반에 쓴 자신의 단편소설 「모색」 「파도」 등이 루쉰의 「광인 일기」 「쿵이지(孔乙己)」에서 적지 않은 암시를 받은 것이라고 스스로 밝히고 있다. 그러나 냉전 체제의 성립과 함께 양상은 달라진다. 북한에서는 루쉰에 대한 관심이 한층 커져서 외국 문학을 이야기할 때면 고리끼와 루쉰을 나란히 들 정도가 되었는 데 반해, 남한에서는 루쉰에 대한 관심이 거의 단절되어버린 것이다. 그 관심은 1960년대 중반부터 다시 나타나기 시작하였고 1980년대에 들면서 급격히 커져서 루쉰의 소설 전부가 번역되고 일부 산문들도 번역되었으며 루쉰 연구도 대단히 활발해졌다. 여기서 주목되는 것은 루쉰에 대한 관심이 단순히 외국 작가에 대한 관심에 그치지 않고 한국 문학과의 깊은 내적 연계 속에서 형성되고 있다는 점이다.

한국과 일본에서 루쉰이 이처럼 큰 관심의 대상이 되고 있는 데에서 우리는 짙은 암시를 받게 된다. 그것은 루쉰이 단지 중국적인 인물이라기보다는 동아시아적 인물이 아닌가 하는 것이다. 중국의 근대 속에서 탄생한 루쉰의 문학적 생애는 한국의 근대와 일본의 근대를 비춰주는 하나의 거울인 듯하다. 중국의 특수성만을 지닌 거울이 아니라 동아시아적 보편성에 가 닿는 그러한 거울 말이다. 그렇기 때문에 루쉰을 올바르게 읽는 일은 대단히 중요한 일이 된다. 중국의 루쉰 읽기와 일본의 루쉰 읽기가 서로 다른바, 그것들과는 구별되는 우리 나름의 루쉰 읽기가 정당하게 이루어져야 하는 것이다.

이 책을 엮는 것은 우리 나름의 정당한 루쉰 읽기를 위한 전초 작업이라는 의미에서이다. 이 책에 수록된 글들은 중국과 일본, 그리고 미국에서 나온 대표적인 루쉰론들이다. 취츄바이(瞿秋白)의 글은 중국에서 1970년대까지 40년 이상이나 독존해온 지배적 루쉰관의 효시이고, 다께우찌 요시미(竹內好)와 마루야마 노보루(丸山昇)의 두 개의 글은 원래 독립된 글이 아니고 그들의 저서 중에서 발췌한 것인데 전후 일본의 진보적 사상이 루쉰과 관련을 맺은 방식, 그리고 루쉰을 바라본 시각을 잘 보여준다. 왕후이(汪暉)와 첸리췬(錢理群)의 두 개의 글은 80년대 중반 이후 중국의 새로운 사상적 동향 속에서 새로운 루쉰관이 어떻게 형성되고 있는가를 잘 보여준다. 왕푸런(王富仁)의 글은 그러한 루쉰관에 입각하여 「광인 일기」를 자세히 읽어내고 있는데, 루쉰관의 변화가 실제 작품 읽기에 어떻게 반영되고 있는지를 엿볼 수 있다. 마지막으로 마턴 앤더슨의 글은 루쉰의 마지막 소설집 『새로 엮은 옛이야기(故事新編)』를 해학적 영감이라는 개념으로 해석하고 있는 재미있는 글로서 미국 학계의 루쉰론의 특성과 그 장점 및 단점을 잘 보여준다.

제1부에 편자의 글을 총론으로 실은 것은 외국의 루쉰론들을 객관화하기 위한 우리 나름의 시각을 결코 충분치는 않지만 최소한이나마 제시해야겠다는 의도에서이다. 사실상 우리 학계의 루쉰 연구의 성과 또한 이미 만만치 않은 정도에 이르렀다. 그 성과를 거두어 엮은 책으로는 한국중국현대문학학회 편의 『루쉰의 문학과 사상』(백산서당, 1996)이 있다. 두 책을 함께 읽고 그 읽기를 기반으로 우리 나름의 정당한 루쉰 읽기의 지평을 향해 나아가는

것은 독자 여러분의 몫이다.

  귀중한 글의 수록을 허락해주신 필자들께, 그리고 번거로운 번역 작업을 기꺼이 맡아주신 역자들께 깊이 감사드린다.

1997년 7월

전 형 준

루쉰

차례

제1부 총론

소설가로서의 루쉰과 그의 소설 세계

전 형 준

1. 소설가로서의 루쉰

루쉰은 20세기 내내 중국 문학의 강력한 중심으로 작용해왔다. 생전의 루쉰 역시 동시대의 중국 문학에 대해 커다란 기여를 했고 많은 영향을 미쳤지만, 그러나 그가 중국 문학의 강력한 중심이 되는 것은 역시 사후의 일로서 1940년에 마오쩌둥(毛澤東)이 그를 "중국 문화 혁명의 주장(主將)"이라 부르며 "그는 단지 위대한 문학인일 뿐 아니라, 또한 위대한 사상가이자 혁명가였다"[1]라고 규정한 데서 시작되었다. 이로부터 루쉰은 문학가—사상가—혁명가의 모순 없는 통일로 파악되기 시작했고 마오쩌둥주의의 문학적 상징이 되었다. 그러나 그러한 루쉰 규정은 루쉰 자신과 부합되기보다는 오히려 루쉰 자신을 일정하게 왜곡했다. 특히 루쉰의 소설과 초기 산문은 그러한 루쉰 규정과 현저히 어긋났으므로 그것들은 그 규정에 맞도록 견강부회되거나 진정한 루쉰에 미달하

---

1) 毛澤東, 「新民主主義論」.

는 과도기적인 것으로 치부되었다. 중국에서 이러한 현상은 1980년대초까지 계속되었다.

이러한 마오쩌둥주의적 루쉰 규정을 벗어난, 존중할 만한 새로운 루쉰 상(像)의 정립은 일본에서 먼저 시도되었다. 그 처음은 다께우찌 요시미(竹內好)이다. 그는 이미 1944년에 루쉰의 주된 측면을 문학자로 파악하고 사상가·계몽자를 부차적인 것으로 간주하는 견해를 제출했다. 그에 따르면 "문학자 루쉰이 계몽자 루쉰을 무한으로 생겨나게 한 궁극의 장소"[2]인 것이며 그의 목표는 "사상가로서의 루쉰이 아니라, 문학자로서의 루쉰"[3]이다. 그가 보기에 사상가로서의 루쉰은 "하나의 모순"이고 "하나의 혼돈"[4]일 뿐이다. 다음은 마루야마 노보루(丸山昇)이다. 마루야마는 다께우찌의 루쉰을 한번 뒤집었다. 그에게 중요한 것은 혁명인 루쉰이다. 그는 "'혁명을 궁극의 과제로 삼고 살아간 루쉰이 문학가 루쉰을 낳은 무한의 운동'을 찾아가는 일이 나의 입장"[5]이라고 언명했다. 마루야마의 견해는 어느 면에서 마오쩌둥의 그것과 상통하기도 하지만 혁명인을 일원적 구심점으로 삼으면서 그것을 문학에 있어서의 내재적인 문제로 파악한다는 점에서 독자적이라 할 수 있다. 필자의 경우에는 1984년에 루쉰을 전략과 진실 사이의 갈등으로 파악하는 소박한 견해를 제출한 바 있다.[6] 산문가―사상가―혁명가로서의 루쉰을 전략이라는 개념으로, 소설가로서의 루쉰을 진실이라는 개념으로 파악하고 1920년대말부터의 루쉰을 양자 사이의 갈등을 더 이상 지탱하지 못하고 전략 쪽으로 편

---

2) 竹內好, 『魯迅』, 日本評論社, 1944, p. 187.
3) 앞의 책, p. 4.
4) 앞의 책, p. 10.
5) 丸山昇, 『魯迅』, 平凡社, 昭和 46年, p. 109.
6) 졸고, 「魯迅, 혹은 전략과 진실 사이」, 『문예중앙』, 1984년 겨울호: 졸저 『현대 중국 문학의 이해』(문학과지성사, 1996)에 재수록.

향되어버린 것으로 본 것이다.

중국인들 자신에 의해 비(非)마오쩌둥주의적 루쉰 상의 정립이 시도되기 시작한 것은 1980년대 중반에 들어서의 일이다. 먼저 재미 학자인 리어우판(李歐凡)이 사상가 루쉰을 부정하는 견해를 제출했다. 그가 보기에 루쉰은 "고도로 사상화된 작가"[7]이지 사상가가 아니다. 그는 사상가로서의 루쉰을 내재적 모순으로 보는데 이 점은 다께우찌와 상통한다. 그 다음에 비로소 왕푸런(王富仁), 쳰리췬(錢理群), 왕후이(汪暉), 왕샤오밍(王曉明) 등 중국 학자들의 시도가 뒤따른다. 그들은 루쉰의 탈신격화를 꾀하며 루쉰을 무엇보다도 먼저 하나의 인간으로 보는 데서 자신들의 루쉰 상을 정립하고자 한다. 그리하여 "먼저 루쉰이 있는 그 자리로 돌아가자"(왕푸런)라는 주장이 제출되고 루쉰의 내적 모순과 갈등에 조명이 가해지고 있다. 그들은 대체로 사상가 루쉰(그리고 계몽자 루쉰)의 측면에 관심을 집중하면서 그 측면에서 나타나는 모순에 주목하고 있다. 종래대로 루쉰을 문학가—사상가—혁명가의 통일이라고 한다면 그 통일은 모순과 갈등으로 충만한 통일이며, 문학가·사상가·혁명가 각각의 개별적 측면 내부에도 모순과 갈등이 충만한 것인데, 이에 대한 올바른 인식이 시작된 것이다.[8]

1980년대 중반 이후의 이러한 흐름은 종래에 비하면 커다란 변화라고 아니할 수 없다. 그러나 두 가지 점에서는 종래와 변함이 없다고도 할 수 있다. 첫째, 여전히 루쉰을 중국 문학의 살아 있는 중심으로 작동시키고 있다는 점이다. 새로운 루쉰 해석자들의

---

7) Leo Ou-fan Lee, *Voice from the Iron House, A Study of Luxun*, Indiana University Press, 1987, p. 191: 원문의 intellectualized를 '사상화된'으로 옮긴 것은 유중하, 「魯迅과 김수영」, 『중국 현대 문학』 제9호, 중국현대문학학회, 1995, p. 259의 번역에 따른 것이다.

8) 루쉰 상(像)의 변천에 대한 보다 자세한 설명은 유중하, 앞의 책, pp. 253~67을 참조할 것.

루쉰 해석은 단순히 루쉰 해석에 그치지 않고 오늘의 중국 문학에 대한 주장과 성찰을 담고 있다. 루쉰은 여전히 현재적 존재인 것이다. 둘째, 새로운 루쉰 해석은 종래의 루쉰 규정과 마찬가지로 루쉰이라는 사람에게 초점을 맞추고 있다. 루쉰의 소설은 주로 루쉰이라는 사람을 해명하는 자료로 사용되지 그 자체 독립적인 존재로서는 그다지 부각되지 않는다. 리어우판과, 거슬러 올라가서 다께우찌가 문학가 루쉰에 초점을 맞추었지만 그들 역시 루쉰의 소설을 독립적 존재로 중시하지는 않았다. 왕샤오밍의 경우를 예로 들면 계몽자 루쉰에 주목하고 그것이 루쉰 소설에 어떤 영향을 미쳤는가를 검토한다.[9] 우리가 보기에 첫번째 점은 수긍할 수 있다 하더라도 두번째 점은 문제적이다. 루쉰이라는 사람과 루쉰의 소설 사이에는 말할 나위 없이 밀접한 관련이 존재하지만 그러나 양자가 동일한 것은 아니다. 작가와 작품이 동일하기는커녕 현저한 불일치를 보이는 경우를 우리는 세계 문학사 도처에서 발견한다. 그것도 위대한 문학 작품들에서 말이다. 이때 우리에게 중요한 것, 본질적인 것은 작품 자체이지 작가가 아니다. 그러니 루쉰 소설이 루쉰이라는 사람을 해명하기 위한 자료로서만 가치를 갖는 것이 아님은 의심의 여지가 없다. 루쉰이라는 사람이 그 자체로 중요한 그만큼, 혹은 그 이상으로 루쉰 소설은 자체로 중요하다. 루쉰 소설이 갖는 독립적인 가치를 존중할 때 오히려 루쉰이라는 사람이 루쉰 소설을 해명하기 위한 자료가 될 수도 있다. 지금이야말로, 왕푸런의 말투를 빌리면, "먼저 루쉰 소설이 있는 그 자리로 돌아가기"가 요청되는 것이다. 그리하여 '소설가로서의 루쉰'이라는 설정이 필요해진다. 소설가로서의 루쉰은 자연인 루쉰과는 구별되는 추상적 존재이다. 그것은 자연인 루쉰이 쓴 소설

---

9) 王曉明, 『潛流與漩渦』(中國社會科學出版社, 1991)의 제1장과 제2장을 참조할 것.

16

들로부터 발굴되고 구성되는 잠재적 존재이다. 이 글은 그런 의미에서의 소설가로서의 루쉰과 그의 소설 세계를 탐색해보고자 하는 작은 시도이다. 루쉰의 소설은 중편소설 1편과 단편소설 32편이 전부이다.[10] 루쉰의 소설 세계는 그 33편의 작품을 포괄하거나 그것들에 관통되는 어떤 소설성(小說性)으로부터 발굴되고 구성되어야 할 것이다.

2. 자연인 루쉰의 삶

그러나 역시 자연인 루쉰의 삶에 대한 지식이 먼저 필요하다. 이 점을 부인할 수는 없으므로, 우선 간략하게나마 루쉰의 생애에 대해 살펴보기로 하자.

루쉰은 1881년 9월 25일, 중국 남방의 절강성(浙江省) 소흥부(紹興府)에서 태어났다. 전국 시대 월나라 도읍이었던 소흥은 전당강(錢塘江) 남쪽 기슭의 평야 지대에 자리잡은 소도시이다. 루쉰이라는 이름은 필명이고, 본명은 쪼우수런(周樹人)이다. 아명이 짱서우(樟壽)여서 어렸을 때는 아짱(阿樟) 혹은 짱관(樟官)이라는 애칭으로 불렸다. 루쉰의 집안은 당시 소흥에서 명문에 속하는 사대부 집안이었다. 조부는 북경에서 한림원 관리로 있었으며, 부친 역시 수재(秀才)에 급제한 선비였고, 만여 평 가량의 논을 소유하고 있었으며 가산 또한 풍족했다.

그러나 13세 되던 해에 조부가 과거 시험 부정 사건에 연루되어 투옥되는 바람에 루쉰은 소흥 근처 농촌의 외가로 피신을 했다.

---

10) 물론 현대 소설이라는 것을 전제하고 하는 이야기이므로 1911년에 써서 1913년에 발표한 「懷舊」는 제외한다. 「懷舊」는 중국어가 아니라 한문으로 씌어졌으며 현대 소설이 아니다.

혹시 있을지도 모르는 멸문의 화를 피하기 위해서였다. 반년 남짓한 피난 생활을 끝내고 귀가한 뒤에는 다시 부친의 병환이라는 불행을 만나게 되었다. 옥바라지와 병구완으로 인해 가세는 날로 기울어갔다. 어린 루쉰은 날마다 전당포와 약방을 드나들어야 했고, 일가 친척들로부터 멸시를 받고 한때는 도련님으로 받들어주던 주변 사람들로부터 냉대를 받았다. 이 체험은 훗날 루쉰의 문학과 사상에 깊은 영향을 미쳤다.

부친이 타계한 뒤, 18세의 루쉰은 유소년기를 보낸 고향을 떠나 학비가 들지 않는 남경의 강남수사학당(일종의 해군 학교)에 입학했다. 과거 시험이 아니라 신식 공부를 택한 것이었다. 이듬해에는 강남육사학당(일종의 육군 학교) 부설의 광무철로학당(일종의 광업 학교)으로 옮겼다. 여기서 루쉰은 서양의 근대적 과학에 본격적으로 접하기 시작했다. 토마스 헉슬리의 『진화와 윤리』를 읽은 것도 이 무렵의 일이었다. 광무철로학당을 졸업한 뒤 국비 유학생으로 선발된 루쉰은 일본으로 유학을 떠났다.

1902년 4월 동경에 도착한 루쉰은 2년 간 일본어를 배우고 1904년 9월 센다이(仙臺)로 가 센다이의학전문학교에 입학했다. 서양 의학은 당시 진보적 지식인들에게 각별한 의미를 가지고 있었다. 그들에게 의학과 과학과 혁명은 서로 통하는 것이었다. 그러나 루쉰은 환등기 사건을 결정적 계기로 하여 그에 대한 회의를 갖게 된다. 한 중국인이 러시아군의 스파이라는 이유로 일본 군대에게 체포되어 총살을 당하는데, 그것을 구경하러 몰려든 중국인들은 마비된 표정을 짓고 있을 뿐이다. 그 환등 장면은 루쉰에게 충격을 주었다. 건강한 신체를 가진들 무슨 소용인가. 마비된 영혼, 마비된 정신, 노예 근성이 중국의 국민성인 것이다. 이것이 진짜 문제였다. 국민성의 개조가 가장 시급하면서도 근본적인 문제이고, 국민성의 개조를 위해서는 문예가 가장 효과적인 수단이라고 루쉰은 생각하게 되었다.

　1906년 여름 센다이의전을 중퇴한 루쉰은 동경으로 나왔다. 1903년부터 혁명 단체인 광복회에 가입했던 루쉰은 광복회의 동지들과 자주 어울리는 한편, 문화 운동 잡지 『신생(新生)』의 발간을 추진하였다. 그러나 『신생』의 발간 계획은 이런저런 이유로 무산되고 말았다. 루쉰은 몹시 실망했지만, 다른 잡지에 「악마파 시의 힘」 「문화 편향론」 등의 주목할 만한 평론을 발표했다. 「악마파 시의 힘」은 청년 루쉰의 반항적인 낭만주의적 문학관과 투철한 반(反)봉건 의식, 그리고 치열한 전투성을 유감없이 보여준다. 한편으로는 러시아와 동구의 근대 소설을 번역하여 『역외 소설집(域外小說集)』 두 권을 출판하기도 했다. 그러나 『역외 소설집』은 거의 독자들의 반응을 얻지 못했고, 루쉰 자신은 귀국을 서둘러야 했다. 집안 형편이 나날이 어려워져 그가 생계를 맡아야만 했던 것이다.

　1909년 8월에 귀국한 루쉰은 항주(杭州)의 절강양급사범학당에 화학 및 생리위생학 담당 교사로 있다가 1910년 가을부터는 소흥 부중학교 교감으로 자리를 옮겼는데, 이듬해 신해 혁명이 발발했고 곧 소흥은 광복되었다. 패전한 청나라 군대가 소흥으로 퇴각해 온다는 소문이 퍼지며 민심이 뒤숭숭해지자, 루쉰은 학생들을 모아 무장연설대(武裝演說隊)를 조직, 가두 선전 활동에 나섰다. 며칠 뒤 혁명당원인 왕진파(王金發)의 군대가 소흥에 입성했고, 루쉰은 소흥의 산회초급사범학교 교장으로 취임했다. 그러나 혁명은 봉건의 암흑 속으로 금세 삼켜지고 말았나. 왕진파도 보수화되었고, 그런 왕진파와 대립하던 루쉰은 마침내 교장직을 그만두고 남경으로 떠났다.

　남경 임시 정부의 교육부 직원이 된 루쉰은 고서를 베끼는 일에 몰두하며 나날을 보냈다. 1912년 5월 임시 정부가 북경으로 옮기

자 루쉰도 북경으로 이주했다. 북경의 분위기는 가혹한 정치적 탄압으로 인해 숨이 막힐 지경이었다. 루쉰은 소흥회관의 작은 방에 거주하며 고서를 수집, 기록하고 금석문의 탁본을 수집하는 데 파묻혀 세월을 보냈다. 그러던 1918년 어느 날 동경 시절의 옛 친구 첸셴퉁(錢玄同)이 찾아와 그에게 글을 쓰라고 촉구하였고, 여기서 루쉰은 첸셴퉁과 그 유명한 '쇠로 만든 방' 논쟁을 벌인 끝에 결국 글을 쓰기로 결심하게 되고, 그리하여 씌어진 것이 바로 중국 최초의 현대 소설 「광인 일기」였던 것이다. 「광인 일기」로 시작된 루쉰의 소설 쓰기는 이후 1925년까지 활발히 이루어진다. 소설 이외에 산문 쓰기에도 힘을 기울여 많은 산문들을 써냈는데, 그것들은 짙은 풍자성과 치열한 전투성으로 특징지어지는 루쉰 특유의 산문 세계(그 자신은 잡문이라고 불렀다)를 생성해내었다. 흔히 그 세계는 '투창과 비수'라는 말로 비유되곤 한다.

1919년 8월에 루쉰은 소흥회관 생활을 끝내고 북경 서직문(西直門) 안 팔도만(八道灣)에 집을 마련한다. 소흥 옛집을 판 것은 이때였다. 그러나 함께 살던 동생 쪼우쭤런(周作人) 내외와의 불화 때문에 1923년말에 다시 부성문(埠城門) 안 서삼조(西三條)로 이사를 한다. 1925년에 북경여사대 사건을 겪고, 1926년에는 3·18 사건을 겪는다. 이 무렵은 루쉰의 일생 중에서 내적으로나 외적으로나 가장 견디기 힘든 시기였던 것으로 보인다. 어둡고 비극적이며 복잡한 마음의 움직임으로 뒤얽힌 산문 시집 『들풀(野草)』의 시편들이 씌어진 것도 바로 이 시기였다. 3·18 사건 직후 루쉰을 포함한 진보적 인사 50여 명에 대한 체포령이 내렸다. 그리하여 마침내 루쉰은 북경을 떠나 아모이로, 다시 광주로, 다시 상해로 이동한다. 함께 북경을 떠났다가 중간에 헤어진 북경여사대 시절의 제자 쉬꽝핑(許廣平)을 상해에서 다시 만나고, 그리고는 그녀와 동거를 시작한다. 루쉰에게는 1906년 일시 귀국하였을 때 구식 결혼을 한 아내 쭈안(朱安)이 있었지만, 그녀는 결코 그의 평생의 반려가 아니었다.

1927년 10월 상해에 도착한 루쉰은 곧 논쟁에 휩쓸린다. 프로 혁명 문학을 주장하는 관념적 급진주의자들에게 소시민 작가라고 욕을 먹고, 동반자 작가는커녕 적으로 규정되기까지 한다. 루쉰은 그답게 그들과 격렬하게 싸운다. 그와 동시에 플레하노프를 읽고 트로츠키를 읽고 루나차르스키를 읽으면서 루쉰은 빠른 속도로 마르크스주의를 수용한다. 1930년 좌익작가연맹이 결성되자 루쉰은 그 대표로 추대되었고, 1936년에 타계하기까지 중국 사회의 모순과 정면으로 대결하며, 보수적인 우파 지식인들과 투쟁하고 동시에 관념적인 좌익 소아병적 인사들과도 투쟁한다. 그 투쟁의 주된 도구는 산문(잡문)이었다. 후기 루쉰의 소설은 몇 편 되지 않을 뿐더러 한결같이 패러디적 역사소설이어서 종래의 루쉰 소설과는 상당히 구별된다. 반면에 후기 루쉰의 산문은 양적으로 엄청날 뿐만 아니라 그의 투쟁을 담는 가장 적절한 몸이 되고 있다. 물론 루쉰이 투쟁만 하면서 산 것은 아니다. 젊은 후배들에 대한 그의 애정은 각별해서 문학계뿐만 아니라 미술계까지도(특히 목판화 운동에 미친 루쉰의 영향은 각별한 바가 있다) 뜻있는 젊은이들에 대해 루쉰은 항상 친화적이었고 동지적이었다. 그러나 필경 루쉰은 죽기 직전까지 투쟁했다. 일제의 침략에 직면하여 어떻게 문예계의 통일 전선을 결성할 것인가 하는 문제를 놓고 마지막 투쟁을 벌이다가 지병인 폐병으로 숨을 거두었던 것이다.

3. 루쉰 소설의 서술 특징

워낙 다방면으로 활동했기 때문이겠지만 소설가 루쉰의 성과는 양적으로 그렇게 많다고 할 수는 없다. 중편 1편과 단편 32편이 전부인 것이다. 그러나 그 33편만으로도 루쉰은 중국 현대 소설의 든든한 초석을 세웠다. 한 세기가 다 되어가는 오늘날까지도 여전히 살아 있는 그러한 초석을 말이다. 대체 그 비밀은 어디에 있는 것일까. 이제 루쉰 소설 안으로의 여행을 시작해보자.

루쉰 소설 33편을 전체적으로 조망해보면, 루쉰 소설의 서술 방식은 일인칭 서술이나 삼인칭 서술 어느 한쪽으로 편중되어 있지 않다. 희곡체의 「죽은 자를 되살리다(起死)」를 제외한 32편 중 12편이 일인칭 서술이고 20편이 삼인칭 서술인데, 세번째 소설집 『새로 엮은 옛이야기(故事新編)』의 3인칭 소설 7편을 별도로 친다면 25편 중 12편이 일인칭 서술이고 13편이 삼인칭 서술이다(도입부에 일인칭 화자가 등장하기는 하지만 나머지는 전부 삼인칭 서술인 「아Q정전」[11]은 여기서 삼인칭 서술로 계산한다). 다만, 시간적 선후를 염두에 둔다면 상당한 변화의 모습이 발견된다. 첫 소설집 『외침(吶喊)』의 14편[12] 중 8편이 일인칭 서술이고 6편이 삼인칭 서술인 데 비해, 두번째 소설집 『방황(彷徨)』에서는 4편이 일인칭 서술이고 7편이 삼인칭 서술이며, 『새로 엮은 옛이야기』에서는 희곡체인 「죽은 자를 되살리다」 이외에는 7편 모두 삼인칭 서술

---

11) 아Q의 Q라는 표기는 변발을 암시하는 것으로 여겨진다. 변발은 영어로 Queue (발음이 '큐'이다)인 것이며, 또한 Q의 글자 모양도 형태상으로 변발을 환기시킨다. 그런 까닭에 '阿Q'를 '아큐'라고 옮기는 것보다 '아Q'라고 옮기는 것이 더 적절하다고 생각된다.

12) 여기서 14편이라 한 것은 뒤에 『새로 엮은 옛이야기』에 「하늘을 깁다」로 개제되어 다시 실리는 「부주산」을 제외한 편수이다.

22

인 것이다. 처음에는 일인칭 서술이 많았고 뒤로 갈수록 삼인칭 서술이 많아진다는 대체적 추세를 알아볼 수 있다.

먼저 일인칭 서술부터 살펴보자. 12편의 일인칭 소설 중 11편에서 작가 자신이 일인칭 화자로 등장한다. 물론 작가와 작중 인물은 엄연히 별개의 존재여서 양자를 동일시하는 것은 초보적인 오류이다. 여기서 작가 자신이 일인칭 화자로 등장한다는 것은 그런 의미에서의 동일시가 아니라, 그 일인칭 화자가 작가 자신의 모습을 많이 띠고 있지만 현실의 작가와 같은 것은 아닌, 그러니까 작가 자신의 소설적 변형이라는 의미일 따름이다. 이 일인칭 화자들은 많은 경우 아예 루쉰이라는 이름을 달고 나오기까지 한다. 그 11편 중 일인칭 관찰자 시점이 8편이다. 「쿵이지(孔乙己)」 「작은 사건(一件小事)」 「머리털 이야기(頭髮的故事)」 「토끼와 고양이(兔和猫)」 「오리의 희극(鴨的喜劇)」 「복을 비는 제사(祝福)」 「술집에서(在酒樓上)」 「고독한 사람(孤獨者)」이 그것들이다. 「작은 사건」 「토끼와 고양이」 「오리의 희극」은 신변잡기의 수필적 성격이 강하여 일인칭 관찰자 시점의 의미가 엷다. 그러나 「쿵이지」 「머리털 이야기」 「복을 비는 제사」 「술집에서」 「고독한 사람」은 전형적인 일인칭 관찰자 시점이다. 이 작품들의 일인칭 화자들은 자기 자신에 대한 서술을 적잖이 행하기도 하지만 서술의 중점을 다른 한 작중 인물에 두고 있다. 그 작중 인물들, 즉 쿵이지, N, 샹린 댁(祥林嫂), 뤼웨이푸(呂緯甫), 웨이리엔수(魏連殳) 들은 일인칭 화자가 보고 듣고 느끼고 추측하는 범위 안에서만 서술되고 묘사된다. 그들은 그들 자신의 말로써 이외에는 그 내면을 직접 드러내지 않는다(물론 그 말이 그들의 내면과 반드시 일치하는 것은 아니다). 다만 「머리털 이야기」에 대해서는 재론이 필요할는지도 모른다. 여기서 관찰되는 N이 사실은 작가 자신의 변형된 모습일 수도 있기 때문이다. N의 말에서 나타나는 그의 경력은 많은 부분이 작가 자신의 그것과 일치한다. 만약 N이 작가 자신이라면 일인칭 화자 '나'는 누구인가. '나' 역시 작가 자신이다. 그러니까 관찰하는 자아와 관찰되는 자아로의 자아 분열이 될 것이다. 지나친 해석일 수도 있으나 일단 그런 해석의 가능성도 짚어볼 필요는 있을 것이다. 작가 자신이 일인칭 화자로 등장하는 11편 중 「고향(故鄕)」과 「마을 연극(社戲)」의 2편은 일인칭 화자 자신이 동시에 주된 서술 대상이기도 한, 일반적 의미에서의 일인칭 소설이다. 11편 중 나머지 1편인 「광인 일기」는 서문과 본문이라는 이중 구조를 취함으로써 이중의 일인칭 서술로 되어 있다. 서문의 일인칭 화자는 작가 자신이고 본문의 일인칭 화자는 광인이다. 이 이중 구조로 인해 해석상의 많은 논란이 야기되는데, 「머리털 이야기」에서와 마찬가지로 광인을 작가 자신의 변형으로 읽음으로써 종래의 해석들을 한꺼번에 뛰어넘는 것이 가능할 것 같다. 이에 대해서는 뒤에 다시 자세히 검토하기로 한다.

일인칭 서술이되 작가 자신이 일인칭 화자로 등장하지 않는 작품으로는 「죽음을 슬퍼함(傷逝)」이 유일하다. 「죽음을 슬퍼함」의 일인칭 화자에게도 작가 자신의 모습이 전혀 투영되지 않은 것은 아니지만 그는 작가 자신이 일인칭 화자로 등장한 경우가 아님이 분명하다. 실제 인물이 모델이 된 것인지 어떤지는 분명치 않지만 어쨌든 그는 허구의 인물이다. 이 작품의 일인칭 서술은 관찰자 시점이라고 하기는 어렵다. 일반적인 일인칭 독백체라고 보아야 할 것이다.

일인칭 서술이 다양한 형태를 하고 있는 데 반해 삼인칭 서술은 비교적 일관된 형태를 하고 있다. 크게 두 가지로 나누어볼 수 있겠다. 하나는 화자가 하나의 특정한 작중 인물의 주관적 시점으로 들어가 서술을 그 시점에 엄격히 고정시키는 것으로서 「행복한 가정(幸福的家庭)」과 「까오 선생(高老夫子)」 2편이 그렇다. 다른 하나는 전지적 시점과 관찰자 시점, 그리고 주관적 시점들을 혼합하는 것으로서 대부분의 삼인칭 서술이 이 부류에 속한다. 그 중에는 「약(藥)」이나 「흰빛(白光)」「비누(肥皂)」「이혼(離婚)」처럼 냉정 침착한 문체로, 비교적 정돈된 서술을 행하는 경우도 있지만, 많은 경우에는 화자의 태도가 얼핏 혼란스럽게 느껴질 정도로 다채롭게 변화한다. 작중 인물들 속으로 이리저리 옮겨다니기도 하고, 그러다가 갑자기 시치미를 떼고서 관찰자의 포즈를 취했다가 홀연 해설자의 모습으로 변했다가 하는 것이다. 두서없이 느껴지는 그 변화무쌍함은 실은 나름대로 일정한 의도를 포함한다. 첫째, 그것은 풍자와 아이러니의 의도에서 비롯된다. 둘째, 그것은 전체적 통일보다는 부분의 상대적 독립성을 중시하는 데서 비롯된다. 이러한 서술은 소설 미학적으로 볼 때 긍정적으로 평가되기 어려운 점이 있다. 「아Q정전」이 그 극명한 예가 된다. 전체 9장 중 제1장은 일인칭 서술로, 나머지 8장은 삼인칭 서술로 되어 있는 이 작품은 루쉰의 유일한 중편소설이며 아마도 가장 유명한 작품일 것이다. 그러나 소설 미학적으로 보자면 취약점이 분명히 드러나는데, 제1장 서(序)의 지나친 요설이 그러하고, 전체적으로 구성의 치밀성이 현격히 부족하며, 문체가 상당히 들떠 불안정하게 흔들린다. 풍자의 의욕이 소설 미학을 압도해버린 형국이라고 할 수 있다. 아Q라는 인물 역시 그 성격을 단일하게, 혹은 체계적으로 설명할 수 있는 인물이 아니다. 그는, 한 인물이라기보다는 여러 인물의 합성이라는 느낌이 들 정도로, 모순적이거나 혼란스럽거나 복합적인 인물이다. 이러한 소설 미학적 약점을 누구보다도 루쉰 자신이 더 잘 알고 있었던 것 같다. 루쉰이 1935년 3월에 「광인 일기」「쿵이지」「약」「비누」「이혼」 등 5편을 자신의 대표작으로 꼽으면서 「아Q정전」을 언급하지 않은 것[13]은 그 때문이다 (루쉰이 스스로 꼽은 5편 중 2편은 일인칭 소설이고 3편은 냉정 침착한 문체로 정돈된 서술을 행하는 삼인칭 소설이다). 그러나 그런 평가의 기준이 되는 소설 미학은 서구 근대 소설의 전통적 소설 미학일 뿐이다. 보다 전향적인 관점에서 바라보면 평가는 달라질 수도 있을 터인데 그러기 위해서는 별도의 정밀한 분석이 필요할 것이다. 여기서는, 전체적 통일보다 부분의 상대적 독립성을 중시하는 서술 미학적 태도가 전(前)근대의 중국 전통 문학에서도 발견되며 모더니즘과, 특히 포스트모더니즘에서도 발견된다는 점, 그리고 루쉰의 경우 그러한 태도가 풍자와 아이러니의 의도와 내적으로 긴밀히 결합되어 있다는 점을 지적해두는 것으로 그친다.

4. 민중과 지식인

루쉰 소설의 인물을 계급적으로 살펴보면 그다지 다채롭다고 할 수는 없다. 『새로 엮은 옛이야기』에 실린 8편은 고대의 신화와 전설, 역사에서 제재를 취한 것이므로 제외하고 『외침』과 『방황』의 25편을 놓고 보면, 작중 인물들의 계급적 구성은 농민·노동자·소시민·지식인·지주 들이다. 그 중 중심 인물로 등장하는 것은 대체로 농민과 지식인이며 노동자·소시민·지주 들은 주로 주변 인물로 등장한다. 노동자가 중심 인물로 등장하는 작품으로는 「작은 사건」이 유일하다.

그들 중 농민·노동자·소시민을 피지배 계급 일반이라는 의미에서 민중이라는 개념으로 묶는다면 루쉰 소설의 민중은 대체로 부정적인 모습으로 나타나며 비판의 대상이 된다. 그들은 우매하고 마비되어 있다. 어느 정도인가 하면, 인혈만두(人血饅頭)로 폐

---

13) 『中國新文學大系: 小說 第2集』序文.

26

병을 고칠 수 있다고 믿고(「약」), 장명등이 꺼지면 마을이 바다로 변해버리고 사람들은 미꾸라지로 변해버린다고 믿을(「장명등〔長明燈〕」) 정도이다. 그러나 그런 것들은 피상적인 것들이다. 진짜 우매와 마비는 봉건적 질서에 길들어 노예 근성이 뼛속까지, 영혼 깊숙이까지 스며들었다는 데 있다. 그들은 봉건 사회의 모순이 무엇인지, 자신들이 어떻게 억압당하고 착취당하는지에 대해 완전히 맹목이며, 오히려 자신들을 억압하고 착취하는 자들에 대해 존경심과 복종심을 지니고 있고, 자신들이 익숙한 질서가 정의이고 진리라고 믿는다. 그렇기 때문에 봉건 사회의 모순을 타파하려는 혁명과 혁명가에 대해 그들은 무관심할 뿐만 아니라 심지어는 적대적이기까지 하다. 그들은 봉건적 지배 계급이 그러는 것 이상으로 혁명가를 학대한다. 그런가 하면 민중 내부에서도 상호간에 가해—피해의 관계가 보편화되어 있다. 그들은 서로가 서로에게 잔인한 가해자들이다. 이 민중은 자신에게 피해를 주는 사회 질서를 유지시키기 위해 스스로 헌신한다는 점에서, 그리고 서로가 서로에게 가해자들이라는 점에서 자학 내지 자해의 방식으로 존재하는 민중이다.

예외적인 민중 인물도 나타나기는 하지만 아주 드물다. 「작은 사건」의 인력거꾼과 「복을 비는 제사」의 샹린 댁, 「술집에서」의 아순(阿順) 등이 그 예들인데, 인력거꾼은 별로 다치지 않았으면서도 엄살을 부리는 노파를 부축해서 파출소로 모셔가고, 샹린 댁은 비록 불행한 삶을 살다가 비참하게 죽지만 선량하고 성실한 영혼의 소유자이며 아순 역시 그러하다. 그러나 이들은 극히 예외적인 존재일 뿐이거나(인력거꾼), 일방적인 피해자일 뿐이다(샹린 댁과 아순). 또 하나 예외적인 인물은 아Q이다. 아Q는 부정적 민중의 온갖 모습을 한 몸에 집약한 인물인 동시에 긍정적 민중의 잠재적 가능성을 초보적으로 나타내는 인물이기도 하다. 아Q의

이 이중성이 그를 루쉰 소설의 인물들 중 가장 독특한 인물로 만들어준다. 「이혼」의 아이꾸(愛姑)도 예외적 인물이다. 아이꾸는 봉건적 풍속에서의 여성의 소외에 대해 정면으로 저항한다. 마지막 순간에 부정적 민중 속으로 후퇴하고 말지만 그녀의 저항은 선량한 피해자인 샹린 댁이나 아순과 좋은 대조를 이룬다. 흥미로운 것은 긍정적 민중 인물들 중 샹린 댁, 아순, 아이꾸 등 다수가 여성이라는 점이다. 이를 루쉰의 일종의 페미니즘과 연결짓는 해석이 가능할 수도 있겠다.[14]

지주 계급의 인물들은 한결같이 부정적인 인물로 나타난다. 「이혼」의 치 대인(七大人)은 아이꾸의 저항을 좌절시키는 역할을 하고, 「쿵이지」의 띵 거인(丁擧人)은 쿵이지를 때려 그의 다리를 부러뜨리며, 「복을 비는 제사」의 루쓰 어른(魯四老爺)은 제사 일에의 참여를 금지시킴으로써 샹린 댁에게 치명적인 상처를 준다. 그런데 뜻밖에도 루쉰 소설에는 지주 계급의 인물이 직접적인 묘사의 대상이 되는 경우가 드물다. 「쿵이지」의 띵 거인만 해도 사람들의 입을 통해서 그 존재가 이야기될 뿐이고 「이혼」의 치 대인은 작품 말미에 잠깐 등장할 뿐이며 「복을 비는 제사」의 루쓰 어른이 비교적 직접적으로 묘사되는 정도이다. 루쉰 소설 중 지주 계급의 인물들이 집중적으로 직접적 묘사의 대상이 되고 있는 작품은 중편소설 「아Q정전」이 유일하다고 할 수 있다. 짜오 어른(趙老爺), 짜오 수재(趙秀才), 가짜 양놈(假洋鬼子)이 그들이다. 그들은 우선 민중에 대한 가해자이다. 아Q가 생계의 위협에 부닥치는 것은 짜오 어른 때문이고, 중흥에서 말로로 떨어지는 것도 짜오 어른 때문이며, 강도로 몰리는 것도 짜오 어른 때문이다. 또한 그들은 혁명조차도 민중에게서 탈취하여 자기들의 소유로 만

---

14) 魯迅이 본명 周樹人을 놓아두고 필명을 만들면서 부계의 周씨 대신 모계의 魯씨를 택한 것도 魯迅의 일종의 페미니즘과 연결될는지 모른다.

든다. 짜오 수재와 가짜 양놈이 먼저 혁명을 해버리고 아Q에게는 혁명을 불허하는 것이 그것이다. 이것이야말로 민중에 대한 가장 심각한 가해이다. 아Q의 삶의 가능성은 모두 그들로 인해 차단된다.

지식인은 크게 두 부류로 나뉠 수 있다. 하나는 구(舊)지식인이다. 「쿵이지」의 쿵이지와 「흰빛」의 천스청(陳士成)이 그들인데, 그들은 이미 몰락하여 사실상 민중과 다를 바 없는 존재들이다. 그들은 결코 긍정적 인물이 아니며 비판의 대상으로 나타나지만, 그러나 그들의 참혹한 최후는 연민의 대상이지 증오의 대상으로 나타나지는 않는다. 「쿵이지」의 경우, 흔히는 구시대의 몰락한 지식인의 비참한 운명을 묘사했으며 봉건 과거 제도의 죄악을 폭로한 작품이라고 해석되어왔다.[15] 그러나 우리는 그런 해석에 동의하지 않는다. 비참한 삶을 살아가는 쿵이지와 그를 놀려대는 함형주점(咸亨酒店) 사람들의 관계, 그리고 그들을 바라보는 열두세 살 먹은 일인칭 화자의 시선이 복합적으로 고려되어야 한다. 함형주점의 주인과 다른 단삼(短衫) 손님들(그들은 하층 민중이다)은 쿵이지를 놀려대면서 희열을 느낀다. 그것은 일종의 가학인데 그러지 않아도 비참한 지경인 쿵이지는 그 학대에 더욱 상처를 받는다. 쿵이지 개인으로 말하자면 비록 몰락한 구지식인이기는 하지만 아이들에 대한 태도에서 보듯 인간적 선량함을 지니고 있다. 소년 화자의 시선은 쿵이지를 놀려대는 사람들에 대해서는 반감을 띠고 있고 쿵이지에 대해서는 연민을 띠고 있다. 다만 그 반감과 연민이 직접적으로 드러나지 않고 은밀히 갈무리되어 있는 것은 그것이 소년 화자의 의식 이전의 느낌이기 때문일 것이고 작가의 서술 의도 때문이기도 할 것이다. 작가가 노리는 것은 몰락한

---

15) 王士菁(신영복·유세종 역), 『魯迅傳』, 다섯수레, 1992, p. 113.

구지식인을 옹호한다거나 혹은 비판한다거나 하는 것이 아니다. 작가는 민중의 왜곡된 공격성을 비판하고 있다. 출신이야 어떻든 현재의 쿵이지는 넓은 의미에서 하층 민중에 속한다고 할 수 있으므로 쿵이지에 대한 함형주점 사람들의 학대는 결국 민중적 자해의 한 양상이 되는 것이다.

다른 하나는 신(新)지식인이다. 신지식인은 다시 세 부류로 나뉠 수 있는데, 그 중 완전히 긍정적인 인물로 등장하는 것은 희생당하는 혁명가이다. 「약」의 시야위(夏瑜)가 그 좋은 예이다. 시야위의 혁명은 반청(反淸) 민족 민주 혁명인바, 감옥에 갇혀 처형을 기다리는 처지에서도 자신의 신념을 잃지 않고 의연한 모습을 보인다. 그는 동시에 계몽자이기도 해서 끝까지 계몽적 실천의 임무를 포기하지 않는다. 그러나 그는 다른 인물들의 입을 통해 그 모습이 드러날 뿐 직접적인 묘사의 대상이 되지는 않는다. 「머리털 이야기」에서 N의 입을 통해 희생당한 혁명가들의 존재가 간접적으로 드러나는 것과 같은 맥락이다.

직접적 묘사의 대상이 되는 신지식인은 다른 두 부류들이다. 그들은 한때 신사회와 신문화를 동경하고 추구한 적이 있었고 지금은 그 동경과 추구로부터 벗어나 있다는 점에서는 공통되는데, 한 부류는 보수적이고 반동적인 입장으로 돌아서 있고 다른 한 부류는 좌절과 실의에 빠져 있으나 그로 인해 고뇌하고 있다는 점에서 다르다. 「단오절(端午節)」「비누」「까오 선생」의 팡시엔쭈어(方玄綽), 쓰밍(四銘), 까오 선생 들은 전자에 속한다. 한마디로 속물 근성으로 설명될 수 있을 그들은 예리한 풍자의 대상으로 나타나는데, 대체로 그들 자신의 주관적 시점을 통해 풍자가 행해짐으로써 그들을 다룬 작품들은 고도의 아이러니 효과를 빚어낸다. 그러나 그들이 오직 풍자의 대상으로만 나타나는 것은 아니다. 「비누」의 쓰밍이 그 예이다. 삼인칭 서술인 「비누」의 주인공 쓰밍은 보수적인 지식인이다(그의 직업이 무엇인지는 분명치 않으나 부인이 지전 만드는 부업을 하는 것으로 보아 부유한 것 같지는 않다). 한때 신문화를 지지한 적도 있던 그는 지금은 유교적 덕목을 고수하며 신문화를 거부한다. 그러면서도 자기 아들에게는 영어 교육을 시키는 그는 일종의 자기 기만에 빠져 있다. 그 자기 기만은 의식과 무의식 사이의 편차에서 뚜렷이 나타나는데 그것을 드러내는 매개물이 비누이다. 의식의 차원에서 그는 거지 소녀의 효행에 감동을 하지만 무의식의 차원에서는 거지 소녀로부터 성적 자극을 받는다. 그가 비누를 사는 것은 그 성적 자극으로부터 유발된 무의식적 행동이다. 이 작품은 쓰밍의 심리를 섬세하게 드러내고 있는데, 서술이 쓰밍에 대한 외적 관찰과 그의 의식의 추적에 제한되어 있기 때문에 그의 무의식은 표면에 드러나지 않는다(이러한 심리 묘사는 기법상 상당히 현대적인 것이라고 할 수 있다). 흔히 이 작품은 보수적 지식인의 위선적인 모습을 풍자한 것이라고 해석되어왔지만 그러한 직접적 해석에 갇히기에는 좀더 두꺼운 작품이다. 쓰밍의 무의식은 위선의 증거일 수도 있지만 달리 보면 인간적 진실의 표현일 수도 있으며 그런 의미에서는 의식 차원의 이데올로기적 허구를 해체하는 결정적인 요소가 될 수도 있기 때문이다. 작품 말미에서의 "그는 몹시 슬펐다. 효녀와 마찬가지로 '하소연할 곳 없는 백성(無告之民)'이 된 것처럼 외롭고 쓸쓸했다. 그는 이날 밤 아주 늦게서야 잠이 들었다"[16]라는 진술은 그런 시각에서 읽을 때 비로소 납득될 수 있다.

좌절과 실의에 빠져 있으나 그로 인해 고뇌하는 지식인 인물들로는 「머리털 이야기」의 N, 「술집에서」의 뤼웨이푸, 「고독한 사람」의 웨이리엔수, 「죽음을 슬퍼함」의 쥐엔성(涓生) 등이 있다. N

---

16) 『魯迅全集』 第2卷, 人民文學出版社, 1961, p. 54.

은 배반당한 혁명, 허위의 쌍십절(雙十節)에 실망하고 절망한 나머지 극단적으로 냉소적인 태도를 취한다. 그 냉소주의는 "아아, 조물주의 채찍이 중국의 등짝 위에 내리쳐지지 않는 한, 중국은 영원히 이런 식의 중국이지, 스스로는 결코 머리카락 한 올조차 바꾸려 하지 않을 걸세"[17]라고 말할 정도이다. 뤼웨이푸는 젊은 시절의 변혁에의 열정을 상실하고 깊은 상실감을 앓고 있다. 웨이리엔수는 거의 자폐적인 상태로 스스로를 몰고 가며 부정적인 현실에 대한 반발로 위악적 방종을 행하다가 끝내 외로운 죽음을 맞이하고 만다. 쥐엔성은 쯔쥔(子君)의 죽음 앞에서 깊은 회한과 비애에 빠져 있다. 쥐엔성과 쯔쥔은 자유 결혼을 실천하였으나 기성 사회의 압박과 생활고에 부딪혀 헤어지고 말았는데 그것이 결국 쯔쥔의 자살이라는 비극으로 귀결되었던 것이다. 그들의 냉소·상실감·자폐·위악·회한·비애는 모두 지난날 추구했던 이상이 현실에서 좌절된 데서 비롯되는, 그들 내면의 실존적 고뇌의 표현이다. 그들은 풍자의 대상이 아니라 쓰디쓴 연민과 우울한 공감의 대상으로 나타나 그들의 모습에 작가 자신의 실존이 간접적으로 투영되고 있음을 짐작할 수 있다. 작가 자신의 실존이 직접적으로 인물화된 것이 루쉰 소설의 일인칭 화자들인데(물론 「죽음을 슬퍼함」은 여기에 속하지 않는다), 이 일인칭 화자들도 역시 고뇌하는 지식인 부류에 속한다. 그러나 이 일인칭 화자들은 N, 뤼웨이푸, 웨이리엔수, 쥐엔성 들과는 상당히 다른 모습을 보이므로 별도의 검토가 필요할 것이다.

17) 『魯迅全集』第1卷, 人民文學出版社, 1956, p. 50.

5. 고뇌하는 지식인

루쉰 소설의 일인칭 화자의 전형은 「고향」의 일인칭 화자라고 할 수 있다. 작가 자신이 일인칭 화자로 등장하여 이십 년 만에 돌아온 고향에서의 상실감을 묘사하는 이 작품은 고향 상실이라는 보편적인 주제의 한 변주이며, 직접적으로는 러시아 작가 치리코프의 단편소설 「시골 읍내」의 패러디이다. 「시골 읍내」는 혁명파 지식인이 이십 년 만에 배를 타고 귀향하여 친구와 재회하고 실망한다는 내용이다.[18] 「고향」의 일인칭 화자 역시 어린 시절의 친구 룬투(閏土)와 재회하고 실망한다. 룬투는 봉건 사회의 잔혹한 계급적 압박으로 인해 마비된 민중으로 변해버렸다. 잿더미 속에 십여 개의 그릇을 숨겨 훔쳐가려고 할 정도로 변해버린 것이다(그릇을 숨긴 것은 룬투가 아니라 양얼 댁〔楊二嫂〕의 조작이라는 해석도 있지만 이는 억지이다). 어린 시절의 신비감과 일체감은 환멸로 바뀐다. 일인칭 화자 자신의 진술에 따르면, 사람들끼리의 격절, 한마음이 되려고 하다가 그 때문에 괴롭고 떠도는 삶을 사는 자기 자신, 괴롭고 마비된 삶을 사는 룬투, 괴롭고 방종한 삶을 사는 사람들,[19] 이런 것들이 일인칭 화자의 고뇌의 원인이다. 그것들은 루쉰 소설의 주제적 측면을 상당 정도로 설명해준다. 사람들끼리의 격절(그 중 가장 극단적인 것이 혁명가와 민중의 격절이다)은 「광인 일기」에서부터 「죽음을 슬퍼함」에 이르는 일인칭 소설들, 「약」에서부터 「이혼」에 이르는 삼인칭 소설들, 그리고 『새로 엮은 옛이야기』의 소설들 등 대부분의 루쉰 소설에서 기본적인 주제가 되고 있다. 한마음이 되려고 하다가 그 때문에 괴롭고

---

18) 藤井省三(김양수 역), 『100년 간의 중국 문학』, 토마토, 1995, p. 153 참조.
19) 『魯迅全集』第1卷, 人民文學出版社, 1956, p. 70.

떠도는 삶을 살게 되는 모습은 「술집에서」의 뤼웨이푸, 「죽음을
슬퍼함」의 쥐엔성에게서도 나타난다. 괴롭고 마비된 삶을 사는
룬투의 모습은 민중의 삶을 그리는 루쉰 소설들 도처에서 반복하
여 나타난다. 괴롭고 방종한 삶을 사는 사람의 모습은 「고독한 사
람」의 웨이리엔수가 대표적이다.

그러나 「고향」의 일인칭 화자는 이 절망적인 환멸의 자리에서
희망을 꿈꾼다. 자신의 조카와 룬투의 아들의 한마음이 더 이상
격절되지 않고 계속되기를 희망하는 것이다. "그들은 마땅히 새
로운 삶을 살아야 한다, 우리가 아직 살아보지 못한 삶을"[20]이라
는 희망은 어떻게 실현될 수 있을까. 여기서 작가는 그 유명한 진
술을 행한다.

몽롱한 가운데, 나의 눈앞에 해변의 초록빛 모래밭이 펼쳐졌다. 그
위의 쪽빛 하늘에는 황금빛 둥근 달이 걸려 있었다. 나는 생각했다.
희망은 본래 있다고 할 수도 없고, 없다고 할 수도 없다. 그것은 지상
의 길과 같다. 사실은, 원래 지상에는 길이 없었는데, 걸어다니는 사
람이 많아지자 길이 된 것이다.[21]

비유의 적절성에 의해 작가의 희망은 불현듯 놀라운 설득력을
발휘한다. 길은 그냥 생겨나는 것이 아니다. 사람들이 다님으로써
생겨나는 것이다. 일인칭 화자는 스스로 그 다니는 사람의 역할을
맡고자 한다. '나'는 다님으로써 길을 만들고 그 길을 행복하게
사용하게 되는 것은 다음 세대의 아이들이다. 다음 세대의 아이들
에 대한 기대와 그들을 위해 스스로는 '중간물'이 되겠다는 의식
이 그 희망의 구체적 내용이다. 그 희망은 이미 「광인 일기」에서

---

20) 앞의 책, pp. 70~71.
21) 앞의 책, p. 71.

도 "아이들을 구하자"라는 외침으로 표명된 바 있었던 바로 그것이다.

그 희망이 현재적으로 실례를 발견하는 경우도 있다. 「작은 사건」에서의 인력거꾼이 그러한데, 여기서 일인칭 화자는 '기이한 감동'을 받는다. 그 희망의 실례는 일인칭 화자에게 반성을 불러일으키고 일인칭 화자를 새롭게 분발시키며 용기와 희망을 북돋워준다.[22] 한편, 일인칭 화자는 그 희망을 역으로 과거로 투사하여 자신의 유년 시절을 행복하게 회상하기도 한다. 「마을 연극」이 그러하다. 그러나 「작은 사건」의 인력거꾼은 문자 그대로 예외에 그칠 뿐이고 「마을 연극」의 유년 시절은 추억 속에 존재할 뿐이다.

시간적으로 보면, 희망에 대해 이야기하고 있는 작품은 「광인일기」 「작은 사건」 「고향」 「마을 연극」의 순이 되는데, 「마을 연극」 이후 루쉰 소설의 일인칭 화자는 더 이상 희망을 꿈꾸지 않고 위안을 찾으려 하지 않으며 한층 깊은 고뇌 속으로 파고든다. 「복을 비는 제사」의 일인칭 화자는 선량하고 성실한 영혼의 소유자인 샹린 댁의 물음 앞에서 자신의 무력함을 뼈저리게 느끼고 그녀의 죽음 앞에서 참담한 자괴감에 빠진다. 그는 기껏해야 '확실하게 말할 수는 없어요(說不淸)'라는 말을 도피처로 삼을 뿐 사람끼리의 격절을 극복할 엄두도 내지 못하는 것이다. 그 격절은 마치 인간 조건이라도 되는 듯이 다가든다. 희망은 간 곳 없고 오직 절망뿐이다. 「술집에서」의 일인칭 화자는, 이장을 하려고 파헤친 동생의 무덤에는 동생의 흔적이 조금도 남아 있지 않고 비로드 꽃을 갖다주려 한 아순은 남의 악의에 찬 거짓말에 상처를 입고 죽어버렸으며 동생의 유골이나 아순이 상실된 것처럼 자신의 삶 역시 상

---

22) 앞의 책, p. 45.

실되었다는 뤼웨이푸의 이야기를 듣고서 그저 탄식할 뿐이다. 일인칭 화자 역시 상실감과 좌절감, 그리고 허무감에 감염되어 있는 것이다. 「고독한 사람」의 일인칭 화자는 웨이리엔수의 비극에 한 치도 개입하지 못하고 방관자로만 있다가 웨이리엔수의 죽음 앞에서 울부짖음 같은 소리를 토할 뿐이다. 시간적 추이로 보면, 루쉰 소설의 일인칭 화자는 절망 속에서 희망을 탐색하는 태도로부터 점점 절망에 갇히는 쪽으로 옮겨가는 궤적을 보이는 것이다.

그런데 여기서 흥미로운 것은 이 세 작품의 결미가, 종래에 없었던 새로운 면모를 공통적으로 보인다는 점이다.

1) 나는 끝없이 이어지는 먼 곳의 폭죽 소리를 몽롱한 가운데 어렴풋이 들었다. 그 소리는 하늘 가득한 소리의 구름이 되어 펄펄 휘날리는 눈송이와 함께 온 읍내를 포옹하는 것 같았다. 이 들뜬 소리의 포옹 속에서 나는 나른해지고 편안해졌다. 대낮부터 초저녁까지의 의혹은 복을 비는 제사의 분위기에 씻겨 전부 사라져버리고, 하늘과 땅의 신들이 제물과 향연을 흠향하고 얼큰히 취해 공중에서 비틀거리면서 노진(魯鎭) 사람들을 위해 무한한 행복을 준비하고 있는 것처럼 느껴졌다.[23] (「복을 비는 제사」)

2) 나는 혼자서 내 여관을 향해 걸어갔다. 찬 바람과 눈발이 얼굴을 스치는 것이 오히려 아주 상쾌하게 느껴졌다. 이미 황혼인 하늘과 집과 거리가 모두 다 짙은 눈발의 새하얀 비정형의 그물에 얽혔다.[24] (「술집에서」)

3) 귓속에서 무언가 몸부림쳤다. 오랫동안, 오랫동안. 그러다 마침

23)『魯迅全集』第2卷, 人民文學出版社, 1961, p. 22.
24) 앞의 책, p. 34.

내 몸부림쳐 뛰쳐나왔는데, 마치 기다란 울부짖음 같은 소리였다. 상처를 입은 이리가 깊은 밤중에 광야에서 울부짖는 것처럼, 참담함 속에 분노와 비애가 뒤섞여 있었다.

　나의 마음은 가벼워졌다. 평온한 걸음으로 질척질척한 돌길을 달빛 아래 걸어갔다.[25] (「고독한 사람」)

　1)에서는 의혹이 사라져버리고 편안해지는 모습이, 2)에서는 상실감에서 벗어나 상쾌한 느낌을 느끼는 모습이, 3)에서는 분노·비애를 벗어나 마음이 가벼워지는 모습이 그려지고 있다. 이 진술들을 그대로 믿어도 될 것인가. 그대로 믿고 그것에 해석의 무게를 주게 되면, 이 일인칭 화자들은 이제 고뇌로부터 도피하여 현실과 타협하는 길로 들어서는 것이 되고, 작가는 허무주의에 굴복할 준비를 갖추는 것이 된다. 그러나 그러한 해석은 순진하거나 경직된 해석이다. 이 대목들은 세 가지 서로 다른 각도에서 해석될 수 있다.

　하나는 소설 작법상의 문제로 보는 것이다. 즉, 이 마지막 대목들을 서사의 종결을 위해서, 그 동안 조성되어온 긴장을 해소, 혹은 완화시키는 기능적 단위로 보는 것이다. 결미에서의 긴장의 해소·완화는 확실한 종결감을 불러일으키는 방법 중의 하나인데, 이러한 종결 수법은 다른 작품들에서도 발견되는 터이다. 「내일(明日)」에서 노진(魯鎭)의 밤 풍경이 묘사되는 것이나 「장명등」에서 놀이하는 아이들이 묘사되는 것이 그러하다.

　다음은 인간의 자연스러운 심리적 현상으로 보는 것이다. 3)에서 울부짖고 난 뒤 일시적으로 가슴이 후련해지는 느낌이 드는 것은 무슨 특별한 의도와 관련되는 것이 아니라 고조된 긴장으로 인

---

25) 앞의 책, p. 107.

한 압박으로부터 심리적 평형을 되찾는 자연스러운 반응이다. 그 평형 찾기의 자연스러운 반응이 없다면 인간은 모두 정신병자가 되어버릴 것이다.

다른 하나는 그 진술들을 일종의 아이러니로 보는 것이다. 이렇게 보면 그것들은 반어를 통해 오히려 고뇌의 절실함과 불가해함을 부각시키는 것이 된다. 특히 1)의 마지막 문장은 반어적인 것임이 명백하다. 신들이 행복을 준비하고 있는 것처럼 느껴졌다는 표층적 의미는 샹린 댁으로 대표되는 민중적 삶의 불행의 실제라는 심층적 의미와 모순을 일으키며 아이러니를 고조시키는 것이다. 샹린 댁의 비극적 생애에 대한 회상 바로 직전에 나오는, "현세에서 아무 의미 없이 사는 자가 죽는다면, 보기 싫어하는 자에게 보이지 않게 되니 남을 위해서나 자신을 위해서나 나쁘지 않은 일이다"²⁶⁾라고 생각하며 변명과 위안을 찾는 대목이 실은 마음 아픔을 반어적으로 드러내는 것이라는 점도 방증이 되어준다. 앞 절에서 살폈던 「죽음을 슬퍼함」의 말미 역시 같은 맥락으로 읽힐 수 있다. "나는 새로운 삶의 길을 향해 첫걸음을 내디뎌야만 한다. 나는 진실을 마음의 상처 속에 깊숙이 감추고 묵묵히 전진해야 한다. 망각과 거짓말을 나의 길잡이로 삼고서……"²⁷⁾라고 쓰고 있는데 이 대목 역시 현재의 회한과 비애를 못 견디는 일종의 몸부림의 반어적 표현인 것이다. 그 반어적 표현은 "나는 영원히 쓰췐에 대한 회한과 비애 속에서 살아갈 것이다"라고 쓰는 것보다 독자에게 더 큰 정서적 감염력을 불러일으킨다.

이 세 가지 가능한 해석 중 어느 하나가 배타적으로 옳다고 단정하기는 어렵다. 어쩌면 그것들은 동시적 성립이 가능한 상호 보완적 해석들일지도 모르겠다.

---

26) 앞의 책, p. 10.
27) 앞의 책, p. 129.

6. 두 개의 자아

　루쉰 소설의 일인칭 화자 중 가장 독특한 존재는 최초의 작품 「광인 일기」의 두 개의 일인칭 화자이다. 루쉰의 첫 현대 소설 작품이자 중국 현대 소설의 첫 작품인 「광인 일기」가 발표된 것은 1918년 5월이다. 개인적으로나 문학사적으로나 첫 작품이기 때문에 완성도가 높지 못하기는 하지만, 그러나 이 작품은, 어느 작가에게나 첫 작품이 그러하듯, 루쉰 소설 세계의 원형이라 할 만한 것을 지니고 있으며, 그 해석을 놓고 오늘날에도 논란이 벌어질 만큼 의외의 현재성을 띠고 있으므로 상세한 검토가 필요하겠다.
　「광인 일기」는 한문으로 씌어진 서문과 중국어로 씌어진 본문의 두 부분으로 이루어진다. 서문의 화자는 작가 자신인바, 여기서 작가는 피해망상증을 앓은 친구의 일기를 입수하여 그것을 발췌해서 전재한다고 밝히고 있다(이는 물론 허구이다). 본문은 광인의 일기의 전재이다. 일기의 서술은 광기가 발생하는 데서 시작하여 점차 심화되어 최고조에 달하는 데서 끝난다. 그 광기의 심화 과정은 그러나 일의적(一意的)인 것이 아니다. 그것은 최소한 이의적(二意的)이어서 그 과정에서 표면적으로는 광기의 심화가 이루어지지만 심층적으로는 가치의 전도가 이루어지는 것이다. 처음에 광인은 단순한 광인으로만 나타난다. 그는 사람들이 자기를 잡아먹으려 한다는 망상에 빠져 있다. 그러나 그 망상이 점점 심해지면서 그것이 단순한 망상이 아니라 심각한 진실을 담고 있는 것임이 드러나기 시작한다. 봉건 유교 사회가 '식인[吃人]'의 사회라는 것이 그 심각한 진실의 내용이다. 이 진실에 입각하여보면, 식인 사회의 풍속에 매몰되어 있는 사람들을 사람을 잡아먹는 사람들이라 부르는 것은 비유적으로 옳다. 이 진실이 드러나면서 처음에는 광인의 광기를 증명해주던 일화들이 이제는 거꾸로 사람들의 식인성(食人性)을 증명해주는 것으로 가치 전도된다. 광기의 심화라는 표면 구조와 가치의 전도라는 심층 구조의 중첩이라는 점에서 「광인 일기」의 미학적 특징은 아이러니이다. 놀라운 것은 그 아이러니가 오늘날에도 충분한 긴장감을 조성할 만큼 심각하며 여전히 현대적이라는 점이다. 서문과 본문의 관계 역시 아이러니라는 각도에서 이해될 수 있다. 서문은 짐짓 본문의 아이러니적 진실을 모르는 척 시치미를 떼고 있다. 그러나 그 시치미는 역설적으로 본문의 아이러니적 진실을 더욱 부각시킨다. 서문과 본문의 중첩 역시 하나의 아이러니인 것이다(한문과 중국어라는 문체의 차이는 그 아이러니의 문체적 표현이다).

「광인 일기」의 광인이 문자 그대로의 광인이라고 받아들인다면 지나치게 소박한 독해가 될 것이다. 여기서의 광기—광인은 최소한 알레고리 이상이기 때문이다(상징으로까지 될 수 있을지도 모르겠다). 「광인 일기」의 광인은 봉건에 반대하고 근대를 추구하는 계몽자의 아이러니적 변형이다. 계몽자가 왜 하필 광인으로 변형되었는가. 여기에 「광인 일기」의 비밀이 있다. 봉건에 매몰되어 있는 사람들의 눈에 계몽자는 광인으로밖에 보이지 않는다. "다들 나가요! 미친놈이 뭐 볼 게 있다구 그래요!"라는 '형'의 말이나 "미친놈이라는 명분을 준비해두었다가 나에게 뒤집어씌우기로 진작부터 계획을 짜놓은 것이다"라는 '나'의 진술을 보라.[28] 봉건 질서는 계몽자를 광인이라고 여기거나 광인으로 몰아붙이는 것이다. 「광인 일기」는 바로 그 봉건 질서의 눈으로 계몽자를 바라보고 그렇게 해서 그 형상이 생성된 광인—계몽자의 진실을 아이러니컬하게 드러낸다. 이는 계몽자의 주장을 직설적으로 토로

---

28) 『魯迅全集』 第1卷, 人民文學出版社, 1956, pp. 17~18.

하는 소박한 태도와는 근본적으로 구별된다. 「광인 일기」의 아이러니 속에는 계몽자의 입장과 그 계몽자를 광인이라고 보는(혹은 몰아붙이는) 봉건 질서의 입장이 동시에 포함되어 있는 것이다. 그런데 똑같은 광인—계몽자이면서도 「장명등」의 광인—계몽자는 「광인 일기」의 광인—계몽자와는 구별된다. 「장명등」의 광인—계몽자는 바깥에서 외적으로 관찰될 뿐인 데 반해 「광인 일기」의 광인—계몽자는 그 자신이 자신에 대해 말하고 있기 때문이다. 외적 관찰에서의 아이러니가 비교적 얕은 데 비해 자기 고백에서의 아이러니는 비교할 수 없을 정도로 깊어진다.

「광인 일기」의 광인 모티프의 출처는 두 가지로 설명할 수 있다. 루쉰이 다른 글들에서 밝힌 바에 따르면, 이 광인은 현실적으로는 루쉰의 외사촌 동생으로부터 비롯되었고(그는 산서성[山西省]의 한 관청에서 보조원으로 일하던 중 피해망상증이 발병하여 1916년에 북경으로 치료하러 왔었지만 끝내 치료하지 못하고 고향으로 보내졌다),[29] 문학적으로는 러시아 작가 고골리의 단편소설 「광인 일기」에서 비롯되었다. 루쉰은 자신의 「광인 일기」가 고골리의 것보다 "울분을 보다 깊고 폭넓게 토로하였다"고 자평하기도 했다. 그러나 서술 구조와 관련지어보면 「광인 일기」의 광인의 출처는 작가 자신이라고 볼 수도 있다. 서문의 일인칭 화자 '나'와 본문의 일인칭 화자 광인은 모두 작가 자신의 변형으로서 반성하는 자아와 반성되는 자아로의 분열로 파악될 수 있는 것이다. 이렇게 볼 때 「광인 일기」의 현대성은 한층 증대된다. 지나친 해석일 수도 있지만 일단 그 해석의 가능성이 검토될 필요는 있을 것이다.

본문 첫머리의 다음과 같은 진술:

---

29)『魯迅日記』, 1916年 11月.

오늘밤은 달빛이 좋다.

내가 이것을 못 본 지도 이미 삼십여 년이 되었는데, 오늘 보니 기분이 아주 상쾌하다. 이제까지의 삼십여 년이 전부 혼미 상태였음을 비로소 알았다.[30]

에서 "삼십여 년"이란 광인이 살아온 세월을 말하는 것이니 곧 광인의 나이는 서른 남짓이 된다. 이를 1881년생인 작가 자신의 나이에 견주어보면 이때는 1911년 10월의 신해 혁명 전후가 된다. 루쉰은 1900년대 후반에 일본에서 반봉건 근대 지향의 문화 운동을 전개했고 귀국 후 신해 혁명을 전후하여 중학교 및 사범학교에서 교편을 잡았는데 이때 그의 계몽적이고 혁명적인 삶의 태도로 인해 봉건성에 매몰된 주위 사람들로부터 시달렸다.[31] 그러다가 루쉰은 1912년 1월에 남경 정부의 교육부 직원이 되고 같은 해 5월에 정부가 북경으로 옮겨가자 그 역시 북경으로 옮겨갔으며 그 뒤 1918년에 「광인 일기」를 쓰기까지 옛 비문의 사본이나 모으며 고립과 침잠의 시간을 보냈다. 이러한 루쉰의 삶(반봉건 운동→관직)은 병이 나은 뒤 '모지(某地)의 후보(候補)'로 간 광인의 삶(광기→관직)과 겹쳐진다. 이렇게 보면 광인의 광기의 실제 내용은 반봉건 운동의 실천에 해당하며 광기의 치유는 봉건성과의 일정한 타협에 해당하는 것이 되고, 「광인 일기」는 루쉰이 신해 혁명 시절(더 거슬러 올라가면 일본 시절까지도 포함될 수 있겠다)의 자기 자신에 대한 회상을 아이러니컬하게 변형시킨 것이 되며 그 회상의 의미는 지난 6, 7년 간의 침잠기에 대한 자기 반성이자 더 나아가서는 신해 혁명 시절의 자신의 한계에 대한 자기 반성이 된

---

30) 『魯迅全集』 第1卷, 人民文學出版社, 1956, p. 9.
31) 『朝花夕拾』 중의 산문 「范愛農」에 잘 밝혀져 있다.

42

다. 신해 혁명 시절의 한계라는 것은, 한편으로 객관적 조건의 한계를 가리키는 것이기도 하지만 다른 한편으로는 광인의 소박한 계몽주의로 표현되는 주체의 한계를 가리키는 것이기도 하다.

이러한 방식의 읽기는 1920년 10월에 씌어진 「머리털 이야기」와 1935년 12월에 씌어진 「관문 밖으로」에도 적용될 수 있을지 모른다. 「머리털 이야기」에 대해서는 앞에서 언급한 바 있으므로 생략하고, 여기서는 「관문 밖으로」만 간략히 살펴본다. 「관문 밖으로」는 노자(老子)의 출관(出關) 전설을 제재로 취한 삼인칭 소설이다. 노자가 공자(孔子)의 위협을 피하여 세상 밖으로 은둔하는 이야기를 패러디한 이 작품에 대해서는 루쉰 자신이 다음과 같이 그 작의(作意)를 해명한 바 있다.

공자와 노자의 논쟁에서 공자가 이기고 노자가 졌다는 것이 나의 의견이다. 노자는 유(柔)를 존중했다. '유(儒)는 유(柔)'이니, 공자 역시 유(柔)를 존중했다. 그러나 공자는 유로써 전진하였는데, 노자는 유로써 후퇴하였던 것이다. 그 관건은, 공자는 '불가한 것임을 알고서도 그것을 행' 했으며 일의 크고 작음을 불문하고 모든 일을 소홀히 하지 않았던 실행가였고 노자는 '하는 것도 없고 또한 하지 않는 것도 없'는, 아무것도 하지 않으면서 헛되이 큰소리만 친 공론가였기 때문이다. 하지 않는 것이 없게 되려면 하는 것이 없어야만 한다. 왜냐하면 한번 하기 시작하면 거기에 한계가 생기게 되고, 그러면 '하지 않는 것이 없다' 일 수가 없기 때문이다. 마누라도 얻지 못한다고 조소(嘲笑)한 관윤희(關尹喜)에게 나는 동의한다. 그래서 나는 희화화하여 그를 관문 밖으로 내보내버렸다. 아무 미련 없이.[32]

---

32) 『魯迅全集』第6卷, 人民文學出版社, 1981, pp. 520~21.

이 진술을 그대로 따른다면 「관문 밖으로」는 노자의 '무위이무불위(無爲而無不爲)' 론의 허구를 풍자한 작품이라 할 수 있다. 그리고 그 풍자는 또한, 첸리췬의 지적[33]처럼, 일본 제국주의의 침략에 직면하여 노자 철학을 끌어다가, "저항하지 않는 것이 바로 저항하는 것이다"라는 괴이한 논리를 펴던 당시의 일부 인사들을 겨냥한 것이라고 할 수 있다. 같은 시기에 씌어진 「죽은 자를 되살리다」와 「고사리를 캐다」 역시 같은 방식으로 읽힐 수 있거니와 그때 「죽은 자를 되살리다」의 장자(莊子)와 「고사리를 캐다」의 백이(伯夷)·숙제(叔齊)는 「관문 밖으로」의 노자와 마찬가지로 그 허구가 폭로되는 풍자의 대상이 된다. 그러나 그렇게만 읽을 때 이 작품들은 무언가 아쉬움을 남긴다. 그러한 읽기에 부합되지 않거나 그러한 읽기를 벗어나 있는 부분들이 여전히 이 작품들의 중요 부분으로 남기 때문이다. 그 부분들이 「관문 밖으로」에 대한 루쉰 자신의 해명을 비판적으로 읽을 것을 요청한다. 대체로 자기 작품에 대한 작가 자신의 해명은 진실과 거짓을 함께 지니는 법이다. 그 중 거짓은 의식적인 것일 수도 있고 무의식적인 것일 수도 있다. 의식적인 거짓은 자기 합리화의 그것이 되거나 반대로 일종의 능청떨기로서의 그것이 되며, 무의식적인 거짓은 자기 억압과 관계되거나 작품이 작가의 의도를 넘어서는 데서 생겨난다. 위 인용의 마지막 구절에는 의식적 거짓의 기미가 배어 있거니와, 작품 자체와 비교해보면 무의식적 거짓의 흔적도 엿보인다. 원래 「관문 밖으로」에 대한 루쉰의 자기 해명은 주로 츄원뚜어(邱韻鐸)의 해석에 자극받은 데서 비롯된 것이었다. 츄원뚜어는 「관문 밖으로」를 작가의 자황(自況)으로 보고, "읽고 나서 머릿속에 남는 그림자는 몸과 마음이 온통 고독감에 젖은 노인의 모습이었다. 독자

---

33) 錢理群, 「「出關」 작품 해설」; 유세종 편, 『호루라기를 부는 장자』, 우리교육, 1996, p. 74 참조.

들이 우리의 작가를 따라 고독과 비애 속으로 추락할 것임을 나는 절실히 느꼈다. 그렇게 된다면 이 소설의 의의는 무형중에 감소될 것이다"라고 논평하였던바,[34] 이 논평에 대한 루쉰의 반응은 분명 과민한 것이었다.

작품 자체를 보자면 노자는 풍자보다는 주로 해학의 대상이 되고 있다. 풍자의 대상으로 나타나는 것은 오히려 공자와 함곡관(函谷關)의 관리들이다. 이는 루쉰 자신의 해명과 상당히 어긋나는 것인데, 해학의 대상인 노자를 작가 자신의 내면의 투영(의식적인 것이든 무의식적인 것이든)으로 본다면 그에 대한 설명이 가능해진다. 노자가 그러하다면 공자는 루쉰의 적대자, 그것도 동지 중의 적대자(루쉰이 대표로 있었던 좌익작가연맹의 실제적 권력자 쪼우양(周揚)이나 그 부류의 사람들 정도의)가 될 수 있을 것 같다. 그러나 이렇게 볼 경우 공자에 대한 풍자가 너무 미약하다. 루쉰 글쓰기의 특성으로 보자면 그럴 경우 풍자의 강도가 대단히 높아지는 게 자연스럽다. 각도를 달리해서 공자를 루쉰 자신의 또 다른 측면으로 보는 편이 한층 설득력이 있을 것이다. 그러니까 노자와 공자의 대립을 루쉰 자신의 내적 갈등, 즉 "사막으로 가는(走流沙) 신발"과 "조정으로 오르는(上朝廷) 신발"[35] 사이의 갈등의 형상화로 보는 것이다. 어느 쪽으로 보든지간에 함곡관 관리들에게 겉으로는 공손하지만 속으로는 몰이해와 경멸로 가득찬 대접을 받고 관문 밖으로, 즉 세상 밖으로 나가는 노자의 모습은 외롭고 쓸쓸하다. 거기에는 만년의 루쉰 내면의 적막감과 피로감이 짙게 배어 있고, 휴식과 위안을 갈구하는 실존적 진실이 엿보인다.[36] 작품 밖에서 현실적 작가 루쉰은 "마누라도 얻지 못한다고

---

34) 『魯迅全集』第6卷, 人民文學出版社, 1961, pp. 519~20 참조.
35) 『魯迅全集』第2卷, 人民文學出版社, 1981, p. 390.
36) 우리의 관점은 노자와 작가 자신의 내면을 연결짓는다는 점에서 노자를 작가의

조소한 관윤회에게 나는 동의한다. 그래서 나는 희화화하여 그를 관문 밖으로 내보내버렸다. 아무 미련 없이"라고 말했지만, 작품 안의 내포적 작가는 그 노자에게 자신의 실존적 고뇌와 진실을 기탁하고 있는 것이다. 작품 밖의 현실적 작가 루쉰의 발언이 능청스러운 반어인 것일까, 아니면 작품 안의 내포적 작가의 태도가 현실적 작가의 의도(그리고 의식)를 넘어선 무의식적 형성의 소산인 것일까.

7. 20세기의 루쉰, 동아시아의 루쉰

루쉰 소설의 서술 방식과 인물을 중심으로 살펴본 이상의 검토는 한층 정밀한 논의를 위한 조망의 전체적 틀을 마련해본 데 지나지 않는다. 부분적으로 구체적 논점들을 몇 가지 제기하기도 했지만 그것 역시 새로운 논의의 단초에 지나지 않는다. 이상의 검토를 통해 우리가 시사받는 것은 소설가로서의 루쉰과 그의 소설 세계에 대한 다양한 시각과 방법에서의 각론적 연구가 아직 미답의 영역으로 남아 있다는 점이다. 그러나 그 미답의 영역으로 진입하기 위한 하나의 나침반으로서 루쉰 소설의 원형에 대한 점검이 이 자리에서 필요할 것 같다.

루쉰 소설에는 그 공간과 시간이라는 점에서 볼 때 하나의 원형이 존재한다. 먼저 공간적으로 보면, 그것은 루쉰의 고향 소흥(紹興) 일대이다. 소흥이나 노진(魯鎭) 같은 실명으로 등장하기도 하고 S시가 되기도 하며 웨이쭈앙(未莊) 같은 가상의 지명으로 등장하기도 하고 이름 없이 등장하기도 하지만, 그것들은 중국 남부

자황(自況)으로 본 츄원뚜어와 기본적으로 같지만, 그러나 츄원뚜어가 그것을 부정적으로 평가한 데 반해 우리는 오히려 그것을 긍정적으로 평가한다.

농촌 지역의 소도시 소흥과 그 부근의 변형들이다. 쿵이지, 화라오수안(華老栓), 캉따수(康大叔), 룬투, 아Q, 왕털보(王鬍), 샤오디(小D), 짜오 어른, 쳰 어른(錢老爺), 짜오 수재, 가짜 양놈, 루쓰 어른 등은 이 고장에서 태어나 살고 있는 인물들이고, 샹린 댁 같은 경우는 타지에서 이 고장으로 흘러들어온 인물이며, 뤼웨이푸나 작가 자신의 모습으로 나오는 일인칭 화자들 같은 경우는 이 고장을 떠났다가 이따금 귀향하곤 하는 인물이다. 소설에서 그려지는 풍속 또한 이 고장의 풍속이다. 넓히면 동아시아의 루쉰으로까지 넓어질 수도 있겠지만 좁히면 그는 소흥의 루쉰인 것이다.

시간적으로 보면, 많은 경우 1911년 신해 혁명 전후가 되고 있다. 「쿵이지」「약」은 신해 혁명 이전이고 「광인 일기」는 신해 혁명 전후일 것으로 추측되며 「아Q정전」은 신해 혁명 전후에 걸쳐 있다. 여기서 우리는 루쉰의 신해 혁명에 대한 집착을 엿볼 수 있다. 신해 혁명 당시 루쉰의 나이는 31세였다. 한창 사회 변혁에의 열망으로 불타던 젊은 시절이었던 것이다. 1900년대 후반 동경 시절의 문화 운동과 1911년 신해 혁명의 체험은 루쉰에게 세대적 각인을 새겼다. 그런 의미에서 루쉰은 신해 혁명 세대이다. 그 신해 혁명이 참혹하게 실패한 혁명임으로 해서 그 세대적 각인은 뿌리깊은 상처를 담고 있다. 그 상처는 역사적이며 실존적 상처인바 역사적으로는 훗날의 역사 전개에 따라 치유될 수도 있겠지만 실존적으로는 치유되기 어려운 불가해한 상처이다. 「머리털 이야기」의 N이 말하는 것처럼, "십몇 년을 고생하며 뛰어다니다가 아무도 모르게 총알 하나에 생명을 빼앗긴 청년들, 총알을 맞는 대신 감옥 안에서 한 달도 넘게 고문에 시달리던 청년들, 그리고 큰 뜻을 품고 있었지만 홀연 종적이 묘연해져 그 시체조차 찾을 수 없게 된 청년들"[37]의 얼굴이 눈앞에 어른거리는 그 상처는 살아남은 자에게는 영원히 씻을 수 없는 영혼의 부채로 남는 것이다.

「머리털 이야기」나 「풍파(風波)」같이 1910년대의 시간을 다룰 때는 물론이고 5·4 운동 이후인 1920년대의 시간을 다룰 때에도 루쉰은 흔히 그것을 신해 혁명의 후일담이라는 각도에서 다루었다. 「술집에서」가 그 대표적 예일 것이고 「복을 비는 제사」도 비슷한 맥락에서 바라볼 수 있다. 1919년의 5·4 운동이 그렇게도 중요한 역사적 사건이었고 소위 5·4 세대를 광범위하게 탄생시켰지만 그것은 루쉰의 실존적 뿌리와는 거리가 있었던 것이다. 1924년 작품인 「술집에서」가 5·4 운동의 후일담이 아니라 신해 혁명의 후일담이 되는 것은 그 때문이다. 신해 혁명 세대의 상처는 루쉰 소설 전체에 걸쳐 적막과 우울의 짙은 그림자를 드리운다. 신해 혁명 이후로 루쉰의 육체적 나이는 계속 늙어갔지만 그의 정신의 나이(그리고 영혼의 나이)는 언제나 1911년의 31세에 멈춰 있었던 것이 아닐까. 그는 거의 언제나 신해 혁명 세대로서 사유하고 감각하고 읽고 썼던 것이 아닐까. 루쉰에게 변화가 없었던 것은 아니지만 그 변화의 씨앗 역시 대부분 31세의 루쉰에게 잠재되어 있었던 것이 아닐까.[38] 루쉰이 암흑의 표면이 아니라 언제나 암흑의 심층을 투시하고 그 심층에서의 싸움을 전개할 수 있었던 것은 신해 혁명 세대로서의 심각한 역사적·실존적 체험에 그 이유가 있을 것이다.

그런데 바로 그 점이 오늘날에도 루쉰을 중국 문학에서 살아 있는 존재로 만들어주는 듯하다. 신해 혁명의 과제였던 봉건의 극복과 근대의 실현이라는 역사적 과제가, 5·4 운동, 국민 혁명, 신민

---

37) 『魯迅全集』 第1卷, 人民文學出版社, 1956, p. 47.

38) 위의 세 문장은 다음과 같은 김현의 말투를 빌린 것이다: "내 육체적 나이는 늙었지만, 내 정신의 나이는 언제나 1960년의 18세에 멈춰 있었다. 나는 거의 언제나 4·19 세대로서 사유하고 분석하고 해석한다. [……] 나는 내 자신이 조금씩 변화하고 있다고 믿고 있었지만, 그 변화의 씨앗 역시 옛 글들에 다 간직되어 있었다" (김현, 『분석과 해석』, 문학과지성사, 1988, pp. 4~5).

주주의 혁명, 사회주의 건설, 사회주의 현대화로 이어지는 기나긴 과정을 지나고서도 아직도 완성되지 못했고, 탈근대의 징후가 몰려오고 있는 지금까지도 봉건과 근대의 착종이라는 현실이 계속되고 있기 때문이다. 루쉰 소설은 그 거대 문제와의 치열한 고투이다. 중국을 포함하는 오늘날의 동아시아는 그 착종 위에 근대 추구와 근대 극복의 동시성이라는 문제가 중첩되고 있거니와, 루쉰 소설은 그 중첩된 지평에서 재해석될 때 동아시아 문학에서도 여전히 살아 있는 존재로 작용하게 될 것이다. 좁히면 신해 혁명의 루쉰으로까지 좁아지지만 넓히면 그는 20세기의 루쉰인 것이다.

제2부 작가론 · 작품론

『루쉰 잡감 선집』 서언

취츄바이

> 스스로 인습의 무거운 짐을 등에 지고서, 암
> 흑의 갑문을 어깨로 버티며 그들을 해방시켜 드
> 넓은 광명의 땅으로 나아가게 한다.
> ──루쉰, 『분』

  상아탑 안의 신사들은 늘상 고상한 척하며 혁명 문학가들에게
이렇게 말하곤 한다. "정치가지, 정치가에 지나지 않아. 당신들을
어떻게 예술가라고 할 수 있겠나? 당신네들 예술에는 분명히 경
향성이 드러나고 있지 않은가!" 이러한 조소에 대해 혁명 문학가
는 다음과 같은 대답을 들려주면 그만이다.

  당신들은 무슨 근거로 나를 매도하려 드는가? 설마 나의 예술 속에
서도 역시, 세계를 개조하고자 하는 열정의 거대한 불꽃이 활활 오르
고 있다는, 바로 그 점을 문제삼는 것은 아니겠지?[1]

------

1) 루나차르스키, 『고리끼 작품 선집』, 머리말.

혁명적 작가라면 언제나 자신과 사회 투쟁의 연계를 결코 숨기지 않는 법이다. 그들은 자기의 작품을 통해 일정한 사상을 표현할 뿐 아니라, 종종 한 시민의 자격으로 대 사회적 발언을 감행하며 자기의 이상과 투쟁을 위해 고상한 체하는 신사 계급 예술가들의 허위를 폭로하기도 한다. 고리끼는 소설과 희곡 외에도 많은 양의 공개 서한과 '사회 논문 *publicist articles*' 을 쓴 바 있으며, 특히 사회 정치적 투쟁이 긴장으로 치달은 10월 혁명 직전의 몇 년 동안에는 그러한 경향이 더욱 두드러졌다. "사회 논문밖에 써낼 줄 모른다"는 이유를 들어 고리끼를 예술가가 못 된다고 비웃는 자들도 있었다. 그렇지만 고리끼를 향해 비웃음을 던진 그 당사자들이 어떤 꼬락서니를 한 파리모기떼인지는 모두가 다 알고 있는 사실이다.

　최근 15년 간 루쉰은 단속적으로 많은 양의 논문과 잡감 등을 써왔다. 그 가운데서도 잡감의 비중이 더 크다. 그래서 그에게 '잡감 전문가' 라는 별명을 붙여준 자도 있었다. '잡스리운' 데에 '전문적' 이라고 한 것에는 분명히 깔보는 뜻이 담겨 있을 것이다. 그러나 저 파리모기떼들이 그의 잡감에 마뜩찮은 반응을 보인다는 바로 그 사실을 통해, 우리는 루쉰 잡감의 문체가 가진 본연의 전투성을 유추해낼 수 있다.

　사실 루쉰의 잡감은 일종의 '사회 논문' 혹은 전투적 '푀이통 *feuilleton*' [2]이라 할 만하다. 최근 20년 간의 상황을 돌이켜본다면 누구라도 이런 문체가 생겨나게 된 원인을 충분히 이해할 수 있을 것이다. 격렬하고 급박하게 전개되는 사회적 투쟁은 작가가 자신의 사상과 정감을 작품 속에 충분히 녹여내어 구체적 형상과 전형을 통해 표현할 여유를 허락하지 않았다. 또한 잔혹한 정치적 폭

---

2) 프랑스 신문의 문예란, 문예란에 실리는 문예 기사, 혹은 잡문·소설 등의 문예 작품을 가리킴(역주).

압은 작가의 메시지가 통상적인 예술 형식을 통해 표현되는 것을 불가능하게 했다. 어느 작가에게 유머를 다루는 독특한 재능이 있다면, 그는 이 유머라는 예술적 기교를 통해서 자신의 정치적 입장과 사회에 대한 깊이 있는 관찰, 그리고 민중의 투쟁에 대한 열렬한 공감을 표현해내야만 하는 형편이다. 이러한 저간의 사정 속에는 5·4 이래 중국에서의 사상 투쟁의 역사가 고스란히 반영되어 있다.

잡감이라는 문체는 루쉰으로 인해 '예술성을 띤 논문'의 대명사가 되어가고 있다. 물론 이 잡감이 창작 전부를 대체할 수는 없는 노릇이지만, 이 잡감의 문체는 작가들로 하여금 보다 직접적이고도 신속하게 사회의 일상적인 사건에 대응할 수 있도록 해주는 유효한 수단이 되고 있다.

여기 루쉰의 잡감을 가려 뽑아 선집으로 엮은 것은 중국 사상 투쟁의 역사상 귀중한 성과들이 그 속에 집약되어 있다는 사실 때문만이 아니라, 오늘의 투쟁을 위한 구체적 지침을 그 속에서 얻어내기 위함이기도 하다. 오늘날의 정세는 비록 루쉰이 이 선집 속의 잡감을 썼을 때와는 상당히 다른 양상을 보이고 있지만, 저 피를 빠는 파리모기떼들이 여전히 창궐하고 있다는 사실만은 그때와 전혀 달라지지 않은 것이다.

루쉰은 과연 누구인가? 이 물음에 답하기 위해 먼저 한 편의 신화를 인용해보기로 하자. 로마 신화 속에는 다음과 같은 얘기가 있다.

알바농가(家)의 공주 일리아가 전쟁의 신 마르스에게 겁탈당하여 쌍둥이를 낳게 되었다. 한 아이는 이름을 로물루스라고 하였고 다른 하나는 래무스라고 하였다. 태어나자마자 황량한 산속에 버려진 이들 형제는 그들에게 젖을 먹여준 어미 늑대가 아니었던들 진작 굶어 죽는 운명에 처하고 말았을 것이다. 이렇게 어미 늑대의 보살핌을 통해 자라난 형제 가운데 로물루스는 훗날, 로마 성을 창건하였으며, 나중에는 번개를 타고 하늘로 올라가 군대의 신이 되기도 하였다. 그러나 래무스의 운명은 판이했다. 그는 형제의 손에 죽음을 당하는 운명이었던 것이다. 감히 그는 저 장엄한 로마 성을 경멸하였을 뿐 아니라, 마음만 먹으면 단숨에 성벽을 훌쩍 뛰어넘을 수 있는 능력을 가지고 있었다는 것이 그가 형제의 손에 죽음을 당해야 하는 이유였다. 래무스의 운명은 루쉰보다도 더욱 비참했던 것이다. 그것은 아마도 그 시대 역시 허위에 의해 통치되는 시대였기 때문일 것이다.

그러나 어미 늑대의 젖을 먹고 자란 로물루스가 오늘날에도 여전히 그럴싸해 보이지만 실은 가소로운 것에 지나지 않을 로마 성을 또다시 창건하려 들지는 않을 것이며 더군다나 하늘로 올라가 천신의 권좌를 차지하고 앉아서는 자신을 키워준 유모가 늑대였음을 완전히 잊어버리는 짓을 다시 저지르지는 않을 것이다. 오늘날의 로물루스 역시 그런 어리석은 짓을 저지를 수는 있겠지만, 결국은 '시대 정신' 앞에 굴복하여 래무스와 마찬가지로 자신들의 유모였던 늑대의 품속으로 돌아오고야 말 것이다.

래무스는 끝내 자기의 유모를 잊지 않은 자이며, 오랫동안의 고독한 전투를 거쳐오면서 마침내는 자신의 고향으로 돌아가는 길을 찾아낸 자이다. 그는 천신과 공주의 암흑 세계를 증오하였을 뿐만 아니라, 저 허위와 기만의 종잇장에 불과한 로마 성 또한 경멸해 마지않을 수 없었던 자였다. 하여 그는 마침내 그의 '고향' 황야로 돌아온다. 그곳에서 그는 군중의 야수성을 발견해내고, 노예로 길들여진 가축의 근성을 일소할 강철의 빗자루를 발견해내며, 광명과 진실의 휘황한 건축물을 발견해낸다. 그가 발견해낸 것은 가소롭고 옹색한 '로마 성의 담장' 따위가 아니라 위대하고도 새로운 또 하나의 세계, 바로 그것이었다.

그렇다. 루쉰은 래무스이다. 그는 야수의 젖을 먹고 자라난 자였다. 그는 봉건 종법 사회의 반역자이자 신사 계급을 등진 역신(逆臣)이며, 그와 동시에 로맨틱한 혁명가들에게 따끔한 충고를 건넨 혁명가의 벗이기도 하였다! 그는 스스로의 길을 걸어, 마침내 늑대의 품속으로 돌아온 자였다.

러시아의 귀족과 지주들 중에서도 또한 12월 14일의 인물[3]들이 자라나 영웅의 대오를 형성하였다. 이들은 로물루스와 래무스처럼 야수의 젖을 먹고 자라났으며, 머리부터 발끝까지 정련된 강철로 빚어 만든 열혈의 전사들이었다. 이 전사들은 스스로 죽음의 길을 향해 걸어갔다. 그럼으로써 그들은 다음 세대의 젊은이들을 각성시켜 마침내 그들이 새로운 삶을 쟁취할 수 있도록 하였으며, 도살자의 압제와 노예주의의 환경 속에서 자라난 아이들을 그들의 피로써 깨끗이 씻어주고자 하였던 것이다.[4]

신해 혁명 당시에도 이처럼 용감한 전사들이 있었다. 그런데 그들 가운데 지금까지 남아 있는 사람들의 수는 얼마나 되는가? 좀 더 가까운 5·4 시기의 전사들은 지금 또 얼마만한 숫자가 남아서 전선을 지키고 있는가? 이에 대해 루쉰은 이렇게 말한다.

어떤 이들은 높은 자리로 올라갔고, 어떤 이들은 물러나 은둔하였으며, 또 어떤 이들은 앞을 향해 나아갔다. 나는 같은 진영의 동료가 오래지 않아 이처럼 제각기 다른 모습으로 변할 수 있음을 또 한차례 경험했다.[5]

---

3) 러시아의 12월당(데카브리스트)를 가리킨다.
4) 헤르젠.
5) 루쉰, 『자선집』, 서언.

여기서 루쉰은 "또 한차례 경험했다"고 말하고 있다! 신해 혁명 시기의 경험에 대해서는 지금 와서 굳이 언급하려 들지 않으며, 차마 말하지도 못하는 입장에 서 있는 것이다. 그때 그 "정련된 강철로 빚어 만든" 전사들은 오늘날 녹슨 쇠붙이가 되어 있을 뿐이다. 참된 강철은 불 속에 들어가는 것을 두려워하지 않는 법이라고 하였거늘, 참으로 강철을 빚어 만든 전사가 누구였는지는 지금에서야 비로소 알 수 있는 것이다.

저 신해 혁명 이전의 사대부 자제들 가운데는, 유신을 추구하는 '낡은' 신당(新黨)도 있었으며, 혁명주의에 불타는 영웅도 있었고 부국강병을 추구하는 환상가도 있었다. 객관적으로 그들 가운데는 민권주의적 군중 혁명을 이끌어간 인물도 있었으며, 질풍노도의 혁명 사업에 한차례 자신의 몸을 던졌던 이도 있었다. 이들과 마찬가지로 루쉰 역시 사대부 계급 출신이었으며, 초창기 민권주의적 혁명당의 일원이었다.

그러나 루쉰은 자신이 절개를 지키지 못한 공주의 자식이란 사실을 다소간 부끄러워했던 다른 사람들과는 달랐다. 제국주의라는 '전쟁의 신'이 동방 문명이라는 '공주'를 겁탈했음은 누구도 부인할 수 없는 세계사적 일대 사건이었다. 이러한 겁탈의 결과 중국의 구사회는 급격히 붕괴, 해체되고, 화교 상업 자본이 밀려들고, 과거에 매달리던 서생이 민족 자본가로 변신하거나 지방의 세도가들이 거간꾼 노릇에 나서는 따위의 사태들이 우후죽순처럼 생겨났다. 그리고 이러한 변화와 더불어 현대적 의미의 프티 부르주아 지식인 계층도 생겨나게 되었다.

유신과 개량의 기치를 내건 보황주의자(保皇主義者)에서 혁명과 광복을 주장한 배만주의자(排滿主義者)에 이르기까지 내부적인 입장 차이는 존재했지만, 이 전사들 모두에게 공통되었던 점은 모두가 농후한 사대부 기질의 소유자들이라는 점이었다. 개화한 상인들과 유신파를 지지하는 세도가들간의 차이라면, 세도가들은 만주족 청 왕조의 새로운 중흥을 기대하면서 캉요우웨이, 량치차오가 주어쭝탕, 리훙짱의 과업을 계승해줄 것을 희망했던 반면, 상인 계층의 이념적 대표자들은(이들 역시 사대부 출신이었다) 또 다른 출로, 즉 자신들은 '전권을 쥔 제갈량'이 되고 4억의 아두[6] 들에게 허울뿐인 주인 노릇을 시키는 식의 혁명을 꿈꾸었다. 근본적인 지향이 모두 이런 식이었던 당시의 사상계는 애초부터 그 속에 복고와 반동의 씨앗을 감추고 있었다. 모종의 '고유 문화'를 회복하자는 부르짖음은 이러한 근본 지향의 감출 수 없는 반영이었다. 그러나 이러한 상황 속에서 오직 현대적 프티 부르주아 지식 계층의 맹아에 해당하는 일군의 인사들만이 과학 문명에 대한 굳건한 신앙을 기초로 이런 복고와 반동의 조짐에 저항할 수 있었다. 루쉰을 위시한 초창기의 혁명가들은 사대부 계급과 종법 사회로 대표되는 그들 자신의 과거 전체와 철저히 절연한 인물들이었다.

　루쉰은 일찍부터 자연과학에 흥미를 가져 당시로서는 상당 수준에 해당하는 관심을 가졌던 적이 있다. 루쉰은 또한 농민 대중과도 상당히 공고한 연계를 갖고 있었다. 봉건적 사대부 가문에서 태어나고 자란 그는, 집안이 몰락한 후로 들판에 노는 아이들의 무리 속에 섞여들어가 함께 뛰어놀면서 자라났고, 그 속에서 농민들의 생활을 체험할 수 있었다. 이러한 체험으로부터 루쉰은 마치

---

6) 아두는 촉나라 임금 유비(劉備)의 아들로 어린 나이에 임금의 자리에 올랐던 유선(劉禪)을 가리킨다. 유선의 아명(兒名)이 아두(阿斗)였다. 유비가 죽고 나서는 제갈량이 실질적으로 전권을 행사하였고 어린 나이에 제위에 오른 유선은 명목상의 임금 노릇만 했다. 상인 계급이 실질적인 전권을 휘두르고 대중들은 명목상의 주인 노릇만 하게 되는 상황을 제갈량과 유선의 관계로 비유하고 있다.

늑대의 젖을 빨며 자라난 신화 속의 로물루스와도 같은 '야수성'을 체득할 수 있었으며 자신을 얽어매고 있는 봉건성에 침윤된 과거와 단호히 결별함으로써 '천신과 귀족의 궁전'을 증오할 수 있게 되었다. 그러면서도 그는 한번도 '제갈량' 식의 꼴사나운 행태를 취하려 든 적은 없었다. 자신의 태생이 신사 계급 출신이었으므로 그는 사대부 계층 고유의 갖가지 비열함과 추악함, 허위성을 제대로 꿰뚫어보는 혜안을 가질 수 있었다. 하지만 그는 자신이 '사생아'라는 사실을 부끄러워하여 숨기려 들지는 않았다. 그는 늘 자신의 과거를 저주하면서, 그 낡고 더러운 똥통을 깨끗이 씻어내는 데 온 힘을 다 기울였던 것이다.

현대의 어느 혁명가[7]는 이렇게 말하고 있다.

사람을 잡아먹는 경제 제도가 존속되는 한, 착취가 존재하는 한, 이러한 제도에 반대하는 새로운 이상은 끊임없이 생겨난다. 이러한 이상은 착취당하는 군중 자신들 속에서 생겨나며 이른바 지식 계층의 개별적 대표자들 가운데에서도 생겨난다. 이러한 이상은 마르크스주의자들에게는 모두 지극히 소중한 것들이다.

신해 혁명 이전에, 예를 들어 1907년에는 부국강병과 입헌민치(入憲民治)라는 것 이외에 또 무슨 이상이 있었던가? 예민한 감각과 세계사적 안목을 두루 갖춘 그야말로 위대한 천재가 아닌 바에야 그 누구라도 '시대의 한계'를 훌쩍 뛰어넘을 수는 없는 법이다. 그러나 외국의 학설을 수용하는 문제만 하더라도 관건적인 것은 그것을 제대로 알고 수용할 수 있는 주체의 능력이다. 루쉰은 1907년에 이렇게 말한 바 있다:

---

7) 레닌을 가리킴.

재주가 얕고 지혜가 모자라는 무리들이 앞다투어 군비 확충에 대해서 떠들고 있다. [……] 갈고리 같은 발톱과 톱 같은 이빨을 갖추는 일이야말로 국가의 으뜸가는 중대사라고 떠들어대며 또한 서구 문명으로부터 배워온 단어들을 끌어다가 자신들의 문장을 치장한다. [……] 투구를 깊숙이 눌러쓰고 낯빛을 감추며 감히 넘볼 수 없을 것 같은 위엄을 잔뜩 부리고는 있지만, 자신들의 사리(私利)만을 탐하는 본색은 끝내 숨기지 못하고 겉으로 드러내게 마련이다! 그 다음으로는 제조업과 상업 그리고 입헌과 국회를 주창하는 설을 들 수 있다. 제조업과 상업이라는 두 가지는 본디부터 중국의 청년 사이에 중시되고 있던 바니, 설령 특별히 강조하지 않는다 하더라도 앞으로 그것을 힘써 도모하는 자들은 셀 수 없을 만큼 많아지게 될 것이다. 이런 주장이 온 땅 위에 내리비치는 태양과도 같이 나라를 뒤덮고 있으니, 부강을 도모한다는 명분에 기대어 자신이 뜻있는 선비임을 드러내어 영혜를 다하기에는 참으로 부족함이 없다. 또한 불행히 나라가 망해 종사(宗社)가 폐허가 되더라도 모아둔 재산이 충분할 것인즉 따뜻하고 배부른 생활을 이어가는 데는 지장이 없을 것이라. [……] 입헌과 국회를 내세우는 주장에 대해서는 더 말할 필요도 없다. [……] 이것은 결국 국가의 권력과 의론(議論)을 온통 약삭빠른 무리들과 우매한 부자들에게 내맡기는 결과를 빚는다. [……] 오호라! 저 옛날 백성 위에 군림하던 것은 '한 명의 사내(一獨夫)'에 불과하였는데, 오늘날 갑자기 그 도가 예전과 달라지고 보니 '한 명의 사내'가 우매한 천만 명의 무뢰배들로 대치되었도다! 이런 상황에서 백성들인들 어찌 자신에게 짐지워진 무거운 운명에 견뎌낼 재간이 있을 것이며, 망해가는 나라는 또 무엇으로 부흥시킬 것인가.[8]

---

8)「문화 편향론」,『분』.

지금 와서 이 말을 되새겨보면 거의 모두가 적중한 예언인 셈이다! 중국의 부르주아 계급은 단기간의 혁명을 거쳤다. 그런데 1907년 당시의 청년들, '제조업과 상업'을 열심히 제창하던 바로 그 청년들은 '지사'를 자처하는 한편, 망국에 대비해가고 있으며, 거기서 더 나아가 교묘한 매국 행위에 적극 달려들고 있다. 민권을 내세우는 거짓 주장은 이제 다시 입헌이라는 새 간판으로 치장되어 있다.

당시 루쉰 사상의 기초에는 "개인을 중시하고 물질을 부정한" 니체의 영향이 확실히 존재하였다. 이 같은 니체 사상은 이미 반동화된 유럽 부르주아 계급의 성격을 반영하고 있는 것이었다. 그들은 초인이라는 이름의, 가장 선진적인 영웅과 현자의 명의를 빌려와서 새롭게 솟아오르는 신흥 계급의 대중적이고 집단적인 전진과 개혁에 대한 요구를 억누르려 들었으며, 모든 대중은 수구적이며 진보를 가로막는 '우매한 무리'에 지나지 않는다는 주장을 설파하였다. 그러나 당시 루쉰의 니체에 대한 경도는 다른 종류의 사회적 관계를 반영하고 있었다. 이러한 니체식의 개성주의는 물론 지식인 일반의 부르주아적 환상에 지나지 않는 것이지만 당시 중국의 상황은 도시의 노동자 계급이 거대하고도 자각적인 정치적 힘을 형성하고 있지 못한 단계였으며, 농촌의 농민 대중은 자발적이기는 하나 자각적인 데까지는 이르지 못한 반항과 투쟁만을 수행할 수 있는 단계에 놓여 있었다. 대부분의 속물들, 그리고 보수적이고 우매한 군중들은 통치 계급을 대신하여 노예주의를 묵수하고 있는 형편이었다. 이러한 상황은 분명 개혁과 진보에 있어 커다란 장애물이 되고 있었다. 광명을 위하여, 자연력의 정복과 맹목적인 구사회의 힘을 정복하기 위하여, 개성의 발전과 사상의 자유 그리고 전통의 타파를 외친 루쉰의 목소리는 그 당시로 보아서는 객관적으로 상당한 혁명적 의의를 가지고 있었다.

「악마파 시의 힘」에서 루쉰은 "모든 시인들 가운데, 반항에 뜻을 두고 그 실천을 지향하여, 세상 사람들이 유쾌하게 생각하지 않는 자는 모두 그 범위에 넣"은 이른바 '악마파 시인'에 대해 말하고자 하였다. 루쉰이 이들 악마파 시인들(바이런 등)에 관해 언급한 목적은 전통을 내세워 압제를 유지해온, 이미 강시화된 '동방 문화'에 저항하고 반역할 것을 호소하기 위함이었다. 또한 이 악마파 시인에 대한 소개는 유럽의 문예사조를 중국에 제대로 소개한 사람으로 그를 첫손에 꼽게 만드는 근거이기도 하다.

1907년 그 당시 루쉰의 호소는 조잡하고 무익한, 배만(排滿)을 부르짖는 논조 속에 파묻혀 어떠한 반향도 얻지 못했다. 만약 『분』속에 수록된 몇 편의 역사적 문헌들이 보존되지 않았더라면 아마도 중국의 허다한 '혁명 문서'들과 마찬가지로 흩어져버리고 말았을 것이다. 이들 문헌의 의의는 당시의 사상계가 안고 있던 주요 문제, 즉 이처럼 낙후한 상태에 있는 대중을 어떻게 할 것인가 하는 문제에 대한 하나의 해답을 제시하고 있다는 점에 있다. 이 문제에 대해 당시의 혁명적 사상계 내부에는 이미 모범 답안이 제출되어 있었다. 그 모범 답안은 말하자면 이런 식이었다. 군중의 낙후성은 천성적인 것이니 그들을 추동하여 혁명에 나서게 할 수는 없다. 그러므로 혁명 군대를 편성하고 훈련시켜 대중을 대신해 혁명 전쟁을 치르지 않으면 안 된다. 또 혁명이 성공한 후에도 여전히 대중에게 자유를 누리게 해서는 안 되며, 상당 기간 동안 잘 가르치고 훈도한 연후에야 비로소 그러한 자유를 누리게 하는 것을 생각해볼 수 있다.

그러나 루쉰의 입장은 다소 달랐다. 그는 민중이 낙후되어 있기 때문에 더욱더 강력하게 개성 해방을 부르짖어야 하고, 사상의 자유를 쟁취하기 위해 싸워야 하며, "울릴 때마다 대중의 마음속에

파고들어, 맑고 밝게 울리는, 평범한 소리와는 다른" 이른바 '자각의 목소리'를 대중의 마음속에 울려퍼지도록 해야 한다는 주장을 폈다. 이 역시 비록 정확한 입장은 아니었다 하더라도 기존의 '혁명적 우민 정책'과는 확실히 구별된다.

그러나 당시 중국 국민의 대다수는 아직도 "이전부터 품어왔던 희망에 대한 생각을 버리지는 않았지만 그에 대해 아무런 말도 할 수 없는 처지였다." 이들은, "주변을 둘러본즉, 오른쪽 이웃 나라는 이미 노예 신세가 되어 있고 왼쪽 이웃 나라는 거의 다 망해가는 지경인지라, 양자를 잘 비교해보아 자신에게 더 이로운 멸망의 방식을 지혜롭게 선택하려는" 아Q식의 자기 이해에 빠져 모두가 득의만만해하고 있는 형편이었다. 따라서 중국에서는 언제나 제갈량식의 혁명 이론만이 횡행하고 진정으로 필요한 과학과 예술의 선진 이론을 섭취하려는 진취적인 노력은 부재한 상태였던 것이다.

이러한 상황 속에서 루쉰은 크나큰 고독과 적막을 느껴야만 했다. 그는 「악마파 시의 힘」에서 "지금 중국을 온통 뒤져보매 정신계의 전사라고 할 만한 자, 그 어디에 있는가?"라는 물음을 던지면서, 러시아 문학가 코롤렌코의 소설 『마지막 빛』에 나오는, 글을 가르치는 시베리아의 노인에 관한 이야기를 들려준다. 노인이 글을 가르치는 교과서에는 꾀꼬리가 등장한다. 학생들은 꾀꼬리가 앵두나무에 모여 앉아 아름답게 지저귄다는 내용을 책에서 배우지만 아무것도 살지 못하는 시베리아에서 생활하고 있는 이들은 다만 고개를 기울이고 그 꾀꼬리의 노랫소리를 상상해보는 수밖에는 없었다는 것이다. 이 같은 상상과 바람은 얼마나 사람을 감동케 하는 것인가? "우리들 역시 생각에 잠겨볼 뿐이다. 다만 깊은 생각에 잠겨볼 뿐인 것이다!"[9]

그러나 루쉰은 결코 고독하지만은 않았다. 신해 혁명의 노도를

64

일으킨 것은 혁명을 한담시고 나선 '신흥 귀족'들이 아니라, "대의를 알지 못하는 농민과 촌부들"이었다. "혁명 이후에는 그때부터 곧 자유"라고 여기는 이들의 맹목성이야말로 신해 혁명의 진정한 동력이었던 것이다.[10] 이 "대의를 알지 못하는" 가난한 군중은 혁명을 한담시고 나선 '신흥 귀족'들의 하수인 노릇만 실컷 해주었고, 때때로 이들은 '하얀 갑옷'을 꿈꾸는 아Q식의 몽상에 빠져들기도 했지만 그들이야말로 광명을 향한 투쟁의 진정한 기초였던 것이다. 오직 그들과 함께할 때에만 '정신계의 전사'에게 진정한 전망이 열리는 것이다.

신해 혁명 이후 중국의 사상계는 첫번째 '위대한 분열'을 거치게 되었다. 군중의 혁명적 정서와 계급 관계의 변화를 반영하여, 중국의 사대부적 지식 계층은 '국고(國故)'를 내세우는 진영과 '서구화'를 내세우는 진영으로 분열되었다. 『신청년』의 초기 신문화 운동이 시작된 5·4 운동 당시에 이러한 분열이 시작되었다. 당시 '덕선생(德先生: 데모크라시)'과 '새선생(賽先生: 사이언스)'을 기치로 내건 혁명 진영은 투쟁을 계속 전개해나갔다. 이것은 자산 계급 민권 혁명의 심화인 동시에 현대적 지식 계층의 성장, 발전의 결과라고 할 수 있다.

'사상 혁명'에 대한 루쉰의 참여가 시작된 것은 바로 이 시기부터였다. 그의 '참여'가 '시작'되었다고 하는 것은 그 이전에는 참여할 만한 그 어떤 것도 없었으며 그로서는 그저 고독하게 "깊이 생각할" 수밖에 없었기 때문이다. 『신청년』이 '신문화 투쟁'에 떨쳐 나선 이후로 반국고파(反國故派)는 비로소 온전한 대오를 갖출 수 있었던 것이다.

신해 혁명 이후, 사람들은 누구나 혁명이 실패로 돌아갔다는 것

---

9) 「악마파 시의 힘」, 『분』.
10) 「민원항주환영회(民元杭州歡迎會)에서의 연설문」, 『손문 전집』.

을 알 수 있었다. 그러나 계속해서 중국을 통치해나가는 자들의 정체를 알아채는 사람은 드물었다. 루쉰은 그들을 일러 '현재의 도살자'들이라 불렀다. 그들은 '현재'를 도살하며 이로써 자손들의 시대인 '미래'마저도 죽인다. 이 '현재'를 죽이는 자들은 바로 오늘날의 강시의 무리들이기도 하다. 그 당시 또한 전적으로 강시의 통치기였던 것이다. 저 강시의 무리들은 바로 봉건 군벌이며, 매판 관료들이었다. 그들은 이른바 일체의 '국고,' 즉 종법 사회의 낡은 도덕인 충효절의 같은 이미 썩어 문드러진 낡은 문화를 유지하는 데 전력을 기울이고 있었다.

처첩을 잔뜩 거느린 부자 사내가 난리를 당해서 처첩들은 거들떠보지도 않고 도망을 쳤다. 그러던 중 '반란군 병사'(혹은 '천병')를 만나서는 어찌할 바를 모르고 허둥대다가 겨우 자기 목숨만 건지고 처첩들더러는 모두 열녀가 되어줄 것을 부탁하였다. 열녀가 되면 '역병'들도 어찌지 못하리라고 마음을 놓으면서 말이다. 이 부자 사내는 사태가 진정된 후에야 느긋하게 돌아와서 열녀가 된 처첩들에게 몇 마디 칭찬을 늘어놓고는 그뿐이었다.[11]

저들은 이 이야기 속의 부자 사내와도 같은 뻔뻔스런 무리들이었다. 장차 '정복당하는 입장'에 놓이게 될 자들은 당연히 수절을 외치면서 열녀를 찬양하는 법이다. 자신의 통치를 유지하려는 자들 역시 충효를 더욱 내세운다. 살아 있는 사람이라면 언제나 앞으로 나아가고자 하며 청년들은 언제나 활기차게 움직이려고 한다. 하여 이들은 죽은 자들에게 살아 있는 사람을 붙들고 늘어지게 하고, 늙은이들로 하여금 어린아이를 붙들어두게 한다. 그들은

---

11) 「나의 정절관」, 『분』.

이렇게 해서 천하를 태평케 할 수 있다고 여긴다.

　폭군의 전제는 사람들을 냉소꾼으로 만들고 '어리석은 자'(차라리
강시라고 하는 편이 옳겠다)의 전제는 사람들을 죽은 시체로 만든다.
사람들은 점점 죽어가고 있는데, 스스로는 오히려 올바른 도를 행하
여 그 효과가 드러나고 있는 것이라고 생각한다. [……] 만일 세상에
아직도 참된 삶에의 의지를 가진 자가 있다면, 감히 말하고 감히 웃어
젖히며 감히 울음을 터뜨리고 감히 분노하며 감히 욕을 해대고 감히
때려부수어야 할 것이다. 그래야만 이 저주스러운 곳에서 이 저주스
러운 시대를 격퇴시킬 수 있으리라!¹²⁾

　이는 신문화 운동 여명기의 일반적인 정신적 태도에 해당되는
것이기도 하지만, 루쉰은 그때도 이미 자신만의 독특한 점을 드러
내고 있다. 신문화 운동의 영도자들은 모두 청년들의 새로운 지도
자 노릇을 하겠다는 생각에서 벗어나지 못하고 있었다. 그러나 루
쉰은 기꺼이 혁명 군대의 일개 무명소졸이 될 것을 자청하였다.
그는 "스스로 인습의 무거운 짐을 등에 지고서, 암흑의 갑문을 어
깨로 버티며 그들을 해방시켜 드넓은 광명의 땅으로 나아가게 하
였다." 그는 결코 훌륭한 탑을 쌓아 스스로 그 위에 올라앉으려
들지 않았다. 오히려 그는 하나의 무덤을 파서 자신의 과거를 그
속에 묻어버리고 저주스러운 시대가 어서 흘러 영원히 지나가버
리기만을 열렬히 희망하였다. 미래와 대중을 위한 그의 이러한 희
생 정신은 전생애를 꿰뚫는 정신적 요체였으며 오늘의 모든 문제
에 관해서도 그것은 마찬가지이다. 하나의 예를 들어보자.
　백화문 운동이 시작되고 얼마 지나지 않아, 첸셴퉁(錢玄同) 같

---

12)「문득 떠오른 생각들 5」,『화개집』.

은 이들은, 『삼국연의』식의 문언과 백화가 뒤섞인 문체를 "현실에 부합하는" 모범으로 내세우며, 이상이 지나치게 높아서는 안된다는 주장을 폈다. 또 다른 한편에서는 문장의 좋고 나쁨은 문언으로 썼는가 백화로 썼는가 하는 문제에 있는 것이 아니라 '타고난 문재'에 달려 있다고 주장하고, 백화를 잘 쓰려면 반드시 고문에 대해서도 잘 알아야 한다고 주장했다. 그래서 모든 신문학가들이 '타고난 재주'를 가지고 모범적인 백화문을 지어내려고 애쓰게 되었다. 그러나 이에 대한 루쉰의 입장은 단호하다.

그것은 참으로 몸서리쳐지는 일이 아닐 수 없다. 〔……〕 저 낡을대로 낡은 고문에 파묻혀 고심하면서도 끝내 벗어나지 못하는 꼴이라니. 수많은 청년 작가들은 고문 시사(詩詞)를 뒤적여 그 가운데 그럴듯하고 알아먹기 어려운 것들을 찾아내어서는 그것이 무슨 마술사의 손수건이라도 되는 양, 멋대로 자기 글을 꾸미는 데 사용하고 있다.[13]

나의 경우처럼 옛날 버릇을 고치지 못하고 걸핏하면 성어(成語)를 써댄다거나 창조사의 경우처럼 고의로 남들이 알아듣기 힘든 단어들을 마구 들먹이는 글들을 쓰는 일들은 문예를 대중과 격리되도록 만들어왔다.[14]

그는 스스로를 "다리를 만드는 데 들어간 나무 한 조각, 돌 한개 정도로만 여겼을 뿐, 결코 미래의 모범이 될 수는 없다"고 생각했으며, "시간이 지남에 따라 점점 소멸"해갈 것이라고 보았다.[15] 그러나 바로 이러한 그의 태도 때문에 그 '다리'는 진정 피

---

13) 『분』, 후기.
14) 「『작은 십 년(小小十年)』소서(小序)」, 『삼한집』.
15) 『분』, 후기.

안에 도달할 수 있는 튼튼한 다리일 수 있었고, 그의 작품은 중국 신문학사에 있어서 하나의 기념비적 지위를 차지할 수 있었다. 그리고 또한 그 스스로는 "청년 반도(叛徒)들의 지도자"가 될 수 있었다.

5·4 전후에 있어 『신청년』의 지도적 작용에 관해서는 누구도 부인할 수 없을 것이다. 종법예교에 반대하고 국고에 반대하며, "부녀와 청년의 해방"과 백화 문학의 주장을 내세우는 이상의 물결이 세차게 일어나자 지식 청년들은 새로운 출로와 새로운 희망을 찾아 떨쳐 나서게 되었다. 그러나 신해 혁명 이후 몰아친 세찬 반동의 물결이 아직 사라지지 않고 남아서 혁명 진영의 앞길을 심각하게 가로막고 있었음을 기억해야 할 것이다. 혁명의 이상은 아무짝에도 쓸모 없는 것이 되어버렸고, 혁명이 불러일으킨 소요는 혁명의 이상 그 자체에서 나온 것이라는 생각이 당시의 사상계에 만연해 있었다. 루쉰의 말을 빌리면, 당시 반동파들은 다음과 같은 애매모호한 어조로 목소리를 높였다. "개에게는 개의 도리가 있고, 귀신한테는 귀신의 법도가 있는 법, 중국의 경우도 남들과 달라서 중국만의 도리가 따로 있을지라. 각각의 도리가 다 다르거늘 한 가지의 이상만 고집하다니 참으로 통탄할 노릇인저!"16)

이러한 문제에 대한 답안을 놓고 신문화 운동 내부는 또 한번의 분화를 겪게 되었다. 치국평천하의 낡은 이상에서 벗어나지 못한 구세대 혁명당의 인사들은 이러한 반동파들의 선전 앞에 곤혹을 느끼지 않을 수 없었다. 그리고는 얼마 후 재빨리 반성의 목소리를 드높이며 이런 주장을 늘어놓았다. 우리는 지금까지 지나치게 파괴만을 생각해왔다. 그러나 지금은 건설을 생각해야 할 때이다. 지금까지 우리의 이상은 지나치게 높기만 해서 대중들이 이를 잘

---

16) 「수감록 39」, 『열풍』.

이해할 수 없었다. 그러나 '혁명당'은 본래 대중의 이해를 필요로 하지 않는 것이고, 대중은 언제나 아무것도 이해하지 못하는 법이다. 그러므로 우리 혁명당은 아무것도 모르는 대중들이 하나의 방향으로 줄곧 나아가도록 만들면서, 그들을 대신해서 혁명의 이상을 건설해주면 되는 것이다! 이것은 분명, 구세대 혁명당의 투항선언이었다. 그렇다면 신세대 혁명당은 어떤 입장을 가지고 있었는가? 5·4 운동을 거치고 난 얼마 후, 후스 일파 역시 반동에 투항하고 말았다. 반동파들이 "한 가지의 이상만 고집해서는 안 된다"고 목소리를 드높이고 있을 때, 후스는, "'주의'에 관해서는 조금만 말하고, 실제적인 '문제'에 관해서 더 많이 말하자"는 주장으로 반동파의 목소리에 동조하였다. 미국의 협잡꾼들에게서 배워온 후스의 이러한 실용주의는 사상계에서 신흥 계급의 위대한 이상이 권위를 얻는 데 있어 분명한 방해 요소로 작용하였다.

혁명주의와 개량주의가 갈라지는 분수령이라고 할 이 문제 앞에서 단호히 혁명주의를 선택한다. 그는 혁명의 이상에 반대하고 경험에 집착하는 이들의 가면을 벗겨내고 그들이 내세우는 경험이 이른바 황제 아래 신음하던 무수한 노예들의 경험에 지나지 않음을 갈파하였다.

5·4 이전, 루쉰의 사상은 여전히 진화론과 개성주의에 기초해 있었다. 그는 청년 세대에 대한 열렬한 희망을 가지고 있었으며, 종법 사회의 낡은 시신과도 같은 통치를 맹렬히 공격하고 개성의 해방을 요구하였다. 그러나 루쉰은 점차 봉건적 신분 제도와 중국 사회를 켜켜이 짓누르고 있는 억압과 착취에 대해 각성해가기 시작한다. 작품집 『분』에 수록된 그의 「춘말한담(春末閑談)」 「등하만필(燈下漫筆)」 「잡억(雜憶)」 등과 『화개집』에 실려 있는 1923년에서 1925년에 이르는 기간의 작품들, 그리고 1926년에 나온 『화개집 속편』에 실린 작품들에서 루쉰의 계급 통치에 대한 맹렬한

공격의 불길이 타오르고 있음을 우리는 목도할 수 있다. 물론 이는 사회과학적 분석에 의거한 것이라기보다는 직감적인 생활 경험의 소산일 것이다. 당시 그의 신성한 풍자와 날카로운 증오는 온통 군벌 관료와 그의 주구들을 향해 집중되고 있었다.

　5·4에서 5·30 사건 전후에 이르기까지, 중국의 사상계는 두번째의 '위대한 분열'을 준비해가고 있었다. 그것은 이미 국고 정리파(國故整理派)와 신문화 운동파 사이의 분열이라기보다 신문화 운동 진영 내부의 분열이라는 성격을 띠고 있었다. 신문화 운동 진영은 농민과 노동자 대중이 그 한쪽 진영을 형성하고 있었고 봉건 잔재에 의존하고 있는 부르주아지가 또 다른 한쪽 진영을 형성하고 있었다. 그들의 '새로운' 반동 사상은 '서구화' 혹은 '5·4화(五四化)'라는 새로운 외피로 치장되어 있었다. 결국 1927년 하반기에 이르러 이러한 분열은 최종적으로 완성되었지만, 그것은 1925년에서 1926년 사이에 이미 준비되어 있었다. 당시 뚜안치루이(段祺瑞)와 짱스짜오(章士釗)의 앞잡이 노릇을 하고 있던 현대 평론파가 1927년 이후 어떻게 세력을 얻게 되었는가를 살펴본다면 이 시기의 미묘한 동향의 추이를 이해할 수 있을 것이다. 혁명적 소부르주아지의 문예 사상과 비평적 입장을 대변하던 잡지 『어사(語絲)』를 통해 보여준 루쉰의 활동은 바로 이들 미래의 '관변학자'들을 겨냥한 것이었다. 오늘의 독자들 가운데 어떤 사람들은 천시잉(陳西瑩) 같은 부류의 인물들의 정체를 제대로 알지 못한 채 『화개집』과 『화개집 속편』에 실린 잡감들이 단순히 개인을 공격한 글에 지나지 않는다고 생각해버리고는 루쉰의 문장에 대해 그다지 흥미를 느끼지 못하기도 한다. 사실 '천시잉'이나 '짱스짜오'와 같은 무리들의 이름은, 루쉰의 잡감 속에서는 그야말로 하나의 보통명사로서, 모종의 사회적 전형을 대표한다. 물론 그들 개인의 이력을 자세히 들추어볼 필요는 없다. 보다 중요한

것은 이런 "아양을 떨며 비위나 맞추는 고양이" 혹은 "주인보다
도 더 사납게 구는 개" "사람의 피를 빨아먹고도 여전히 앵앵거리
며 기회만 엿보는 모기," 그리고 "반나절을 웅웅거리며 번잡을 떨
다가 진땀나는 이마에 앉아 혀로 핥아대는 파리"와 같은 존재들
이 지금도 살아 있을 뿐만 아니라 여전히 위세를 떨치기까지 하고
있다는 점이다! 이런 비겁과 나약함, 파렴치와 허위를 폭로하고,
또 잔혹한 도살자와 노예들의 가면을 벗겨버리는 것은 적들과의
전투에서 대단히 중요한 하나의 전선을 형성하는 일인 것이다.
　구시대 도덕의 열렬한 옹호자였던 저 신사들은 확실히 차츰 몰
락의 길로 접어들고 있다. 하여 그들은 살아 있는 시체, 곧 강시
(僵屍)가 되어가는 자신들 몸 속의 혈관에 '서구화'라는 서양의
국고와 옥스퍼드, 케임브리지, 컬럼비아의 아카데미즘을 주사하
였다. 여기에 저 조계지 속물들의 농간도 보태어 강시는 잠시 새
로운 생명을 얻은 듯했고, 몇 년 동안이나마 '시신의 새로운 목
숨'을 그리워해보기도 하였다. 이 서양물이 든 '신사'와 조계지
의 속물들은 얼마 후 '혁명 군인'의 무리들과 함께 새로운 집단
을 형성했다. 그리하여 강시들에 의한 통치는 곧 어릿광대의 통치
로 바뀌게 되었다. 지금 이 강시의 무리들은 여전히 연극을 상연
하는 중이고 물론 이제 더 이상 그들이 두려워할 것도 남아 있지
않다.

　본원적 축적 과정을 거친 중국의 상업 자본은 향촌의 봉건 통치 세
력인 지주와 함께 특별한 형식으로 결합하게 된다. 군벌들, 그리고 무
자비한 약탈을 거리낌없이 자행하는 문무 관료들은 특별한 형식의 결
합체로서의 상부 구조를 형성하고 있다. 제국주의와 그들 수중에 놓
인 일체의 재정적·군사적 역량은 중국에 있어서 이러한 봉건 잔재와
군벌 관료의 상부 구조를 유지하고 추동하는 힘으로 작용하여 그들을

서구화시키는 동시에 보수적 입장을 옹호하는 세력으로 만들어가고 있다.

이상과 같은 스탈린의 언급을 통해 우리는 이 강시의 무리들이 어떻게 서구화의 의상을 걸치게 되었는지 이해할 수 있다. 위안스카이 이래 북양 군벌은 새로운 통치를 공고히하기 위해 '육군자(六君子)'와 같은 '개국 공신'들을 끌어들여 이용하기도 했지만 "훗날의 무인들은 더욱 어리석어져 〔……〕 백성을 잔혹하게 학대한 데다가 학문을 경시하고 교육을 황폐하게 만들어 더욱 악명을 떨치게 된 것이다."[17]

문제는 "노예를 통치하는 데는 일정한 규율이 필요한 법인데,"[18] 이 새로운 규율을 만드는 데 있어서는 '산양'의 역할이 참으로 중요하다는 점이다. '산양'은 "목에 작은 방울을 달고서는, 이것을 지식 계급의 휘장으로 삼아 〔……〕 군중들을 차분히 안정시키면서 그들이 가고자 하는 곳을 향해 대중을 계속 이끌고 간다. 〔……〕 이들은 결국 이렇게 말한다. 〔……〕 죽을 때도 양처럼 얌전히 죽어주면 세상은 태평할 것이고 피차 수월하지 않겠는가."[19] 뚜안치루이, 짱스짜오가 득세하던 시기에 천시잉 같은 무리는 이러한 '산양' 노릇을 자임했다. 이러한 시도는 곧장 성공을 거두지는 못하고 몇 년을 끌어왔지만 현재에 이르러서는 완전한 '성공'을 거두고 있는 듯하다. 새로운 왕조가 시작되면 언제나 '새로운 문인들이 도와주는 것이 관례였듯,' 새로운 옹호자를 만난 이 '문인'들은 더구나 돼지나 빈대 같은 엄청난 번식력을 가지고 있어서 각양각색의 숱한 무리들을 만들어냈다. 당시——즉 1925, 26년

---

17) 「약간의 비유」, 『화개집 속편』.
18) 「등하만필」, 『분』.
19) 「약간의 비유」, 『화개집 속편』.

무렵——저들은, 예를 들어 '학생 깡패'를 소탕한다거나, 서양 철학자 쇼펜하우어를 모셔와서 여사대의 '계집아이'들을 두들겨패주는 식의 활동에 많은 힘을 기울였는데 이러한 활동은 결코 보람이 없지 않았다.

당시 루쉰의 '서양물이 든 신사'에 반대하는 투쟁은 비록 개별적이고 사적인 문제 정도로 치부되어 그 의미가 분명히 드러나지 않고 있었지만 이런 전투의 원칙적 의의는 갈수록 부각되어갔다. 지배자들의 통치 행위는 대포와 기관총에만 기댈 수는 없는 노릇이므로 어떤 형태의 '이데올로기적 대표자'를 반드시 필요로 한다. 이러한 '이데올로기적 대표자'들이 펼치는 요술과 속임수는 무궁무진한 법이다. 이 "연극을 벌이고 있는 허무주의자"[20]에 대한 폭로와 투쟁 또한 지속적이고 끈질기지 않으면 안 되는 것이다.

이들은, 5·30 시기의 '제국주의를 타도하라'는 구호를 "분열과 시기에서 나온 현상"(쉬쯔모)이라고 매도하는가 하면, '타도하자! 싸우자!' 따위의 구호를 외쳐대는 "이런 중국인들에게는 퉤하고 침이나 뱉어주자!"(천시잉)라고 말해댄다. 중국인들은 매를 맞더라도 결코 소리를 내어서는 안 된다는 주장을 뻔뻔스럽게 늘어놓고 있는 것이다(천시잉). 그들은 '3·18 사건'이 터지자, 재빨리 이런 무책임한 주장을 늘어놓았다. "현 집권 정부의 청사 앞은 이를테면 '사지(死地)'인 것이다, 〔……〕 군중의 지도자는 청년학생들을 이 '사지'로 몰아넣은 데 대해 마땅히 도의적인 책임을 져야 한다." 이런 "먹으로 쓴 거짓말"이 "피로 쓴 사실"을 덮을 수는 없는 것이다. 여기에서 루쉰은 처음으로 '실수'를 범했다. 루쉰은 3·18 사건에 대해, "이제까지 중국인들의 결점을 거리낌

---

20) 「마상지일기(馬上支日記)」, 『화개집 속편』.

74

없이 그리고 가장 짓궂은 방식으로 지적해온 나이지만 그런 나조차도 설마 그처럼 비열하고 그처럼 야만스런 짓을 하리라고 생각할 수 없었다"[21]고 술회하며, 그날을 "민국 이래 가장 어두운 날"이라고 하였다. 그렇지만 1, 2년 후에 '3·18' 보다 몇백 배 거대한 규모의, 더욱더 처참한 살육이 다시 자행되리라고는 생각하지 못했다. 만약 루쉰이 '실수'를 저질렀다는 것을 인정한다면 우리는 "내게는 아직도 악랄함이 부족하다!"는 루쉰의 자기 비판에도 동의하지 않을 수 없다. 지주 관료와 부르주아가 지배하는 사회의 이 같은 추악함은 한 문학가가 "타인의 죄상을 비방한" 행위 따위와는 비교할 수 없을 정도로 심각한 문제인 것이다. 그리고 또한 이 사회의 추악성은 루쉰에 의해 비방의 대상이 되었던 바로 그 '산양' 노릇을 한 문인들에 의해서 늘상 은폐되어왔다.

5·30 당시에는 일반인들은 물론 혁명가들까지도 '대외 문제에 일치 단결해서 대응하자'라는 주장에 맹목적으로 동조했다. '대외 문제'와 동시에 국내 계급 투쟁이 치열하게 전개되고 있는 중이라는 사실에 대해서는 다소간 소홀하였던 것이다. 계급 투쟁이 새로운 단계로 접어든 시점에 있어 이러한 태도는 매우 심각한 문제가 아닐 수 없었다. 이러한 사태에 대해 루쉰은 의문을 표한다. "그러나 백성들에 대한 군벌들의 약탈과 방화, 살육이 여태껏 무수히 저질러져왔지만, 지금까지 그에 항의한 사람은 거의 없었다."[22] 5·30 이후에 거세게 일어난 군중 혁명의 거대한 파도는 루쉰이 던진 의문에 대한 하나의 답변이었다. 이로부터 진정, 혁명은 새로운 단계로 접어들었다. "저 무수한 인간 같지도 않은 자들의 가면을 벗겨버리고 상상하기조차 어려울 정도의 음험하고 악독한 본질을 폭로해낸 것, 그리하여 다음의 전사들로 하여금 새로

---

21) 「류훠쩐군을 기념하며」, 『화개집 속편』.
22) 「문득 떠오른 생각 11」, 『화개집』.

운 전략을 강구하지 않으면 안 된다는 것을 가르쳐준 것, 이것들 이야말로 죽은 이들이 우리에게 남겨준 크나큰 공덕이 아닐 수 없다."[23] 루쉰의 이 선언은 제국주의와 군벌의 심장부를 노리고 있다. 루쉰은 이렇게 다짐한다. 저 음험하고 악독한 '놈'들이야말로 반드시 타도하지 않으면 안 될 존재들이다. 다시는 청원을 통해 무언가를 바라지 말 것이며, '평화전선'도 '합법주의'도 모두 버리지 않으면 안 된다. 하여 마침내 루쉰은 이렇게 말한다,

피의 대가는 반드시 같은 것으로 치러야만 한다. 오랫동안 질질 끌어오는 바람에 피의 대가에는 굉장한 이자가 붙어 있다![24]

눈물을 훔치고, 핏자국을 닦아내자.
도살자들은 느긋하게 거닐며 노는데,
강철 같은 강한 칼로, 그리고 또 부드러운 칼로.
그러나 내가 가진 것은 그저 '잡감' 뿐일지니.[25]

강시의 통치는 어릿광대의 통치로 변모하였다. 이런 변모를 겪고 난 후 연극에 서툴렀던 몇몇 강시는 그 지위를 잃기도 했지만, 여러 가지 재주로 사람들을 현혹한 강시의 무리들은 여전히 창궐하였다. '산 자'와 '죽은 자(강시)'의 투쟁, 멸망의 길 위에 서 있는 몰락 계급의 발악과 신흥 계급이 지도하는 군중의 저항은 한 차례 폭풍 같은 싸움을 거친 후 새로운 단계에 들어서게 되었다.
"1927년, 피에 놀란 나머지 눈을 휑하니 뜨고 입을 헤하고 벌린 채 나는 광동을 떠나왔다. 용기가 없어 그냥 지껄일 수밖에 없었

23) 「쓸데없는 이야기」, 『화개집 속편』.
24) 「꽃 없는 장미 2」, 『화개집 속편』.
25) 『이이집』, 제사(題詞).

76

던 저 모든 말들은『이이집』속에 수록되어 있다"고 루쉰은 말한 바 있다. 또 그 다음에 나온『삼한집(三閑集)』(1928~29),『이심집(二心集)』(1930~31)에서 루쉰은 늘 웃을 수도 없고 울 수도 없어서 "그럴 따름(而已)"이라고 하였다. 그러나 바로 이 기간중에 루쉰은 그의 글 속에 유린당하고 모욕당하고 기만당하는 사람들의 방황과 분노를 담아내고 있다. 그의 사상은 비로소 진화론을 벗어나 마침내 계급론에 이르게 되었으며, 개성 해방을 요구하는 진취적 개성주의에서 세계의 개조를 지향하는 전투적 집단주의로 전향하게 된다.

만약 일찍이 루쉰이 과거제에 의존하고 있는 귀족 계급과 관료적 소작제 아래에서 신음하고 있는 농노 계급 사이의 대립을 이해하고 있었다면, 봉건 사회의 계급 대립에 대해서도 보다 분명히 이해할 수 있었을 것이다. 뿐만 아니라 지금 진행되는 자본과 노동의 대립에 대해서도 한층 분명한 이해에 도달할 수 있을 것이다. "지금까지 나는 진화론을 신봉하였다. 미래는 결국 과거보다 나을 것이고, 청년은 노인보다 나으리라고 믿어왔었다"고 루쉰은 고백하고 있다. 그러나 그는 "같은 청년이라 하더라도 두 개의 커다란 진영으로 나누어 투서를 보내 상대편을 밀고하거나 상대방을 잡아가도록 관헌을 돕기조차 한다는 엄연한 사실을 목도하게 되었다." 그가 신봉해왔던 "진화론적 사고 방식은 이러한 이유로 붕괴되고 만 것이다."[26] '아비와 아들' 사이의 항렬 투쟁은 단지 전단계 계급 투쟁의 외피에 불과하다는 사실을 깨달은 것이다. 봉건 종법 사회의 찌꺼기들이 행하는 오늘날의 통치에도 이미 비속한 자본의 요술이 한데 섞여들어가, 오늘날 노동과 자본 사이의 계급 투쟁은 더욱 분명한 형태로 표면화되고 있으며 봉건 잔재에

---

26)『삼한집』, 서언.

반대하는 투쟁 역시 더 이상 '아비와 아들' 간의 싸움이라는 형식으로 진행되지는 않고 있다. 제국주의와 강시화된 지배 계급의 통치를 전복시키고, 자본가와 지주 관료의 새로운 결합에 의한 새로운 지배 세력의 창출이라는 저들의 청사진을 갈가리 찢어버리는 투쟁으로 전민중을 이끄는 것이야말로 오늘날 진정한 신흥 계급의 지도적 사명이다. 또한 빈민 소자산 계급·혁명적 지식 계급은 착취 제도에 반대하는 그들의 이상이, 사회주의적 신흥 계급과 함께 전진할 때에만 비로소 실현될 수 있으며, 집체적 투쟁의 흐름 속에서만 진정한 '개성 해방' 역시 이루어질 수 있다는 점을 이해하게 되었다.

당시 사상계에서 일어난 이러한 변화의 과정 속에서 우리는 5·4 시기의 지식 계층이 최종적으로 분화했음을 목도할 수 있다. 일부 이른바 서양물이 든 청년들은 '집을 잃어버린' 혹은 아직 '집을 잃지 않은' '무능한 자본가의 주구'에 불과했으며, 동양과 서양의 현대화된 '국고'로 치장한 새로운 빈동 계급의 대변자에 불과하였음을 우리는 분명히 알 수 있다. 그러나 다른 한 그룹의 혁명적 지식 청년은 더욱 확고하고 분명하게 노동 대중의 품으로 달려가 그곳에서 혁명의 진지를 구축한다. 가장 진실하고도 아름답게 자신의 광명에 대한 이상을 견지하려는 사람들은 시종일관 굳건한 태도로 진정한 혁명의 길로 나아갔던 것이다.

5·4 운동식의 신문화 운동이 이와 같은 분화를 거친 후에 형성된 최초의 진정한 혁명 문학 운동은, 우선 현대적 의상으로 갈아입은 전대(前代)의 충성스런 '유신파 늙은이'들과 '서양물이 든 청년'들에 반대하지 않을 수 없었다. 또한 그들은 새롭게 상을 차린 '식인 파티'와 이 연회장 주변에서 흥겨운 음악을 연주하고 있는 밴드에 속한 악사의 무리들에게 반대하지 않을 수 없었다. 혁명적 "전사의 정신과 육신을 유린하고〔……〕그 꽃을 잡아뜯고,

78

열매를 따서 씹어먹는" 이 어릿광대들은, 거의 '생기를 잃어버린 시신'의 죽어가는 몸뚱이를 부축하여 그들의 새로운 통치를 '확고히' 하는 데 전력을 다해 봉사하였다. 저 식인 파티의 흥을 돋우는 '밴드의 악사'들은 "이탈리아의 다눈치, 독일의 하우프트만, 스페인의 아바네즈, 중국의 우쯔후이(吳稚暉)"[27] 등을 모두 뒤섞어 이들이야말로 진정한 혁명 문학가라는 터무니없는 강변을 늘어놓았다. 기실 이들은 "지휘봉에 따라 상대방에게 욕설을 퍼부어대는"[28] 저능아에 불과한 자들로서, 뚜안치루이 정부 시절의 천시잉과 꼭 같은 존재들이다.

뚜안치루이와 짱쉬에량 등은 '혁명'에 투항하였고, 천시잉 등도 "그 방향을 바꾸었다"고 한다. 그러나 누가 '누구에게' 투항하였고, 누가 '어디로' 방향을 바꾸었는가 하는 것은 그 사회적 의의에 있어 대단히 중요한 문제가 아닐 수 없다. 오늘날의 해괴한 요술은 이런 것이다.

> '혁명(命)'은 물론 하지 않을 수 없다. 그렇지만 지나친 혁명도 좋을 것이 없다. 〔……〕 '혁명 문학'이라는 오로지 하나의 외나무 다리만을 건너야 하기 때문에 수많은 외래의 간행물이 이 다리를 통과하지 못하고 모두 풍덩풍덩 물 속으로 떨어져버리고 마는 것이다.[29]

'외나무다리'는 결국 외나무다리일 뿐이다. 그렇게 '풍덩풍덩' 나가떨어진 존재들 가운데 어떤 것들은 수영하는 법을 배우기도 한다. 진정한 혁명적 문예 사상은 바로 이런 시기에 깊은 발전을 이루는 법이다. 이 새로운 단계에 이르러 혁명적 문예 사상은 내

---

27) 여기에 거명된 이들은 모두 파시스트 통치를 찬미한 인물들이다.
28) 「혁명 문학」, 『이이집』.
29) 「구사잡감」, 『이이집』.

부적 투쟁을 거쳐 점차 하나의 새로운 진영을 형성한다.

이 새로운 투쟁은 또한 하나의 피할 수 없는 새로운 문제를 제출한다. 이것은 결코 '아비와 아들' 간의 항렬 다툼 따위가 아니며 또한 지휘의 칼 뒤에 숨은 도살자들의 정체를 폭로하는 문제만도 아니다. 그것은 바로 새로운 혁명 대오의 전략에 대한 논쟁과 관련되어 있다.

신흥 계급의 문예 사상은 종종 혁명적 소부르주아 작가의 변신을 통해 형성되기 시작해서 점차 노동 대중과 노동자들의 새로운 역량이 충원되면서 발전해나가는 과정을 거친다. 이 과정을 통해 새로운 동지들이 대오로 결집하며 과거의 '인습적 부담'을 집단적으로 극복해내고, 그와 함께 혁명 문학에 동조하는 이른바 '동반자'들의 범위를 확대해나간다.

일본·미국·독일 심지어는 소련의 문예 운동에서도 보그다노프주의적 '소아병'이 휩쓸고 지나간 적이 있다. 이러한 소아병에 관하여 일찍이 독일의 한 평론가는 이렇게 말하고 있다. 이러한 소집단은 스스로 자신들만이 단독으로 '노동자 계급 문화를 대표할 위임장'을 얻어내었다고 생각하여 대표의 입장에서 사업을 진행한다. 그러나 이것은 대개 '역사적 오해'에 지나지 않는 법이다.

창조사 3기의 변모 과정이나 태양사의 출현 또한 이런 각도에서 살펴본다면 그 혁명적 의의를 전적으로 부정하기는 어렵다. 그러나 혁명의 진전 과정에 있어서는 "때때로 후퇴하는 사람, 대오를 이탈하는 사람, 의기소침한 사람, 배신하는 사람 등이 있게 마련이다. 이들이 전진의 방해물이 되지만 않는다면 시간이 지남에 따라 이 대오는 순수한 정예 부대가 되는 것이다."[30] 본래 무산 계

---

30) 「비혁명적 급진 혁명론자」, 『이심집』.

급과 그 주변 계급 사이에 만리장성 같은 간격은 존재하지 않는다. 더군다나 소부르주아 계급은 각양각색의 상이한 계층과 집단으로부터 나와 형성되는 특성을 지니는 법이다.

소부르주아지의 지식 계층 가운데 일부는 중국의 농촌과 연관을 맺고 있다. 이들은 갖은 속박과 억압을 지긋지긋하게 겪고 이렇게 저렇게 기만당하고 우롱당해온 중국의 농민 대중들과 함께한다. 농민들은 몇천 년 전부터 이어진 이런 고통스런 경험 속에서, '나리님'이나 '지주'들을 원망하는 법을 배워왔다. 그러나 어떻게 이런 고통을 해결할 것인가 하는 문제에 대해서는 배우지도 못했고 배울 수 있는 기회도 가져보지 못했다.

봉괴에 직면한 구사회에 있어, 종종 혁명적 분위기를 지닌 문학 작품이 출현하기도 한다. 그러나 사실 이것을 진정한 혁명 문학이라고 볼 수는 없는 것이다. 예를 들어, 혹자는 구사회를 대단히 증오하지만, 단지 증오하는 데 그칠 뿐 새로운 미래에 대한 이상 같은 것은 갖추고 있지 못하다. 또 어떤 이는 사회의 개조를 소리 높여 외치지만 그가 내세우는 사회의 상을 주의 깊게 검토해보면 왕왕 실현 불가능한 유토피아에 지나지 않는 경우도 있다.[31]

하지만 이러한 작품들도 넓은 의미의 혁명 문학 범주에 포함되어야 한다. 이 작품들도 최소한 사회의 한 부분을 진실하게 반영하고 있으며, 개혁이 마땅히 주의하지 않으면 안 되는 방향들에 관해 일깨워주고 있기 때문이다. 그러나 이런 혁명적 작가들은 봉건 종법 사회의 붕괴 과정을 그려내는 과정에서 종종 개성주의의 함정에 빠져들기도 한다. 대중에 대한 의심에 가득 찬 이들의 시

---

31) 「오늘날의 신문화에 대한 개괄」, 『삼한집』.

선은 소자산 계급으로서의 농민이 지닌 이기적이고 맹목적이고 기만적인 성향과 미신에 대한 맹종, 순종적 노예 근성 따위를 곧잘 간파해낸다. 그러나 이들은, 이런 우매한 농민 대중들에게 잠재된 충만한 '혁명적 가능성'은 보아내지 못하며, 농민들의 어쭙잖은 보수적 입장 뒤에 숨겨진 혁명적 성향의 진정한 가치를 무시해버리고 만다. 이런 결함은 루쉰에게서도 발견되는데, 그의 몇몇 잡감에서는 혁명의 실패에 대한 일시적인 전망의 상실과 비관을 표현하고 있기도 하다.

한편 5·4에서 5·30에 이르는 동안, 중국의 각 도시에는 '보헤미안,' 즉 소자산 계급 범주에 속하는 떠돌이 지식 청년들의 수효가 급속히 늘어갔다. 이런 떠돌이 지식 계층은, 자신이 속한 집단을 배반하고 뛰쳐나온 저 신해 혁명기의 '사대부 계급의 반역자'들과 마찬가지로 봉건적 종법 사회가 해체되면서 생겨난 일종의 '부산물'로 파악될 수 있을 것이다. 이들은 제국주의와 군벌 관료 통치의 '희생양'이자, 중국 자본주의의 기형적 발전 과정 속에서 "정상 궤도를 이탈한 고아"들이었다. 그들의 성향은 점차 '도시화'하고 '모던화'하는 방향으로 치달아 농촌과의 연관을 잃어버리고 말았다. 하여, 그들 이전 세대가 갖추었던 진솔하고 실사구시적인 농민적 태도의 소산인, 깨어 있는 현실주의 정신을 그들에게서는 찾아볼 수 없었다. 이 새로운 일군의 지식인들은 곧잘 그들 고유의 '열의'로 인해 혁명의 노도 속으로 뛰어드는 성향을 지니고 있다. 그러나 만약 자신들의 로맨틱한 성향을 극복하지 못한다면 이들은 곧 혁명에 실망하고 의기소침해하며 심지어는 혁명을 배반하기조차 한다.

이들은 코를 씰룩거리면서 경멸적인 말투로 이렇게 이야기하기도 한다. "조직적 혁명 사업을 노래하는 일 따위에는 관심이 없다네. 언제나 나는 실질적이고 점진주의적인 것을 찬미하는 입장이지." 이러한 전형들은 바로 자신의 사회적 근거가 소부르주아 계급에 있음을 보여준다. 전쟁의 공포나 갑작스런 파산, 전대미문의 기아와 같은 가공할 위험에 노출되면 이들은 히스테리 증세를 보인다. 갖은 몸부림을 쳐대며 살길을 찾아 여기저기를 헤매는 것이 바로 이들 소자산 계급의 본성이다. 이들은 한편으로는 프롤레타리아에 의지하여 협력하기도 하지만, 다른 한편으로는 절망 상태에서 미쳐 날뛰기도 하는 것이다. 이 두 가지 사이에서 이들은 언제나 동요하고 있는 것이다.[32]

이런 자들은 물론 스스로 문단의 재사를 자처하지만 "재사를 길러낼 토양을 조성하는 일"에는 관심을 보이지 않는다. 그리고는 "고통스런 포즈로 먹을 갈아 다음과 같은 한 줄의 고상한 문장을 일필휘지로 써갈기고 나서는 그만이다. '아, 유치한지고, 중국 문단은 천재를 필요로 하는도다!'"[33] 하지만 혁명의 물결이 밀려오면 그들은 또 혁명적 자세로 돌변한다. 그러나 잠시 후, 혁명이 저조기로 접어드는 기미가 엿보이면 이들은 곧 혁명을 배반하고 나서서, 곧잘 미쳐 날뛰며 "사람들에게 '혁명의 유해함을 설파'하려 들기도 한다. 이렇게 통쾌하고 자신에 찬 태도로 혁명을 비방하는 것은 이들이 여전히 재자(才子)와 룸펜 근성의 해독에 중독되어 있음을 보여주는 것일 뿐이다."[34] 그러면서도 이들은 언제나 자신들이 노동자 계급의 문예를 '대표'하는 일을 '담당'하려는 생각을 버리지 않는다. 『삼한집』 및 기타 잡감집 속에 실려 있는 창조사에 대한 루쉰의 비평은 1927년 이후 중국 문예계의 이러한 두 가지 태도와 두 가지 경향의 논쟁을 잘 반영하고 있다.

---

32) 레닌.
33) 「천재가 나오기 전」, 『분』.
34) 「상해 문단에 대한 일별(一瞥)」, 『이심집』.

루쉰의 잡감이 개인에 관한 문제를 소재로 삼아 사회 사상과 사회 현상을 조명하는 루쉰 특유의 필치가 뚜렷하다는 점은 분명하다. 창조사류의 문인들에 대해, 루쉰은 이들의 혁명에 대한 진정성 자체를 문제삼은 점 외에도(예링펑〔葉靈鳳〕 일파처럼 반혁명에 투항한 분자들은 거론할 필요도 없겠지만), 대체로 이들의 개인적인 태도와 이력, 작가적 역량이나 심지어는 주량 문제 따위까지 끌어들여 이들을 비판하고 있다. 최소한 이 대목에서는 루쉰의 문인적 소집단주의가 드러나고 있다고 보아야 할 것이다.

　이 시기에 들어와 논쟁의 대립점은 원칙과 이론에 대한 탐구, 진정한 혁명 문학론의 소개 등으로 그 중심축을 옮겨갔다. 이 과정은 바로 혁명 문학이 새로운 생명력을 얻어가는 과정이기도 하였다. 혹자는 이것이 혁명 문학에 대한 루쉰의 '굴복' 때문이라고 평가하기도 한다. 그러나 이런 소시민적 허영심과 "다른 사람의 자존심을 깔아뭉개는 태도"는 한갓 웃음거리에 지나지 않을 것이다. 그런 문제는 '과거의 문제'였으며 이미 과거지사가 된 지 오래이다. 오늘날 루쉰은 이렇게 말하고 있다. "나는 창조사에 대해 한 가지 고맙게 여기는 일이 있다. 나는 그들의 강요 덕분에 과학성을 갖춘 몇 편의 논문을 보지 않으면 안 되었고, 이 논문들을 읽음으로써 이제까지 풀리지 않았던 많은 의문들을 해결할 수 있었다. 하여 나는 그때까지 스스로 믿어 의심치 않았고 다른 사람에게도 영향을 미쳤을 진화론에 대한 믿음으로부터 벗어나게 되었다."[35] 그리고는 또 이렇게 말하기도 한다.

　가끔 나는 자신과 관련된 몇 가지 일들에 대해서 말하곤 해왔다. 내가 어떻게 어려움에 봉착하게 되었으며 왜 그다지도 굼뜨게 움직였는

---

35) 『삼한집』, 서언.

지에 관해 변명을 늘어놓았던 것이다. 마치 나 혼자만이 온 세상의 번뇌를 다 짊어진 듯 행동해왔던 것이다. 이것들은 모두 중산 계급 지식인 특유의 좋지 못한 기질에서 나온 것이 분명하다.[36]

여기에서 알 수 있듯, 루쉰은 진화론적 사유에서 계급론적 사유로, 신사 계급의 반역자에서 무산 계급과 노동 대중의 진정한 벗이며 혁명의 전사로 끊임없이 전진해왔으며, 신해 혁명으로부터 지금에 이르는 사반세기에 걸친 치열한 투쟁의 고통스런 경험과 깊이 있는 통찰을 통해 얻어낸 고귀한 혁명 전통을 새로운 혁명 대오 내부로 전해주었다. 그는 이렇게 고백한다.

본디 내가 익히 알고 있는 계급에 대해 증오하는 마음을 품고 있었기에 이 계급의 멸망에 대해 조금도 애석해하지 않았다. 그러나 나중에는 현실의 교훈을 통해 새롭게 출현하고 있는 무산 계급을 통해서만 장래를 기약할 수 있음을 깨닫게 되었다.[37]

9·18 이후 최근까지 그가 쓴 잡감문을 통해서 우리는 별다른 이론이 없이도, 그가 투쟁의 전선 한가운데 우뚝 서서 자신의 위치를 굳게 지켜가고 있다는 점을 확인할 수 있다. 언젠가 그는 다음과 같이 통렬히 지적하였다.

문명이 탄생한 이래 지금까지 끊임없이 크고 작은 무수한 식인의 파티가 벌어져왔다. 사람들은 그 파티에서 사람을 잡아먹기도 하고 먹히기도 하였다. 저 흉폭하고 우매한 환호성은 약자들의 고통스런 비명 소리를 덮어버렸으니, 아이들과 여성들의 경우라면 더 말할 것

---

36) 『이심집』, 서언.
37) 『이심집』, 서언.

도 없다. 이렇게 사람을 잡아먹어온 자들을 소탕해버리고, 이 파티장을 뒤엎어버리고, 인육을 요리했던 주방을 허물어버리는 것이야말로 오늘날의 청년들에게 부과된 신성한 사명일 것이다.[38]

그러나 지금, 이 '청년'들의 어깨 위에는 다른 새로운 사명들이 더해지고 그 내용이 완전히 바뀌었다. 일본 제국주의가 중국 분할의 마수를 뻗어오고 있고, 영국과 미국, 그리고 국제 연합에 의한 중국의 공동 통치 음모가 목하 진행중이며, 봉건적 신사 계급과 자본가 계급의 연합체인 현금의 통치자들은 법률마저 희롱하며 중국을 팔아넘기는 데 골몰해 있는 것이 오늘날의 형편이다. 이 엄혹한 정세하에 오늘날의 청년들은 서 있는 것이다. 이러한 상황에서 루쉰은 이른바 '민족주의 문학가'들을 향해 이렇게 말한다.

   그들은〔늙은이와 젊은이들: 인용자〕상여를 떠나보내는 자신들의 임무를 마치고 나면, 애수에 젖어 언제까지나 떠나가신 임금을 그리워하고 있을 것이다. 계급 혁명의 거센 파도가 한번 휘몰아쳐 산하를 뒤덮어올 때가 되어서야 이들은 저 열악하고 썩어빠진 침체의 운명에서 벗어날 수 있으리라.[39]

그러나 루쉰 잡감문의 가치는 결코 여기서 그치지 않는다. 그는 스스로에 대해 이렇게 말하고 있다. "이전의 싸움터를 거쳐온 경험이 있었으므로 나는 싸움의 정황을 좀더 분명히 파악할 수 있었고 창을 되돌려 세찬 일격을 가해 강력한 적의 운명을 쉬이 죽음으로 몰아넣을 수도 있었다."[40]

---

38) 「등하만필」, 『분』.
39) 「민족주의 문학의 임무와 운명」, 『이심집』.
40) 『분』, 후기.

청말 사대부 출신 신당파였던 천시잉 같은 무리들에서 최근의 '서양물 든 무뢰배' 같은 오늘날의 '문학 청년'에 이르기까지, 루쉰에게 있어서는 모두가 직접 보살피고 가르쳐서 이끌어야 할 대상이었다. 도살자와 강시들이 판치는 암흑 속에서, 프티 부르주아의 비속함과 자기 기만, 이기주의와 우매성, 허황되고 얄팍한 거짓 허무주의의 작태들, 뻔뻔스러움과 비열함, 이런 모든 허위의 그림자들이 펼치는 연극을 루쉰은 예리한 눈으로 꿰뚫어보았다. 오랜 전투 속의 격렬한 상황 변화를 겪어오면서 길러진, 충분한 경험과 예리한 감각이 오랜 정련과 용융을 거쳐 루쉰의 글 속으로 녹아들어갈 수 있었던 것이다. 바로 이러한 혁명 전통이야말로 우리에게 있어 무엇보다 귀중한 것이다. 루쉰이 우리에게 남긴 이러한 혁명의 전통을 집체주의적 시각에서 재조명해볼 때 우리는 다음과 같은 몇 가지 결론을 얻어낼 수 있을 것이다.

첫째로 들 수 있는 것은 루쉰의 '깨어 있는 현실주의 정신'이다. "중국인들은 이제껏 인생을 똑바로 바라보지 못했으므로, 속임수와 기만 외에는 다른 도리가 없었다. 이로부터 생겨나는 것 역시 속임수와 기만의 문예에 지나지 않았고, 이 속임수와 기만의 문예는 중국인을 자신도 모르는 사이에 더 깊숙이 기만의 늪 속으로 빠져들게 해왔다."[41] 이러한 루쉰의 사상은 압제와 수탈의 제도로 얼룩진 중국의 어두운 역사와 당대의 정치 경제적 관계를 반영하고 있다. 과거 제도로 은폐된 봉건적 신분제는 모든 과거 응시자들에게 '저녁이면 천자의 묘당에 오를 수 있으리라'는 꿈을 심어주었고, 조세 제도로 위장된 농노제는 모든 농민들에게 자립적 경영의 환상과 신분 상승의 헛된 꿈을 꾸도록 만들어왔다. 이것이야말로 수백 년을 이어내려온 공전절후의 연막탄이 아니고

---

41) 「눈을 똑바로 뜨고 바라보는 것에 대하여」, 『분』.

무엇이겠는가? 그러나 다른 측면에서 보자면, 출로를 찾을 수 없는 극도의 억압에 가로놓여 있으면서도 미처 조직화되지 못하고 지식 문화에 접근할 수 있는 길마저 봉쇄되어 있었던 일반 백성들 입장에서는 오로지 전력을 다해 황제와 관료, 심지어는 귀신까지도 속일 수 있는 교묘한 방법을 찾아내어 위안으로 삼지 않으면 안 되었다. 모두가 자신을 속이고 또 남을 속이면서 살아가지 않을 수 없었던 것이다. 무거운 시신처럼 혁명의 대오를 짓눌러오는 이 지배 계급의 '문화 유산'으로부터 짧은 시간 내에 벗어날 수는 없는 노릇이었다. 그러므로, 도처에서 풍월을 읊조리던 소리가 사라지면 칼과 피에 대한 찬송이 풍월을 대신하게 될 것이다. 그러나 여전히 기만적인 심리와 거짓을 말하는 입술을 버리지 못한다면, A와 O, Y와 Z, 그 무엇을 말하더라도 그것은 마찬가지로 거짓에 지나지 않으리라"[42]고 했던 루쉰의 지적은 의미심장하다. 루쉰은 온 힘을 다해 암흑을 폭로하고자 하였다. 그의 풍자와 유머는 인생에 대한 가장 엄정한 태도에서 나온 것이었다. '세 가지 냉정함'을 들어 그를 비웃는 자들이야말로 윙윙거리는 파리떼에 지나지 않는 자들일 것이다. 루쉰의 싸늘한 냉소와 열정적 풍자를, 그의 '장엄하지 못함'을 비웃는 것은 그의 진면목을 이해하지 못한 소치이며 자신의 과장된 허장성세가 진정한 전투의 자세와는 거리가 멀다는 것을 모르는 자들의 부끄러워할 줄 모르는 주장에 불과하다.

또한 루쉰의 현실주의는 저 '제3종인'을 자처하는 자들의 초연하고 방관자적인 '과학적 태도'와도 분명히 다르다. 그의 잡감을 제대로 읽어본 사람이라면 누구나 이 조악하고 썩어문드러진 암흑의 세계를 휩쓸며 타오르는 맹렬한 불꽃이 그의 글 속에서 이글

---

42) 「눈을 똑바로 뜨고 바라보는 것에 대하여」, 『분』.

거리고 있음을 느낄 수 있을 것이다. 루쉰의 말처럼, "세상은 나날이 달라지고 있다. 이제 우리 작가들은 가면을 벗어던지고 보다 더 성실하게, 보다 더 깊이 있게, 그리고 과감하게 삶의 진실을 포착해내어야 하며 그 자신의 피와 살 그대로를 써낼 수 있는 때가 와야 할 것이다. 하루 빨리 새로운 문단이 형성되어야 하며, 하루 빨리 그 문단을 이끌고 갈 용맹한 전사들이 나타나야 할 것이다."[43]

두번째로 들 수 있는 것은 '끈질긴' 전투 정신이다.

구사회 · 구세력에 대한 투쟁은 반드시 견결하면서도 지속적이어야만 한다. 그러나 더욱 중요한 문제는 실력의 배양이다. 〔……〕 우리는 가급적이면 빨리 수많은 새로운 전사들을 양성해내어야 할 임무를 가지고 있다. 그러나 그와 동시에 문예전선을 지키는 자라면 끈기를 가지지 않으면 안 된다.[44]

들소가 집에서 키우는 가축이 되고, 멧돼지가 집돼지가 되고, 승냥이가 개가 되면서 그들의 야성은 소멸해버렸다. 이것은 그러나 기르는 주인 입장에서나 기쁜 일일 뿐, 짐승들 자신에게 좋은 점이라고는 아무것도 없다. 그럴 바에야 차라리 야수성을 지닌 채 살아가는 편이 나을 것이다. 만약 아래의 공식에 들어맞는 것을 그다지 기쁘게 여기지 않는다면 말이다. 인간+가축성=어떤 한 종류의 인간(某一種人).[45]

야수성의 핵심은 바로 '깨무는 힘'에 있다. 한번 물면 죽어도

---

43) 앞의 글.
44) 『이심집』, p. 56.
45) 「중국인의 얼굴을 논함」, 『이이집』.

놓지 않고 죽을 때까지 버티는 근성, 이것이 바로 '끈질긴' 전투 정신이다. 돼지가 갑자기 야수성을 드러내며 한차례 난리를 피우더라도 시간이 좀 지나면 다시 잠잠해져서 순한 짐승으로 되돌아온다는 것을 알기에 주인은 이에 대해 아무 걱정도 하지 않는다. 이러한 야수성과 끈질긴 전투 정신은 순간의 히스테리적인 행동으로는 결코 대치될 수 없는 것이다. 한 순간 절망에 미쳐 날뛰다가 다음 순간에는 퇴폐와 감상에 빠져들고, 한 순간 제멋대로 열광하다가 즉시 가슴을 치며 후회하는 식이라면 이런 짓들이 도대체 무슨 의미가 있겠는가. 싸우려고 들 때는 한판 제대로 된 싸움을 준비하지 않으면 안 된다. 전투는 철부지 어린애의 겁없는 행동과는 다르다. 싸움이 결실이 있기를 바란다면 다리에 힘을 주고 똑바로 버티고 섰다가 참호 속으로 몸을 던져 침착하게 작전을 개시해서 한걸음 한걸음 전진해야 하는 것이다. 이것이 바로 루쉰이 말한 '참호전'이다. 이것은 일종의 비합법주의 전술이다. 적들이 이쪽을 흥분시키기 위해서 "어디 한번 나와보시지"라고 약을 올려댄다고 해서 경솔하게 뛰쳐나가서는 안 된다. 그랬다가는 갑옷도 입지 않은 맨몸으로 적진을 향해 돌진했던 『삼국지』의 허저처럼 온몸 가득 화살 세례를 당할 뿐이다. 멍청하게도 적들의 간계에 걸려든다면 참호 속에 몸을 도사리고 끈질기게 기다리는 것을 중단해야 할 것이다. 이러한 자들은 결국 '끈질긴 싸움'은 수행해낼 수 없는 법이다.

　세번째로 들 수 있는 것은 반자유주의 정신이다. "물에 빠진 개는 때려야 한다"[46]는 유명한 주장은 자유주의와 타협 노선에 반대하는 루쉰의 태도를 극명하게 보여주고 있다. 구세력들이 즐겨 내세우는 중용이라는 구호는 늘상 대부분의 거짓말에 약간의 진실

---

46) 「페어플레이는 천천히 해도 늦지 않다」, 『분』.

을 뒤섞어 그럴듯하게 포장한 것에 불과하다. 이것은 저들의 단골 수법이 아니었던가. 싸움으로 점철된 이 세계에서는 어떤 경우라도 화해와 저항은 공존할 수 없다. 소위 화해라는 것은 아군의 예리한 칼날을 무디게 만들려는 적들의 술책에 지나지 않는다. 개는 비록 물에 빠지는 불쌍한 신세가 되었더라도, 물가로 기어올라오기만 하면 여전히 옛날의 그 개의 모습으로 돌아갈 것이며, 또 할 수만 있다면 다시 한번 우리를 물려고 덤벼들 것이 분명하다. 그러므로 "때리려면 철저히 때려서 끝장을 보지 않으면 안 되는 것이다." 저 암흑의 세력들에게는 이런 대접이 지극히 당연하다. 그러나 이 의기소침한 모리배들(자유주의자)——사실 이들은 자기 밑에서 생계를 꾸려가는 아랫사람들 앞에서는 절대로 의기소침해하는 법이 없다——은 종종 겉으로는 약자에게 동정을 표하기도 한다. 하지만 실제로 이들은 자신들이 의식하고 있거나 그렇지 않거나간에 착취 질서를 유지하는 데 봉사하고 있는 존재들이다. 이 소견머리 좁고 천박한 자유주의자들의 머릿속은(만약 이들의 몸통 위에 달려 있는 것도 머리라고 할 수 있다면 말이다) 수천 년에 걸쳐 만들어진 습관과 사고 방식으로 온통 물들어 있어서, 이들에게 있어서 머리란 습관화된 사유를 기계적으로 되풀이하는 물건에 지나지 않는 것이다. 가정에서, 사숙에서, 그리고 학교에서 배운, 중서(中西)의 그 모든 인도주의적 문학 이론, 그리고 제반의 '준법 정신'과 '중용지도'의 가르침 덕분에 이 모리배들의 두뇌는 하나의 단순한 기계가 되어버렸다. 그리하여 이들은 무슨 '신기'하고 '과격'한 사건을 만나기만 하면 그 즉시로 유성기라도 튼 것처럼 다 같이 비명을 질러댄다. 이들은 마치 "땅개처럼 개이면서도 고양이를 쏙 빼닮아, 늘 평화스럽고 조화로운 포즈를 취하면서 공정하고도 중용적인 표정을 지은 채, 유유자적한 태도로 모든 편협하고 과격한 무리들을 마냥 도외시하면서 오로지 자신만이 중용의 도를 얻었노라는 얼굴을 하고 있다." 이런 자유주의 모리배들을 폭로하는 루쉰의 예리한 필봉을 통해 우리는 그의 반 '중용주의,' 반 '자유주의' 정신을 충분히 보아낼 수 있다.

네번째로 지적할 수 있는 것은 그의 허위주의에 대한 반대이다. 이것이야말로 루쉰의──문학가로서의 루쉰과 사상가로서의 루쉰을 통틀어──가장 주요한 정신적 태도라 할 수 있다. 그의 현실주의와 과감한 비판 정신, 그리고 반 '중용주의' 의 주장은 모두 그의 이러한 진실, 즉 허위에 대한 견결한 반대에 기초하고 있다. 그의 신성한 증오는 바로 지주와 자본가들에 의해 움직이는 사회와 제국주의자들에 의해 장악된 세계의 허위를 정확히 겨냥하고 있다. 그에게 있어 잡감은 이 허위의 세계와 벌이는 싸움의 기록인 것이다. 독자들에게 그다지 주목받지 못했던 『화개집 속편』에 실려 있는 글들은 거짓된 글들을 향해 퍼붓는 루쉰의 맹렬하고 예리한 비판으로 점철되어 있다. 또 오랫동안 재판이 나오지 않고 있는 작품집 『분』에 실려 있는 다소 긴 여러 편의 잡감들도 그와 유사한 성격을 갖추고 있다.

중국의 통치 계급은 능수능란한 거짓말을 주특기로 하는 자들이다. 그들은 자신들이 의식하고 있었건 아니건간에 오랫동안 허위의 그물로 대중들을 사로잡아왔다. 그들의 거짓말은 세계 제일의 솜씨를 보여준다.

중국인들에게 있어서, 최소한 상층 계급에 속하는 사람들에 있어 신이나 종교 혹은 전통에 대한 그들의 태도는 어떠한가. '믿음' 과 '공포' 가운데서 어느 쪽에 더 가까운가? 또 '복종' 하는 마음과 '이용하려는 태도' 가운데 어느 쪽에 더 가까운가? 그들의 재빠른 변신과 지조라고는 병아리 눈물만큼도 없는 태도를 보아서는 아무것도 믿고 복종할 것 같아 보이지 않는다. 그러나 언제나 이들은 속마음과는 다른 거짓을 사람들 앞에 늘어놓는다. 무정부주의자의 경우도 그렇다. 실제로 중국에서 이들의 숫자는 적지 않다.[47]

그들은 아무것도 믿지 않는다. 하지만 그들은 "생각은 이렇게 하면서도 행동은 저렇게 하고, 뒤에서는 이렇게 하면서 앞에서는 저렇게 하기를 즐겨한다." 이것이 바로 가짜 무정부주의자의 면모이다.[48] 중국인의 허위적 태도는 이 지경에 이르고 있지만 사실 그것이 오히려 더 착실한 태도일지도 모른다. 서양 자본가 계급의 민족주의와 민권주의, 개량과 타협을 주장하는 소위 사회주의에 이르기까지, 새로운 서구 사상의 개척자들은 최소한 그 초기 단계에 있어서는 스스로도 아직 혼돈 상태에 놓여 있어서 하나의 경전에 근거하여 무엇인가를 신봉하였을 것이다. 어떤 사람은 이론을 신봉하였고 어떤 사람은 종교를 신봉하였고 또 어떤 사람은 도덕을 신봉하기도 했을 것이다. 이러한 단계에서 기만 행위는 비교적 객관적인 성격을 띠고 있다. 그러나 중국의 경우는 다르다. 그것이 거짓인 줄 분명히 알면서도 거리낌없이 거짓말을 해대고 거짓 행동을 하고 다른 사람을 속인다. 어떤 자는 지극히 위험한 살인적 이론을 제멋대로 들여와서는 한바탕 마음대로 떠들어대기도 한다. 이렇게 해서 서양에서 생겨난 파시즘 이론이 중국 땅에서 뿌리를 내리는 일이 생겨나고 있는 중이다. 아! 이쯤 되면 참으로 중국이 '선진화된' 셈 아닌가?

이 짧은 몇 마디 말들로 루쉰 잡감의 의의를 완전히 설명했다고 보는 것은 물론 무리이다. 문예전선에 있어서의 새로운 임무를 완수해내기 위해 특별히 우리는 루쉰 잡감의 가치와 사상 투쟁에 있어서의 루쉰의 중요한 위치를 바로 볼 줄 알아야만 한다. 우리는

47) 「마상지일기」, 『화개집 속편』.
48) 「마상지일기」, 『화개집 속편』.

마땅히 루쉰을 배워야 하며, 그를 통해 그와 함께 전진해나가지
않으면 안 된다.   〔김시준 옮김〕

루쉰의 삶과 죽음

다께우찌 요시미

1

민국 7년[1918년: 역주]인 서른여덟 살에 「광인 일기」를 발표하고부터, 민국 25년[1936년: 역주] 「죽은 혼」의 번역을 끝내지 못한 채 쉰여섯 살로 상해에서 죽기까지 약 18년 간, 루쉰은 중국 문단의 중심적 위치를 한번도 물러난 적이 없었다. 그러나, 사람들이 그를 문단의 중심으로서 분명히 승인한 것은 그의 사후이다. 생전은 칭찬과 비난이 교차되었으나 소외된 쪽이 더 많았다. 10월 19일 미명, 그는 죽었으나 죽음의 순간에도 그는 문단의 소수파였다. 그는 죽기까지 완강히 자신을 지켰던 것이다. 이때의 그와 다수파와의 대립은 그의 죽음에 의해 무의미해졌다고 하기보다, 오히려 그의 죽음이 그 무의미한 대립을 구제하였고, 그럼으로써 생전에 계몽주의자로서의 그가 무엇보다도 추구하였을, 그리고 일찍이 문학인으로서의 기질이 그것에 등을 돌리게 하였을 문단의 통일이, 그의 사후에 실천을 보게 되었다. 그의 장례는 12월 12일 수천 명이 참석한 가운데 중국 최초의 '민중장'(巴金)의 형태로 치러졌다. '민족 혼'이라고 씌어진 흰 천에 쌓인 그의 관은, 일군의 청년 문학인들의 손에 의해 황혼녘 만국 공동 묘지의 땅에 묻혔다. 장례식의 시끌벅적한 흥분이 곁들여져 있었는지는 모르겠으나, 그의 관을 안고 통곡한 중견 작가들은 사실상 적지 않았던 것이다. 다음 달의 각 문학 잡지는 일제히 추도 호를 내었다. 그것은 '문학 혁명' 이래 최초의, 논쟁이 없는 문단이었다.

　논쟁이 없는 문단을 출현시킨 것은 그의 죽음이었다. 죽음은 루쉰에게 있어, 육체의 정밀(靜謐)뿐만은 아니었다. 살아 있는 몸이었을 때의 그는, 문단 생활의 많은 부분을 논쟁 속에서 보냈다. 번역과 문학사 연구에 관한 업적을 제외하면, 거의가 논쟁의 성질을 지니고 있다. 논쟁은 루쉰의 문학이 스스로를 지탱하는 양식이었다. 18년의 세월을 논쟁에 써버린 작가란 중국에서도 드문 경우이다. 병적이라고 하는 비평이 방관자로부터 생겨나는 것도 이상한 노릇은 아니다. 망나니 학자, 타락 문인, 위선자, 반동분자, 봉건 유물, 독설가, 변절자, 돈 키호테, 잡문쟁이, 매판, 허무주의자, 이런 오직 루쉰을 비판하기 위해 고안되어진 수많은 비웃음과 욕은, 그가 사용한 필명에도 뒤지지 않을 그 다채로움에 의해 논쟁의 격렬함과 성격을 암시하고 있다. 그는 구시대를 공격했을 뿐만 아니라 신시대도 용서하지 않았던 것이다. 비웃음과 욕의 대부분은 그가 사랑한 동시대 이후의 청년들에게서 받았다. 그것에 대해 그는 몸을 사릴 줄을 몰랐다. 인간으로서의 선량함에 대해서는 세평이 일치하고 있으므로, 이 논쟁은 그의 문학 쪽에서 설명되어야만 한다. 그는 논쟁을 통해서 무엇인가를 획득해가고 있었던 것이다. 아니면 무엇인가를 버려가고 있었던 것이다. 궁극적인 정밀(靜謐)을 구하지 않은 채 가능한 일은 아니었다. 논쟁은 루쉰에게 있어 '생애의 지정거림'이었으리라. "책상에서 끌어내리면 곧 휴지"(芭蕉)〔일본 에도 시대의 시인 마츠오 바쇼오(松尾芭蕉): 역주〕

96

일 것이므로 필사적이었다. 그 필사 속에서, 상대방은 이 마음에 들지 않는 영감으로부터 시퍼런 칼날을 사이에 두고 무엇인가를 배웠을 터이다. "나는 소와 같은 사람이다. 먹는 것은 풀이지만, 짜내는 것은 우유와 피다." 우유와 피를 짜내 가진 것은 청년들이었다. 그들은 다만 너무 가까이 있었기에 소를 잊고 있었다. 소가 쓰러져 움직이지 않게 되었을 때, 깜짝 놀라 소를 의식하였다. 이제까지 루쉰의 이름으로 불렸던 것이, 실은 그들 자신임을 깨닫게 되었다. 루쉰에게 있어 죽음은 문학의 완성이다. 그러나 청년들은 그때서야 비로소 스스로를 알게 되었다.

루쉰이 죽음을 자각하고 있었는지 어떤지는 의문이다. 친족들의 병상 기록을 읽거나 스도오(須藤) 주치의의 수기를 읽어보아도, 그가 죽음을 자각하고 있었다고 믿을 만한 근거는 없다. 그러나 자각하지 못하고 있었다고 단정할 만한 재료도 없다. 3월 발병, 6월 소강, 7월 재발, 8월 다시 소강, 9월 5일에는 소품「죽음」을 쓰고 있다. 이 문장은 자주 인용되지만, 이것만을 가지고 유서로 간주할 수는 없다. 만년의 가작의 하나임에는 틀림없으나, 작품은 어디까지나 작품이다. 굳이 말하자면, 만년의 작품을 뒤덮고 있는 귀신에의 경사가 거기에도 똑같은 정확함으로써 인정된다고 하는 점뿐이다. 루쉰이 병상에 자주 눕게 된 것은 죽기 거의 2년 전부터였다. 그 무렵부터 문장에 간결성과 숙련성이 더하여지고, 난해한 흔적이 눈에 띄지 않게 되었다. 초기 작품 특유의 두드러진 기교가 거기에는 나타나지 않고 있다. 논쟁의 경우에도 "촌철(寸鐵)로 사람을 죽이고, 한칼로 피를 보는"(郁達夫) 날카로움은 여전하다 하더라도, 그 날카로움을 감싸는 무언가 따사로운 것이 어른거리고 있다. 사상적으로는, 어두움의 바닥에 희망의 그림자가 비치고 있었을지도 모르겠다. 단순히 문장의 진보로서 본다면, 완성이 가까워지고 있었던 것이리라. 물론 그 완성을 깨부수는 모험이 굳이 행해지지 않았던 것은 육체의 쇠약 탓이라고도 볼 수 있지만, 이제로부터 돌이켜 바라보면 루쉰은 역시 쓸 만한 것을 다 쓰고 있었다는 느낌이다. 다만 한 가지를 결여하고 있었다. 죽음이라는 형태로 일어날 일을 예기했건 하지 않았건, 어떤 결정적인 것은 완성을 위해 필요하였다. 죽음은 가장 자연스럽다.

루쉰의 죽음은 병사이다. 병명은 스도오 의사의 증언에 의하면 위 확장, 장 이완, 폐결핵, 우흉습성(右胸濕性) 늑막염, 기관지성 천식, 심장성 천식 및 폐렴이다. 오랜 문필 생활이 육체를 좀먹은 것은 거의 확실하리라. 그는 병중에 전지 요양이나 절대 안정의 권고를 사절하고 있다. 아무 일도 하지 않고 한 달이면 나을 것이라면, 두 달이 걸리더라도 좋으니까 일을 하게 해달라, 반 농담으로 주치의에게 그렇게 말하고 있다. 그 이유는 과거에 그런 습관이 없었기 때문이다. 독서나 집필을 금지당하는 것은 병보다도 고통이었다. 사실 그는 죽기 이틀 전까지 붓을 잡았다. 문학인의 각오로서 훌륭하다. 그러나 당연하다면 당연하다. 그것만으로 그의 죽음을 비장하게 본다면 유치하고 어리석은 노릇이리라. 하지만 그럼에도 불구하고, 나는 그의 죽음에 어떤 엄숙한 행위의 의미를 느낀다. 그의 임종은 지극히 평범하지만, 그 평범함이 나에게는 비통하게 보인다. 죽음은, 그가 목도한 것은 아니었을지 모르나, 역시 운명 같은 것은 있었다고 생각해야 하지 않을까. 나의 상상으로는, 만약 과장된 말이 허용된다면, 만년의 루쉰은 죽음을 넘어서 있었다. 그가 죽음을 결의한 시기는, 이전에 있었던 것이다. 형해를 처리하는 것만이 남아 있었다. 그렇지 않다면, 사람들은 왜 그의 죽음을 그토록 통곡한 것일까.

리짱즈(李長之)는 그의 평론 「루쉰 비판(魯迅批判)」의 일부에서, 루쉰의 작품에 죽음을 다룬 것이 많음을 지적하고, 그것을 루쉰이 사상가가 아니었다는 점, 루쉰의 사상은 근본적으로 "사람은 살아가지 않으면 안 된다"고 하는 생물학적인 하나의 관념을 넘지 못했다는 점의 방증으로 이용하고 있다. 나는 리쨍즈의 설을 탁견이라고 생각한다. 사상가로서의 루쉰의 근저를 "사람은 살아가지 않으면 안 된다"는 소박한 신조 위에 놓은 리쨍즈의 의견에, 나는 찬성이다. 그러나 결국 내가 여기에서 문제로 삼고 있는 것은 그것과는 직접적인 관계가 없다. 리쨍즈의 루쉰론에 관해서는 다른 곳에서 좀더 자세히 언급할 생각이지만, 당면한 나의 목표는 사상가로서의 루쉰이 아니라 문학인으로서의 루쉰이다. 나는 루쉰의 문학을 어떤 본원적인 자각, 적당한 말이 없지만 굳이 말한다면, 종교적인 죄 의식에 가까운 것 위에 두고자 하는 입장에 서 있다. 루쉰에게는 분명히 그런 억누를 수 없는 것이 있었음을 나는 느낀다. 루쉰은, 흔히 중국인이 그렇다고 일컬어지는 의미에서라면, 종교적이지는 않다. 오히려 대단히 무종교적이다. 이 '종교적'이라는 말은 애매한데, 루쉰이 에토스의 형태로 포착하고 있었던 것은 무종교적이며 차라리 반종교적이기까지 하지만, 그 포착의 방식은 종교적이었다, 라는 정도의 의미이다. 혹은 러시아인이 종교적이라고 일컬어진다면, 나의 '종교적'이란 그 의미이다. 루쉰은 자신을 순교자로 생각한 적은 없고, 오히려 그렇게 보이는 것을 혐오하고 있다. 그는 선각자가 아니었던 것과 마찬가지로 순교자도 아니었다. 그러나 그 구현 방식이, 나에게는 순교자적으로 보인다. 루쉰의 근저에 있는 것은, 어떤 누군가에 대한 속죄의 마음이 아니었을까라고 나는 상상한다. 누구에 대해서일지는 루쉰도 분명히는 의식하지 않았으리라. 다만 그는, 깊은 밤 때로 그 누군가의 그림자와 대죄를 했을 뿐이다(산문 시집, 『들풀〔野草〕』외). 그것이 메피스토펠레스가 아니었음은 분명하다. 중국어의 귀신 '꾸이(鬼)'는 그것에 가까울지도 모른다. 어쩌면 다시 쪼우쭈어런(周作人)이 말한 '동양인의 비애'라는 말을 여기에 주석으로 사용하는 것도, 주석인 한은 상관없다. 루쉰은, 보통 말하는 의미에서의 사상가는 아니다. 그것을 리쌍즈는 곧바로 진화론적 사상과 동일시하고 있으나, 나는 루쉰의 생물학적 자연주의 철학의 밑바닥으로 보다 소박하면서도 거친 본능적인 것을 생각한다. 사람은 살아가지 않으면 안 된다. 루쉰은 그것을 개념으로서 생각한 것이 아니다. 문학인으로서, 순교자적으로 살았던 것이다. 그 살아가는 과정의 어떤 기회에서, 살아가지 않으면 안 되기 때문에 사람은 죽어야만 한다라고 그가 생각했다고 나는 상상하는 것이다. 그것은 말하자면 문학적인 깨달음으로서, 종교적인 체념은 아니지만, 그것에 이르는 파토스의 구현 방식은 종교적이다. 결국 설명되어 있지 않은 것이다. 궁극적인 행위의 형태로서 루쉰이 죽음을 생각했을지 어떨지는, 앞서도 말한 바와 같이 나에게는 의문이지만, 그가 즐겨했던 "쩡짜(掙扎)"[1]라는 말이 보여주는 격렬하고도 처절한 삶의 방식은, 또 다른 극한에 자유 의지적인 죽음을 놓지 않는다면 나에게는 이해가 되지 않는다. 루쉰은 흔히 중국적인 문학인으로 보여지고 있다. 중국적이라고 하는 것은 전통적이라는 의미라고 생각되는데, 만약 반전통적인 것을 포함하여 중국적인 것을 부정하는 것도 또한 중국적이라고 하는 의미에서라면, 나는 이 설에 이의는 없다. 그리고 그가 공격한 소품문파(小品文派)나 그가 그리워한 위진(魏晉) 문인의 생활 등을 아울러 생각해 보면, 역시 그것은 중국인의 지혜라고 불러도 좋을지 모르겠다는 생각이 들기는 하는 것이다.

루쉰이 실제 생활 속에서 죽음의 위기에 직면한 것은 아마도 한두 번이 아니었을 터이다. 예를 들면 유명한 일화 가운데 하나로

---

1) 쩡짜(掙扎)라는 중국어는 참다, 견디다, 발버둥치다 등의 의미를 지니고 있다. 노신 정신을 이해하는 단서로서 중요하다고 생각되므로 원어대로 자주 인용하고 있다. 굳이 일본어로 번역하자면 오늘날의 용어법으로 '저항'이란 것에 가깝다.

서, 죽기 삼 년 전 그는 양씽포(楊杏佛)의 장례에 참석하기 위해 열쇠를 지니지 않은 채 집을 나섰다고 한다. 나는 아무래도 이 이야기에는 거짓이 있다는 느낌이 드는데, 거짓이라는 것은 사실이 잘못되어 있다는 의미가 아니라 사실의 해석이 너무나 정치적으로 그를 영웅으로 만들고 있다는 생각이 드는 것이다. 루쉰은 영웅은 아니다. 이것은 그 자신도 인정하고 있다. 나는 오히려 장례식에서 살아 돌아온 그가, 아무에게도 보이려는 것이 아닌 한 편의 구시(舊詩)를 지은 것에 의미를 둔다. 열쇠를 지니지 않은 채 집을 나선 것은 물론 죽음을 각오한 것이었을 테지만, 그러한 죽음의 결심 방식은 문학인으로서의 그의 죽음의 결심 방식에 비해 싱거운 느낌이 든다. 이것 역시 너무도 자주 인용되는 문장이지만, 그보다 7년 앞서 그가 "민국 이래 가장 암흑의 날"이라고 불렀던 '3·18' 사건 직후에 다음과 같은 문장을 인정한 사람이, 이제 와서 새삼스레 무엇을 결심할 것이 있을 것인가.

　　이것은 사건의 결말이 아니다. 사건의 발단이다.
　　먹으로 씌어진 거짓은 결코 피로 씌어진 사실을 덮어버릴 수 없다.
　　피의 대가는 반드시 똑같은 것으로 상환되어야만 한다. 지불이 늦어지면 늦어질수록 이자는 늘어나야만 한다. (「꽃 없는 장미 2」)

　이것은 아마도 절망의 신음 소리이리라. 그러나 절망은, 자기 자신에게 희망을 낳을 수 있는 유일한 것이다. 죽음은 삶을 낳지만, 삶은 죽음에 이르는 것에 지나지 않는다.

2

　루쉰이 문단 생활을 보낸 18년 간은, 시간으로서는 긴 것이 아니다. 그러나 중국 문학에 있어 그것은 근대 문학의 전사(全史)이다. 근대 문학으로서의 중국 문학은, 오늘날까지 세 차례의 커다란 시기를 경과하였다. 문학 혁명과 혁명 문학과 민족주의 운동이 그것이다. 각각의 시기는 혼돈스러운 내부 투쟁 끝에 대량의 선각자들을 잃어버렸다. '문학 혁명'의 선구자들인 옌푸(嚴復), 린수(林紓), 량치차오(梁啓超), 왕궈웨이(王國維), 짱삥린(章炳麟) 등도 그 삶의 말로가 문학적으로는 모두 비참하였다. '문학 혁명' 이전부터 최후까지 살아남은 것은 루쉰 한 사람뿐이다. 루쉰의 죽음은 역사적 인물로서가 아니라, 현역 문학인으로서의 죽음이다. 루쉰을 '중국의 고리끼'라고 부르는 것은 이 점의 비교에서는 옳다. 어찌하여 그가 그 긴 생명을 얻었을까. 루쉰은 선각자는 아니다. 이것은 그가 거듭 인정하고 있는 바이며, 사실이 그대로이다. '문학 혁명'의 실제적 패권을 성취시킨 것은 그의 「광인 일기」이지만, 구도덕의 아성을 이론으로써 깨부순 이로서는 그에 앞서 우위(吳虞)와 쪼우쭈어런(周作人)과 천뚜슈(陳獨秀)가 있다. 혁명 문학이 '창조사'나 '태양사'에 의해 제창되었을 때, 그는 누구보다도 그것과 악전고투를 하였다. 그러나, 그 결과 형성된 대동단결의 중심 인물은 그였다. 이와 똑같은 일이 만년에 또 한번 있었다. '구국'의 움직일 수 없는 여론의 산물인 '문예가협회'에 대해서조차, 병상의 그는 휘하의 인물들을 이끌고 '문예공작자'의 소수당을 대결시켰다. 이 대립을 그의 죽음이 구제하였다는 것은 전술한 대로이다. 이 두 경우는, 문학의 정치주의적 편향으로부터 문학의 순수성을 지켰다고 하는 외관을 드러내고 있다. 한편 『신

월(新月)』과『현대 평론』이나 소품문파(小品文派)를 공격할 때의
그는, 유한 문학에 대한 격렬한 전투자로서 나타난다. 거기에서
루쉰의 숭배자는 그의 중용을 발견하고, 논적은 기회주의를 발견
한다. 극단의 찬미와 비난이 거기에서 생겨난다. 그러나 아무도
그것에 의해 루쉰의 생명의 비밀을 증거하고 있지는 않다.

중국의 근대 문학은 사람들이 생각하는 만큼 취약한 것은 아니
다. 적어도 오늘날의 일본 문학처럼 취약하지는 않다고 나는 믿고
있다. 그러나 설사 취약하다 하더라도, 그리고 얼마나 단기간이라
하더라도, 일개 독립된 문학인으로서 그 전사(全史)를 꿋꿋이 살
아내기란 여간해서는 생각할 수 없는 일이다. 불가능이라 해도 무
방할 정도이다. 하지만 루쉰은 그 불가능에 가까운 곤란을 실현시
켰다. 그것은 어떻게 하여 루쉰에게 있어 가능하게 되었을까.

루쉰이 만약 선각자였다고 한다면, 그것은 당연히 불가능했을
것이다. 그는 선각자는 아니다. 그는 한번도 신시대에 대하여 방
향을 제시하지 않았다. 가장 공식주의적인 비평가의 루쉰론에서
조차(예를 들면 핑씬〔平心〕의「루쉰의 사상을 논함」등) 이 점은 인
정하고 있을 정도이다. 루쉰의 방식은 이렇다. 그는 물러서지도
않을 뿐더러 추종도 하지 않는다. 우선 자신을 신시대와 대결시켜
'쩡짜'에 의해 자신을 씻고, 씻겨진 자신을 다시금 그 속으로부터
끄집어내는 것이다. 이 태도는 강인한 생활인의 인상을 준다. 루
쉰만큼 강인한 생활인은 아마 일본에서는 찾을 수 없을지 모른다.
그 점에서도 그는 19세기 러시아의 문학인에 가깝다. 그러나 일단
씻겨진 그가 이전의 그와 달라져 있지는 않다. 그에게는 사상의
진보라고 하는 것이 없다. 그는 처음에 진화론적 우주관의 신봉자
로서 등장하였으나, 후에는 진화론의 오류를 깨우쳤다고 고백하
고 있다. 또 초기의 작품에 보이는 허무적 경향을, 만년에는 후회
하고 있다. 그것들은 사람에 따라 루쉰 사상의 진보인 것처럼 말

해지지만, 그의 완강한 자아 고집에 대해서 보자면, 사상의 진보라고 하기에는 부차적인 것이다. 현실 세계에서의 그의 강인한 전투적 생활은, 사상가로서의 루쉰의 면으로부터는 설명되지 않는다. 사상가로서의 루쉰은, 늘 시대로부터 반 발짝 떨어져 있다. 그렇다면, 그것은 무엇으로부터 설명되어야 할 것인가. 그를 격렬한 전투 생활로 내몬 것은, 그의 내심에 존재하는 본질적인 모순이었다고 나는 생각한다.

루쉰은 본질에 있어 하나의 모순이다. 혁명가 쑨원(孫文)이 하나의 혼돈이라고 말해지는 것과 같은 의미에서, 문학인 루쉰은 하나의 혼돈이다. 그 혼돈은, 아마도 루쉰 자신에 의해서도 분명히 자각되어 있지는 않았으리라. 그러나 혼돈이 그에게 준 고통에 관해서는, 그는 확실한 자각을 가지고 있었다. 그것은 표현이라는 것에 관해 그가 이야기한 다음과 같은 말에서 판단된다. 그가 추구한 것은 다만 한 가지의 것이었고, 아마도 그것은 겐로크(元綠)〔일본 시가시 야마 천황(東山天皇) 시대의 연호: 역주〕의 시인의 경우와 마찬가지로 다만 하나의 말이었을 것으로 생각되지만, 그러나 그가 말할 수 있었던 것은, 오직 하나의 말의 비존재를 설명하는 많은 말이었다.

나의 작품을 편애하는 독자는, 곧잘 나의 문장이 참말을 하고 있다고 비평한다. 그러나 그것은 지나친 칭찬이다. 원인은 편애 때문이다. 물론 나는 그런 사람을 속이려고 생각하는 것은 아니다. 그러나 마음 속에 생각한 대로 다 말을 한 기억은 한번도 없다. (『분』, 후기)

내가 붓 가는 대로 마음에 있는 것을 그대로 쓰고 있다고 생각하는 사람이 있으나, 실은 꼭 그렇지는 않아서, 내가 꺼려하고 있는 것은 결코 적지 않다. 〔……〕 내가 조금의 꺼림도 없이 말을 하는 날은, 어

쩌면 오지 않을는지도 모른다. (『분』, 후기)

내가 말하는 것은 언제나 생각하고 있는 것과는 다릅니다. 왜 그런
가 하면, 『외침(吶喊)』의 서문에 쓴 것처럼 자신의 생각을 남에게 전
달하고 싶지 않기 때문입니다. 왜 전달하고 싶지 않은가 하면, 내 사
상은 너무 어둡고 스스로도 정확한지 어떤지 분명하지 않기 때문입니
다. (쉬꽝핑에의 편지, 『양지서』 제1집, 24)

슬프게도 우리는 서로 잊을 수가 없다. 그리하여 나는 더욱 더 남을
속이는 일을 열심히 해냈다. 그 속이는 학문을 졸업하지 않으면, 혹은
그만두지 않으면 원만한 문장은 쓸 수 없으리라. (「나는 남을 속이고
싶다」)

이것들을 역설로 보는 것은 너무 피상적이다. 마치 그가 "쇼는
풍자가가 아니다"(「누구의 모순인가」 「쇼와 쇼를 보러 온 사람들을
보는 이야기」)라고 했을 때, 그는 버나드 쇼를 통해 자신을 보고
있는 것과 마찬가지로, 역설적으로 보이는 것이 실은 그에게 본질
적으로 존재하는 모순 그 자체였던 것이다. 그는 분명히 거짓을
말한 것이며, 다만 거짓을 말하는 것에 의해 하나의 진실을 지켰
다. 그것이 많은 진실을 말한 속류 문학인으로부터 그를 구별하는
까닭이다. "문학은 무용이다." 이것이 루쉰의 근본적인 문학관이
다. 그러나, 그 무용의 문학을 위해 청춘의 세월을 고전 연구에
소모한 것이 바로 그였다.
루쉰의 소설은 재미가 없다. 근대 문학의 전통이 옅은 중국에서
는, 소설은 일반적으로 재미가 없다. 그러나 그렇다고 하더라도
루쉰의 소설은 재미가 없다. 작품이 소우주를 지니고 있지 않다.
이 결함은 가작에 속하는 「쿵이지」나 「아Q정전」에도 인정된다.

흥미가 과거의 추억에 국한되어 있었던 것은, 그것만으로도 소설가에게는 치명적이다. 그의 작가적 재능은 오히려 문학사 연구 쪽에 분명히 나타나고 있다. 『중국소설사략(中國小說史略)』및 그와 관련된 일군의 고전 연구의 업적은, 그가 심혈을 기울였던 것인 만큼 소설에 대한 노고에 가까운 애정이 넘치고 있다. 그는 문학사 연구에는 꽤나 집착을 지니고 있었던 듯, 격렬한 논쟁의 짬짬에도 그것을 생각하고 있다. 임종의 그에게 만약 마음에 걸리는 것이 있었다고 한다면, 아마도 이 일 한 가지였을 터이다. 그러나, 그것은 역사 연구라고 칭해지면서도, 놀랍게도 사관(史觀)의 편린조차 담고 있지 않다. 이 점이 후스나 쪼우쭈어런과는 뚜렷이 대조가 된다. 그는 한편으로는 새로운 문학 이론의 번역을 많이 내고 있었지만, 추상적 사유는 종내 그와 인연이 없었다. 현상으로서의 루쉰은, 어디까지나 혼돈이다.

그 혼돈은 중심적으로 하나의 상을 그 속으로부터 떠오르게 한다. 그것은, 계몽가 루쉰과, 어린아이에 가까운 순수의 문학을 믿은 루쉰의 이율배반적인 동시 존재로서의 하나의 모순적 통일이다. 나는 그것을 그의 본질이라고 본다. 자기를 허용하지 않을 뿐 아니라 타인도 허용하지 않는 격렬한 그의 현실 생활은, 한 극한에 절대 경지의 희구를 놓지 않으면 이해하기 어려운 것과 마찬가지로, 근대 중국의 뛰어난 계몽가는 그 자신의 그림자라고는 믿기 어려울 만큼의 소박한 마음을 품고 있었다고 생각하고 싶은 것이다. 계몽가와 문학인, 이 둘은 아마도 루쉰에게도 눈치를 채이지 않은 채, 부조화한 대로 서로를 상처 입히는 일이 없었다. 그것은 그가, 쪼우쭈어런이나 후스만큼의 사상가가 아니었기 때문이리라. 그러나, 어쨌든 이 루쉰의 모순은 루쉰으로 표현되었다는 의미에서, 현대 중국 문학의 모순이기도 하다. 왜냐하면, 그는 논쟁을 통해서 중국 문학으로부터 자신을 선택해나갔지만, 그럼으로써 그 자신이 중국 근대 문학의 전통이 되었기 때문이다. 루쉰과 중국 문학이란, 서로 대극에 서면서도 동시에 '쩡짜'에 의해 매개된 전체로서는 하나였다. 그것은 다른 예로 말하자면 루쉰과 모든 점에서 대조적이면서도, 또한 그의 최강의 논적이었던 시인 꿔모러(郭沫若)가 남몰래 경외하였던 루쉰의 죽음을 누구보다도 통한해 마지않은 한 사람이었던 것에서, 루쉰 그 자체를 시인이라 부르는 것이 옳은 것과 마찬가지인 것이다.　　　　〔백영길 옮김〕

혁명 문학 논쟁에 있어서의 루쉰

마루야마 노보루

1

여기에서 우리는 루쉰 자신의 혁명 문학론을 간략히 논하기로 하자. 루쉰과 '혁명 문학' 파가 논쟁을 개시했을 때, 문학론 방면에 있어서 나는 그가 아래와 같은 주요한 몇 가지 관점을 지니고 있었다고 생각한다.

1) 모든 문예는 사람들에게 읽히기 위한 것인 한, 그것은 곧 일종의 선전이다. 문학가는 자기의 관점을 제시하는 것이지만, 결과는 일종의 선전인 것이다. 처음부터 간판을 내걸고 하는 선전은 문학 가치가 없다. 혁명이 구호 · 표어 · 포고 · 전보 · 교과서 등 이외에도 문예를 필요로 하는 이유는 바로 그것이 문예이기 때문이다.

2) 문학은 필연적으로 시대적인 제약을 받는 것이어서, 시대를 초월하는 문예란 존재하지 않는다. 그러므로 영원한 문학도 존재하지 않는다.

3) 영구불변한 인간성은 존재하지 않으며, 그것은 시대적 · 계

급적인 제약을 받는다. 당연히 우리는 원시인의 기질을 확인할 수가 없으며 미래인들 또한 우리의 기질을 제대로 알지는 못할 것이다. '바람에 견딜 수 없을 정도로 연약한' 아가씨가 흘리는 것은 향기로운 땀이며, '소처럼 우둔한' 노동자가 흘리는 것은 냄새 나는 땀이다. 묘사하는 땀의 성질이 다름으로 인하여 문학의 성질 또한 달라진다.

4) 문학은 결국 얼마간의 여유의 산물이다. 빈곤이나 혁명에 의해서 쫓길 때는 창작을 할 수가 없다.

5) 어떤 의미에서 문학은 약자가 종사하는 활동이고, 그것은 현실에 대해서 무력하다고 할 수 있다. 현실을 변혁시키는 것은 실제적인 투쟁이고 실제적인 혁명이지 혁명 문학은 아니다.

우리가 주의할 만한 것은 루쉰의 이러한 문학론, 즉 둘째 · 셋째 점이 문학의 계급성에 대한 인식을 포함하고 있다는 점이다. 그러나 이러한 문학의 계급성에 대한 인식이 꼭 플레하노프Plekhanov 나 루나차르스키Lunacharskii 등 마르크스주의 예술론을 포함하는 것은 아니다. 사실상 루쉰이 마르크스주의 예술론과 접촉하기 이전에 그의 사상 속에는 이미 이러한 문학적 관심이 형성되어 있었던 것이다.

루쉰이 루나차르스키의 『마르크스주의 예술론』(昇曙夢 역)을 구입한 것은 1928년 9월이었고, 플레하노프의 『계급 사회의 예술』(藏原惟人 역)을 구입한 것은 동년 10월이었으며, 『예술론』(外村史郎 역)을 산 것은 동년 11월이었다. 물론 마르크스주의 예술론에 대한 루쉰의 관심은 이에 앞서서 이미 시작되고 있었다. 1926년 이래의 일기 속에서 그가 구입한 도서를 볼 때 그 사실을 단편적으로나마 알 수 있다. 그러나 루쉰이 마르크스주의 예술론을 계통적 · 집중적으로 읽고 번역한 것은 그 자신이 말한 바와 같이 1928년 후반부터 태양사(太陽社)와 창조사(創造社)에 의해 '핍

박받아서' 시작된 것이었다. 만일 이러한 계기가 없었다면, 기껏해야 거기에 관심을 갖는 정도였을 것이다. 그러나 위에서 말한 바와 같은 문학관이 이미 형성되었다는 것은 여전히 하나의 주목을 요하는, 그리고 매우 가치 있는 사실인 것이다. 루쉰이 생각하는 '계급'의 개념은 결코 명확한 마르크스주의적 내용이 담긴 것이 아니었으며, 지배자와 피지배자, 주인과 노예, 부자와 가난한자, 나으리와 민중 등 비교적 초기 형태의 것이었다. 나는 일찍이 루쉰이 '진화론에서 계급론으로 발전해간' 것이 결코 '진화'에서 '혁명'에 이르른 것이거나 또는 '비혁명'으로부터 '혁명'에 이르는 변화를 의미하는 것이 아니고, 중국의 혁명·변혁을 담당하려는 자로서의 혁명 혹은 변혁을 실현하는 데 있어서의 관점상의 변화라고 할 수 있다고 말한 바 있다. 이러한 상황은 이 '계급'이라는 개념에 대해서도 적용된다. 그것은 후기 루쉰의 사상 속에만 존재하는 것이 아니다.

나는 이 문제가 실제로는 '혁명 문학 논쟁'에 있어서 루쉰의 '격투'〔루쉰의 격투라는 말은 일본 학술계의 루쉰 연구에 쓰이는 전문 용어의 하나로, 그것은 어떤 한 사상이나 현실이 루쉰에게 충격을 가하였을 때 그가 내부 의식의 자아 조절을 통한 고통스런 과정을 거쳐 평형 상태에 도달함을 가리킨다: 엔사오탕 역주〕가 어떠한 성격을 지녔는가 하는 문제라고 생각한다. 나는 나의 관점이 약간 극단적임을 알고 있지만, 이 논쟁을 통해서 루쉰이 힘써 해결하려고 했던 문제가 혁명과 문학 혹은 혁명과 문학가와의 관계를 어떻게 생각할 것인가 하는 문제였지, 마르크스주의 문학론을 어떻게 받아들일 것인가 또는 어떻게 거부할 것인가 하는 문제는 아니었다고 감히 말할 수가 있겠다. 물론 나는 루쉰의 마르크스주의 문학론에 대한 인식이 단지 그 아류나 곡해자와의 투쟁 속에서만 획득된 것은 아니라고 말하고 싶다.

본래 문학은 본질적으로 '인생을 위한다'는 대전제 위에 서 있다. 루쉰은 어떠한 다른 목적에 종속되어 있는 문학은 모두 가치가 없는 것이라고 인식하고 있었다. 이 견해 자체는 결코 루쉰만의 독창적인 생각은 아니다. 루쉰이 번역한 바 있는 쿠리야가와 하꾸손(廚川白村) 역시 이런 관점을 지니고 있었던 것이다. 이것은 이미 광범하게 인정되고 있는 논점이라고 할 수 있을 것이다. 따라서 우리가 만일 이 문제에 관한 루쉰의 사유 방법 속에서 새로운 것을 찾고자 한다면, 의당 이 점이 아닌 다른 면에서 찾아야 할 것이다. 나는 이 모순을 매개로 하여 문제를 작자의 주체 속에 집중시켜서 사고를 진행하는 방법 등이 아마도 루쉰이 오늘날에 남겨놓은 가장 커다란 유산 중의 하나일 것이라고 생각한다. 이것은 이후 중국 문학의 존재와 상호 연계된다는 점에서 중요한 것이다. 무산 계급 문학의 입장으로부터 출발한 '선전 문학'과 '무기로서의 문학' 등의 '새로운 것'을 아무리 제창한다 할지라도, 이들 '선전'의, 그리고 '혁명'의 무기로 씌어진 작품들은 작품으로서는 무력하다는 사실을 바꿀 수 없다는 것은 조금도 의문의 여지가 없는 것이다. 나는 우리가 반드시 검토해야 할 것은, 문학이 선전으로 그리고 무기로 된다면 작품으로서는 더욱더 무력해질 수밖에 없다는 루쉰의 이 심각하고도 솔직한 인식 및 이 인식을 뒷받침해주는 것이 어떤 것인가 하는 점이라고 생각한다.

일본의 경우에는 비단 쿠리야가와 하꾸손뿐만이 아니라 일반적으로 모두 어떤 하나의 목적을 위해 직접 복무하는 문학은 곧 문학이 아니다라고 인식하고 있다. 비록 그렇다고는 하나 '문학은 계급 투쟁의 무기'라는 이 명제는 여전히 마르크스주의 문학론의 도입과 함께 거의 무비판적으로 받아들여졌던 것이다. 내가 말하는 바의 '무비판'이라는 것은 물론 "화원(花園)을 파괴한 자는 누구인가"(쿠리야가와 하꾸손)라는 식의 비판을 무시하는 것은 아니다. 이런 유의 비판은 있었지만, 다른 방면으로부터는 결코 어떤 중요한 배척도 없었던 것이다.

아마도 이것은 마루야마 마사오(丸山眞男) 선생 등이 지적한 바와 같이, 마르크스주의가 일본 근대 사상사에 있어서 거의 유일한 '과학'이었고 '세계관'이었다는 상황과 유관할 것이다. "마르크스주의는, 문학가들이 임의로 '장점을 취하고 단점을 보충하는' 식으로 쉽게 만들어낼 수 있는 기법과 같은 것이 결코 아니다. 어떤 의미에서 그것은 크게 전체 인간 세상을 일괄적으로 파악하면서 분리시킬 수 없는 '논리적인 구조'를 갖는 사상이다"(마루야마 마사오의 『日本近代の思想と文學』). 마르크스주의 문학론의 '논리적 구조'의 기둥의 하나인 '문학은 계급 투쟁의 무기'라는 명제가 배척될 때는, 이것을 매개로 하여 '구조' 자체의 심화 · 발전을 향해 나아가는 것이 아니고, 오로지 이 세계관을 충분히 인식하지 못하도록 하는 근거를 찾아 돌진해가는 것이다. 또한 '문학은 혁명의 무기'라는 명제에 대해서 생각하는 것에만 한정한다면, 이것은 문학 예술과 현실과의 연계를 체득한 것이라고 하기보다는 전통적으로 현실로부터 도피하거나 은둔하는 쪽에서 문학 예술의 근거를 탐구하는 경향을 완강하게 드러냈다고 하는 편이 나을 것이다. 아마도 이것이 일본의 역사일 것이다. '문학은 혁명의 무기'라는 명제도 일본에서는 마르크스주의자에 의해 처음으로 제기되었다. 그들은 문학은 결코 전제가 없거나 규정성이 없는 것이 아니라는 것, 즉 작가의 계급성이 의식 형태면에 있어 문학이 갖는 성질을 결정하고, 문학과 여타 각종 사회 현상간에는 불가분의 관계가 있다는 것을 지적하는 동시에, 이전의 문학관에 대해서는 전면적으로 부정하였다. 바로 그것이 이 명제가 지닌 바의 '혁명성'이 특별히 강력하게 받아들여진 원인이었다.

중국의 상황은 이와는 달랐다. 루쉰의 인식이 갖는 현저한 특징은 문학 예술이 계급성 · 역사성에 의해 규정된다는 데 대한 명확한 인식과 '선전 문학'에 관한 각성된 인식의 공존인 것이다. 즉 그것은 전자의 인식이 일체의 문학은 선전이라는 점과 서로 연계를 갖게 되었으되 문제가 다 해결되지 못한 채 그 사이에 아직도 약간의 중간항과 유보 조건이 존재하고 있음을 말하는 것으로, 이것이 곧 루쉰의 인식을 딱딱한 것이 아닌 풍부한 것으로 만든 요인이었던 것이다.

나는 루쉰 문학관의 '새로운 것' 중 가장 중요한 점이 그가 마르크스주의에 대해서 결코 자기 전체를 그 속에 투입시키지도 않았고 반대로 그것을 전부 거부하지도 않았지만, 그렇다고 하여 또 천박한 절충주의에 함입되지도 않았으며, 결국은 교묘하게 마르크스주의의 본질적인 것을 받아들였다는 데 있다고 생각한다.

이 일 자체가 어떤 새로운 것이라고 특별히 말할 필요는 없을 것이다. 그것은 다께우찌 요시미(竹內好) 선생 이래 어떤 의미에서는 이미 정론(定論)으로 되었다고까지 말할 수 있기 때문이다. 그러나 다께우찌 요시미 선생까지 포함해서, 중요한 문제는 루쉰이 마르크스주의와의 격투 및 이 격투를 통하여 독자적으로 마르크스주의를 받아들였다는 각도에서 탐구했다는 점이다. 다께우찌 선생이 "루쉰은 권위로서의 프롤레타리아 문학에 대한 부정으로부터 좌련(左聯)을 향해서 돌진하였다"고 한 말은 바로 이 견해를 나타낸 것이다. 다께우찌 선생이 지적한 점들은 이미 광범위하게 받아들여지고 공통의 인식으로 되어서, 일반적으로 루쉰이 '투철한 문학가의 안광'과 '일체의 허위를 꿰뚫어보는 정신'을 갖고 있었기 때문에 일반적 · 추상적인 반복을 통해서 끝내는 그의 마르크스주의와의 격투 및 마르크스주의에 대한 독특한 수용이 가능했었다고 이해하고 있는 것이다. 나는 이 사건 자체에 대해 결코 이의를 제기하고 싶지는 않지만, 동시에 그것이 결코 그렇게 많은 의의를 지니고 있는 것은 아니라고 생각한다. 왜냐하면 그것은 루쉰 전변(轉變)의 가능성을 조금도 설명하지 못하였고, 그 결과 동의반복(同義反復)에 불과하기 때문이다.

말이 좀 지나칠지 모르지만, 나는 여전히 루쉰에게 마르크스주의는 결코 권위로써 출현한 것이 아니라고 생각한다. 이러한 마르크스주의의 출현이 지식인에게 갖는 다른 함의, 그리고 이 상황을 산생시킨 중국과 일본의 다른 처지 및 상이한 의의를 정확히 파악하는 것이 우리가 루쉰의 정신을 바로 이해하는 첩경이라 할 것이다.

바로 제1장〔저자의 『魯迅と革命文學』의 제1장: 역주〕에서 말한 바와 같이 '혁명을 위한' 문학을 고취한 것은 '4·12' 정변 이전에 있어서는 마르크스주의에 근거한 문학만 그러한 것이 아니라, 국민당 계통의 문학까지도 그러하였던 것이다. 지금 토론하는 루쉰의 '선전 문학' 관은 마르크스주의 문학론도 흡수했지만, 국민당 계통의 문학 역시 흡수했던 것이다. 적어도 이 '혁명을 위한' 그리고 '선전을 위한' 문학은 광범위하게 마르크스주의의 범위를 넘어서서 일반적인 상황과 서로 관련을 갖는 속에서 형성되었던 것이다.

이 명제가 지니고 있는 역사적·사회적 의의는 심지어 이 명제를 구성하고 있는 각 단어가 쓰인 역사적·사회적 상황이 상이(相異)에 따라 달라지며, 이 명제에 대한 각인의 태도 또한 의당 이로부터 서로 달라질 수밖에 없을 것이다. 그러므로 이 명제에 대한 상반된 명제 및 이 모순 중에서 산생된 새로운 명제의 의미도 반드시 달라질 수밖에 없는 것이다. 만약 이러한 인식이 정확한 것이라면, 우리가 이 문제에 대한 루쉰의 사고 방법을 토론할 때에 상술한 바와 같은 그러한 상이한 상황이 문제가 되는 상태에서 어떠한 상위점을 찾을 수 있는 것일까? 이것은 여전히 경시할 수 없는 문제라 하겠다. 루쉰이 마르크스주의로부터 혁명을 위한 문학을 접촉하기 이전, 아니면 적어도 그와 동일한 시기에, 그는 또한 국민당 쪽으로부터 '혁명을 위한 문학'을 접촉했던 것이다. 나는 이 문제에 관한 그의 처리 방법을 고찰할 때에 의당 이 사실을 기억해야 한다고 생각한다.

즉 '혁명을 위한 문학'이라는 명제가 마르크스주의의 경우 문학의 이데올로기성에 대한 자각에 뿌리를 내리고 있었던 것이라 하겠으나, '~을 위한 문학'이라는 명제 자체는 도리어 이러한 인식과는 무관하게 아마도 권선징악의 문학관으로부터 산생된 것이라고 보는 것이다. 되풀이되지만, 마르크스주의와 분리시켜 '혁명'을 생각할 수 없는 일본에 있어서 그들 '혁명을 위한 문학'이라는 명제를 '권선징악'과 동일하게 보고 용기 있게 반대하는 사람들이라고 해서 완전히 반(反)마르크스주의자일까? 그렇지 않다면, 그것은 아마도 마사무네 하네코(正宗白鳥) 등의 극소수에 한정된 이야기일 것이다. 즉 혁명의 위치가 일본과 다른 중국에 있어서, 국공(國共) 두 방면에서 '혁명을 위한 문학'을 고취했거나 혹은 그것이 미분화된 형태로 존재하고 있었다는 사실을 고려하면, 그것은 의당 문제의 실제 상황에 비교적 접근한 것이다. 그것은 반드시 광범위한 토론 가운데서 구체적으로 해명될 문제인 것이다. 이제까지 단지 마르크스주의 문학 운동의 역사로서 간주되었던 '혁명 문학'의 역사는 그 틀을 벗어나 심지어는 국민당 주위의 문학가까지도 움직이게 했던 것이며, '혁명 시대의 문학'이라는 문제 어휘 또한 위에서 말한 이들 상황 속에서 산생된 것이라 할 것이다. 특별히 그것이 4·12 정변 뒤에 반동화된 장개석과 권선징악의 문학관 사이를 오가며 얽혀 있었던 '혁명 문학'이었다는 것은 제1장에서 서술한 바와 같다.

마찬가지의 의의를 갖는 것은 당시에 있어 '혁명을 위한 문학'

의 이름 아래 출현한 작품의 수준이 역시 지극히 저급하다는 것이다. 4·12 정변 전 광동(廣東)의 문학 상황을 직접 이해할 만한 자료가 부족하긴 하지만, 루쉰이 쓴 글들로부터 상상은 가능하다 하겠다. 창조사·태양사로 대표되는 '혁명 문학'은 지금 우리가 읽을 수 있는 바와 같이 일부 몇 작품을 제외한 상당수의 작품이 대부분 명실상부하지 못하다 하겠다. 기교만 저급할 뿐 아니라, 많은 작품이 사람들로 하여금 그들의 현실에 대한 태도를 회의하게 하는 것이다. 이들로부터 광동 시대의 수준을 추측하는 것은 그다지 어렵지 않을 것이다. 물론 이 일단의 역사가 그래도 이들 작품과 문장을 통해서 전해져내려올 수 있었다는 것은 사실이다. 그러나 다른 한편으로 이들 작품을 창작한 청년들의 내함(內涵)을 충분히 인식할 필요성이라든지 그들의 주장을 문학의 한 조류로 연구함에 있어서는 아직까지도 상당히 부족하다는 것 또한 확실하다 하겠다. 그러므로 이러한 상황하에서 발생한 '혁명 문학'에 대한 비판을 성급하게 순수 이론적으로 높이만 평가한다면, 그것은 곧 제1장에서 서술한 바의 혁명 문학이 산생된 상황과 동일한 것이 된다. 그것은 전혀 의의가 없을 뿐만 아니라, 문제를 잘못 이해하도록 유도할 위험조차 있다. 그러나 유감스러운 것은 최근에 읽은 몇몇 글이 바로 나에게 이러한 강렬한 인상을 주었다는 점이다.

2

나는 줄곧 루쉰의 핵심에 접근할 수는 없었고, 그 주위에서 전개된 이질적인 상황 속에서 루쉰 스스로가 지니고 있던 혁명에 대한 태도에 대해 탐구할 수 있을 뿐이었다. 그것을 간략하나마 단

언할 수 있다면, 그가 혁명을 현실에 대해 진정한 변혁으로 여긴
것과 이에 뿌리를 내리고 있는 '혁명'에 대한 담백하면서도 심각
한 인식을 하고 있었다는 점이다. 이것이 바로 우리가 언제라도
루쉰에게 그 무엇보다 먼저 배워야 할 점이다. 일본에 있어서 마
르크스주의는 '권위'로서 받아들여졌다. 나는 그것이 유일한 '과
학'과 '세계관'이 된 것 이외에도, '혁명'의 과제를 처음으로 일
본 사상사 속으로 끌고 들어와 중대한 작용을 일으켰다고 생각한
다. 마르크스주의가 '세계관'과 '과학'으로서 갖고 있는 계통적
인 온전성과 논리에 부합하는 특징이 일면 '지적 권위'로서 사람
의 마음을 사로잡고, 다른 면에 있어서는 '혁명'이라는 중요한 실
천적 과제를 제기함으로써 인정과 도덕 방면에서 진보적 작용을
일으킬 수 있었다고 생각한다(이러한 견해는 지식인과 민중의 경우
각각 다르게 나타날 것이며, 여기엔 내용이 포함되지 않는다. 적어도
그것이 민간에 충분히 뿌리내리는 데 장애로 된 원인의 하나는 지식
인들이 마르크스주의를 받아들이는 방식에 있었다고 말할 수 있다).
　나는 일찍이 여러 차례에 걸쳐 중국에 있어서 '혁명'이 결코 마
르크스주의에 의해 최초로 제기된 것이 아니었고, 마르크스주의
를 이해하기 이전부터 이미 신해 혁명이 발생하였고, 마르크스주
의 문학론을 제창하기 이전에 국민 혁명이 전개된 바 있으며, 그
리하여 이 문제에 대한 마르크스주의의 의의와 일본에 있어서의
그것은 매우 다르다는 것을 말한 바 있다. 물론 창조사 등의 예에
서 보이는 것처럼 마르크스주의를 받아들인 것 또한 청년들이었
지만, 일본과 다른 상황은 루쉰 등이 이미 '혁명'을 자신의 욕구
로 하여 그 속에 투신한 체험과 여러 차례 좌절하고 실패한 체험
을 갖고 있어 중국 암흑의 뿌리의 저변을 충분히 인식하고 있었다
는 것이고, 그리하여 그들이 혁명의 선배로 존재하고 있었다는 것
이다. 루쉰이 당시에 '혁명 문학파'의 '새로운 것'에 대해 부단히

비판을 가하고, 그들에게 중국의 현실과 절실하게 상호 결합하겠다는 각성과 강인성이 결여되어 있다는 점을 지적한 근거가 바로 여기에 있는 것이다.

　내가 말하고 싶은 것은, 루쉰이 젊은 사람들의 명랑한 환상과 동일한 보조를 취할 수 없었던 것은 좌절하고 실패한 체험을 갖고 있었기 때문이 아니라, 그가 이러한 환상이 결국 무엇을 위한 것인가에 대한 정확한 척도를 갖고 있었고 힘의 운용 또한 장악할 수 있었기 때문이었다는 점이다. 나는 일찍이 다음의 말로써 루쉰을 표현한 적이 있다. "그는 '혁명'을 하나의 관념으로 여긴 것이 아니라, 자신의 욕구로 받아들였다. 바꾸어 말하면 사상으로써 그것을 파악하고 있었던 것이다." 내가 '관념으로'라고 말할 때, 내 머릿속에 무의식적으로 떠오른 것은 앞서의 '권위로서'라는 말이 가리키는 것과 거의 마찬가지일 것이다. 애매하지만 이 말은 아마도 내가 표현하고 싶은 것을 약간은 설명해줄 수 있을 것이다.

　루쉰에 대해 회고할 때, 나는 그가 문학 논쟁 중에서 행한 비판이 '혁명 문학'파의 근본적인 약점을 들춰냈다고 생각한다. 그러나 루쉰의 뜻이 그들의 '본질'을 갈파하여 그들에 대해서 근본적으로 비판을 가하는 데 있다고 하기보다는, 자신이 느낀 바의 중국 현실로부터 '혁명 문학' 제창의 무효성을 인식함으로써 혁명 문학의 약점을 과녁으로 하여 비판을 진행시켰다고 하는 것이 더 적합할 것이다. 나는 이러한 인식이 진실에 가깝다고 생각한다. 이러한 관계를 산생시킨 조건으로서, 세 가지 측면을 지적할 수 있다. 즉 마르크스주의로부터 제창된 혁명 문학이 지닌 의의가 일본과는 다르다는 상황과, '혁명'이라는 문제가 루쉰 자신에 있어 차지하는 위치, 그리고 여기에 뿌리내린 현실주의가 그것이다.

3

여기에서 나는 이 시기 루쉰의 사상적 특색과 표현에 대해서 이야기하고자 한다. 우리가 '혁명 문학 논쟁' 시기의 루쉰의 문장을 체계적으로 다시 읽을 때, 우리를 주목하게 하는 것은 그가 혁명 문학에 대해서 쉬지 않고 비판을 가하였다는 점이다. 1928년에서 1929년 전반기의 문장 중 총괄성을 갖고 문제를 논술하고 있는 것은 의외로 적다. 그런 유의 문장은 1929년 하반기 이후에 비로소 나타난다. 나는 그가 상대방의 본질적 측면만이 아닌, 실제적인 면에서 그들 한사람 한사람의 행위를 포착·비판하고 있었다고 생각한다. 이 시기 중국 사회에 출현한 많은 '새로운' 사상, '새로운' 문학은 전혀 뿌리를 내리지 못했고, 일시 유행하다가는 곧 소리도 자취도 없이 사라지고 말았다. 루쉰의 많은 문장은 곧 중국 신문화의 밑바탕에 깔린 이러한 천박함을 비판한 것이었다. 그의 문장은 때로는 비판이라고 하기보다 탄식에 더욱 가까웠다고 하는 편이 차라리 나을 것이다.

1928년 4월 루쉰은 「편(扁)」이라는 글 속에서 이렇게 말했다. "문예계에 나타난 두려운 현상은 먼저 명사를 실컷 수입해놓고는 이 명사의 함의를 소개하지 않아서, 각각 자기의 뜻대로 그것을 사용한다는 점이다. 작품이 자기 자신을 많이 언급하고 있으면 곧 그를 표현주의라고 칭하고, 다른 사람을 좀더 많이 다루면 사실주의, 처녀의 종아리를 가지고 시를 쓴 것을 보면 낭만주의, 처녀의 종아리를 시로써 쓰는 것을 허락지 않으면 고전주의, '하늘에서 머리가 하나 떨어지고, 머리 위엔 소 한 마리 서 있네. 사랑스럽도다! 바다 가운데의 날벼락이여!……' 하는 것은 미래주의라고 하는 등등이다." 그 후 그는 「문예와 혁명」 「리삥쭝(李秉中)」에게 보내는 편지」「문학의 계급성」, 그리고 「현대 신흥 문학의 제문제」 소서(小序) 속에서 모두 동일한 인식으로부터 출발하여 '혁명 문학'은 간판에 불과할 뿐이며, 이들 간판을 받들기보다는 그 내용을 충실하게 하고 그 기교를 향상시키는 것이 현재의 급선무라는 것을 반복하여 지적하였다. 예컨대 유물사관의 경우, 텅 빈 의론을 발표하는 것이 그것을 어떻게 계통적으로 번역할 것인가를 고려하는 것만 못하다고 하였던 것이다.

루쉰의 이들 비판이나 탄식의 깊은 곳에는 「태평가결(太平歌訣)」이나 「산공대관(剷共大觀)」 속에 보이는 것과 같이 중국의 암울한 현실에 대한 그의 심각한 인식이 존재하고 있었다. 「태평가결」과 「산공대관」은 둘 다 신문 기사를 소재로 삼고 있다.

「태평가결」에서는 말하기를 근래에 남경(南京)의 민간에 하나의 요언(謠言)이 유포되고 있는데, 중산릉(中山陵)〔쑨원의 묘: 역주〕이 장차 완성되어 봉할 때 어린아이의 혼백을 거두어 넣어야 한다고 하였다. 그리하여 가장들은 자기 아이를 보호하기 위해서 아이의 어깨에 붉은 헝겊으로 부적을 꿰매어 붙였는데, 문구에는 "누가 와서 내 혼을 불러도, 내 스스로 내가 감당하겠다. 남을 불러도 불러내지 못하거든 네 스스로나 돌무덤을 지려무나(人來叫我魂, 自叫自當承. 叫人叫不着, 自己頂石墳)"라는 것과, "네가 중산묘를 짓는 게 나하고 무슨 상관이 있느냐? 한번 불러도 혼은 가지 않을 거고, 두 번 부른다 해도 나는 내 스스로 감당하겠다(你造中山墓, 與我何相干. 一叫魂不去, 再叫自當承)"는 등의 세 가지가 있었다는 것이다.

루쉰은 이어 이렇게 썼다. "이 세 수 중에 어떤 것이든 겨우 스무 자밖에 안 되지만, 시민의 혁명 정부와의 관계와 혁명가의 심정에 대한 견해를 이미 충분히 나타내고 있다. 사회의 어두운 면을 폭로하는 문학가라 할지라도, 아마 이처럼 간명하고도 절실하게 써내기는 어려울 것이다. '남을 불러도 불러내지 못하거든 네 스스로나 돌무덤을 지려무나' 하는 말은, 이미 많은 혁명가의 전기와 한 부(部)의 중국 혁명의 역사를 포괄하고 있는 것이다." 루쉰은 또한 "어떤 사람들의 글을 보면 현재는 '여명(黎明)의 전'이라고 거의 억지를 쓰고 있다. 그러나 시민은 이러한 시민일 뿐이니 여명도 좋고 황혼도 좋지만, 혁명가들은 결국 이러한 시민들을 등에 업고 나아가지 않으면 안 되는 것이다"라고 쓰고 있다.

여기에서 루쉰이 결코 체계적·직접적으로 현실의 어두운 면을 본 것은 아니지만, 이들 상황이 표현하고 있는 바의 암흑은 더욱 일반성을 갖고 있다고 할 수 있지 않을까? 루쉰으로 하여금 이 문장을 쓰게 한 원인 중의 하나가, 나는 그가 민중으로부터 쑨원과 같은 중국 혁명의 몇몇 선구자들의 냉막(冷漠)함을 보았고, 그리하여 일종의 감개가 생겼거나 일종의 충격을 받았던 데 있다고 생각한다. 이것은 아마도 확실할 것이다. 이들 문장이 나타내고 있는 것은 혁명가가 민중을 위해서 피를 흘리고 수고를 할 때에 민중은 결코 이에 대해서 감사하지 않으며 또한 혁명을 지지해야 하는 이유를 이해하지 못한다는 것이다. 즉 그들은 완전히 구체적·개별적인 사실로부터 자기에게 유리한가 불리한가를 판단할 뿐이며, 이것은 누구도 변화시킬 수가 없는 사실이라는 것이다. 루쉰은 이른바 중국의 혁명이 현단계에서 보기에 그토록 '무지'하고 '전혀 관심도 없는' 이들 민중과 함께해야만 되며, 더 나아가서는 그들 자체의 힘에 의지해야만 전진할 수 있다는 것을 인식하였던 것이다. 이 점을 보지 못하거나 이 점을 무시하는 '혁명'과 '혁명가'는 참통한 보복을 받지 않을 수가 없는 것이다.

루쉰이 청년 시대에는 낭만적인 혁명 형상까지도 꿈꾸었지만, 이것은 신해 혁명이 실패한 뒤의 현실에 의해 완전히 뒤집혀버렸다. 그는 민중을 위해 피를 흘린 혁명가가 처형당할 때에 민중은 도리어 그것을 아주 보기 좋은 구경거리로 삼는 장면을 보았다. 이것은 루쉰에게 일종의 악몽으로 남았고, 그리하여 이것들을 반드시 써야겠다는 생각을 갖게 되었던 것이다. 이것은 그의 마음속에서 점점 배양되어진 신념이라고 할 수 있을 것이다. 「산공대관」 속에서 루쉰은 여자 공산당원이 처형당하는 것을 기뻐 신나게 보고 있는 민중에 대해 쓰고는 "그러나 바로 그 암흑 때문에, 그리고 갈 길이 없기 때문에 혁명은 필요한 것이다"라고 하였다. 루쉰이 능히 이렇게 단언할 수 있었던 것은 이러한 신념이 이미 그의 심중에 형성되어 있었음을 말해주는 것이다.

또한 루쉰은 다음과 같이 말했다. "근래의 혁명 문학가는 왕왕 암흑을 각별히 두려워하고 그것을 덮어두려 하지만, 시민은 도리어 조금도 거리낌없이 자기 자신을 표현한다. 약삭빠른 기민성과 동시에 두껍게 마비된 모습은 혁명 문학가로 하여금 감히 사회 현상을 바로 보지 못하게 하고 기골이라고는 없는 흐물흐물한 존재로 변하게 하여 까치나 환영하고 올빼미 울음 소리는 증오하며, 단지 한 점의 길조를 쥔 채 스스로에 도취되어 시대를 초월한 존재로 화하게 하는 것이다"(「태평가결」). 루쉰이 결코 중국의 현실을 전체로서 직관한 것은 아니었고, 그가 비판했던 것은 단지 자기에 부합하는 척도를 가지고 자기 만족에 빠져버린 부분이었다. 그에게는 비록 좋아하는 바와 싫어하는 바가 있긴 하였지만, 그는 또 이렇게 말하였던 것이다. "결국은 이러한 시민들을 등에 업고 나아가지 않으면 안 된다." 이러한 철저한 인식은 바로 '혁명 문학가'들에게는 결여되어 있었던 것이다.

4

바로 이러했기 때문에 루쉰이 '침중한' 중국 현실에 대해 발을 딛고 깊이 사색했을 때, 이 '침중성'을 인내해야만 한다는 사상이 어느 정도 이미 형태지어져 있는 미래상을 우리에게 주려는 것은 아니었다. 그가 현실의 구체적인 길을 부단히 타개해나가는 것을 보여줌으로써 우리에게 힘을 주는 것 외에 다른 무엇이 있을 수 없는 것이다. 루쉰의 사상 속에 미래에 대한 원대한 희망과 심원하고 위대한 진리가 있었다고 하기보다는 그가 현재의 한걸음을 중시하고 평범한 사실을 중시하는 데에 보다 많이 기울어져 있었다고 하는 편이 나을 것이다. 1923년에 그는 「노라는 집을 나간 후 어떻게 되었나」라는 글에서 이미 다음과 같이 말한 바 있다.

예컨대 지금과 같은 겨울에 우리에게 단지 솜저고리 하나만 있을 뿐인데, 얼어 죽으려는 고통스런 사람을 구하든가 보리수 나무 아래에 앉아서 모든 인류를 구제하는 방법을 명상하러 가야 한다고 할 때 어떻게 해야 할 것인가? 모든 인류를 구제하는 것과 한 사람을 살리는 것은 실제로 상당한 차이가 있다. 그러나 만약 선택하라고 한다면, 나는 즉각 보리수 나무 아래로 가서 앉을 것이다. 왜냐하면 단 한 벌의 솜저고리를 벗어버림으로써 자기 자신이 얼어 죽는 것을 면하기 위해서이다.

루쉰의 이러한 견해는 바로 '혁명 문학 논쟁' 시기에도 근본적인 변화가 없었다. 그는 예융친(葉永蓁) 작 『작은 십 년(小小十年)』의 소서(小序)에서 이렇게 말하였다.

뜻이 크고 희망이 높을수록 힘을 쏟을 수 있는 곳은 더욱 적어지는 반면 스스로 변명할 수 있는 점은 더욱 많아진다. 그리하여 끝내 자신의 눈에 있는 찰나간의 유일한 현실만을 위하는 식의 그림자를 번뜩일 뿐이다. 여기에선 한 개인주의자가 우뚝 서서 집단주의의 큰 깃발을 멀리 바라보고 있는 것이다. [……] 석가모니가 세상에 나온 이후에는 몸을 갈라서 매에게 먹이고 몸을 던져 호랑이를 먹이는 것은 소승(小乘)이고, 묘묘망망(渺渺茫茫)하게 설교하는 것은 도리어 대승(大乘)으로 되어 결국 발전된 셈이 되었던 것이다. 나는 그 미묘한 점이 바로 여기에 있다고 생각한다.

예융친은 당시 북벌 전쟁 기간중에 황포군관학교(黃埔軍官學校)를 다닌 학생이었다. 만약 루쉰이 소서(小序)에서 서술한 바를 가지고 판단한다면, 소설의 주인공은 구식 가정 출신으로 입신 출세를 바라고 자신의 혼인의 자유를 보장받기를 추구하는 인물이다. 그는 이것을 계기로 가정을 저버리고 국민 혁명에 참가하였는데, 이것은 자전적 소설인 듯하다. 일본의 연구 기관들에는 이 책이 구비되어 있지 않은 것 같아 읽지를 못하였기에, 내가 루쉰 소서(小序) 속의 "그리하여 끝내" 이하의 구절을 읽게 되었을 때는 끝내 격화소양(隔靴搔痒)의 감을 지울 수가 없었다. 그렇다 할지라도 내가 여기서 인용한 몇몇 논점은 아마도 의문의 여지가 없을 것이다. 나는 우리가 여기에서 보게 되는 것은 루쉰의 다음과 같은 인식이라고 생각한다. 즉 그는 이른바 깊이 있는 '근본적인' 사고를 심화시키는 것은 현실을 한걸음 변혁시키기 위해서 취하는 구체적인 행동에 비해 아주 쉬운 일이며, 사람은 목전의 구체적이고 곤란한 행동을 취하기 전에는 항상 추상적인 각도에서 심원하고 광대한 사상을 취하여 도피처로 삼으려 한다는 것을 생각하고 있었던 것이다. 약간 일반적으로 이야기한다면, 루쉰은 전체적인 원리를 가지고 평하는 것은 심각성과 첨예성을 지니지 못하므로 의당 현실적인 각도에서 사상이 어떻게 작용하는가를 판단해야 한다고 생각했던 것이다.

중국의 혁명 문학가가 비록 톨스토이를 '천박한 설교자'라고 부르긴 했지만, 그들은 짜르 정부의 압박하에서 '정부의 폭력을 폭로하고' '행정의 희극적인 가면을 재판했던' 톨스토이가 지녔던 용기의 몇 분의 일도 없었던 것이다. 비록 그의 인도주의가 불철저하다고 보았지만, 그들에게 인도주의 입장에서 출발했던 톨스토이만큼의 투쟁이라도 있었다는 말인가? 우쯔후이(吳稚暉)는 일찍이 무정부주의 운동의 지도자였고 당시에도 주의(主義)를 버리지 않고 있었다. 루쉰은 그가 당내 숙정의 선두에 서 있는 데 대하여 이러한 말을 하였다.

근래에 나는 무릇 약간의 개혁성이라도 띤 주장은 사회와 관계가 없어야만 비로소 '폐화(廢話)'〔쓸모 없는 말: 역주〕가 되어 남겨질 수 있지, 한번이라도 효과를 보게 되면, 그 제창자는 대개 고생을 당하거나 살신지화(殺身之禍)를 면치 못한다는 것을 깨닫게 되었다. 동서고금에 있어 그 이치는 같다. 목전의 일을 예로 들면 우쯔후이 선생 또한 일종의 주의자가 아니겠는가? 그러나 그는 세상에 의해 공분(共憤)당하지 않을 뿐 아니라, '~을 타도하고, ~을 엄격히 하라'라는 말을 역창(力倡)할 수 있는 것이다. 즉 적당(赤黨)이 공산주의를 20년 뒤에나 실행하려고 하는 것으로 볼 때, 그의 주의(主義)는 수백 년 뒤쯤에나 시행될 수가 있을 것이다. 이렇게 볼 때에 그것은 폐화에 가까운 것이다.

루쉰이 「노라는 집을 나간 후 어떻게 되었나」속에서 '게으르지 않은 정신'을 되풀이 강조한 것과 『양지서(兩地書)』에서 '손을

떼지 않는' 정신에 대해 공감한 것은, 그 중심점이 스스로의 완강한 투쟁의 필요를 강조하는 데 있었으므로 직접적으로 이러한 투쟁을 사상 이론과의 대비 위에 놓고 파악할 수는 없을 것이다. 그러나 하나의 주장이 현실 속에서 벽에 부딪힐 때, 우리는 왕왕 이 가로막는 벽 자체에 대한 반복적인 완강한 투쟁에서 벗어나 초월하게 되거나, 또는 그 현실의 밑바닥에서 혼자 분석과 비판을 가함으로써 단숨에 그것을 추상적인 수준으로까지 끌어올리게 되는 것이다. 이러한 상황은 또한 왕왕 '이론' '사상'에의 경향을 수반하게 된다. 이렇게 생각해본다면(루쉰은 이와는 상반되었다), 상술한 것들이 비록 루쉰 사상의 한 측면만을 고찰했다 할지라도 나는 그것 역시 견강부회는 아니라고 생각한다.

루쉰 사상의 이러한 특색은 '트로츠키파'에 대한 답변 속에서 가장 선명하게 표현되었다. 중국 공산당의 항일 통일 전선 정책은 중국 민중을 민족 부르주아 계급에게 팔아먹는 것이라고 비난했던 트로츠키파에 대해서 이렇게 말하였다.

너희들의 '이론'은 확실히 마오쩌둥 선생의 것보다는 훨씬 더 고명하다. 어찌 더 고명만 할 뿐이랴. 그야말로 하나는 천상에 있고 하나는 지상에 있는 격이다. 그러나 본래 고명한 것은 탄복할 만한 것이기는 하지만 지금은 이 고명함이 마침 어쩔 도리 없이 일본 침략자들이 환영하는 바 되어버렸으니, 이 고명함은 당연히 천상으로부터 떨어져 내려오지 않으면 안 될 것이다. 지상의 가장 깨끗지 못한 곳으로 떨어져내려와 [……] 절실하게 땅 위에 발을 딛고 현재의 중국인의 생존을 위해서 피를 흘리고 분투하게 된다면, 나는 그들을 동지로 삼을 수 있을 것이며, 스스로 영광이라고 여길 것이다.

여기에서 그 중요성은 결코 루쉰이 '트로츠키파' 자체를 반대한다는 데 있는 것이 아니다. 또한 마오쩌둥 자체를 찬성한다는 데 있는 것도 아니다. 그것은 그가 근원상에 있어 다음과 같은 관계를 파악하고 있다는 데 있다. 즉 '트로츠키파' 이론의 '고명'함은 비단 그들이 현실 속에서 작용을 일으키는 것의 겉옷에 불과할 뿐 아니라, 또한 그들이 현실의 작용 가운데서 용서할 수 없는 추악성과 비교한다 해도 후자가 곧 한걸음 더 나아간 것이라는 점이다.

5

'혁명 문학 논쟁' 시기에 루쉰의 '문학 무력설(文學無力說)'은 특히 분명하게 표현되었다.

'문학 무력설'이 실제로 가장 절실한 의미를 나타낸다고 할 수는 없다. 나는 이에 대해서는 일찍부터 약간의 의문을 가졌었다. 일본에서의 '문학 무력설'이라는 용어는 문학상의 술어로서 결코 확정적인 함의를 지니지 못하고 있고, 그렇기 때문에 그것이 표시하는 바의 내용 역시 불명확하다. '문학 무력설'을 주장할 때는 '유력한' 정치나 실업(實業)의 존재를 암흑의 전제로 삼고 있는 것이 분명하다. 이러한 상황에서 '실업' 외에 고려해야만 할 것이 바로 '정치' 혹은 그 연장선상에 위치하는 '혁명'이라는 것은 말할 필요도 없을 것이다. 그것은 또 문학이 여전히 '정치' 혹은 '혁명'과 대립적인 위치에 놓여져 있음을 말하는 것이기도 하다.

다께우찌 요시오(竹內芳郎) 선생은 그 저작 속에서 비록 루쉰과 혁명 관계에 대한 나의 견해에 대해서 '기본적인 찬성'을 표시했지만, 나의 혁명과 문학 사이의 모순에 대한 인식에 대해서는 완곡하게 비판하였다. 즉 그는 "현실적 행동으로서의 정치와 비현실적 행동으로서의 문학 사이에는 본질적으로 엄격한 차이가 가로놓여 있다. 사실상 루쉰의 상황은 바로 이러한 차이가 허다한 곡절 가운데에서 스스로의 명확한 자태를 드러내고 있는 것이다" 라고 말하였다. 바로 내가 말한 바와 같이 나는 일정한 한도 내에서 다께우찌 선생의 비판을 인정하지만, 그렇다고 그의 견해에 전적으로 찬동하는 것은 아니다.

나는 이른바 '문학 무력설'이 단지 '문학' 대 '정치'라는 범주 내에만 한정되는 것은 아니며, 앞에서 말한 바와 같이 '사상'과 '행동,' '이론'과 '현실'의 범위 내에서도 존재하는 것이 아니겠는가라고 생각한다. 바꾸어 말하면, 루쉰의 경우 '무력한' 것은 비단 '문학' 뿐만이 아니라 바로 '사상'이기도 한 것이다. 비단 '문학'만이 비현실적인 것이 아니고, '사상'까지도 역시 비현실적인 것이다. 다께우찌 선생은 '사상'과 '현실'의 구별을 무시해서는 안 될 것이다. 그는 "현실적 행동으로서의 정치와 비현실적 행동으로서의 문학"을 이야기했지만, 나는 그 또한 아마도 이 문제의 변두리를 의식했을 것이라고 추측한다. 그러나 다께우찌 선생은 도리어 '정치' 내부에도 항상 존재하고 있는 '사상'과 '행동,' '현실'과 '비현실'의 구별을 한쪽으로 치워놓음으로써 '정치' = '현실,' '문학' = '비현실'로 생각한 것이다.

나는 '정치' 혹은 '혁명'까지도 그 모든 것이 다 현실적인 세계에 속한다고 할 수는 없다고 생각한다. 그 내부에는 '사상'과 '행동'의 모순이 존재할 뿐만 아니라, 이들 '사상'과 '행동' 또한 현실과 비현실의 양극 사이에서 각양각색의 형태를 드러내고 있는 것이다. 반대로 '문학'은 간단히 비현실적인 세계에 속해 있는 것이라고 하지만, 문학을 창작하고 작품을 열독하는 사람들은 모두 현실적인 존재인 것이다. 그러므로 문학에 있어서도 완전한 비현실과 현실 사이에 복잡 다양한 존재 형식이 있는 것이다. 만약 간단하게 결론을 내린다면, 루쉰의 경우 혁명적인 사상까지도 그 자체로서는 완전히 비현실적인 것이었다. 왜냐하면 즉각적으로 그 유력성이 보장되지 않기 때문이다. 한편 문학 영역 속에서 하나의 좋은 작품을 쓰고 충실한 번역과 소개를 해나간다는 것은 그 자체 중국의 현실에 있어서 능히 진보적인 작용을 일으킬 수가 있는 것이고, 그것이 현실적인 행동인 것이다. 바로 이러하기 때문에 문학도 좋고 정치도 좋지만, 그것들이 지니고 있는 현실성의 보증은 반드시 그들 각자의 독립적인 존재 방식 속에서 찾아야만 되는 것이다. 그것들을 혼동하거나 접합시키는 것은, 양자를 다 불모지로 화하게 하는 것이다. 루쉰은 일찍이 황포군관학교의 학생들에게 문학은 작용을 일으키지 않는 사람이나 하는 일이라고 말하고 혁명 전사는 문학에 대해서 흥취를 갖지 말라고 권했다. 그리고 다른 한편으로는 혁명 문학가에게 내용을 충실히하고 기교를 향상시킬 것을 기대하였던 것이다. 다시 한번 중복해서 말한다면, 이 사상을 가장 선명하게 표현한 것이 그가 「딱딱한 번역과 문학의 계급성」이라는 글 속에서 한 말이다.

　중국에 구호는 있으나 그에 따른 실효가 없는 것은, 나는 그 병근이 결코 '문예로써 계급 투쟁의 무기로 삼는' 데 있는 것이 아니고, '계급 투쟁을 빌려 문예의 무기로 삼는' 데 있다고 생각한다. '무산 계급 문학'의 기치 아래 변신을 잘하는 사람들을 적지 않게 모아놓았으니 [……], 곧 문학을 '계급 투쟁'의 엄호 아래 앉아 있도록 한 것이다. 그리하여 문학 자체는 도리어 힘써 노력하지 않아도 되게 되었고, 그리하여 문학과 투쟁 양쪽에 대해 모두 관계가 줄어들어버렸던 것이다.

바로 이러했기 때문에, 만약 이 시기 루쉰이 우리에게 남겨준 유산을 언론 방면에 있어 체계화시킨다면, 그가 현실을 변혁시킬 수 있는 구체적인 행동이라면 아무리 작은 것이라 할지라도 가장 우선적인 위치에다가 놓았음을 알 수 있을 것이다. 바로 그가 사상과 문학의 비현실성을 잊지 않았기 때문에, 거꾸로 만약 이들 문학과 사상이 현실적이 되려면 그로 하여금 완전히 내재적인 욕구를 계속 갖도록 해야 한다고 생각했다. 우리가 이 유산을 우리 스스로의 것으로 변화시키고자 할 때 부딪치는 곤란은 우리가 이러한 언어를 가지고 이러한 관점을 이야기하는 순간, 이미 그것을 고정화시켜버린다는 데 있으며, 또한 '사상'과 '문학'을 제창하는 '비현실성' 자체가 약간의 가치 있는 것들을 보증해줄 수 있을 것 같은 일종의 착각에 빠질 수 있다는 데 있다. 이는 곧 우리를 에워싸고 있는 정신상의 습관인 것이다. 이러한 점을 피하기 위해서 다시 한번 루쉰 사상을 측면에서 고찰할 필요가 있을 것이다.

위에서 이야기한 바와 같이, 나는 루쉰의 '문학 무력설'이 비단 문학 자체가 무력하다고 인식하고 있는 것에서뿐만 아니라, 그의 사상·이론의 무력성·비현실성에 대한 인식에서 온 것이라고 생각한다. 그러나 나는 루쉰의 이러한 견해가 문학·사상·이론의 본질에 관한 그의 인식으로부터 연역되어 이루어졌다고 하기보다는 신해 혁명 후의 '적막' 속에서 완전히 고민에 빠져들었고, 기대하던 국민 혁명 또한 좌절을 당했으며, 「태평가결」에 반영된 것처럼 중국의 '침중'한 현실과 '암흑' 앞에서 그것을 동요시킬 수 있는 직접적이고도 충분한 역량을 발견할 수 없었던 그에게 있어, 이러한 고투가 바로 그의 심중에서 이러한 결과를 배양시켰다고 하는 편이 더 낫다고 생각한다.

사상은 현실을 진전시키기 위한 것이며, 그것은 또한 현실 속에서 전화되는 것을 가리킨다. 그러나 그것이 결코 궁극적인 목표를 가리키는 것은 아니다. 이 목표와 현실 사이를 연결시켜주는 무수한 중간항이 있어야만 한다. 이러한 중간항이 없으면, 사상은 현실 속에서 제대로 작용할 수가 없는 것이다. 그러나 실제 상황 속에서 사상을 궁극적인 목표로서 비유하는 것은, 중간항 가운데서 사람들에게 자신의 모습을 나타내어 시험을 받기 위해서인 것이다. 나는 당시 루쉰 앞에 전개되고 있는 마르크스주의를 포함한 일체의 사상이 비록 중국의 '암흑'을 동요시키려고 하였다고는 생각하지만, 그것들이 '암흑'과 충분히 대치해보지도 못했다는 것을 알 수가 있다. 이 일체의 사상들은 모두 현실 속에서는 무력하고 천박한 것으로 루쉰의 눈 속에 비쳐들어왔던 것이다. 루쉰의 이러한 인식은 비단 궁극적인 목표를 제기한 것뿐만 아니라, 바로 그가 사상을 갈망했다는 완전히 역설적인 표현이라고까지 할 수 있을 것이다. 루쉰이 필요로 했던 사상은 실제적인 면에서 중국의 현실을 족히 동요시킬 수 있는 행동과 힘을 수반하는 것이었다.

이러한 상황은 일반적으로 루쉰이 마르크스주의를 받아들인 방식——이른바 전기에서 후기로 전변된 내용——과 관계 있는 것으로 인식되고 있다. 30년대 초에 루쉰이 일찍이 그와 격렬히 논쟁을 벌인 바 있던 '혁명 문학가'들이 조직한 '좌익작가연맹'에 가입했고, 더욱이 그 중심 구성원의 하나로서 활동을 했던 것은, 비록 중국에서라 할지라도 약간은 좀 당돌한 느낌이 든다 할 것이다. 『이심집』 서문부터 신월사 등이 일찍이 그를 투항했다고 조소한 것을 알 수 있는데 물론 이러한 조소는 악의적인 데서 온 곡해의 성격이 다분하지만, 바로 그 일 자체가 당돌했던 것처럼 그것은 아마도 루쉰과 그의 '혁명 문학'의 논적(論敵) 사이에 공통점이 상당히 존재하고 있었음을 반영하는 것일 것이다.

여기서 하나의 결론을 내린다면, 루쉰은 이른바 사상을 결코 궁극적인 목표로 삼은 것은 아니었고, 그것과 현실 사이에 있는 중간항이 바로 문제였던 것이다. 또는 그의 궁극적인 목표였던 것이 비록 여러 차례의 좌절의 체험을 거치긴 했지만, 바로 이들 좌절로 인하여 그의 내부에 중국은 반드시 혁명을 거쳐야 한다는 데 대한 확고한 신념이 자리잡은 것이라고 할 수 있을 것이다. 정확히 말해, 루쉰이 청년 시절에 동경했던 혁명상은 신해 혁명의 현실 속에서 붕괴되었다. 그러나 당시의 루쉰에게 있어 결코 그에 대체할 혁명에 관한 다른 명확한 형상이 있었던 것은 아니었다. 그가 모든 것을 돌보지 않는 태도로 새로운 형상을 추구했을 때에 비로소 그는 이러한 형상의 취약성과 공허성을 완전히 이해하게 되었던 것이다. 그렇다면 그는 이러한 목표를 마음속의 어떤 위치에 두고 있었을까? 아마도 그는 실제적으로 눈앞에 놓인 중국의 현실을 진전시켜나가는 어떠한 구체적인 발걸음도 모두 문제를 발생시킬 것으로 생각했던 것 같다. 그리하여 그의 '전변'은 바로 이러한 중간항들 속에서 전개되었던 것이다.

이것은 결코 루쉰의 '전변'이 지닌 바의 의의를 경시하는 것은 아니며, 그것에 반대하는 것은 더더욱 아니다. 생전에 그가 그러했던 바와 같이 바로 이 점에서 사상이 비로소 사상으로 될 수가 있는 것이고, 그 속에서 제기되어나온 사상이야말로 다소(多少)와 고명(高明), 그리고 명쾌성 여부에 관계없이 모두 완전히 황당하게 되지는 않는 것이다. 또 현실적인 면에서 늘 상반되는 작용을 일으키기도 하는 것이다. 이것이 바로 루쉰이 우리들에게 보여주었던 것이다.

운동론과 조직론으로서의 마르크스주의는 본래 의당 '중간항'에 상당하는 것 속에 포함되어야만 할 것이다. 그러나 그것은 완전히 기본 원칙에 지나지 않는다. 진정으로 한 사회의 현실을 밀고 나가는 역량을 지니고 있다는 점에서 그것은 기본 원칙으로 존재할 뿐만 아니라, 이들 원칙 자체가 현실에 상응하는 형태를 찾아내고 스스로도 반드시 이러한 형태 속에 조합되도록 해야 하는 것이다. 물론 그 속에서 다시 추출해내도 그것은 역시 마르크스주의라 할 수 있겠지만, 선천적으로 현실에 대한 그것의 유효성을 보증받을 수는 없는 것이며, 혹은 그 속에서 추출해낸 마르크스주의가 소위 마르크스의 이름과 반드시 들어맞지만은 않는 것이다. 이것이 반세기 현대사의 교훈이다.

나는 마오(毛) 노선으로 일컬어지는 중국 공산당의 노선이 형성되기 전에는 루쉰이 마르크스주의를 믿지 않았다고는 말하고 싶지 않으며, 설사 루쉰이 '이 현실에 상응하는 형태를 발견했고' '이 현실에 상응하는 형태를 조직해나가는 방향으로 발전해갔다'고 할지라도, 이러한 형태가 결코 그 자신이 어떤 다른 곳에서 완성시킨 것이 아니고 아마도 무수히 많은 시행착오와 반복적인 축적 속에서 실현시킨 것이라 하고 싶다. 나는 마르크스주의의 운동론과 조직론을 루쉰이 결코 완전하게 받아들이지는 않았다고 생각한다. 루쉰의 마음을 맨 먼저 움직였던 것은 그의 눈앞에 있었던 몇몇 젊은 공산당원의 성실하고도 소박한 활동 및 강서(江西)를 중심으로 막 진행되고 있었던, 그리고 중국 사회를 족히 근본적으로 동요시킬 수 있었던 운동이 지닌 바의 실제적인 역량이었던 것이다.

여기에 한마디를 덧붙인다면, 결코 청팡우(成仿吾)와 창조사의 젊은이들이 혁명가로서, 그리고 혁명 문학가로서의 간판을 도용했던 자들이어서 그들을 믿을 수 없었기 때문이었던 것도 아니고, 또 멀지 않아 출현했던 진정한 혁명가와 혁명 문학가였던 로우스(柔石)·취츄바이(瞿秋白) 들이 믿을 만했기 때문이었던 것도 아니었다는 점이다. 만약 최초의 진품(眞品)에 대해서 환멸을 느꼈다면 곧 그 다음의 진품을 찾았을 것이고, 만약에 또 이에 대해 환멸을 느꼈다면 또 그 다음의 진품을 찾았을 것이다. 이것은 영원히 반복될 수 있었을 것이다. 루쉰에 대해 말하자면, 진정한 혁명가와 혁명 문학가로서 일컬어질 수 있는 사람은 이렇게 간단히 출현하는 것은 아니었던 것이다. 이것은 당연히 자명한 전제이다. 루쉰이 '혁명 문학'을 비판한 가장 깊은 밑바탕에는 일찍이 영감 만능(靈感萬能)에 가까운 예술 지상주의 문학관을 제기한 적이 있었던 창조사가 돌연 '혁명 문학'을 고취한 데 대한 불신이 깔려 있었던 것이다. 루쉰의 비판은 창조사처럼 그렇게 경박하게 '내가 바로 혁명 문학가다'라고 하는 것에 대한 비판이었지, 결코 진정한 혁명가를 절대적인 척도로 삼아서 창조사에 대해서 판죄(判罪)했던 것은 아니었던 것이다.

6

루쉰은 러시아의 예세닌과 소보리의 자살에 대해서 적지 않은 이야기를 한 적이 있다. 나는 의당 이들 이야기를 루쉰 사상 가운데에 놓고 고찰해야 한다고 생각한다. 나는 먼저 이들 이야기에 대해 언급한 글을 차례대로 열거해볼까 한다. 1927년 9월에 루쉰은 「혁명 문학」에서 이렇게 말하였다.

그러나 '혁명가'는 아주 드물다. 러시아 10월 혁명 때 확실히 많은 문인들이 혁명을 위해 진력하고자 했으나, 사실이라는 광풍은 끝내 그들을 처신할 수 없도록 전변시켰던 것이다. 분명한 예는 시인 예세닌의 자살이었다. 또 소설가 소보리의 최후의 말은 '살아갈 수가 없다'는 것이었다.
혁명 시대에 '살아갈 수가 없다'고 크게 외칠 수 있는 용기가 있을 때 비로소 혁명 문학을 할 수가 있는 것이다.
예세닌과 소보리는 끝내 혁명 문학가가 못 되었다. 왜 그러했는가?

러시아는 실제로 혁명을 하고 있었기 때문이었다. 기실 혁명적인 문학가가 바람이 일고 구름이 일 듯 존재하는 곳에서는 결코 혁명이란 없는 것이다.

그는 또한 동년 12월에 「종루(鍾樓)에서」라는 글에서 이렇게 말하였다.

대저 혁명 이전에 환상 또는 이상을 품었던 혁명 시인은 아마도 자기가 구가했고 희망했던 바의 현실에 부딪혀 죽을 운명을 가지고 있는 것 같다. 현실의 혁명이 만약 이런 유의 시인의 환상 또는 이상을 분쇄하지 못한다면, 이 혁명은 포고(布告)상의 공담일 것이다. 그러나 예세닌과 소보리는 흠도 있지만 취할 점도 있다. 그들은 혁명을 전후하여 자신을 위해 만가(輓歌)를 불렀던 것이다. 그들에게는 진실이 있었다. 그들은 스스로의 침몰로써 혁명의 전진을 증명하였으며, 결코 방관자가 아니었던 것이다.

이 해 10월 그는 「문예와 정치의 갈림길」이라는 글에서 또 이렇게 말하였다.

그러므로 스스로 혁명 문학이라고 자부하는 것은 틀림없이 혁명 문학이 아니다. 세상 어디에 현상에 만족하는 혁명 문학이 있겠는가? 마취약을 먹는 것을 제외하고는 말이다! 러시아 혁명 이전에 두 사람의 문학가가 있었으니, 예세닌과 소보리였다. 그들은 모두 혁명을 구가했었으나, 또한 자기가 구가하고 희망했던 현실의 기념비에 부딪혀 죽었다. 그때 소비에트는 성립되었던 것이다.

1929년 5월, 그는 「현금의 신문학의 개관」이라는 글 속에서 이렇게 말하였다.

러시아의 예는 특히 분명하다. 10월 혁명의 시초에 많은 혁명 문학가들이 아주 기뻐하며 이 폭풍우의 내습을 환영했고, 이 광풍과 천둥의 시련을 받아들이길 원하였다. 그러나 나중에 시인 예세닌과 소설가 소보리는 자살했다. 또한 근래에 유명한 소설가인 에렌부르그도 약간 반동적이 되었다 한다. 이것은 무슨 까닭일까? 바로 사방에서 내습해온 것이 결코 폭풍우가 아니었고, 시련으로 다가온 것 또한 광풍과 천둥이 아니었으며, 바로 현실 그대로의 혁명이었기 때문이다.

1930년 3월, 루쉰은 저명한 「좌익작가연맹에 대한 의견」이라는 글 속에서 또 한번 말하였다.

그리하여 혁명에 대해 낭만적인 환상을 품고 있는 사람은 한번 혁명에 접근해보고, 한번 혁명을 향해서 나아가기만 하면 쉽게 실망하고 만다. 듣건대 러시아의 시인 예세닌은 처음에는 10월 혁명을 대단히 환영하여 당시 '만세! 천상과 지상의 혁명 만세!'라고 외쳤고, 또 '나는 볼셰비키다'라고 외쳤다고 한다. 그러나 일단 혁명 후의 실제 상황은 완전히 그가 상상했던 것과는 달랐다. 그리하여 실망한 끝에 퇴폐해져 나중에 자살하였다. 듣건대 이 실망은 그의 자살 원인 중의 하나였다고 한다. 또 필리냐크나 에렌부르그 같은 사람들 또한 그러한 예인 것이다.

루쉰의 위의 논술에 대해 나는 졸저 『루쉰』 속에서 일찍이 이렇게 말한 바 있다. "진정한 혁명이 발생했을 때는 아마도 루쉰 스스로와 또 '혁명 문학가'를 포함한 종래의 문학가들은 '살아갈 수 없게' 될지도 모른다. 만약 혁명이 근본적으로 과거 문학의 색채를 변혁시킬 수 없다면 그것은 진정한 혁명이 아닌 것이다. 일단 혁명이 성공하면 완전히 새로운 '평민 문학'을 산생시킬 것이며, 그것은 현재의 이들 문학가들이 상상하고 있는 바와 같은 범위를 넘어설 것이 틀림없다. 루쉰은 그 스스로도 완전히 이러한 과도 형태로서 존재하고 있음을 의식했던 것이다."

나는 지금 이 문장 속에서의 내 관점을 바꾸고자 하는 것이 결코 아니다. 당연히 몇 가지 점에 있어서는 보충을 가하거나 수정을 가할 필요가 있을 것이다. 『루쉰』을 쓸 때, 나는 이미 루쉰의 「혁명 문학」 등의 글이 결코 무산 계급 문학을 비판한 것이 아니고 국민당 계통의 '혁명 문학' 또는 '4·12' 정변 뒤의 이른바 '혁명'에 대해서 비판한 것이었다는 것을 분명히 알고 있었다. 위 글에서 루쉰은 진짜·가짜 혁명을 먼저 꺼내놓고, 곧 그들의 혁명이 말하려는 바가 무엇인지를 모르겠다고 지적했다. 또 그는 글의 의의를 이해하는 데 도움을 주기 위해서 두 번에 걸쳐 '진정한 혁명'이라는 말을 사용했다. 그것은 사람들이 그것들을 제대로 구별하지 못하고 함께 놓고 보는 사고에 물들어 있기 때문이었다. 당시의 중국에는 '혁명'의 기치 아래 계속해서 공산당원과 민중을 억압하는 국민당 정부가 존재하고 있었고, 또한 '혁명 문학' 간판을 걸면서 도리어 이들의 추행을 구가하는 어용 문학이 존재하고 있었다. 그러나 당시의 러시아 혁명은 일찍이 혁명에 절망한 문학가들로 하여금 "더 이상 살아갈 수가 없다"고 말하지 않으면 안 되게끔 하고 있었던 것이다. 루쉰은 바로 중국과 러시아 양자 간의 이러한 대조를 논했던 것이지, 무산 계급 문학가가 '혁명 문학'을 구가하는 중국과 예세닌 등의 자살이 발생하였던 러시아 사이를 비교한 것은 아니었던 것이다.

의심할 바 없이, 바로 이 점에 있어서 루쉰의 글은 혁명 전의 문학가들이 생각했던 환상이 혁명에 의해서 부정되었다는 의미를 남겨주고 있는 것이다. 이러한 하나의 분량 있는 결론을 받아들이는 것이 바로 우리들 앞에 놓인 과제이다. 그러나 우리 스스로가 이 논란을 받아들여 이해하려고 하는 것 자체가 아마도 '시인의 환상'이든지, 아니면 이러한 이해 가운데 부지불식간에 '시인의 환상'이 침투해 들어온 것이 아닌가라는 점에서 곤란을 겪을 것이다. 루쉰은 「현금의 신문학의 개관」이라는 글 속에서 또 다음과 같이 말하였다.

구사회가 장차 붕괴되려고 할 때엔 항상 근사하게 혁명성을 띠는 문학 작품이 출현할 것이다. 그러나 그것은 기실 결코 진정한 혁명 문학이 아니다. 예컨대 어떤 작품은 구사회를 증오하나 단지 증오할 뿐 장래에 대한 이상이 없으며, 또 어떤 것은 사회를 개조하라고 크게 외치기만 하고 어떠한 사회를 바라는가 하고 물으면 도리어 실현시킬 수 없는 유토피아를 대고, 또 어떤 것은 작자 자신이 무료하게 지내다 보니 공허하게 일대 변혁을 희망하며 그것을 자극으로 삼길 바라기도 하니, 그것은 음식에 포만되어서 고추를 먹어 입가심을 하려고 생각하는 것과 같은 것이다.

이어서 그는 「좌익작가연맹에 대한 의견」 속에서 또 다음과 같이 말하였다.

혁명은 고통이고 그 가운데는 반드시 오탁(汚濁)과 피가 섞여 있는 것이지, 결코 시인들이 상상하는 것처럼 그렇게 재미있고 또 완미(完美)한 것은 아니다. 혁명은 특히 현실적인 일이어서 각종 비천하고 골치 아픈 일들을 필요로 하며, 결코 시인들이 상상하는 바와 같이 낭만적인 것은 아니다. 혁명엔 당연히 파괴가 있으나, 그러나 건설을 더욱 필요로 한다. 파괴는 통쾌한 것이지만 건설은 골치 아픈 일이다.

루쉰이 문장 속에서 청말 남사(南社)를 예로 들면서, 그들은 구사회 속에서 '가장 낮은' 지위의 사람들로서 신흥 세력의 힘을 빌려 새로운 사회에서는 좋은 지위를 차지하려고 생각한다고 말하였다. 이 남사의 예는 이미 여러 차례 인용되었다. 이와 상호 관련된 것으로는 「좌익작가연맹에 대한 의견」 속에서 루쉰이 노동자 계급이 결코 지식 계급을 특별히 존중해야 할 이치가 없음을 인식하고 있다는 점이다. 이 사상은 루쉰의 혁명 문학론 지주(支柱)의 하나로서 중요한 것이다. 내가 여기에서 특별히 인용하지 않은 부분은 그것들을 내가 경시하거나 무시하기 때문이 아니다. 그것은 한편으로 그것들이 비교적 늘상 인용되거나 또는 적어도 여기에서 인용된 부분은 거의 모두 이후의 과제로서 남겨져 있다고 생각되었기 때문이며, 다른 한편으로는 이들 노동자 계급과 지식인의 관계에 대한 루쉰의 관점을 받아들일 때에 위에서 이미 인용한 부분을 먼저 지적할 필요가 있기 때문이다. 루쉰은 당시에 "겉으로는 철저한 혁명가 같으나, 실제로는 지극히 비혁명적이거나 혁명에 유해한 개인주의자로서의 논객"들에 대해서 같은 뜻의 말을 되풀이하여 이야기하였다.

루쉰은 「비혁명적인 급진 혁명론자」라는 글 속에서 이렇게 말하였다.

그 하나는 퇴폐자로서, 스스로 일정한 이상과 능력이 없기 때문에 타락하여 찰나간의 향락을 구한다. 그는 향락에 곧 염증을 느껴 보다 새로운 자극을 추구하게 되고, 또 이 자극은 더욱 심한 자극을 받아야만 통쾌감을 느끼게 되는 것이다. 혁명은 곧 그 퇴폐자의 새로운 자극의 하나인 것이다. 그런 자는 아주 철저하고 완전한 혁명 문예를 요구하지만, 일단 시대의 결함이 반영되기만 하면, 곧 눈썹을 찌푸리고 한번 웃을 만한 가치도 없다고 여기는 것이다. 사실에 벗어난 것은 어쩔 수가 없겠으나, 단지 상쾌함만을 원하니 [……]. 그리하여 혁명 전야의 종이 위의 혁명가, 특히 매우 철저하고 매우 격렬한 혁명가는, 혁명이 도래하면 곧 그의 이전의 가면—자각하지 못했던 가면—을 벗어던져버리게 되는 것이다.

루쉰 자신으로 하여금, 그리고 '혁명 문학가'들로 하여금 아마도 '살아갈 수 없게' 만드는 혁명은 폭풍으로서, 그리고 천둥·번개로 오는 것이 아니다. 이러한 '비속하고 골치 아픈 일'은 바로 필요한 '건설'로서, '있는 그대로의 것'으로서 오는 것이다. 바로 이 점에서 문학가와 시인들은 시험을 받는 것이고, 그 중에 다수는 실패하는 것이다.

지금 만약에 마르크스주의의 각도에서 '혁명 문학 논쟁'의 초점을 한번 회고해본다면, 루쉰은 하나의 마르크스주의자였을까? 아니면 마르크스주의가 그 자체 속에 바로 루쉰과 같은 문학가·사상가가 제기한 문제들을 포함하고 있었던 것일까? 청팡우도 좋고, 리추리도 좋고, 첸싱춘도 좋지만, 이러한 커다란 과제에 부딪히게 되면, 나는 그들에 대해 동정과 친근감이 느껴지는 것이다. 당시 그들이 지닌 바의 마르크스주의의 틀에서 본다면, 어쨌든간에 루쉰은 부정될 수밖에 없는 것이다. 겨우 2년 뒤에 그들과 루쉰이 제휴하여 '좌익작가연맹'을 조직했을 때, 비록 그들이 아직 이 모든 새로운 사상 이론 체계를 파악·설명하는 데 도달하지 못했다 할지라도, 그것은 역시 조금도 이상할 것이 없는 것이다.

30년대에 있어 중국의 마르크스주의는 수확기의 시작인 셈이었다. 취츄바이(瞿秋白)의 『루쉰 잡감 선집』서언은 처음으로 거둔 성과의 하나였다. 물론 과제 모두가 해결된 것이 아니었고, 어떤 의미에서는 아직 현재까지 계속되어오고 있다고 할 수도 있을 것이다.

나는 일찍이 이렇게 이야기한 적이 있다. "만약에 도식으로 설명한다면, 마르크스주의와는 다른 사상에서 출발하여 중국 혁명을 파악하고 있었던 루쉰과 마르크스주의의 조직·사상과 문학 가운데에서 성장했던 청년들 사이는 30년대에 이르러서야 진정한 의미에서 접촉과 합작을 이룩하게 되었다. 그간 때로 마찰과 충돌까지도 겪었지만 그 속에서 루쉰을 얻었고 또한 마르크스주의를 얻게 되었던 것이니, 이것은 중국 문학과 중국 마르크스주의에 대해 말하자면 아마 어떤 것과도 바꿀 수가 없는 것일 것이다."

〔박재우 옮김〕

절망에 대한 반항

—루쉰 소설의 정신적 특징

왕후이

    루쉰은 전체 사회 변혁에 있어 개체의 자각이 갖는 의미에 대해 시종 관심을 기울였다. 때문에 개체로서의 인간이 어떻게 세계와 대면하고, 어떻게 그것을 파악할 것인지에 대한 사고는 필연적으로 작가가 객관 세계를 어떻게 묘사하고, 어떻게 사회 해방의 길을 모색할 것이냐는 문제와 긴밀히 연결될 수밖에 없었다. 이 과정에서 작가의 인생 철학과 생명에 대한 비극적 체험이 소설 속에 스며들어 모종의 형이상학적 의미를 획득한다. 이런 측면에서 보자면, 산문집 『들풀(野草)』에 담긴 루쉰의 인생 철학과 소설집 『외침(吶喊)』『방황(彷徨)』은 정신적으로 서로 긴밀히 연결되어 있다고 할 수 있다.

    산문집 『들풀』에는 깊은 불안과 초조가 드러나 있다. '나'는 모든 천당·지옥·황금 세계와 작별하였지만, 돌아갈 귀숙처가 없는 곤혹 속에 처해 있다. '나'는 반항하려 하지만 반항을 감행할 진지(陣地)가 없다. '나'는 끊임없이 추구하려 하지만 그 추구의 길은 결국 죽음에 이른다. '나'는 이해받기를 갈망하면서도 주위의 싸늘한 시선 속에 자신을 둔다. '나'는 이 죄악의 세계를 증오하지만 어쩔 수 없이 세계와 자신 사이의 연계를 인정해야만 한다. 이러한 돌이킬 수 없는 절망의 지경이 나에게 생명의 의미를 다시금 깨닫게 하고, '절망에 대한 반항' 속에 생명의 의미가 존재한다는 것을 일깨워준다.

'절망에 대한 반항'이라는 인생 철학은 개체 생존의 비극성을 생명과 세계에 의미를 부여하는 사고와 연결시키고, 그리하여 가치와 의미의 창조는 개체의 몫으로 남는다. 『들풀』은 복잡다단한 세계를 마주할 때 개인에게서 일어나는 감정·정서·체험 등을 사유의 출발점으로 삼아 주관적 측면에서 인간의 자유롭고 창조적인 활동과 인간 존재의 진정한 기초와 원칙을 찾고, 고독과 적막·곤혹·죽음·고민·초조·절망·반항 등 비이성적 정서의 경험 속에서 생명과 세계에 대한 이해를 획득하였다. 루쉰의 절망은 중국 전통에 대한 통찰 및 자신과 그 전통 사이의 연계에 대한 통찰에서 나오는 것으로, 때문에 절망에 대한 반항이라는 인생 철학은 단순한 추상적 개체 심리 현상이 아니라 어떤 사회나 문명, 가치 속에 "존재하면서도 그것 속에 속하지는 않는 역사적 중간물"[1]의 심각하고 구체적인 인생 체험이다. 그렇기 때문에 이러한 인생 철학은 『외침』『방황』의 현실 묘사와 은밀한 융합을 이룰 수 있었던 것이다.

『들풀』이 상징적 세계임에 비해, 현실 세계 속에 놓여 있는 루쉰 소설에서 '나'는 웨이리엔수(魏連殳)가 죽은 뒤 차가운 미소

---

1) 왕후이가 루쉰의 정신 구조를 설명하기 위해 사용하는 '역사적 중간물'이라는 개념은 토인비가 『역사 연구』에서 언급한 바 있는, 두 개의 문명 사이에 처한 '연락관 계급'으로서의 지식인의 특수한 중간적 지위를 루쉰에게 적용한 것이다. 왕후이에 따르면 루쉰은 바로 그러한 연락관 계급으로서 전통 중국이나 서구 현대 등 어느 한 가지 문명이나 사회에 속하지는 않았지만 그렇다고 그것들과의 내재적 연계로부터 자유로운 것은 아니었다. 즉 루쉰은 반전통을 주창했지만 전통 속에 있었고, 서구의 가치를 역설했지만 서구에 대한 경계를 늦추지 않았다(역자).

속에서 각성자에게 운명지어진 고독과 적막한 사망을 다시 한번 체험한다(「고독한 사람」). 그러나 결국 마음속의 고통스런 몸부림을 거친 뒤 "마음이 가벼워져 편안한 마음으로 축축한 돌길을 간다. 달빛을 받으면서." 여기서 "마음이 가벼워짐"과 "걸어감"은 희망에 대한 신념이나 추구에서 나온 것이 아니다. 「고독한 사람(孤獨者)」에는 미래에 속한다고 할 만한 어떤 유력한 요소가 드러나 있지 않다. 주목할 것은 '나'는 마음속 억누리기 힘든 고통의 몸부림을 통해, 고독자의 운명에 대한 깊은 깨달음과 되돌아봄을 통해 이러한 "마음이 가벼워짐"과 "걸어감"이라는 생명 형태를 획득하는 것이다. 이렇게 보자면, 이 "마음이 가벼워짐"과 "걸어감"은 정신의 긴장된 사색을 거쳐 이루어진 세계와 자아의 '이중 절망'에 대한 도전적 태도이고, 비극적인 결말을 구제할 수 없다는 것을 인식하고 난 뒤에 이루어지는 반항과 선택이며, 과거와 현재, 미래 사이의 유기적 연관성을 깊이 체득하고 나서 얻어진 현실적인 인생 철학이다. 『들풀』에 실려 있는 「과객(過客)」에서와 같이 "걸어감"이라는 생명 형식은 자아에 대한 긍정이자, 절망에 대한 항전이다. 세계의 부조리, 죽음의 위협, 마음의 기댈 곳 없음, 진실의 허망함, 자아와 주위 환경의 비극적 대립 등과, 이로 인해 초래되는 초조·공포·실망·불안 등등이 '나'를 아득한 실의의 심연에 빠뜨리는 것이 아니라, 반대로 긴장된 마음의 몸부림과 사색 속에서 현실 안주에서 떨쳐나와 "담담하게 괴로움을 씻어내고 소생의 길을 간다." 비록 객관적인 정황으로 보자면, 그 달빛 아래로 난 길의 끝이 고독한 무덤이라 하더라도 그렇다.

생시몽, 쇼펜하우어, 니체, 키에르케고르 등의 개체 생명에 대한 사상은 20세기 생철학과 실존주의 철학을 이끌어냈을 뿐 아니라 루쉰의 문학·철학 사상이 생성되는 데도 깊은 영향을 미쳤다. 안드레예프, 쿠리야가와 하꾸손, 도스토예프스키 등도 생철학 방면에서 루쉰에게 영향을 미쳤다. 『들풀』의 인생 철학은 20세기의 산물로서 현대 인본주의 사조와 동일한 사유적·문화적 배경을 지니고 있다. 그러나 이러한 깊은 연관은 루쉰의 독특한 정신 구조와 중국 사회 현실 속에서만 그 유효성을 갖는다. 루쉰의 절망은 중국 전통 및 자신과 전통 사이의 연계에 대한 탁월한 통찰에서 나온 것이다. 때문에 '절망에 대한 반항'이라는 인생 철학이 담고 있는 갖가지 정서들은 전적으로 추상적인 개체 심리 현상이 아니라 그 사회나 문명, 가치 속에 존재하긴 하지만 거기에 속하지는 않는 '역사적 중간물'의 깊이 있고도 구체적인 인생 체험이다. 따라서 이러한 인생 철학은 『외침』 『방황』의 현실 묘사와 '은밀한 일치'를 이룰 수 있게 된다.

『외침』과 『방황』은 정신의 경계면에서 볼 때 희망/절망의 이분법을 철저히 초월했다. 희망/절망의 이분법은 중국 현대 작가의 예술 세계에서는 거의 불변의 도식이다. 혹자는 희망 때문에 기뻐하고, 분투하며, 혹자는 절망으로 실의에 빠지고 낙담한다. 극단적 비관과 경박한 낙관이 1920년대 문학에서 특히 두드러지고, 루쉰처럼 역사의 무게에 대한 깊이 있는 체험을 획득한 작가는 드물다. 평론계 역시 희망과 절망의 이분법에 시종 집착하였다. 역사와 인생의 복잡성에 비추어볼 때 이는 지나치게 단순한 인식 방식에 갇혀 있었던 셈이다. 그 전형적인 예가 바로 『외침』과 『방황』에 나타난, 루쉰이 "밝은 빛"이라 일컬었던 부분에 대해 과도한 의미를 부여하여 '빛'이 밝을수록 루쉰이 위대하다고 본 것이다. 이로 인해 복잡다단하고 풍부한 인생 철학의 내용을 루쉰 자신이 가장 혐오했던 값싼 낙관론이나 무의미한 희망론과 동일시해버렸다. 루쉰은 "끝내 실증할 수는 없지만 암흑과 허무만이 실재한다"고 누차 얘기한 바 있다. 여기서 "끝내 실증할 수 없다"라는 언급은 루쉰 자신의 경험이 갖는 한계성에 대한 인식을 의미하는 것이지, 이를 희망에 대한 일반적 긍정으로 당겨 해석할 수는 없다. 루쉰은 단지 개체 경험의 범위 내에서 희망을 배제한 것이다. 루쉰은『외침』서문에서 자신의 '곡필' 은 "내가 젊었을 때처럼 달콤한 꿈을 꾸고 있는 청년들에게 자신을 괴롭혔던 적막을 전염시키고 싶지 않았"기 때문에 나온 것이라고 했다. 그러나『외침』의 내재적 동인은 루쉰이 당시의 적막과 비애를 아직 잊지 않고 있다는 데에, 또한 작자의 정신의 끈이 여전히 지난날의 적막의 시간에 묶여 있어서 청년 시대의 꿈을 잊지 못한 채 그것을 정감 어리게 찾고 있는 데 있다. 루쉰은 자신의 외부에 있는 희망을 말살하고 싶지 않았지만, 그렇다고 개인의 경험 밖에 있는 희망을 자신의 내부로 이입시킬 수도 없었다. 물론 루쉰은 애써 희망을 추구했다. 그러나 개체의 경험 범위 내에서 볼 때, 그러한 희망에 대한 추구는 암흑과 허무에 대한 반항으로 나타났을 뿐이다. 사실상 "암흑과 허무가 실재하"는 상태로부터 "절망적 항전"으로, 다시 "끝내 실증할 수가 없"기까지의 일련의 과정이란 바로 '절망에 대한 반항' 이라는 인생 철학의 내용 자체이며, 한 개체의 현실 인생에 대한 태도를 나타내고 있다.『외침』과『방황』의 탄생 과정은 바로 그러한 인생 태도의 객관화 과정이며, 그러한 긴장된 영혼의 사색이 그 사이를 관류하고 있다.

희망과 절망, 광명과 암흑, 삶과 죽음 등은 루쉰 소설에서 서로 대립의 방식으로 존재할 뿐만 아니라 서로 풍자하는 방식을 통해 원래의 선명하던 주제와 명확하던 시비를 모종의 복잡하고 혼돈된 상태로 만들어놓는다.『외침』과『방황』에서 루쉰은 아이러니를 소설 구조의 원칙으로 삼고 있다. 그는 명확한 권위적 위치에 자신을 위치시켜 희망/절망의 진실성을 판단하는 것이 아니라 반대로 자신의 '중간물' 적 지위를 분명히 자각한 가운데 보다 높은 시점에서 희망/절망으로 구성된 양극 질서가 노정하고 있는 회피

할 수 없는 모순을 보아낸다. "기대와 그것의 실현 사이, 허위와
진실 사이, 의도와 행위 사이, 발신된 정보와 수신된 정보 사이,
사람들이 상상하고 있는 것 혹은 응당 있어야 할 것과 실제 상황
사이 등에 풍자적 거리가 존재하고 있는 것이다."[2] 이러한 거리는
모종의 미끌어져가는 인식상의 혼란이나 편차로 인해 발생하는
것이 아니라 작품의 내재 구조에 나타난 해소할 수 없는 긴장에
의해 발생한 것이다. 두 가지 대립 요소의 상호 풍자는 작가의 지
혜의 웃음 소리에서 기원하는 것이 아니라 그러한 대립을 극복할
수 없는 고통에서 기원한다. 그러나 희망/절망 두 요소 사이의 역
설적 관계는 소설의 서사 구조 속에서 자체 구조를 해체시키거나
와해시키는 요소가 아니라 보다 깊은 차원에서 볼 때, 절망과 희
망의 상호 풍자로 조성된 긴장이 도리어 작품의 내적 구조를 안정
시키는 역할을 한다. 내부의 압력이 평형을 이루고 서로 지지하게
되는 것이다. 이런 안정성은 마치 활과 같은 형태의 안정성이다.
돌멩이를 지면으로 끌어당기려는 힘이 실제로는 지지하는 원리를
제공하는 것이다. 이러한 원리 속에서 밀어내는 힘과 당기는 힘은
안정적 수단을 획득한다. 절망(부술 가망이 없는 철의 방)과 희망
(희망은 장래에 속하는 것이기에 희망이란 없다는 나의 증명으로 있
을 수 있다는 그를 설복시킬 수는 없다는 것)이라는 두 대립하는 주
제로 형성되는 긴장이 자아 회의, 자아 반성, 자아 풍자, 자아 선
택의 길을 따라 담담하게, 흔연히, 혹은 어둡게 새로운 추구와 창
조를 향한 먼 곳까지 소설의 기본 정신을 이끌고 간다. 희망과 절
망에 대한 이중 부정을 통해 '과객'과 같은 반항과 '걸어감'의 삶
의 원리가 나오는 것이고, 그것이 『외침』 『방황』의 내적 정신 구
조의 중요한 원리의 하나이다. 이는 바로 "절망은 허망하다. 희망

2) C. M. 해릿, 『헤밍웨이 연구』.

이 그러하듯이"라는 인생 철학과 『외침』『방황』의 현실 묘사 사이의 '은밀한 일치'을 보여주는 것이다. 때문에 루쉰 작품 속의 '아이러니'는 결코 단순한 일반적인 문학 형식이 결코 아니며, 깊은 철학적 의미를 지니고 있다. 키에르케고르의 지적처럼 "보다 깊은 의미에서 아이러니는 이것 혹은 저것의 구체적 존재를 가리키는 아니라 어떤 시간이나 상황 속에서의 전체 현실을 가리킨다. 그것은 이런저런 현상이 아니라 경험의 총체인 것이다." 『외침』『방황』은 중간적 위치에 처한 지식인의 창조물로서 사람들에게 뭔가 말로 표현하기 힘든 사실을 느끼게 한다. 즉, 역사적 중간물의 주위를 에워싸고 있는 세계가 본질적으로 모순론적이라는 것, 희망/절망, 미래/과거, 허무/실재, 낙관/비관 등의 이분법적 태도를 초월하여 불명확한 태도를 취할 때 비로소 세계 모순의 총체성을 획득할 수 있고, "세계가 허무하다는 것을 알면서도 자기를 의미있는 추구에 개입시키고 계몽에 헌신"[3] 할 수 있다는 점이 그것이다.

『외침』『방황』 속의 '귀향' 주제는 희망과 절망에 관한 사고를 가장 직접적으로 드러내고 있는데, 이는 자주 희망에 대한 추상적 긍정이라고 곡해되거나 "소설의 주제와 상관이 없다"[4]고 인식되곤 한다. 그 원인은 작품 속의 두 가지 대립 요소를 일종의 역설론적인 총체로 이해하지 않은 데 있다. 사실, 고향에 대한 그리움은 인류의 영원한 정신 현상이고, 그 감정은 이미 아득한 연대 때부터 있어왔다. 그러나 우리는 루쉰의 귀향 주제 소설의 밑바탕에서 희망과 두려움, 우울함, 묵묵히 흐르는 친근하기도 하고 낯설기도 한 감정, 그리고 일종의 기이함과 뭐라 분석할 수 없는 어떤 뒤흔듦이 흐르고 있음을 볼 수 있다. 현대 문화를 접수한 20세기

---

3) 林毓生, 「루쉰 사상의 특징 — 중국 우주론과의 관계」.
4) 司馬長風, 『中國新文學史』 1권, p. 107.

지식인인 1인칭 화자는 가치관 측면에서는 '고향' 및 그것과 연관된 일련의 어린 시절의 경험과는 작별했다. 그러나 절망적 현실의 삶이 다시금 '나'의 유년의 고향에 대한 기억을 불러일키고, 그 추억은 '나'를 가장 신비로운 환상적 상태로 몰아가 결국 절망에 대항하는 희망의 원천이 된다. 그런데 분명한 것은 이미 버려진 고향의 현실이 더 이상 꿈같은 환상적 상태가 아니라는 점이다. 그곳은 "아름다운 사람들과 사연들이 하늘 가득한 비단구름처럼 어우러지고, 수많은 유성처럼 날아다니는 곳"[5]이 아니다. 때문에 '귀향' 주제는 시종 심리적 귀향과 현실적 귀향 사이의 긴장 속에서 전개되고, 고향을 대하는 두 줄기 상호 역행하는 감정과 태도가 그 사이를 흐르고 있다.[6] 이를 두고 감정과 이성, 환상과 현실의 강렬한 대립이라고 해석할 수도 있다. 그러나 작품 이해의 요체는 그것이 아니다. 생생한 현실은 이러한 두 가지 대립 태도 중 전적으로 어느 하나에 의해서만 구성되어 있지 않다. 일종의 특수한 생명 활동과 정신의 깊이 있는 사고가 양자 사이의 틈에 다리를 놓아 양자를 독특한 살아 있는 통일체로 연결시키고, 그리하여 '희망'과 '절망'의 진실성이 서로 대립하는 관계 속에서 동시에 회의에 직면하며, 이러한 희망/절망을 초월한 생명력이 양자의 긴장 속에서 자연스럽게 생겨난다. 소설 「고향(故鄕)」은 시작에서부터 쓸쓸한 고향과 화자 마음속의 아름다운 고향 사이의 대립으로 전개된다. 그리하여 지속적인 슬픔 속에서 대립의 두 측면이 계속적인 '쟁투'의 상태에 놓인다. 생기발랄하던 소년 룬투

---

5) 「아름다운 이야기(好的故事)」 참조.
6) 그러한 잔잔하고, 한편으로 요동 치는 물결은 『들풀』에 실린 「연(風箏)」에서는 이렇게 나타난다: "지금 고향의 봄이 이 타향 하늘에도 찾아왔다. 그것은 내게 이미 사라진 지 오랜 어린 시절의 추억과 더불어 형용할 수 없는 슬픔을 자아내게 한다. 차라리 엄혹한 겨울 추위 속에 몸을 숨기는 게 나으리라. 그런데 사방은 분명 엄동이어서 내게 살을 에이는 추위와 싸늘함을 주고 있다."

에 대한 추억을 따라 화자의 "어렸을 때의 기억이 섬광처럼 살아나고, 내 아름다운 고향을 보기라도 하는 것 같다." 그러나 곧 이은 룬투와의 해후는 흥분되었던 화자에게 극도의 오싹함을 안겨준다. 그는 애써 소년 룬투의 생동하는 인상과 유년의 경험을 떠올리며 외모와 정신 모두 생동감을 잃어버린 지금의 룬투를 밀어내려 하지만, '기쁨─처량함─공경─나으리'로 이어지는 룬투의 감정의 변화 과정은 끝내 화자에게 "오싹함"을 느끼게 만들고, 그들 사이의 슬픈 장벽을 실감하게 한다. 더구나 홍얼(宏兒)과 수이성(水生)이 화자와 룬투와의 과거를 되풀이하는 것 같아 화자의 비애는 더하다. 그리하여 "희망에 대하여 생각이 미치자 나는 갑자기 불안해"진다. '나'와 룬투 사이의 격막 속에서, 홍얼과 수이성과 '나'와 룬투의 대비 속에서, 고향에 대한 나의 추억과 현실 고향에 대한 느낌의 대립 속에서 '나'는 자성하기 시작한다. 룬투와 '나'는 기실 다 같이 우상을 믿고 있다. "멀거나" "좀 가까운" 희망이 바로 그것이다. 이것은 무거운 '중복'과 '순환'의 느낌이다. 화자가 희망의 허망함을 의식하게 되자 절망의 감각 역시 함께 사라진다. 이 모든 것은 현실을 덮고 있는 환영일 뿐이기 때문이고, 이로 인해 사고는 희망/절망의 양극 대립과 상호 부정 속에서 이 고정된 이분법을 뛰쳐나와 직접 현실 본연으로 육박한다. "희망은 본래 있다고 할 수 없고, 없다고도 할 수 없다. 그것은 마치 땅 위에 난 길과 같다. 사실 지상에는 원래 길이 없었다. 가는 사람이 많아지면 길이 되는 것이다." 이 구절이 말하고 있는 것은 수많은 평론가들이 지적한 바처럼 희망에 대한 긍정이 아니다. 역으로 희망에 대한 부정이고, 절망에 대한 반항이며, 이러한 두 가지 주관 감각 위에 초연해 있는 진실한 생명의 형식이 바로 "걸어감"의 행위이다. 현실의 행위로서 "걸어감"이란 인생의 실천 방식이자 현실에 집착하는 태도이기도 하다. 이렇게 이해하지 않고 이 부분을 희망에 대한 추상적 긍적이라 해석하게 되면 루쉰이 객관적으로 실증된 현실의 엄혹함을 객관적 근거가 전혀 없는 경박한 낙관으로 전환시킨 셈이 되어버린다.

『외침』과 『방황』에는 이 밖에도 「마을 연극(社戲)」「복을 비는 제사(祝福)」「술집에서(在酒樓上)」 등의 귀향소설이 실려 있다. 「마을 연극」은 심리적 귀향으로 현실 속에서 받은 느낌에 대항하지만 심리적 귀향과 현실의 귀향이 상호 대립을 이루지는 않는다. 「복을 비는 제사」와 「술집에서」의 경우 서술 과정에서 두 개의 고향의 충돌로 인해 화자 심리에서 일어나는 긴장이 작품의 전개를 꿰고 있다. 자기와 고향에 대한 복잡한 관계와 자기 반성이 겹겹의 관계 속에서 긴장을 형성하고 있는 것이다. 「복을 비는 제사」는 표면적으로 보면 일인칭 화자가 얘기하는 어느 불행한 하층 여자의 이야기이다. 기왕의 연구에서는 봉건적 윤리 관계가 두 번이나 과부가 된 선량한 여인을 어떻게 죽음으로 내모는가에 관심을 집중시켰다. 일반적인 정치적·사회 사상적 의미에서 소설의 반봉건 주제를 파악한 것이다. 넷째마님 및 그로 대표되는 봉건 예법 관계를 일방으로 하고, 샹린 댁 같은 피해자를 다른 일방으로 하여 시비를 판정하고 한쪽을 증오하고 다른 쪽을 동정함으로써 시비가 분명해진다. 그러나 샹린 댁의 얘기를 소설의 서사 구조 속에 놓고 볼 경우 소설은 그리 간단하지 않다. 소설에서 일인칭 화자는 고향에 대한 그리움을 느끼고 있으면서도 고향과 전혀 어울리지 않는 '신당(新黨)' 사람이고, 가치면에서 고향의 윤리 체계를 비판적으로 바라볼 수 있는 유일한 인물이다. 고향의 질서 밖에 있는 현대 사상적 요소를 지닌 유일한 인물인 것이다. 독자들이 소설 속 화자를 '미래'와 '희망'의 어떤 요소로 보는 것은 자연스러운 일일 수 있다. 그러나 서사의 진행을 통해 화자와 '고향'의 윤리 체계 사이의 '공모' 관계가 점점 깊이 드러나게 된다

(즉 샹린 댁의 죽음에 대한 공동 책임). 그리하여 소설은 단순한 샹린 댁의 이야기를 넘어 자기 반성을 심리적 기초로 한 도덕주의와 자기가 처한 진퇴양난의 곤경으로부터의 도피라는 차원으로 확대된다(이 도피는 자기의 환상을 파괴한 고향에 대한 도피이자 고향에서 발생한 비극에 대해 응당 져야 할 도덕적 책임으로부터의 도피이다). 이렇게 서사 형식과 이야기의 내용 및 명확한 비판적 태도 사이에는 일종의 아이러니 관계가 성립하고 있다. 서술자의 태도 자체가 회의에 직면하지만 그럼에도 불구하고 스토리의 반봉건 내용은 서술자에 의해서 펼쳐진다. 작품의 초반부에 '나'는 '고향'의 우매함, 미신, 윤리 분위기 등과 완전 별개인 것처럼 느껴진다. "어쨌든 나는 내일 꼭 떠날 것이다." 그러나 독자들은 '내'가 고향을 도피하려는 또 다른 근본 원인을 알아차리게 된다. "더군다나 어제 만난 샹린 댁의 일을 생각하면 더더욱 편안히 눌러 있을 수 없었다." 샹린 댁은 "배우고, 먼데도 가본" "신당"에게 희망을 기탁한다. 그러나 죽은 뒤에 영혼이 남느냐의 문제가 화자를 진퇴양난의 곤경에 빠뜨린다. "당황"하고 "주저하고" "놀라고" "더듬거린" 끝에 "어물어물" "확실하지 않은" 답을 말한다. 만일 여기서 그쳤다면 독자들은 화자가 무능하긴 해도 좋은 사람이라고 믿을 것이고, 그의 마음속 깊은 곳에 그래도 깊은 도덕 의식과 책임감이 자리잡고 있다고 믿을 것이다. 그러나 이어지는 묘사는 그와 고향의 윤리 체계 및 넷째마님과 샹린 댁의 비극을 야기한 사람들 사이에 분명하게 구분되던 경계선을 모호하게 변화시킨다.

그러나 나는 잠시 놀랐을 뿐이었다. 오고야 말 것이 이미 지나갔다는 것을 알았고, "잘 모르겠다"는 말과 그의 "굶어 죽었다"는 말에 위안을 받을 필요도 없이 내 마음은 벌써 점점 가벼워졌다. 그러나 간혹 끝내 마음이 무거워지곤 했다.

화자는 잠재 의식 속에서 여전히 잊지를 못하고 마음이 무거워지곤 한다. 그리하여 그는 샹린 댁 이야기에 대한 기억을 시작한다. 소설의 말미에서 화자는 "이 들뜬 소리에 둘러싸인 채 나른하고도 편안한 기분에 젖"고, 그리하여 "낮부터 저녁때까지 떠나지 않던 근심이 이 축복의 분위기에 완전히 씻겨나"가게 된다. 소설에서 서사의 전개는 화자가 도덕적 책임 의식으로부터 해탈되는 과정이고, 화자 자신은 "마음이 가벼워져" 샹린 댁의 비극을 야기한 고향의 싸늘함과 합류하게 된다. 때문에 고향에 대한 도피는 화자가 진정으로 그의 고향과 작별하는 것이 아니다. 신문화에 대한 긍정이 곧 영혼 깊은 곳에 뿌리박혀 있는 구전통에서 벗어났다는 것을 의미하는 것이 아니며, 그 자신이 고향의 구조를 바꿀 만한 유력한 요소나 현실 변혁을 가져올 희망이 될 수도 없다. 화자와 루쉰 자신은 모두 역사적 중간물이다. 그러나 작품에서 화자는 자기와 고향 사이의 격막과 소원함만을 의식할 뿐, 자기의 내면 의식과 스스로는 이미 작별했다고 여기는 고향 사이의 끊을 수 없는 연계에 대해서는 전혀 자각하지 못하고 있다. 루쉰은 보다 높은 차원의 아이러니적 언어 기교로 고향을 떠난 현대 지식인의 도피할 수도 없고, 도피해서도 안 되는 진퇴양난의 곤경을 표현한 것이다. 이는 작가의 도덕적 자질과 자신이 처한 위치에 대한 차가운 투시를 말해주는 것이며, 소설의 화면 밖에까지 이러한 정신을 밀고 나가고 있다. 절망적 현실과 희망 없는 운명에 직면한 지식인에게 선택이란 곧추 일어서 절망에 반항하는 것 외에 달리 방법이 없고, 그렇지 않으면 구질서의 공모자가 될 뿐인 것이다. 바로 그러하기 때문에 화자는 자기의 도덕적 책임에서 벗어날수록 편안함과 가벼움을 느끼는 것이고, 우리는 도리어 마음이 무거워

짐을 느끼게 된다. '절망에 대한 반항'과 '죄책감' 사이에서 다른 선택이란 없다.

「술집에서」는 두 사람의 일인칭 화자, 즉 '나'와 '뤼웨이푸(呂緯甫)'가 등장한다. 기왕의 여러 연구에서는 뤼웨이푸의 이야기는 현대 지식인의 낙망과 자책감을 표현하고 있다고 보았다. 그러나 이 독백성의 이야기는 일인칭 '나'의 서술 체계 내에 들어 있긴 하지만, 고향과 지난 일에 대한 실락감을 드러내고 그로 인해 이야기 자체의 의미를 넘어선 보다 복잡한 정신 주제를 드러내고 있다. 일인칭 화자는 분명 적막한 심경 속에서 과거에서 다소간 위안과 희망을 찾으려 한다. 때문에 그는 고향의 "한겨울의 추위를 아랑곳하지 않는" 늙은 매화나무와 "눈 속에서 분노와 오만의 기색을 띠고 붉게 타고 있는" 동백나무를 유달리 민감하게 느끼는 것이다. 그러나 뤼웨이푸와 그의 이야기는 과거에서 희망을 찾으려는 생각을 점점 말살시킨다. 그의 그러한 과거를 그리워하는 심리는 부단히 나타나는 '희망'과 '현실'의 상호 모순에 대한 '놀라움,' 그리고 희망을 찾으려는 화자의 은밀한 마음에서 나오는 특유의 민감성을 통해 나타난다. 그는 처음부터 뤼웨이푸가 외모나 정신 모든 면에서 크게 달라졌다는 것을 느낀다. 그러나 황폐한 정원을 바라보는 그의 눈길 속에는 여전히 과거의 모습을 되찾고 싶은 마음이 숨겨져 있다. 뤼웨이푸에 대한 묘사 부분에서는 화자가 무덤 이장 이야기를 들은 뒤 뤼웨이푸를 나무라는 듯한 눈길을 발견할 수 있다. 그리고 이 눈길이 다시 주인공의 과거에 대한 추억을 불러일으킨다. "나도 아직 기억하고 있어, 우리가 같이 토지묘(土地廟)에 가서 신상(神像)의 수염을 뽑아버렸던 일 말야. 날마다 중국의 개혁 방법을 놓고 토론하던 것도." 이런 추억은 뤼웨이푸에게 자책감을 불러일으킨다. 그래서 "자네 눈을 보니 아직도 내게 기대를 걸고 있는 것 같구먼"이라고 말한다. 화자 '나'

는 뤼웨이푸가 과거를 추억하고 자책하는 데서 가느다란 희망을 본다. 아순(阿順)에 대한 뤼웨이푸의 아름다운 감정이 화자의 그런 심리를 부추긴다. 뤼웨이푸가 조화를 찾아다닌 이야기를 할 때, 소설은 '나'가 눈 속에서 가지를 뻗고 있는 동백나무의 생기발랄하고 붉은 꽃을 보는 장면을 끼워넣고 있다(물론 이는 소설의 모두에서 묘사된 고향 풍경에 대한 주관 감정과 대응되는 것이긴 하다). 뤼웨이푸는 어쨌든 "한바퀴 돌아 다시 원래 자리로 돌아오는 파리나 벌"처럼 끝내 그 원래의 자리를 벗어나지 못했고, "그저 그런" 경계 속에서 "공자왈, 『시경』에 이르기를" 등을 가르치고 있다. '나'는 그래도 마음이 썩 내키지 않아, "그럼 앞으로 어떻게 할 셈인가?"라고 묻는다. 뤼웨이푸가 대답한다.

"앞으로? [……] 나도 모르겠네. 그때 우리가 예상했던 일이 한 가지라도 뜻대로 된 게 있나? 난 이제 아무것도 모르겠어. 내일 어떻게 될지, 아니 일 분 뒤에 어떻게 될지조차도……"

여기에 이르러 화자 '나'의 고향과 과거에 대한 추적(실제로는 삶의 의의 혹은 희망에 대한 추구)은 철저히 절망과 허무 속에 빠진다. 서사 방식으로 볼 때 이 소설이 독백적인 것이라면, 소설의 결론은 당연히 둥그런 원을 돌아 결국 제자리로 돌아오고 마는, '원' 자체에 대해 뤼웨이푸가 부여하는 비관적 의미 부여일 것이다. 그러나 「술집에서」의 결말은 독백의 외부에서 그 독백에 대해 일정한 거리를 두고 사고하는 외부 화자의 존재에 의해 절망적 '원'에 대한 관조적 태도로 전환된다. 이는 바로 작자가 자기의 인생 철학을 드러낼 가능성을 제공하는 것이다.

우리는 함께 집을 나섰다. 그가 묵고 있는 여관은 내가 묵고 있는 정반대쪽에 있어서 술집 앞에서 곧 헤어졌다. 나는 혼자서 내가 들어 있는 여관 쪽으로 걸었다. 찬바람과 눈이 얼굴을 때렸으나 도리어 상쾌했다. 벌써 황혼인 하늘과 집, 거리들이 펑펑 쏟아지는 순백의 흔들리는 그물 속으로 짜여들어가고 있었다.

꿈의 추구와 등가의 의미를 지녔던 동백이나 매화는 더 이상 존재하지 않는다. '나'의 앞에는 춥고 어두운 그물만 놓여 있다. 그 절망의 경계에서 다시금 「과객」에서의 '걸어감'의 주제가 울려나온다. '과객'이 '노옹'과 작별하는 것과 마찬가지로 나는 홀로 간다. 황혼과 눈 쌓인 그물을 향해. 과거에 대한 추억과 미래에 대한 사고가 '절망에 대한 반항'이라는 생명 형식, 즉 '걸어감'으로 전화되는 것이다.

'절망에 대한 반항'이라는 정신의 과정과 더불어 루쉰의 귀향 소설에는 돌아갈 곳이 없는 방황감과 생명이 스러져가는 것에 대한 나름의 인식이 시종 작품을 관류하고 있다. 「고향」「복을 비는 제사」「술집에서」, 그리고 「고독한 사람」까지 작품 속 화자는 모두 고향을 그리워하거나 고향을 찾는 손님이다. 그들은 늘 고향에서 손님이라고 느낀다. "북방은 원래 나의 고향이 아니지만 남방에 와서도 객에 지나지 않았다. 그곳의 건조한 눈이 어떻게 흩날리건 또 이곳의 부드러운 눈이 어떻게 마음을 끌건 나와는 아무런 상관도 없다"(「술집에서」). 이러한 고향 찾기와 고향에서 도피하려는 나그네, 객의 정신 과정 속에서 나는 누구인가? 나는 어디서 왔고, 어디로 가는가? 라는 질문이 영혼 깊은 곳에 잠복되어 있다. 이러한 귀숙처를 잃은 곤혹감은 현대 지식인이 중국 현실 속에서 자신의 위치를 찾지 못한 데서 나오는 것이다. 그들은 자신의 고향에서 떨어져나왔지만, 귀숙처에 대해서도 여전히 초조해하고 있다. 그들과 중국 전통 사회와의 관계는 전통 사회에 존재하지만, 그러면서도 거기에 속하지는 않는 관계라고 귀결시킬 수 있다. 그러한 곤혹감이 루쉰 인생 철학의 기본 전제를 이루면서 작가로 하여금 생명의 의미에 대해 깊이 생각하도록 압박하며, 그리하여 생명이 소실되어가는 데 대한 의식이 갈수록 강해지고 귀향소설의 경우 인물의 운명을 주재하는 요소인 시간을 형성시킨다. 시간은 화자의 의식에서 두 방향으로 전개된다. 고향과 과거에 대한 추억과 현재 및 장래에 대한 깊은 사고가 그것이다. 즉 과거에서 현재로, 아버지 세대에서 아이들 세대로, 청춘에서 성년으로, 다시 현재에서 과거로, 아이들에서 아버지 세대로, 성년에서 청춘으로의 전개이다. 서사의 전개에서 시간과 공간은 모두 역전될 수 있고, 서술자의 추억과 삽화에 따라 자유로이 어떤 한 방향에서 원래의 곳으로 돌아갈 수 있다. 심리적 시공과 현실적 시공이 순환적 교직을 하고 심리적인 것과 현실적인 것이 서로 되비추는 가운데 작가에게 있어 시간은 사람의 생명을 잠식하고 활기차던 청춘을 시들게 한다. 화자는 서사 대상의 생명이 사라져가는 가운데서 자기 생명 역시 점점 매력을 잃어가고 있다는 것을 느낀다. 그러나 생명이 사라져가는 비애 속에서 화자는 더 이상 사라져가는 생명을 붙잡으려 하거나 과거의 존재를 재현시키려 하지 않고 생명의 '현재성'을 깊이 체득하고 허무한 과거와 허무한 미래 사이에서 현실의 생명 활동(즉 '걸어감')으로 현재라는 긴 둑을 쌓고, 자기를 생명과 시간의 주재자로 만들어 절망에 대한 반항이라는 철학적 주제를 탄생시킨다.

　루쉰의 절망이 단지 생활의 표층에만 머무르는 것은 아니다. 루쉰의 절망은 이론인 동시에 현실에 대한 깊이 있는 인식이며, 생명의 의미를 찾는 데 실패하는 곳에도 존재하지만 생명 자체에도 존재한다. 때문에 『외침』과 『방황』에 들어 있는 '죽음'이라는 주제는 귀향 주제나 희망/절망의 관계와 그리 직접적 관련은 없지만, 절망에 대한 방향이라는 인생 철학의 생성 과정 및 그 '몸부림'의 의미를 슬프고 격렬한 방식으로 체현하고 있다. 광인(狂人), 웨이리엔수, 쥐엔성(涓生) 등에게 있어 죽음의 위협과 그것에 대한 절망과 허무의 느낌은 그들 일상 생활의 현실이다. 그러나 죽음의 무도(舞蹈)가 그들에게 자아와 현실의 진실한 상황을 절실하게 느끼게 하며, 그리하여 그들은 자아의 삶의 태도를 조정하기 위해 쉼없이 몸부림치게 된다. 그러한 유의 소설은 내면 독백의 서사 방식을 대폭 채용하고 있다(「광인 일기」는 일기체이고, 「죽음을 슬퍼함〔傷逝〕」은 수기이고, 「고독한 사람」의 서사 전개에는 편지와 내면 독백이 섞여 있으며, 이 작품은 귀향 주제 소설과 사망 주제 소설 사이에 놓여 있다). 흡사 슬픈 정신의 서사시처럼 독백 자체가 깊은 상징적 의미와 철학적 의미를 지니고 있는 것이다. 때문에 그러한 복잡한 착종과 변화무쌍한 심리 과정에 의해 전개되는 논리를 해석하고 추적하는 일이 소설의 외적 서사 방식을 해석하는 것보다 훨씬 중요하다.

귀향소설에서 화자가 정신을 기탁할 곳을 찾는 과정은 돌아갈 곳이 없다는 곤혹감으로 전환된다. 그러한 곤혹은 「광인 일기」 등의 소설에서는 죽음에 대한 체험을 통해 세계에 대해 공포의 낯섦과 당혹의 정서로 전화되고, 이해하기 어려운 황당한 현실 속으로 던져지며, 죽음과 죄, 심각한 초조와 불안, 참회 등의 정서에 내맡겨진다. 무한의 고독, 그리고 세계 질서와 소원해짐으로써 생긴 방출감 속에서 절망과 자기 존재의 상황에 대해 깊이 체험한다. 그러한 절망과 자아에 대한 체험이 소극적 · 피동적 태도를 의미하는 것은 아니다. 그것은 역으로 절대적인 궁극적 질서와 가치, 지식 혹은 감정 등이 모두 회의적이고, 표면적이며, 상대적이라는 것을 의미한다. 구전통 · 구질서만 회의되는 것이 아니라 자아와 자아의 부정 대상 사이의 관계, 자아 나름대로 구세계를 비판하고 신생활을 창조하려던 이상 역시 회의된다. 각성 · 행복 · '신당(新黨)' …… 궁극적으로 볼 때 이 모든 것이 단지 환상은 아닐까? 주인공은 이 때문에 노심초사하며 뜨겁고 긴장된 사색 속에서 절망의 진실성을 체험하고, 또한 이 때문에 자아의 의지할 데 없는 상황을 체험하고, 그것을 투시한다. 그리하여 자아의 생명의 의미가 자아의 선택과 반항 속에 존재할 뿐이라는 것을 확인한다. 귀숙처가 없는 곤혹은 이로 인해 절망에 대한 반항의 내재 근거가 된다. 이는 분명 독특한 사유 구조이다. 절망의 진실성이 사람을 낙심하게 하거나 위축 · 좌절시키는 것이 아니라 선택 · 반항 · 창조로 이끈다. 루쉰 소설은 절망의 진실성을 표현하는 동시에 낙심하는 정신 상태에 대해 근본적인 부정을 가하고 있는데, 이는 곧 그러한 사유 구조의 필연적 귀결이다. 희망에 대한 부정이 아무것도 믿을 것이 없다는 의식을 드러내는 것이라면 절망에 대한 반항은 절망과 희망이 동시에 허망하다는 것을 의미한다. "아무것도 믿을 수 없고, 아무것도 자신의 지주로 삼을 수 없음으로 인해 이 모든 것을 자기의 것으로 만들어야 하는 것이다."[7]

「광인 일기」에서 서사의 전개 과정은 심각한 아이러니를 포함하고 있다. '식인' 세계의 반항자 역시 4천 년의 식인 이력을 가진 식인자이다. 홀로 먼저 각성한 데서 나왔던 희망이 허망한 것으로 증명되고, 절망의 실증이 주인공의 '유죄'에 대한 자각과 긴밀하게 연결되어 있으며, 그러한 유죄에 대한 자각이 다시 절망에 대한 반항의 내재적 심리 기초, 즉 속죄하고자 하는 욕망을 제공한다. "아이들을 구하라"는 외침은 희망에 대한 외침, "참된 인간"의 세계에 대한 동경이다. 그러나 광인의 심리 독백은 아이들도 이미 식인의 생각을 품고 있다는 것을 입증하고 있다. 카프카

---

7) 竹內好, 『루쉰』(중문판), 浙江文藝出版社, 1985, p. 110.

의 『심판』에서 게오르그가 받은 판결 "너의 본래 모습은 순진무
구한 아이이다. 그러나 너의 그런 본래 모습 이전은, 즉 너의 본
래의 본래는 악마 같은 인간이다"처럼 광인과 식인 세계의 모든
생존자에게 있어 본래의 본래는 그들을 구제할 수 없는 죄인으로
만든다. 죄인이라는 자각이 갖는 의미는 둘이다. 하나는 죄의 자
각으로 인해 광인은 자신이 처한 실제 상황을 통찰하게 되고, 기
왕의 존재하는 것들을 자기화하여 자기의 역사성을 파악하게 된
다는 점이다. 광인은 자신이 자신의 역사성을 결정할 수 없는 지
극히 미미한 창조물일 뿐이라는 사실을 의식한다. 고독과 초조,
공포의 느낌은 자아 의지와 세계, 혹은 자기의 유한성 또는 운명
과의 대립을 의미할 뿐만 아니라 보다 깊은 불안, 즉 이러한 대립
의 배후에 내재적 동일성이 숨겨져 있는 것은 아닐까라는 불안을
의미한다. 광인의 존재 이유라는 차원에서 볼 때 이러한 동일성은
치명적이다. 왜냐하면 광인이 광인인 까닭은 그와 세계의 관계가
대립적이고 불화적인 데 있는데, 만일 이러한 대립과 불화(달리
표현하면 '각성')가 단지 환상일 뿐이라면 광인은 더 이상 광인이
아니고 식인 세계의 보통 일원일 뿐이기 때문이다. 죄의 역사성으
로 인해 광인은 광인의 세계에서 나와 다시 '건강인'의 세계로 들
어가게 된다. 서문의 언급대로 광인은 이미 병이 나아서 어느 지
역의 관리 후보로 감으로써 진정한 절망의 주제, 즉 각성자의 환
멸로 귀결되는 것이다.
　다른 하나는 죄의 자각이 속죄하고 싶은 원망을 마음속에서 불
러일으킨다는 점이다. 이러한 원망은 격렬한 자아 부정을 통해 광
인은 자아와 식인 전통의 연관 속에서 "생각할 수 없는" 상태의
공포감과 불안, 혐오감을 느끼게 되고, 자기가 동경하던 참된 인
간의 대열에 자신을 세울 수 없게 된다("이제 알겠다, 참된 인간을
보기 어렵다는 것을!"). 이는 자신을 죽음에 내맡긴 뒤 훗날을 기

약하는 절경이다. 실제 상황이 어떠하든, 자신이 구원될 희망이 있든 없든 절망적 현실에 반항하지 않으면 '나'의 죄과는 더욱 깊어질 뿐이다. 소설에서 12장의 자기 반성과 13장의 "아이들을 구하라!" 사이에는 죄에 대한 자각과 속죄에 대한 내심의 충동이 가로놓여 있다. 그러한 자각과 충동이야말로 원래 광인을 광인으로 만든 이유였는데, 이제 그것들을 잃게 되면 광인은 더 이상 미친 사람이 아니게 되고, 자기가 증오하던 전통과 자신을 일치시키는 것 외에 다른 길이 없게 된다. 소설의 내적 구조는 바로 그 점을 보여준다. 그런데 사실, 전통과 자신의 그러한 일치 자체는 세상과 타협하는 것이고, 따라서 어떤 상황에서든 거절하여야만 하는 것이다. 그렇게 보자면, 반항과 거절의 행위는 죄의식의 현실적 연장이며, 어떤 외부 권위와 의지에서 나온 것이 아니라 자각과 스스로의 주관적 요구에서 나오는 것이다. 또한 그것은 작품 속에서 언급된 "참된 인간"에 대한 동경에서 나오는 것이 아니라 현실에 대한 자각에서 나오는 것이다. 이 같은 의미에서 보면 광인의 반항은 진정한 자유의 정신을 나타내고 있으며, 그러한 반항과 자유의 선택은 절망에 대한 체험적 인식이 전화된 것이거나 절망을 그 인식적 · 심리적 기초로 삼고 있다고 할 수 있다.

위와 같은 복잡한 심리 과정은 이토오 토라마루(伊藤虎丸)가 지적한 대로 '잡아먹히는' 공포, 즉 죽음에 대한 공포를 기점으로 하여 전개된다. 죽음에 대한 자각은 광인이 식인 세계와 구별되는 개성을 획득하는 계기이고, 광인이 자신의 시간성과 역사성을 인식하는 기본 조건이며, 생명 과정의 갖가지 불안과 우려 역시 이를 기점으로 하고 있다. 광인이 달빛의 계시 속에서 30여 년 동안의 삶이 "제정신이 아닌" 것이었음을 의식하였을 때, 그는 실제로 조금도 변화가 없는 심연 같은 공간을 30여 년이라는 시간으로 대체시킨 것이다. 이어서 "역사책에는 연대가 없고" "책에 온통 씌어진 것이라고는 '식인'이라는 두 글자"뿐이었다고 말하고 있다. 이는 분명 식인에 대해 자각을 결핍하고 있거나 개체가 공포를 깨닫지 못했을 때 역사는 시간성을 지니지 않는다는 것을 의미하는 것이다. 왜냐하면, "책에 온통 씌어진 것이라고는 '식인'이라는 두 글자"뿐이었다는 것은 각성한 자의 특징일 수밖에 없기 때문이다. 광인의 "제정신이 아닌" 상태와 "연대가 없는" 역사 사이에는 일종의 독특한 유사 관계가 존재한다. 무시간성과 그로 인한 생명적 자각이 없다는 점이 그것이다. 이 둘은 사람들에게 깊고 어두운 심연 같은 이미지를 준다. 왜냐하면 광인의 감각 세계 속에서 과거의 "제정신이 아니었다"는 사실과 식인의 역사는 모두 무시간성의 것이고, '내'가 자신의 식인 역사에 대한 반성 속에서 "4천 년의 식인 이력을 가진 나"를 이끌어내기 때문이다. 둘 다 무시간적인 것(여기서 시간성이란 자각적인 생명 과정을 의미한다)인 이상 30년과 4천 년은 '역사적 시간'(생명 과정 속에서 역사적 시간 감각은 인간의 사망에 대한 의식을 포함한다)의 의미를 지니고 있지 않으며 따라서 양자는 그러한 공통 특성(생명에 대한 자각 의식이 없다는 점과 식인이라는 점)으로 인해 합일된다. 비유하자면 이러한 합일은 각성자가 짊어지고 있는 역사의 무거운 짐을 암시한다. 먹힌다는 공포에서 "나는 식인 하는 사람의 형제이다"로 전화되고, "나"의 "무의식적" 죄악에서 "4천 년의 식인의 이력"에 대한 발견으로 전화된다. 죽음의 주제는 생리적 공포에서 역사적 사고로 전화되고, 죽음이 불러일으킨 독자 각성의 의식에서 "죄인" 의식으로 전화된다. 진정한 생명의 과정은 죽음과 먹고 먹히는 역사의 진상에 대한 깊어지는 의식 속에, 자신이 떨쳐낼 수 없는 4천 년 동안의 죽음의 어두운 그림자에 들려 있다는 인식 속에, 현실과 자아에 대한 이중 절망을 확인한 뒤 그로 인해 감행하는, 감행하려고 하는 반항 속에 존재하게 된다.

삶은 죽음에 있고, 죽음의 위협에 직면한 삶은 고독하고, 불안하고, 초조하고, 의탁할 곳이 없게 마련이다. 광인이 우연한 초월적 계기('달빛')에 의해 비자발적으로 광인이 된 뒤 그는 죽음의 위협에 직면하고, 그리하여 주위 세계와 혼란스럽고 낯선 공포감에 빠진다. 자신이 이 세계에 던져진 존재라는 것, 생과 사의 어두운 양극 사이에 놓인 고통스런 존재라는 것을 느낀 뒤 그는 세계를 대상화하여 현실의 상황을 변혁하려 시도하고, 자아와 세계와의 관계를 탐구하기 시작한다. 그 결과는 절망적이다. 그러나 절망이 유죄 의식과 연결된다는 것은 식인 사실에 대한 부정적 가치 판단을 의미할 뿐 아니라 죄악에서 벗어나고 싶다는 욕망을 동시에 의미한다. 이러한 욕망의 현실화가 필연적으로 절망에 대한 반항을 구성하는 것이다. 때문에 생이란 절망에 대한 반항에 있다고 해도 무방할 것이다.

「죽음을 슬퍼함」에서 죽음은 쥐엔성을 희망과 기대에서 다시금 "적막과 공허" 속으로 내던진다. 그리하여 끝없는 "회한"과 비애 속에서 인생의 의미를 깨닫는다. 「죽음을 슬퍼함」과 『들풀』을 연결시켜보면, 쥐엔성과 쯔쥔(子君)의 사랑 이야기에 대한 서술 방식과 『들풀』에서 인생 철학을 표현하는 방식 사이에 모종의 내재적 연관이 존재한다는 것을 발견할 수 있다. 소설에서는 외부적 사건의 내용(사랑 이야기 및 그 의미)과 감춰진 내용(인생 철학)의 이중 구조를 비유와 상징을 통해 드러낸다. 사랑에 대한 추억, 실망, 애도 등의 표층 서술의 배후에 희망과 절망, 허무의 삼자 관계에 대한 정신적 박투가 존재하고 있다. "공허의 무거운 짐을 지고 매섭고 싸늘한 눈길 속에서 이른바 인생의 길을 가야 한다는 것은 얼마나 무서운 일인가! 더구나 이 길의 끝은 묘비도 없는 무덤일 뿐이다"(「죽음을 슬퍼함」). 생명·애정·희망·기쁨·각성…… 그런 모든 것들의 궁극적 의미가 결국은 "공허"로 귀결되고, "진실"의 앞에서 모두 허위로 드러나고 만다. "공허"의 진실한 존재가 소설에서 심리적 독백의 정신적 밑바탕을 이룬다. 이러한 "공허"가 불러일으킨 자책과 후회가 바로 주인공이 새로운 삶의 길이나 절망적 항전을 모색하는 심리적 원동력이다. 주의할 것은 소설 속 "공허"의 주제는 희망과 관련된 모든 정신 현상이 "진실"에 의해 부정되는 것을 수반하고 있다는 점이다. 바꾸어 얘기하면 "공허"는 일체의 낙관주의적 삶의 기대에 대한 심각한 회의이고, 현실의 희망 없음 혹은 절망 상태에 대한 실증이다. "그때 내게 희망과 기쁨과 사랑과 생활을 가져다주었던 것들은 모두 떠나버렸고 남은 것은 공허뿐이다. 내가 진실과 맞바꾼 공허뿐이다"(「죽음을 슬퍼함」). "희망"과 "공허" 사이에 "진실"이 가로놓여 있고, 이것이 바로 주인공을 곤혹스럽게 한다. 전자를 선택한다는 것은 허위를 택한다는 것을 의미하고, 후자를 선택하는 것은 절망에 빠지는 것이다. 더욱 잔혹한 것은 허위인 희망은 결국에는 공허하게 될 수밖에 없고, 그렇다고 "진실" 쪽으로 나아갈 경우 "나"는 도덕과 양심의 대가를 치러야 한다는 점이다.

그러나 내가 얼굴에 웃음을 띠고 말을 입 밖에 내는 순간 그것은 이내 공허로 변하였고, 이 공허는 다시 참을 수 없는 저주스런 조소가 되어 바로 나 자신에게로 되돌아왔다.

그런 뒤 생명의 사랑에 대한 자각과 희망적인 것(『인형의 집』의 노라나 『바다의 여인』 등)이 떠오른다. 그러나,

이제는 그런 것들이 공허로 변하여 내 입에서 내 귀로 전해질 때 마치 모습을 감추었던 개구쟁이가 짓궂게 내 말을 흉내내고 있는 것으로밖에 여겨지지 않았다. 허위의 무거운 짐을 질 용기가 내겐 없었기

에 나는 진실의 무거운 짐을 그녀의 어깨에 떠맡겨버린 것이다. 그녀는 나를 사랑한 뒤부터 그 무거운 짐을 져야 했고, 매섭고 싸늘한 눈길 속에서 인생의 길을 내딛게 된 것이다.

　나는 그녀의 죽음을 생각한다.

　"진실" 쪽으로 나아갈 때, "비겁자인 나 스스로를 보"게 되고 "내가 진실한 인간이든 허위의 인간이든 나는 결국 강한 자들에게 배척을 당하게 마련이다."

　역설적인 것은 애정이나 각성 같은 희망적 요소는 선각자가 스스로 일어서고, 또한 그것을 통해 사회를 비판하는 기점이지만 바로 그러한 희망 자체가 현실 속에서 전개되는 과정에서 회의에 직면한다는 것이다. 이러한 회의는 새로운 이상적 가치를 향한 것이 아니라 그러한 이상적 가치를 떠맡고 있는 자신을 향한 것이다. 즉, 진정 두려움 없는 각성이란 환상 속에서만 존재하는 것은 아닐까?! 그렇다면 각성이란 것 자체도 일종의 공허일 뿐이지 않을까?! 라는 회의가 그것이다. 이 절망적 실증은 단순히 희망을 잃고 애정이 환멸에 직면하는 것뿐만 아니라 각성 자체에 대한 우려를 포함하고 있는 것이고, 따라서 이러한 절망은 보다 근본적인 성격을 지니게 된다.

　그녀의 단련된 사상과 거칠 것 없이 활달했던 주장들도 결국 공허일 뿐이다. 그렇지만 그 공허를 그녀는 조금도 자각하지 못하고 있는 것이다.

　쥐엔성의 쯔쥔에 대한 이 같은 평가에는 자신에 대한 평가도 포함되어 있다. 다르다면 그는 공허를 자각하고 있다는 점이다. 바로 그러한 공허에 대한 자각이 쥐엔성을 당혹스런 국면 속에 빠뜨리고, 그런 당혹스런 국면에 대한 스스로의 선택을 재촉하는데, 그 선택이란 절망에 대한 반항일 뿐이다. '허위'를 선택하든 '진실'을 선택하든 쥐엔성에게 '공허'의 파국은 피할 수 없고, 어떤 선택이든 쥐엔성을 '유죄'의 지경에 빠뜨리게 마련이다. 허위와 기만은 도덕적인 측면에서 볼 때 자신이 믿던 이상 및 애정 대상과 자신을 완전히 갈라놓고, "진실"에 대한 승인은 직접적으로 쯔쥔의 죽음을 초래할 뿐 아니라 도덕적인 차원에서 자신을 무거운 짐에서 도피한 비겁자로 만든다. 이런 의미에서 보자면 쯔쥔의 운명은 비극적이고, 쥐엔성의 처지는 곤혹스럽다. 공허 혹은 절망은 외부의 상황이 아니라 주인공 자신의 것이고, 그의 여하한 선택도 모두 절망적이고 공허하다. 이러한 절망과 공허는 인간의 회피할 수 없는 도덕적 책임감이나 죄의식 속에 들어 있다. "내가 살아 있는 이상 어쨌거나 새로운 생명의 길을 가지 않으면 안 된다. 그 첫걸음을 나는 차라리 회한과 비애의 글로 적는 것이다. 쯔쥔을 위해서, 나를 위해서." 생존의 의지와 속죄에 대한 각성이 쥐엔성을 새로운 생명의 길을 향한 첫걸음을 내딛게 한다. 다께우찌 요시미의 지적대로, "절망은 바로 자기 자신 속에서 희망을 낳는 유일한 길이다. 죽음 속에 생이 있고, 생이란 것도 죽음을 향해 가는 것일 뿐이다."[8] 새로운 노력이 새로운 생명의 길보다 더욱 공허할 것이다. 쯔쥔을 죽음에 이르게 한 "진실"을 더 이상 선택하지는 않는다 하더라도 "망각과 거짓을 나의 길잡이"로 할 수밖에 없다. 쥐엔성은 잃음과 망각으로 인해 과거에 대한 기억을 찾았고, 감정의 실패가 감정 자체를 보존시켰으며, 자기에게 진실됨이 부족하다는 것을 의식하고서야 자신의 진실됨을 획득했다. 이렇게 쥐엔성의 '다시 태어남'은 "앞이 무덤인 줄을 번연히 알면서

---

8) 竹內好, 『魯迅』(중문판), 浙江文藝出版社, 1985, p. 7.

도 기어이 가는" "과객"의 정신이고, 애를 써도 소득은 없지만 그
래도 계속 견지해나가는 시지푸스 같은 인격의 체현이다. 그렇게
보자면 「죽음을 슬퍼함」은 다시 새롭게 태어나려는 쥐엔성의 바
람을 통해 절망에 대한 반항이라는 루쉰 인생 철학에 대한 하나의
부연적 과정을 완성시킨 셈이다.

캐나다의 베리지노아는 「광인 일기」 「쿵이지」 「약(藥)」 「내일
(明日)」 등을 거론하면서 이렇게 지적한 바 있다.

> 네 편 소설 모두 분명한 선을 지니고 있는데 한쪽은 악을 행하는 구
> 세력이고, 다른 쪽은 아직 나오지 않은 신질서의 맹아이다. 양자의 사
> 이에 소설 속의 투쟁이 있고, 새로운 쪽은 늘 실패하게 마련이지만 화
> 자의 목소리는 분명하게 구세력이 악이라는 것을, 적어도 미래에는
> 변화가 있을 것이고, 희망이 존재한다는 것을 말하고 있다.[9]

그러나 이 견해는 루쉰 소설의 일반적 서사 원칙만을 거론한 것
이며, 게다가 단지 초기 몇 편의 소설에만 한정되는 얘기이다. 루
쉰 소설에 "희망이 존재하고 있다"고 단언하는 것은 보다 세밀한
분석을 거치지 않은 것이다. 그러한 희망적 요소는 절망에 대한
입증과 동시에 출현하며, 그 의미는 우선 절망에 대한 반항이다.
그것은 절망—희망의 병존적 심리 구조이고, 절망에 대해 회의
하지만 그렇다고 그것이 희망에 대한 긍정은 아니다. 그러한 '밝
은 색채'를 절망 속의 희망으로 부를 수도 있겠지만 단순하게 임
의적인 한 측면만으로 그것을 파악할 수는 없다. 절망에 대한 부
정과 반항은 가치적 측면과 인간의 자아 선택이라는 의미로 표현
되어 있지만, 이는 객관적으로 존재하는 사실에 대한 부정이 아니

---

9) 『文學硏究參考』, 1986年 3期, p. 27에서 재인용.

다. 루쉰 소설은 그와 반대로 객관적 사실의 배후에서 끊임없이 절망의 존재를 증명하고 있다.

이에 상응하여 여러 소설 속에서 '분명한 선'은 자주 뚜렷하지 않게 변한다. 이 점은 「광인 일기」와 「복을 비는 제사」에서 가장 뚜렷하고, 또한 가장 복잡하게 나타나 있다. 바로 그러한 "분명함"과 "불분명함"으로의 진전 과정 속에서 루쉰의 소설은 지극히 깊은 경지에 도달한다. 물론 루쉰의 소설은 중국 농촌의 광범위한 생활 영역을 망라하고 있고, 제재의 독립성과 화면의 구체성 등으로 인해 『들풀』에서처럼 직접적으로 주관적 심리를 드러내지는 못한다. 때문에 보다 많은 소설 속에서 작가의 인생 철학은, 베리지노아의 지적대로, "복잡하게 착종된 암시 속에 숨겨져 있으며, 이러한 암시는 소설 구조의 조직 원칙을 분명하게 파악할 때만이 이해될 수 있다."[10] 예를 들어 「쿵이지」와 「내일」이 그러하다. 「쿵이지」의 "주된 의미는 가난한 사람에 대한 사회의 냉대를 묘사하는 데 있지만"[11] 일인칭 화자에 의한 스토리 서술은 그 같은 주제의 표현을 복잡하게 만든다. 헉스터의 지적대로, "「쿵이지」에서 가장 중요한 것은 이 화자가 자기도 쿵이지를 괴롭히는 데 가담하고 있다는 것을 의식하지 못한 데 있다." 그러나 성실한 독자라면 소설을 읽은 뒤 자신도 소설을 읽기 전에는 일인칭 화자(꼬마 종업원)와 같은 태도를 지녔다는 것을 떠올리지 않을 수 없고, 그리하여 광인과 유사한 "나도 사람을 먹었었다"는 유죄에 대한 자성을 낳는 것이다. 「쿵이지」에 그러한 자성의 심리 과정과 그로 인한 결과가 나타나 있지는 않지만 일인칭 화자의 교묘한 배치는 독자들로 하여금 '절망에 대한 반항'의 내재적 심리 메커니즘을 갖게 한다. 루쉰이 『외침』 서문과 소설 「내일」에서 산쓰(單四) 아주

---

10) 『國外魯迅硏究論集』, p. 497.
11) 孫伏圓, 「魯迅先生二三事, 「孔乙己」」

머니가 아들을 만나는 꿈을 꾸지 않았다고 쓰지 않은 것과 샤위(夏瑜) 무덤 위의 꽃을 등가의 의미를 지닌 '곡필'로 본 것은, 분명 루쉰이 이런 사실에 산쓰 아주머니의 감각 범위를 넘는 어떤 의미를 부여했다는 것을 의미한다. 산쓰 아주머니가 아들을 잃은 뒤 끊임없이 마음속에 이는 "너무 크고" "너무 공허하고" "너무 적막한" 공허와 「광인 일기」속의 유사한 묘사를 대조해보면 산쓰 아주머니의 감각 속에는 이미 작가 자신의 인생 감각, 즉 심각한 절망과 공허감이 실려 있다는 것을 알 수 있다.

정신을 가다듬고 사방을 둘러본 그녀는 더욱 안절부절못하였다. 방안은 너무 적막하고, 너무 커 보였고, 텅 비어 보였다. 휑하니 넓은 방이 사방에서 그녀를 에워싸고, 휑한 그 무엇이 사방에서 그녀를 압박해 숨도 제대로 쉴 수 없었다. 〔……〕 괴로운 숨소리가 조용하고 적막하고 넓고 휑한 공간을 지나가는 것을 스스로도 분명히 들었다. (「내일」)

방안이 온통 깜깜하다. 들보나 서까래가 머리 위에서 떨기 시작하였다. 덜덜 떨리는가 했더니 갑자기 커져서 내 위로 덮쳐왔다.
정말 무겁다. 움직일 수가 없다. 놈들은 나를 죽이려는 것이다. (「광인일기」)

회관 구석의 버려진 이 골방은 더없이 적막하고 공허하다. 〔……〕 적막과 공허는 예전 그대로일 뿐 쯔쥔은 결코 다시 오지 않는다. (「죽음을 슬퍼함」)

그러나 지금은 왜 이리 적막할까?
희망, 희망, 나는 이 희망이라는 방패로 공허 속의 어두운 밤이 밀어닥치는 것에 항거하려 하였다. 방패의 안쪽도 마찬가지로 공허 속의 어두운 밤일지언정. (「희망」)

산쓰 아주머니의 '내일'에 대한 기대 속에는 '희망'에 대한 루쉰의 체험이 스며 있다. 「내일」의 결말은 산쓰 아주머니의 꿈(희망은 허망하다)을 서술하는 것이 아니라 "그 어두운 밤이 밝은 내일의 태양으로 바뀌려고" "이 정적 속을 내달리고 있는" 것을 쓴 것이고, 이렇게 보자면 의미는 보다 깊어진다. '내일'은 더 이상 바람이 아니라 "달려감"의 결과이다(이는 '걸어감'의 행동, 실천과 유사하다). '현재'의 연장으로서의 '내일'은 희망이라 할 수도 없고, 절망이라 할 수도 없다. 아득한 분위기 속에서 모종의 변화의 가능성을 포함하고 있고, 그 가능성은 "달려감"의 과정 속에 존재한다. 「내일」에 비해 「약」과 「장명등」에서는 암시가 보다 뚜렷하다. 「약」의 결말 부분은 "안드레예프식의 차가운 어둠"과 중국적 비극으로 이루어진 질식할 듯한 절망이 "화환"과 병존하고 있는데, 후자의 함의에 대해서는 독자들의 연상에 따라 다를 수 있겠지만, 그것이 우선 표현하려고 한 것은 차가운 어둠과 절망에 대한 도전적 태도이지 스토리 자체의 연장은 아니다. 「장명등」의 미친 사람은 처음부터 '장명등'을 "꺼버려도 그것들은 그대로 있다"는 것을 알고 있고, 시종 "불을 지를 테야"라고 외치는 것은 일종의 절망적 항전이다. 이 절망은 주인공의 처지의 변화에 따라 갈수록 심화되고, 그 외침은 절망이 더해질수록 비장하고, 완강하고, 용맹스러워진다.

절망에 대한 반항이라는 인생 철학은 개체의 생명에 대한 탐구이자 동시에 보편적으로 존재하는 인생의 상태에 대한 관찰과 사색을 담고 있다. 절망은 개체 차원에서만 그런 것이 아니라 깊은 민족 문화적 내용 역시 담고 있다. 때문에 절망에 대한 반항이라는 인생 철학은 소설 속에서 왕왕 개인의 정신 과정으로 나타나는 것이 아니라 객관 세계에 대한 묘사와 평가 속에서 드러나곤 한다. 그러나 그러한 객관 생활의 배후로부터 우리는 작가가 그 화면 밖에 초탈해 있지 않다는 것을 알 수 있다. 예를 들어 「아Q정전」「풍파(風波)」 등의 소설에서 그들의 주인공은 자각의 능력이 결핍되어 있고, 단지 자신의 본능에 따라 생활한다. 자아도 없고 생명에 대한 감각도 없다. '정신 승리법'은 아Q가 끝내 파멸하는 결말 속에서 아Q를 구해내지 못하고, 그에게 가해진 갖가지 압박에 대해 절망적 항전을 하도록 촉발시키지도 못한다. 그러나 다른 각도에서 보자면 그런 죽음에 직면한 절망적인 민족의 후손에 대한 묘사를 통해 루쉰은 또한 삶에 대한 자신의 느낌, 즉 이러한 절망을 채찍질하고 묘사하는 것이 절망에 대한 반항이 아닐까라는 점을 자신의 독특하고 지극히 복잡한 방식으로 드러내고 있는 것이다.

「아Q정전」은 루쉰식의 세계에 대한 독특한 이해를 표현한 것이고, 중국 민족 정신과 현실의 역사 운명에 대한 해석을, 과장되고 변형되긴 했어도 진실을 잃지 않은 서사 속에서 표현했다. 작고 폐쇄된 웨이쭈앙, 농촌과 시골 등지에서 빈둥거리는 교활하기도 하고 순박하기도 한 농민, 현실 속에서는 첨예하게 대립하고 있지만 기실 동일한 정신 구조를 지닌 일련의 무리들의 계보 등등. 변화를 거부하는 수천 년 동안의 문화 체계와 근대 중국의 격렬한 사회 변동, 그리고 서구 문화와 도시 문명이 민족의 자손들에게 가하는 충격, 이런 것들 속에서 구질서는 동요하고 현대 혁명이 일어난다. 그러나 이 모든 것에는 신과 구가 함께 뒤섞여 있게 마련이고, 장엄한 역사의 변화와 아Q식의 혁명이 결합되어 있는 까닭에 그러한 혁명이란 결국 또 한차례의 절망의 윤회에 불과한 것이 아닐까? 아Q는 거의 그 자신의 생존 본능에 의지해 비자주적으로 역사를 바꾸는 위대한 운동에 가담한다. 그리하여 혁명에는 아Q의 정신적 특징이 물들 수밖에 없다. 역사의 발전과 극도의 혼란이 한데 뒤엉키고, 개체의 혼돈과 사회의 혼돈이 서로 어울리며, 위대한 예언가는 슬프고도 유머스러운 어조로 민족 정신의 비극을 이야기 한다. '나'──서사 속에서 냉정하게 초연해 있는 전지적 시각──는 소설의 서사와 상징, 은유로 이루어진 체계 속의 운명 예언가이자, 선지자이고, 지자(智者)이다. '나'는 아Q, 웨이쭈앙(未莊), 혁명, 그리고 그것들을 통해 비유된 민족 역사의 과거·현재·미래를 꿰뚫고 있다. 그는 묵묵히 관찰하며 모든 것을 다 알고 있으며, 사람들의 내부로 잠입해들어가 황당한 표상 속의 무거운 박동을 감지하고, 아Q와 아Q식 혁명의 필연적인 비극적 종말을 응시한다. '나'는 아Q로 대표되는 동족에게 반성의 계기를 제공하며, 그는 자신의 정신 역량이 서사 대상의 광대한 계통으로부터 초월해 있지만 그렇다고 그것을 구제할 수 없다는 것을 스스로 이미 느끼고 있다. 지자와 의사가 내는 웃음 소리와 초연한 어조 속에는 지극한 사랑과 깊은 비관이 갈수록 짙게 응축된다. 그는 끝내 초연하지 못하고, 독특한 개체로서 그가 창조한 세계에 들어가는 것이다. 아Q의 돌아갈 곳 없는 방황감 속에서, 아Q의 귀숙처를 찾는 노력 속에서, 아Q의 삶의 고뇌 속에서, 죽음에 직면한 아Q의 공포 속에서, 사형을 당하는 아Q의 환각 속에서, 그러한 당황과 불안, 공포를 발견할 수 있다. 절망은 결코 아Q만의 것이 아니라 끝내 그것에 초연할 수 없는 영혼 모두의 것이기도 하다. 이런 의미에서 보자면 아Q들이 생존하는 세계에 대한 무정한 부정은 작가의 정신 속에서 이루어지는 아Q들이 생존하는 세계에 대한 작가의 반항이라고 해도 무방하다.

당연히 루쉰의 모든 소설들이 '절망에 대한 반항'이라는 인생 철학을 담고 있는 것은 아니다. 그러나 작품 형성의 전제를 놓고

172

볼 때, 『외침』『방황』은 분명 루쉰 자신의 절망에 대한 반항의 한 상징이다. 루쉰은 『자선집』 서문에서 스스로의 창작 동기에 대해 이렇게 얘기한 바 있다.

그러나 나는 당시 '문학 혁명'에 그다지 열정을 지니고 있지는 않 았다. 신해 혁명을 보고, 2차 혁명을 보고, 위안스카이의 제제(帝制) 기도와 짱쉰의 복벽을 보고, 이런 것들을 보고 있노라니 회의적으로 되었고, 실망하고 아주 무기력해져 있었다. 〔……〕 그러나 나는 내 자신의 실망에 대해서도 회의가 들기 시작했다. 왜냐하면 내가 본 사 람들이나 사건은 지극히 한정되어 있기 때문이다. 이런 생각이 내게 붓을 들 힘을 주었다.
"절망은 허망하다. 희망이 그러하듯이."
문학 혁명에 대한 직접적인 열정이 아니었다면 무엇 때문에 붓을 들었는가? 그것은 아무래도 열정가들에 대한 공감 때문이었을 것이 다. 생각해보면, 이들 전사들은 지금 적막 속에 있지만 그들의 생각은 훌륭하다. 그래서 나는 몇 마디 외쳐 그들을 도우려 했던 것이다. 처 음에는 그것뿐이었다. 물론 그런 생각 속에는 구사회의 병의 뿌리를 폭로하여 사람들의 주의를 촉구하고, 치료의 방법을 찾아보려는 희망 도 당연히 섞여 있었다.

여기에는 세 가지 함의가 깃들여 있다. 우선 첫째로 루쉰 소설 은 절망에 대한 스스로의 회의에서 기원한다는 점, 즉 역사의 전 개 과정 속에서 개인의 경험의 유한성을 자각하고 그리하여 개인 의 경험 범위 내의 절망이 전체 세계의 절망을 증명할 수 없음을 자각한 것이다. 절망에 대한 반항이 결코 희망에 대한 긍정을 의 미하는 것은 아니다. 이와 반대로 절망은 개인 경험의 범위 내의 일종의 진실한 존재이다. 개인 경험의 유한성이라는 각도에서 절

망을 부정하지만 동시에 희망을 확신할 수도 없다. 이런 의미에서
볼 때, 희망과 절망은 모두 허망하며, 절망에 대한 반항만이 창조
적 의미를 지닌다. "나의 반항은, 암흑을 교란시키는 것에 불과하
다."12) 암흑은 반항의 대상으로서, 객관적 역사 속에 존재할 뿐 아
니라 사람의 내심 속에도 존재한다. "부술 가망이 없는 철의 집"
은 중국 사회의 상징이기도 하지만 동시에 자신의 영혼 속에 존재
하는 것이기도 한다. 때문에 절망에 대한 반항은 객관적으로 존재
하는 사회 생활에 대한 비판이자 작가가 마음속의 절망이라는
'큰 독사'가 휘감고 있는 상태에서 벗어나기 위해 경주하는 노력
이자, 몸부림이기도 하다. 이런 의미에서 볼 때 절망에 대한 반항
은 사회와 자아를 동시에 지향하는 이중적 태도이고, 그것은 무엇
보다 일종의 인생 철학, 즉 개인이 인생을 어떻게 대할 것인가에
대한 고민인 것이다. 다께우치 요시미는 이렇게 말한 바 있다.
"'절망은 허망하다. 희망이 그러하듯이.' 이는 한마디 언어이다.
그러나 루쉰의 문학을 설명하는 차원에서 볼때 이는 상징적 언어
라기보다는 차라리 일종의 태도나 행위라고 해야 할 것이다.
〔……〕 사람들이 희망과 허망에 대해 설명할 수는 있다. 그러나
그것에 대한 자각을 획득한 사람에 대해 설명할 수는 없다. 왜냐
하면 그것은 일종의 태도이기 때문이다. 그러한 태도를 표현한 것
이 「광인 일기」이다."13) 기실 루쉰 소설 전체는 그러한 태도의 객
관화이다. 그것들은 그러한 태도의 표현이자 그러한 태도의 결과
이다. 이런 의미에서 보자면 소설가 루쉰의 형성은 바로 그러한
태도에 의지하고 있다.

둘째, 절망과 절망에 대한 반항이라는 이중의 태도가 중국 근대
정치 혁명의 실패와 연관되어 있는 관계로, 소설에서 중국 근대

---

12) 『魯迅全集』 11권, p. 79.
13) 竹內好, 『魯迅』(중문판), 浙江文藝出版社, 1985, p. 81.

정치 혁명의 실패 원인에 대한 고찰은 작가의 주관적 태도와 유리된 상태에서 이루어진 순수한 개관적 사회 형상의 해부가 결코 아니다. 예컨대 「머리털 이야기(頭髮的故事)」에서 N 선생의 독백은 중국 근대 혁명에 대한 실망과 희망과 이상에 대한 회의——일종의 역사와 현실에서 유래한 비관과 절망——를 드러내고 있다. 그러나 N에 대한 '나'의 냉담한 태도와 비웃음은 그러한 비관과 절망에 대한 부정이다. N이 말하는 역사 현상의 진실에 대한 부정이 아니라 N의 태도에 대한 비판적 태도인 것이다. 그리하여 신해 혁명의 경험에 대한 결산은 '절망'과 '절망에 대한 절망'이 상호 쟁투하는 가운데 전개된다.

한편 루쉰은 자기 창작의 직접적 계기가 문학 혁명의 선구자들에 대한 '공감' 때문이었다고 이야기한 바 있다. 구문화·구도덕·구문학 등의 가치에 대한 부정이 승리에 대한 희망을 뜻하는 것은 아니다. '외침'은 '적막'에 대한 저항이지만 그렇다고 적막의 축출을 의미하는 것은 아니다. 이러한 '적막'과 '적막의 축출'이란 이를 다른 사람에게로 돌려버리는 것이 아니라 자신의 내부에 존재하게 한다. '공감'은 이런 의미에서 보자면 '적막'에 대한 체험을 의미한다. 때문에 루쉰에게 있어 외침은 완전히 내재적 요청인 것이다. 이 점은 『외침』 서문에서 루쉰이 분명히 이야기한 바 있다.

내가 처음으로 무료함을 느끼게 된 것은 그 이후의 일이다. 나는 당초 왜 그런지를 몰랐다. 뒤에 생각해보니 모든 사람의 주장은 찬성을 얻게 되면 전진을 촉진하게 되고, 반대를 받게 되면 분발하게 되는 법이다. 그러나 낯 모르는 사람들 사이에서 자기 혼자 아무리 외쳐도 그들이 찬성도 없고 반성도 없이 아무런 반응도 보여주지 않는다면 그것은 끝없는 황야에 홀로 서 있을 때처럼 어찌해야 할지 알 수 없을 것이다. 이는 얼마나 슬픈 일이겠는가. 그래서 나는 그때 느낀 바를 적막이라 이름하였다.

이러한 적막감은 나날이 자라서 마치 큰 독사처럼 내 영혼을 휘감았다.

[⋯⋯⋯]

나 자신의 적막만은 제거하지 않을 수 없었다. 그것이 내게는 너무 괴로운 일이었기 때문이다. 그래서 나는 여러 가지 방법으로 자신의 영혼을 마취시켜 국민들 속으로 나를 밀어넣기도 했고, 고대로 돌아가게 하기도 했다. 그뒤에도 더 큰 적막, 더 큰 슬픔을 숱하게 몸소 겪기도 하고 보기도 하였지만, 한결같이 추억하고 싶지 않은 일들이다.

[⋯⋯⋯]

생각건대 나 자신은 지금 간절함이 치밀어 저절로 말이 되어 나오는 식의 인간은 아니다. 그러나 지난날의 내 적막의 슬픔을 잊을 수 없는 탓인지 때로는 몇 마디 고함을 질러 적막 속을 달리는 용사들을 조금이라도 위로하여 그들로 하여금 거침없이 내달리게 하도록 위안이라도 줄 수 있었으면 한다. 내 외침의 소리가 씩씩한 것인지, 슬픈 것인지, 밉살스런 것인지, 괴상한 것인지, 그런 것은 돌이켜볼 겨를이 없다. 다만 외침인 이상 주장(主將)의 명령에 따르지 않을 수 없었다. [⋯⋯] 그때의 주장은 소극적인 것을 들고 나오지 않았다. 그리고 나도 내 청춘 시절처럼 한창 달콤한 꿈을 꾸고 있는 청년들에게 내가 괴로워하는 적막감을 전염시키고 싶지 않았다.

'적막'(절망을 포함하여)은 스스로에게 내재된 것이기도 하지만 타인들의 적막에 대한 공감이기도 하다. "국민들 속에 들어가기도 하고" "고대로 돌아가기도 하는 것"은 자기 내부의 적막에 대한 축출이며, '외침'은 적막에 대한 반항을 자신과 사회 생활에 모두 필요한 것으로 여기는 데서 나온 것이다. 시대의 부름, 주장

(主將)의 명령은 이러한 내재적 요구와 결합될 때만이 외침의 동인이 될 수 있다. '외침'이 "지난날의 적막의 비애를 잊을 수 없었"던 데서 기인한 것인 이상 적막과 절망이 바로 '반항'('외침')의 기점이라고 할 수 있을 것이다.

셋째, '적막'은 "내가 괴로워하는 적막감"이고, '절망'은 개인 경험의 범위 내의 그것이다. 개인의 경험이 어차피 유한한 이상 개인의 밖 역시 절망이라고 할 수는 없다. 그리하여 절망에 대한 반항과 적막을 축출하는 과정 속에서 "구사회의 병의 뿌리를 폭로하여 사람들의 주의를 촉구하고, 치료의 방법을 찾아보려는 희망도 당연히 섞여 있었다." '희망'은 여기에서 개인 경험의 밖에 있는 것이고, 그것을 루쉰의 경험 범위 내로 끌어들일 때 '희망'은 절망에 대해 반항하는 태도일 수밖에 없다. 그러나 '적막'과 '절망'에 대한 반항은 개인의 심리적 활동에 국한되는 것이 아니라 시대적·사회적 감수이자 관찰인 까닭에 절망에 대한 반응은 필연적으로 광활한 사회성이 담긴 주제로 나아간다. 농민 문제, 지식인 문제, 정치 혁명과 사상 혁명 문제 등이 그것이다. 이런 의미에서 볼 때 루쉰의 모든 소설은 모두 절망에 대한 반항이라는 인생 철학의 체현이자 그 결과이다. 『외침』『방황』의 존재 자체가 바로 그 정신적 상징이다. 병의 뿌리를 드러내 치료를 가하는 것은 개인이 적막을 몰아내는 과정 속에서 드러난다. 때문에 루쉰 소설에 들어 있는 사회 생활에 대한 묘사 속에는 '몸부림치는' 주체가 늘 들어 있다. 예리하고 깊이 있는 사회 비판과 동시에 일종의 개체의 그러한 몸부림이 소설에 잠복되어 있는 것이다.

다케우찌 요시미는 계몽적인 의의가 풍부한 그의 책 『루쉰』에서, 루쉰 소설 속의 각종 경향들이 적어도 한가지 본질적인 대립을 지니고 있으며, 그것은 질적으로 다른 것들의 혼합이라 할 만하다는 점을 어렴풋하게 느꼈다. "이는 중심이 없다는 의미가 아니라 두 개의 중심을 지니고 있다는 의미이다. 그것은 마치 타원형의 초점 같기도 하고 평행선 같기도 한 것으로 서로 견인하고 서로 반발하는 작용력을 지닌 것이다."14) 다케우찌는 그러한 대립은 언어로 명쾌하게 설명하기 어려운 것이라고 여겼다. "도시와 농촌, 추억과 현실, 이러한 것들은 아마 사소한 표현들일 것이고, 생과 사, 희망과 절망 등이 아마 있을 것이다. 사또오 하루오(佐藤春夫)가 '달빛과 소년'이라는 말로 표현한 적이 있는데, 그러한 대립에 비교적 접근한 것 같다. 어떻든간에 두 가지 것이 기교하게 한데 엉켜 있는 두 개의 중심이 존재한다고 보아야 한다."15) 그렇다면 그러한 중심이란 대체 무엇인가? 이에 대해 다케우찌는 설명을 하지 않았다. 실제로 그는 그 두 개의 중심은 루쉰 소설 속에서는 진정으로 연결되지 못하였고, 그러한 연결은 『들풀』에서 실현되었다고 보았다. 『들풀』은 "여러 경향들을 지니고 있기는 하지만 하나의 전체로서의 『들풀』은 어떤 통일을 향해 운동하고 있다. 소설 속에 표현된 두 개의 중심은 접근될 가능성이 존재하게 된다. 여기서, 우리는 전체로서의 하나의 통일된 구조가 드러나고 있다는 걸 알 수 있다. 다시 말해 여기서의 운동은 모두 중심을 향한 운동이다. 말할 것도 없이 『들풀』 속의 각 글들은 『외침』 『방황』 속의 각 작품들과 서로 대응된다. 〔……〕 그것들 각각이 서로 대응하며, 아울러 그것들 각각을 둘러싼 체계간의 상호 관계도 여기서 드러난다. 요컨대 나는 그것들 각 편들이 극단적인 독립성을 지니고 있고, 그러한 독립성은 비존재적 형식을 통해 하나의 공간의 존재를 암시하고 있다고 본다. 마치 자석에 이끌리듯이 집중적으로 향하는 한 점이 존재하는 것이다."16) 다케우

---

14) 竹內好, 『魯迅』(중문판), 浙江文藝出版社, 1985, p. 91.
15) 앞의 책, p. 92.
16) 앞의 책, p. 102.

찌는 바로 그러한 점이 루쉰에게 있어서 "어떤 근본적인 것"이라고 보았지만, "그것이 무엇인지는 언어로 표현하기 어렵다"면서, "억지로 얘기하자면 '무(無)'라고 할 수밖에 없다"고 말한다.[17]

다케우찌가 언어로 표현할 수 없는 그것을 '무'로 귀결시킨 점은 실망스러운 일이 아닐 수 없다. 그렇지만 그가 루쉰 작품 속에 존재하는 것 같다고 본 대립과 통일은 실제로 존재하고 있다. 『들풀』에는 생과 사, 희망과 절망, 침묵과 발언, 천상(天上)과 심연, 꿈과 현실, 전사와 아무것도 없는 싸움터, 일체와 무소유, 사랑하는 자와 사랑하지 않는 자 등의 본질적 대립들이 가득하다. 그러나 이러한 대립은 하나의 독특한 정신적 논리에 따라 "어떤 통일을 향해 운동"을 하고 있는데, 그것이 바로 "앞이 무덤인 줄을 분명히 알면서도 기어이 가는" '절망에 대한 반항'의 인생 태도인 것이다. 『외침』과 『방황』은 현실 생활의 축도로서, 『들풀』처럼 작가의 주관적 인생 철학을 분명하게 표현하고 있지는 않다. 그렇지만, 소설은 서사 과정을 통해 보다 복잡하고 은밀한 방식으로 『들풀』에 나타나 있는 것과 같은 그러한 대립과 통일을 드러낸다. 고향을 그리워하는 방랑자와 고향에 돌아온 객, 신당(新黨)과 옛 고향, 추억과 공허, 생과 사, 희망과 절망, 식인과 먹힘, 견책과 자책 등 이러한 본질적 대립은 주체의 자각적인 속죄감, 구생활에 대한 가치상의 부정, 개인 경험의 국한성에 대한 확인, 생존에 대한 강한 의지 등으로 인해 마침내 "절망은 허망하다. 희망이 그러하듯이"라는 사유 구조 속에서 '절망에 대한 반항'이라는 내재적 심리 지향으로 전화된다. 만약 다케우찌식으로 가 권 각 작품의 독립성이 "비존재의 형식을 통해 하나의 공간의 존재를 암시하고 있"고, "마치 자석에 이끌리듯이 집중적으로 향하는 한 점이 있

---

17) 앞의 책, p. 102.

다"고 한다면, 그 '한 점'이란 바로 절망에 항전하는 한 고독한
인간의 그림자인 것이며, 깊은 어둠의 밤에 스러지거나 광명에 의
해 침몰당하고 마는, 홀로 자신의 길을 가는 전사이며, 일체의 천
당과 지옥, 황금 세계를 거절한 채 황혼 속에서 옳은 것을 위해
무덤을 향해 걸어가는 '나그네'이며, 사천 년 역사의 무거운 짐을
짊어진 채 속죄감을 지니고서 암흑의 갑문을 떠받치는 역사적 중
간물인 것이다. 절망에 대한 반항을 끊임없이 견지하는 가운데 루
쉰은 자신의 인격을 완성시켰던 것이다. 그런 의미에서 볼 때 그
'한 점'은 작품 안에 있기도 하고, 작품 밖에 있기도 하다.

〔이욱연 옮김〕

180

사상가로서의 루쉰

쳰리췬 · 왕쳰쿤

1

『중국 20세기 사상 문고 · 루쉰편』은 루쉰을 하나의 독립된 사상가로 보고 독특한 사유 방식과 독특한 사상 명제 및 독특한 표현 방식을 갖춘 '루쉰 사상'을 독자들에게 제공하려는 시도이다.

사람들이 루쉰을 사상가 · 문학가, 그리고 혁명가로 일컫는 데에 벌써부터 익숙해져 있는 것 같지만, 대다수의 사람들이 보기에 루쉰은 여전히 하나의 문학가로서 존재하며 그의 문학적 업적은 설사 가장 엄격한 비평 태도를 가진 사람이라 하더라도 부인할 수 없다. 그러나 루쉰의 사상가로서의 지위를 인정하려 들면 느낌이 그다지 상쾌하지 못해진다. 이러한 유예에는 이유가 없지 않다. 예컨대, 루쉰 자신이 일찌감치 인정했듯이 그의 잡문(雜文)은 "해로운 사물에 대해 즉각적으로 반응하고 항쟁"하는 "감응하는 신경"이자 "공수(攻守)의 수족(手足)"이었으며,[1] 그리하여 루쉰의

---

1) 魯迅, 『且介亭雜文』, 서언. 이하 출처를 밝히지 않은 것은 모두 『思想文庫 魯迅卷』에 실린 어록에서 인용하였음.

모든 사상 명제는 현실 대응적 성격을 가지고 사상 문화 투쟁의 구체적 실천 속에서 전개되었다.

　표면적으로 보면, 루쉰은 추상적이고 초월적인 사상과 범주에 대해 흥미가 없었고, 그 자신의 사변 체계를 세우는 데 몰두한 적도 없었다. 루쉰은 자신이 "오직 땅 위를 기어다니는" "물에 젖은 벌"이지 "삼세(三世)를 통찰하고 일체를 관조할 수 있는" 철학·종교 체계의 창시자가 아니라고 말했다. 여기에는 물론 일리가 있다. 그러나 그것은, 루쉰의 사유가 단지 구체적 현실 문제에 집착하면서 그것으로 만족해버렸다고 말하는 것과 결코 같지 않다. 반대로 루쉰은 "인간 세상 전체를 감지함과 동시에 천국의 극락과 지옥의 고뇌의 정신을 깨달은" "위대한 시인"이었고, "물질 생활에 안주하지 않고 스스로 형이상의 요구를 가지며" 인류·인생·인간성의 근본 문제에 대해 관심을 가지고 사고하는 사상가였다. 다시 말해, 루쉰은 현실적 관심과 초현실적인 형이상적 관심을 통일시킨 사상가였고 그로부터 루쉰 특유의 사유와 표현 형식이 생겨났다. 한편으로 그는 "책이나 추측으로부터" 출발하여 앞사람의 실천 경험이나 나의 정관적인 추상적 사변으로부터 관념을 도출해내는 그러한 사상가가 아니라, '사실'과 '내력'을 중시하여 실제 생활 경험으로부터 관념을 제련해냈으며, 그리하여 가장 평범하면서도 가장 생기발랄한, 본래 모습 그대로의 인생 현상이 루쉰 사유의 발전에 대해 극도로 중요한 의미를 가지는바, 루쉰은 사람들이 일상적으로 익숙한 생활 현상과 심리 습관을 선택하여 자기 사상의 '출발점[開發口]'으로 삼는 데 뛰어났다. 다른 한편으로 루쉰은 또한 자각적으로 "깊이 있는 발굴"을 자신의 추구로 삼았고,[2] 항상 사상 탐색의 촉각을 인간성의 가장 깊은 곳으로 향

---

2) 「關于小說題材的通信」, 『二心集』.

하여 구체적 시공을 넘어서는 보편적 인식에 도달하고자 애썼다. 그리하여 그의 모든 사상 명제는 구체성·개별성·특수성과 추상성·개괄성·보편성의 통일, '개(個)'와 '유(類)'의 통일이며, 사회역사학과 인류학 두 층위에서의 이중적 의미를 갖는다. 근거리의 현실 생활 속에서 사람들이 그 표면적인 현실적 의미에 왕왕 주목하거나 그것밖에 이해하지 못한다고 한다면, '시간'에 의해 조성된 역사적 거리는 구체적인 시공 속의 구체적인 인간과 사물(즉 루쉰 글의 현실 대응성)을 사람들의 기억 속에서 점차 모호하게 만드는바, 루쉰 사상 명제의 내재적이고 심층적이며 시공을 초월하는 보편적인 의미는 이때 비로소 진정으로 나타나 사람들에게 인식되게 된다. 바로 이런 의미에서, 오늘의 젊은 독자들이 루쉰 작품의 '시대 배경'을 이해하지 못하겠다고 원망스럽게 말할 때, 우리가 보기에는, 이것이야말로 역사가 제공해준 얻기 힘든 기회인 것이다. 사람들로 하여금 "하나의 전사(戰士) 혹은 하나의 척후(斥候)"로서의 루쉰을 넘어서서 "진정한 사상가"로서의 루쉰을 인식하고 파악할 수 있게 해줄 기회 말이다. 우리가 여기에서 행하는 루쉰 '논어(論語)'의 편찬 작업은 실질적으로 루쉰 사상 명제 속의 보편적 내용과 형식을 구체적인 역사 구속으로부터 '박리(剝離)'해내는 일이다. 예컨대 "두 개의 슬로건"이라는 구체적 논쟁으로부터 "혁명 십장(工頭)" "노예 감독"이라는 '개념'을 '박리'해내고, 류훠쩐(劉和珍)·러우스(柔石) 등 선열에 대한 추억으로부터 '기억'과 '망각,' '정시(正視)'와 '도피'라는 삶의 선택에 있어서의 기본적인 딜레마를 '박리'해내는 등등이 그러하다. 우리는 또한, 이러한 '박리' 작업이 새로운 안목, 새로운 흥미, 새로운 방법으로 루쉰의 저작을 다시 읽고 과거에 우리가 경시했던 루쉰 사상 중의 많은 보편적이고 초월적인 의미를 새롭게 발견하는 데 도움이 되기를 기대한다.

그리고, 사람들은 구체적이고 생동하는 형상적인 현상 형태가 루쉰 사상의 형성에 대해서뿐만 아니라 루쉰 사상의 표현에 있어서도 중요하며 심지어 결정적인 의미를 갖는다는 것을 쉽게 알아볼 수 있을 것이다. 루쉰은 논리의 힘으로 사회 · 역사 · 인류 · 인간성의 현실적 인식을 추론해냈다기보다는, 자신의 심각한 관찰과 체험적인 감오(感悟)로 일체에 도달했다고 할 수 있다. 루쉰은 논리 범주를 가지고 사상을 표현하지 않은 사상가이다. 대부분의 경우, 그의 사상은 개념 체계에 호소하지 않고 비(非)이성적인 문학 기호와 잡문체의 골계와 견책으로 나타났던바, 바로 이 점에서, 문학가 루쉰과 사상가 루쉰은 고도의 통일을 이루었다. 그리하여, 세심한 독자들은 우리가 엮은 '논어'로부터, 루쉰 사상의 기본 단위(원소〔元素〕)를 이루는 것이 추상적인 논리 범주가 아니라 객관 형상과 주관 의식이 통일된, 전형화된 '단위 이미지(意象)'들——예를 들면, "죽은 불" "나그네" "그림자" "무물의 진(無物之陣)" "벽" "밤" "구걸하는 사람" "밀기, 차기, 기기, 부딪치기" "살인 단체" "지옥" "매판" "코미디의 관객" "식인의 잔치" "염색용 항아리(染缸)" 등등——이라는 것, 심지어 루쉰 소설에서의 문학적 형상과 문학적 묘사가 모두 다 어떤 인류 정신 현상의 개괄(암시와 상징)——예를 들면,「광인 일기」의 '나'의 '잡아먹기'와 '잡아먹히기' 사이의 감수와 반성,「아Q정전」에 그려진 '아큐 상(相),'「고독한 사람」의 '상처 입은 이리'의 형상 등등——이기도 하다는 것을 어렵지 않게 알아볼 것이다. 바로 이러한 문학화된 형상, 이미지, 언어 들이 루쉰 철학이 관심을 기울이는 인류의 정신 현상과 심령 세계에 정체성과 모호성, 다의성을 부여해주고, 그럼으로써 그 본래 모습대로의 복잡성과 풍부성을 환원시키며, 그리하여 루쉰이 탐구하려는 정신 자체의 특질과 외재적인 문학 기호 사이에 일종의 조화와 통일이 이루어진다는 것을 사람들은 발견할 것이다. 심지어는, 논리적 추상 개념이, 인류의 정신 및 심령을 묘사하고 서술하는 데에 오히려 무력한지도 모른다는 회의가 들기까지 할 것이다. 그리하여 마침내는, 루쉰의 사상이 그러한 표현 방식을 사용할 수밖에 없었음을 인정하게 될 것이다. 기실, 이러한 문학적 표현 방식에 나타나는 '문학'과 '철학'의 융합 추세는 바로 금세기 인문 철학의 한 커다란 특색인바, 이 방면에서도 루쉰은 그의 사상의 '세계성'과 '세기성'을 나타냈다. 바로 루쉰 사상 및 그 표현 방식의 이러한 특징에 대한 인식으로부터, 루쉰 '논어'를 엮으면서 우리는 루쉰 작품 중의 '단위 이미지'를 특별히 돌출시켰고 루쉰의 산문시 및 소설로부터 대량의 발췌를 했다. 물론 문학 언어의 불확정성이 우리의 편찬 분류에 많은 어려움을 안겨주었으므로 이 공들인 분류가 기껏해야 상대적 의의를 가질 뿐임은 말할 나위도 없다. 우리는 살아 있는 사상의 분할이 침중한 대가를 치른다는 것을 확실히 느꼈고, 그럴수록, '문학'과 '철학' 사이에 넓은 도랑을 설치하고 그 경계를 엄격히 구분하는 정통적 관념에 대해 더욱더 회의를 갖게 되었다. 편찬 과정에서 우리는, 왼손으로는 시문을 쓰면서 오른손으로는 철학을 하는 '통인(通人)'이 중국에 더욱 많아져야 한다고 생각한 게 한두 번이 아니었다. 미래인의 성령(性靈)이 고양되면 아마도 철학관이 철저히 바뀌고 철학은 시화(詩化)된 철학, 음악 철학이 될 것이라고 우리는 예상(기대)한다. 아마도 그때가 되어야만, 사상가이자 문학가인 루쉰의 '의의'가 비로소 사람들에게 진정으로 인식될 것이고, 루쉰을 통감하는 사람들도 많아질 것이다.

2

하나의 독립된 사상가로서 루쉰은 모든 사상가들이 회피할 수 없는 '세계의 본질'이라는 문제에 대해 자신의 독특한 방식으로 자신의 독특한 대답을 마련했다. 본서 제1장에서 밝힌 바와 같이, 그는 "모든 것은 중간물이다"라는 명제를 제출했다. 일반적인 철학가·사상가와는 달리, 세계의 본체에 대한 루쉰의 추구는 인생에 대한 탐색·이해 및 선택과 긴밀히 관련된다. 그에 대해 말하자면, '중간물'은 대전환 시기에 처한 역사적 개체의, '존재'하지만 두 개의 사회 역사 어디에도 "속하지 않는" 지위에 대한 확인이면서, 또한 "세계의 본질"에 대한 체인(體認)이다. 이러한 체인은 참으로 '루쉰식'이다. 그는 한 편지에서, 수다한 철학가·사상가들이 즐기는 "인간의 최후 목적과 가치" "인생, 우주의 최후는 무엇인가" 따위의 문제에 대해 근본적인 의문을 제기했다. 그것은 "지금 아무도 대답할 수 없는 것"이고, 무의미한 것이며, 적어도 내걸기는 하되 고려할 필요는 없는 것이라고 그는 생각했다. 그의 관심은 세계(우주) 만물의 현실적이고 구체적인 존재 방식이었으며, 그리하여 그는 "진화의 사슬에서 모든 것은 중간물이라는 것"을 발견했다. 그는 세계의 본체를 "완전하고 신비스러운" 혼돈으로 이해하거나 "순환하는" 연속으로 이해하지 않고, 무한한 발전의 사슬과 중간 고리의 대립 통일로 간주했다. 세계는 무한히 진화하고 발전하지만 그 무한은 유한한 중간물들로 구성된다는 것이다. 이리하여 그는 중간물과 유한이 만물의 존재 방식임을 근본적으로 확인한다. 이 존재 명제의 반명제를, 그는, "보편·영원·완전이라는 세 가지 보물은 물론 훌륭한 것"이지만 인간을 "못박아 죽"일 "관에 박는 못"이다, 라고 명확하게 제출했다. 이 결론(명제)은 루쉰의 사유에 대해 근본적인 것으로서, 그의 독특한 사유 방식과 사유 핵심 혹은 중추를 구성했고 이로부터 지극히 중요한 일련의 기본 관념들이 파생되었다. 루쉰은 우선 '완미(선[善])'와 '원만(圓滿)'을 거절하고, 역사 발전과 사회 형태, 인생(예술)의 길의 '극경(極境),' 즉 "지선지미(至善至美)' 성(性)을 인정하지 않으며, 나아가서 불원만(不圓滿)과 결함이 역사와 사회, 인생, 인간성, 예술의 정상적 존재 형태이고 객관적 발전 법칙임을 확인했다. 루쉰은 동시에 '전면(全面)'을 거절하고, "폐단 없는 개혁," 편파적이지 않은 선택을 단호히 부정했으며, 나아가서 "모든 것은 다 폐단이 있고" 편파 속에서 발전하는 것이며 "그것이 자(子)와 벽(璧)의 덕(德)을 잃으면 남는 것은 무"임을 확인했다. 루쉰은 또 '영원(항[恒])'을 거절하고 역사(사회)적 생명의 '응고'와 '불후'를 부정했으며, 만물의 '과도성,' 즉 일체가 다 고리 · 중개로서 구체적 시공간 속에 존재하며 다른 시공간에서는 그 존재의 이유와 가치를 상실한다는 것을 확인했다. 이리하여, 루쉰은 절대에 관한, 지선지미에 관한, 전면과 폐단 없음에 관한, 영원한 유토피아에 관한 신화와 환각의 세계——그것은 흔히 현실의 고난에 처한 사람들의 정신적 도피처이다——를 철저히 포기(거절)했고, 일체의 정신적 도피처(퇴로)를 두절(차단)시키고 사람들(그리고 자기 자신)에게 현실, 인생의 불완미, 불원만, 결함, 편파, 폐단과 일시성, 속후성(速朽性)을 정시(직면)하고 이러한 정시(직면)로부터 한 가닥 생로를 열어가는 것만을 유일한 선택으로 남겨주려 했다. 우리가 루쉰을 리얼리스트라고 하는 가장 근본적인 함의는 마땅히 여기에 있다.

상술한 사상적 기본점으로부터 출발하여, 루쉰은 수다한 사상가들이 즐기는 '과거 · 현실 · 미래'의 역사 발전의 종적 관계에 대해서도 자신의 독특한 대답을 마련했다. 어떤 사람들은 역사의 추억으로부터 '과거'를 정화하고 이상화하며, 또 어떤 사람들은 상상 속에서 '미래'를 일체의 모순과 고통이 소멸된 '황금 세계'의 유토피아로 묘사하지만, 루쉰은 그 모든 것이 전부 허망하다고 냉엄하게 선포했다. 그는 "천상에서 심연까지를 보고" "과거에" "구축과 속박이 없었던 적이 없으며 〔……〕 눈에 맺힌 눈물이 없었던 적이 없고" "미래의 황금 세계에서도 반역자를 사형에 처할 것"임을 무정하게 폭로했다. "옛날을 앙모하는 자는 고대로 돌아가라!" "승천을 원하는 자는 빨리 승천하라!"고 그는 첨예하게 지적했다. 그가 보기에 그것들은 모두 "현재의 도살자"이고, "현재의 지상은 현재에 집착하고 지상에 집착하는 사람들이 사는 곳이어야 한다." 쉬꽝핑에게 쓴 편지에서 그는, "그대의 반항은 광명의 도래를 희망하기 위한 것이겠지? 분명히 그러리라고 생각돼. 하지만 나의 반항은 암흑을 교란하기 위한 것일 뿐이야"라고 더욱 명백히 밝혔다. 이는 루쉰 사상의 특색을 충분히 드러내준다. 그는 피안의 결과나 최후의 목적에 대해서는 무관심했고, 과정을 한층 중시하고 역사 발전의 중개와 고리, '차안'으로부터 '피안'으로의 현실적 길을 중시했으며, 그 과정에 필연적인 모순과 고통에 대해 고도로 예민한 감수와 충분한 자각을 가지고 있었다. 목적을 넘어서서 과정을 중시하고 현재에 집착하는 이러한 삶의 태도(그리고 선택)야말로 루쉰 리얼리즘 정신의 또 하나의 중요한 측면을 이루었다.

완선(완미)은 불완선(불완미) · 불원만 속에 존재하고 전면은 편면 · 폐단 속에 존재하며 영원(불후)은 일시(속후〔速朽〕) 속에 존재한다는 것을 확인할 때 루쉰이 실제로 제공하는 것은, 사물의 정과 반, 겉와 속 등 다양한 관계로부터 사물을 파악하는 일종의 사유 방법이다. "사물을 자세히 살피는바, 자세해지면 의심이 많아진다"라는 루쉰의 말에는 두 가지 방면의 의미가 포함되어 있다. 하나는, '자세'이니, 즉 대상과 그 모순의 각 측면에 대한 관찰의 종합을 힘껏 추구하는 가운데 대상에 대한 전면적 인식을 획득하고 사물의 풍부성과 구체성을 파악하는 것이다. 다른 하나는 "언제나 표면적인 것을 믿지 않"고, 사람들의 표면적인 행위와 언사 배후의 은밀한 심리를 탐색하고 통찰하며 표면적이고 외재적인 원만 속에서 내재적인 불원만을 드러내는 것이다. 배면과 심층에 감추어진 불완미와 불원만의 진상·실정——사람들이 보지 않거나 보아도 말하지 않고 말하지 않으려 하며 감히 말하지 못하는——을 루쉰은 직설적으로 갈파한바, 이를 두고 사람들은 '심각하다'고 칭찬하기도 하고 '혹독하다'고 공격하기도 하는데, 루쉰 자신은 "깊은 곳의 물고기가 보이는 것은 상서롭지 못하다"라는 옛말을 기억해내고 이로부터 자신의 '역사적 역할'을 찾았다. 보편적으로 "까치를 환영하고 올빼미를 혐오하는" 시대에 한사코 올빼미가 됨으로써, 혹은 "하늘의 둥근 달을 찌르는" 대추나무처럼, "오로지 편안한 세계만을 원하는 사람들"에게 약간의 불편함을 가져다주는 데 전력함으로써, "원래 자신의 세계도 충분히 완미하고 원만하기가 어렵다는 것을 깨닫게 해주고," 동시에 자기 자신도 "좋은 결과를 낳는 적이라고는 없는" "상서롭지 못한" 운명을 접수할 준비를 하고 있었던 것이다.

　루쉰이 불원만과 결함, 폐단이 만물의 항상적 존재 형태임을 확인할 때 그것이 결코 그러한 '항상적 형태'에 대한 수락이 아니며, 그 반대로 루쉰의 '확인'은 '불만'을 전제로 한 것임을 강조해야 한다. 루쉰의 관념 속에서 "불만은 향상의 수레바퀴"인바, "세계의 개혁자의 동기는 대체로 시대 환경에 대한 불만이기 때문"이다. 즉, "현재에 안주하지 않고 현상에 만족하지 않는 것"이 루쉰의 진정한 특색이다. 그의 "현재에의 집착"은 현상을 개변하고 현상의 결함과 불원만을 폭로하기 위한 것이며 현실 변혁의 첫걸음(전제)이다. 이는 한편으로 루쉰 사상의 '부정성'이라는 특색을 드러내주며, 다른 한편으로 루쉰의 '부정'을 설명해준다──루쉰은 현대의 "혁신적 파괴자"와 중국 역사상의 "구도(寇盜)식 파괴 및 노예식 파괴"의 경계를 뚜렷이 구분하면서 전자의 "내심에는 이상의 빛이 있다"는 것을 특별히 강조했다. 이 역시 우리가 루쉰 사상을 고찰할 때 반드시 주의해야 할 점이다. 그는 차안 세계의 불원만성을 확인하고 현재(차안)에 집착함과 동시에 피안 세계에 대한 궁극적 관심을 결코 포기하지 않았다. 그러므로 그의 글은 역사감으로 충만한 데다가 인정미를 결핍하지 않고 있는바, 그는 이 두 가지 사이에서 필요한 장력을 장악했다.

사실상, 만물의 불원만과 불완미, 결함, 폐해 및 일시성을 인정하고 '과거'와 '미래'에 대한 이상화를 거절할 때에, 루쉰의 감정 세계에는 모순과 고통이 결코 없지 않았다. 루쉰은 "회고[懷舊]의 유혹을 벗어나기 어렵다"고 여러 차례 표출하였다. 그가 "인간성의 완전함을 이루는" 유토피아를 동경하지는 않았다 하더라도, 그의 마음 한구석에 평화와 정목(靜穆), 관용, 자비의 가치 세계가 어찌 없었겠는가. 루쉰은 역사와 가치, 이성과 감성의 심리적 갈등과 고뇌 속에서 끝내 유토피아의 신화와 환상으로 추락하지 않고, 결국 이를 악물고서 역사를 선택한 것인데, 그러나 그는 자기 사상의 모순과 파열을 부인하거나 은폐하지 않았으며 더욱이 자신의 선택을 이상화하거나 신성화, 영원화하지 않았다.

이것이 바로 루쉰 사상의 진정으로 철저한 대목이다. 그는 "보편적이고 영원하며 완전한" 유토피아를 분쇄하면서 '자아'의 '완미'와 '불후'에 관한 일체의 신화도 분쇄했으니, 그의 회의는 무엇보다도 먼저 자기 자신을 향했다고 해야겠다. 루쉰은 그 자신의 말대로 "자신에게도 정신적 혹형을 가하는" "인간 영혼의 위대한 심문자"였다. 그는 그의 선조들과는 다른, 사유와 인격의 혁명을

190

완성하고 미래 지향의 신문화 모델에 공헌함과 동시에, 더욱 공개적으로 자기 자신을 부정했다. 그는 새로운 유한(有限)과 새로운 모델을 위해 무한히 자기 자신을 개방했고, 그의 후배들의 자유로운 창조와 부정 속에 자신의 생명을 연장시켰다. 그런 의미에서, '중간물'의 운명은 자아의 가치에 대한 루쉰의 역사적 확인이라고 할 수 있다. 이러한 인식을 토대로, 본서는 편파와 결함이 전무한 루쉰 사상 체계를 구성하고자 하지 않으며, 루쉰 사상을 헛되이 정합화하려 하지도 않는다. 우리가 독자들에게 제공하려고 애쓰는 것은, 모순과 갈등으로 충만한, 새로운 모델의 기점이자 도전 대상이 되기에 충분한 '루쉰 사상'인 것이다.

3

'인간'에 대한 관심은 루쉰 사상의 핵심이다. 루쉰 사상은 일종의 '인간학〔人學〕'인바, 이 점에서 사상가 루쉰과 문학가 루쉰의 내재적 통일이 이루어진다고 우리는 말할 수 있다. 더욱 구체적으로 말하면, 루쉰의 관심은 인간의 정신 현상이다. 루쉰은 "정신 현상은 실로 인류 생활의 극점이다"라고 말한 적이 있는바, 근래의 한 학자는 이에 근거하여 루쉰은 "인류의 정신 현상을 깊이 탐색한 위대한 사상가"이며, 루쉰 사상은 "인간 정신의 개변을 종지로 하는 정신 철학"이라고 보았는데, 여기에는 상당히 일리가 있다.[3]

그러나 루쉰이 더욱 관심을 기울인 것은 인간의 생명 존재이다. "현재에 집착"하며 극히 강한 현실감과 실천성을 지닌 사상가로

---

3) 張夢陽, 「魯迅硏究的深層視覺: 精神現象學——'阿Q新論'序論」, 『魯迅硏究月刊』 1992年 第1期 참조.

서 루쉰이 자연 우선적으로 관심을 기울인 것은 '중국인'의 현실 생존 상황과 그 출로였지만, 동시에 그는 인류와 개체의 생명 존재, 생존의 곤경, 그리고 여기에서 산생되는 여러 가지 복잡한 정신 현상에 대해서도 관심을 기울이고 체험하고 사고했다. '생명 철학'이야말로 루쉰을 동시대의 다른 중국 현대 사상가들과 구별 지어주는 독특한 점의 한 중요 측면이다. 루쉰의 금세기의 사상적 선도성은 여기에 있고, 20세기의 세계 사상가들과의 부합과 독창성도 여기에 있다.

인간의 생명 존재에 대한 루쉰의 관찰과 탐색은 두 층위에서 전개되었다. 하나는 '이곳'(삶)으로부터 '저곳'(죽음)로 가는 "생명의 길"에 대한 체험과 이해인바, 여기에서 전개되는 것은 '삶'과 '죽음'이라는 중심 명제이다. '죽음'에 대해, 루쉰은 한편으로 '인간'의 집단 체험으로부터 출발하여 "인류는 적막하지 않다, 생명은 진보하는 것이고 낙천적인 것이기 때문이다" "생명은 죽음을 두려워하지 않는다, 죽음 앞에서 웃고 뛰면서 멸망을 넘어 사람들은 전진한다"라는 생명 진화의 낙관주의를 감수하면서, 다른 한편으로 '인간'의 개체 체험으로부터 출발하여 생명의 불가피한 소멸의 비극성, 인간이 아무리 몸부림쳐도 소멸을 피할 수 없는 심각한 절망을 감수한다. 루쉰의 '죽음' 체험 속에는 이처럼 희망과 절망, 이성과 비이성의 두 갈래 격류가 동시에 모여 있다. 그리고 더더욱 루쉰 체험의 독특성을 구성하는 것은, 그가 "'죽음'의 엄습을 목도했지만 동시에 '삶'의 존재를 심각하게 느끼면서" '죽음'을 '삶'에 대한 사고로 전화시켰다는 데 있는바, 그리하여 그는, 생명의 '죽음'이 생명이 "일찍이 존재했었음"과 "아직 공허하지 않음"을 증명해주기 때문에 자신은 "그 죽음에 대해 크게 기뻐한다"고 선언했다. 그러나 루쉰이 진정으로 생명의 존재와 그 의미에 대한 추궁으로 전향했을 때 그가 발견하는 것은 '나

192

그네' '그림자' '죽은 불,' 그리고 '상처 입은 이리' 등인데, 이
'이미지' 들은 모두 인간의 생존의 곤경을 상징하고 암시한다. 그
것은 "얼어붙어 없어지기(凍滅)"와 "다 타버리기(燒完)" 사이에
서 선택해야만 하는, 어쩔 수 없는 존재('죽은 불')이고, "암흑은
나를 삼키지만 광명은 또 나를 소멸시키는" "방황할 곳조차 없
는," 의탁할 곳 없이 절대적으로 고독한 존재('그림자')이다. 그
것은 "이름이 무언지, 어디에서 왔는지, 어디로 가는지"를 모르
는, 돌아가 묵을 곳 없는 부조리한 존재('나그네')이고, 오직 '황
야'에서 '몸부림' 치며 참담하게 부르짖는 절망적 존재('상처 입
은 이리')이다. 루쉰은 그가 일찍이 동경했던 '전사(戰士)'의 생
명 속에서도 "무물의 진"을 만나기 때문에 마침내는 "전사가 아
니게" 되는 무의미한 부조리와 무료와 비애를 발견한다. 나아가
서 루쉰은 '삶'의 절망과 부조리로부터 '죽음'의 절망과 부조리
를 발견한다. 인간은 자신이 "어떻게 죽는지"에 대해서도 "어떻
게 이곳으로 왔는지"와 마찬가지로 전혀 알지 못한다. 인간은 "제
마음대로 생존할 권리가 없"을 뿐만 아니라 마찬가지로 "제 마음
대로 죽을 권리"도 없고, 죽은 뒤에도 박해받고 이용당하는 운명
을 여전히 벗어나지 못한다. 이리하여 루쉰은 사람들이 "불완미
한 인생의 고통으로부터 도피"할 마지막 '퇴로'를 두절시키고,
인간 생존의 절망적 상태를 정시하라는 그의 명제를 극치로 발휘
했다.
  루쉰이 한걸음 더 나아가 "남과 나, 자아와 타자(人我自他),"
즉 인간과 외계의 관계로부터 인간의 존재를 체험하고 탐색할 때,
그의 내면은 여전히 생명의 두 갈래 흐름을 교직하고 있었다. 인
간의 집단 체험으로부터 출발하여 그는 "무한히 먼 곳, 무수한 사
람들은 모두 나와 관계가 있다"고 느꼈고, 바로 집단적 존재의 혈
육적 연계로부터 개체 생명의 존재를 발견하고 긍정했으며, 또한

타인(집단)에 대한 친밀감과 관심, 사랑 및 교류와 소통의 욕구를 낳았다. 하지만, 루쉰이 개체 생명의 체험에 열중할 때, 그는 극도의 고독을 느꼈고, 높은 벽이 자아와 외계·타인을 각개 분리하고 있으며 자아와 타인의 관계는 이미 구걸과 자선으로 단순화되어 있음을 발견했다. 이 두 측면은 똑같이 사람들에게 "번민과 의심과 증오"를 불러일으킨다. 나아가서 그는 "남과 나, 자아와 타자"의 관계 속에서 '잡아먹기(吃人)'와 '잡아먹히기(被吃)'의 이중적 잔혹을 발견하고, 밀기·차기·기기·부딪치기의 상호 가해를 발견하며, 최종적으로는 타인 속에서 "이름도 없고 의식도 없는 살인 단체"를 발견하는바, 그는 "보이지 않는 지옥" 속에 몸을 두고 있는 것만 같다. 이러한 고독과 공포감은 루쉰의 생명 체험을 절망과 허무의 극치로 나아가게 했다.

그러나 루쉰의 사상은 참으로 철저해서, 그는 그 절망과 허무의 생명 체험 자체에 대해서도 회의의 시선을 던졌다. 그리하여 그는 "절망이 허망한 것은 희망과 똑같다"는 명제를 제출하고, 한편으로 자신이 "항상 '암흑과 허무'만이 '실재(實有)'인 것으로 느낀다"고 선언함과 동시에 "나는 암흑과 허무만이 실재라는 것을 끝내 증명할 수가 없다"고 인정하기도 한다. 그는 "절망과 희망"(그리고 그에 상응하여 충실과 공허, 기억과 망각, 정시와 도피, 진실과 허위)의 모순과 몸부림 속에서 자신의 생존 태도와 삶의 길을 선택하고 조정한다. 자아의 유한(有限)과 타인의 의혹 및 두려움, 그리고 세계의 잔혹·부조리를 인정한다는 전제하에, 종점이 '무덤'이라는 것을 분명히 알게 된 이후로, 그는 "할 수 없음을 알면서도 하는" 생존 태도로써 "절망에 대한 반항"을 선택하여 "이곳(삶)으로부터 저곳(죽음)으로 가는" 현실의 길로 삼았다. '절망'에 이르른 인간의 생존 곤경과 운명에 대해 정시하면서 도전한다는 두 측면은 루쉰을 루쉰이게끔 해주는 '특색'을 구성하며, 그를 동시대의 중국 및 세계의 사상가들과 연계시키면서도 구별지어준다.

루쉰의 사상이 일종의 '인간학'이라고 우리는 이미 말했거니와, 루쉰의 상술한 생명 체험의 두 측면——집단적 체험과 개체적 체험——은 실제로 인간의 본질에 대한 그의 두 가지 파악 방식(그리고 사유 방향)에서 비롯된다(혹은 그것들을 드러낸다). 한편으로는, '유(類)'적 방면으로부터 인간을 파악하고 인간의 사회성, 민족(국가)성, 계급성 및 최고 층위의 인류성을 강조하며 인간의 발전과 진화론을 연계시키고 인류 공동의 이상, 가치, 이익, 요구, 그리고 호애(互愛)를 추구하며 그로부터 '휴머니즘' 사상을 형성했고, 다른 한편으로는, '개체'적 방면으로부터 인간을 파악하고, 즉 인간을 개별적인 개체적 인간이지 집단(가정, 사회, 계급, 민족, 국가 및 인류)적 인간이 아니며, 구체적으로 살아 있는 인간이지 보편적이고 관념적인 인간이 아닌 것으로 보고, 그리하여 "인격은 자아를 갖는다"는 것, "자아로 귀결된다"는 것, 개체적 자아의 독립은 다른 가치와 의의에 의존하지 않는다는 것, "중국은 아직껏 '인간'의 자격을 쟁취하지 못했"는데 그 중 중요한 한 측면은 인간의 개성에 대한 경시, 이른바 "인간의 자아를 멸하고 뒤섞인 채 스스로 달라지지 못하게 하며 무리 속에 섞이게 하는 것"임을 강조했다. 한 사상가로서, 전인들과 비교하여 가장 눈에 띄는 루쉰의 특징은 그의 강렬하고 자각적인 개성 주체 의식에 있다. 그는, "자기를 주인으로 삼고," 스스로 독립적 선택을 하고, 또한 "스스로 재판하고 스스로 집행"하며 "스스로 책임을 지"고, "하느님의 주지"에 맡겨서는 안 되고, 개인의 '독립'적인 사상(정신)의 자유와 행동의 자유를 전력으로 옹호하여야 한다고 큰 소리로 질타했다. 그는, "지금 소아(小我)를 희생하지 말"고 개인의 물질적 이익과 개인의 욕망의 만족 및 개인의 존엄을 자각적으로,

당당하게 쟁취하고 옹호하라고 태연히 선언했다. 이러한 예는 그 밖에도 많다. 이 모든 것은 루쉰이 갖가지 혈연, 종법(宗法), 집단주의적 혁명에 대하여 "인간의 관계를 인간에게 돌려주려는" 노력이라 할 수 있다. 물론 루쉰은 '개인'의 독립과 자유, 권리, 존엄을 열정적으로 변호하면서도 집단에 대한 개체적 인간의 의무와 책임을 망각하지 않았다. 국가와 민족, 인류의 운명에 관심을 갖는 피압박 민족의 지식인으로서 루쉰은 더더욱 그 점을 잊을 수 없었다. 그리하여, 루쉰은 개인의 이익을 무조건적으로 포기하라고 고취하는 '희생주의'에 대해 거의 본능적인 반감을 가졌지만, '희생'을 부인한 것은 결코 아니고, 오히려 선각자는 "암흑의 갑문을 짊어지고"서 뒤에 오는 사람들을 위해 '희생'할 것을 주장했다. 그러나 그것은 여전히, "이용당하는 것은 괜찮지만, 점유는 안 되"고, '희생'이 인간의 독립적 인격과 독립적 의지의 소멸을 대가로 삼아서는 안 된다는 한도 안에서의 일이다. 루쉰에게 전사(진정한 인간)와 노예(노비)의 구분은 십분 명확했다. 또한 인간의 '집단성'과 '인류성'에 대한 자각적 체인으로부터 루쉰은 "인간은 모두 인류"라는 존중과 사랑의 휴머니즘적 이상에 대해서도 관심을 기울였다. 루쉰은 휴머니즘에 대한 자신의 이해와 공감을 부인한 적이 없었다. 그가 보기에, 인간의 생명을 완전히 경시하여 "사람 죽이기를 초개같이 하여도 아무 소리가 없는" 중국에서는 휴머니즘식의 항쟁도 몹시 어렵다. 그리하여 그는 여러 차례 휴머니즘을 변호하고, 외관상으로만 '혁명'적인 비판자들의 "조소가 반드시 옳은 것은 아님"을 지적하였다. 하지만 리얼리스트로서 루쉰은 휴머니스트의 이상의 허망함을, 즉 이른바 "이상은 정말 좋지만 사실에 비추어보면 처음 뜻과의 괴리가 큼"을 분명하게 인식하였다. 그는, '인도(人道)'는 대상을 보아야 하며, 상대가 '페어'하지 않고 인도적이지 않고 관용적이지 않으면 '페어

플레이'는 '보류' 해야만 한다고 거듭 강조했다. 그리하여 루쉰은 "남에게 해를 끼치면서도 복수에 반대하고 관용을 주장하는 사람은 절대로 가까이하지 말라"는 유언을 남겼다. 사람들은 흔히 루쉰의 '복수' 정신을 단순화하고, 루쉰 내면 세계의 파란을 정시하고자 하지 않는다. 사실상, 루쉰은 진작부터 "휴머니즘과 개인주의"의 "상호 소장(消長)," '사랑'과 '미움'의 '갈등'을 말했고 "적막을 좋아하면서 동시에 적막을 증오"하는 모순을 말했던바, 그 모든 것은 "인간성의 모순"에서 비롯되는 것이다. 그러한 내면적 모순과 갈등이 있기 때문에 비로소 "진실한 인간"인 루쉰이 있게 된다.

루쉰이 진실하고 살아 있는 인간적 존재인 바로 그 때문에, 한편으로 그의 내면은 "인간성의 모순"을 보존하였고 동시에 다른 한편으로 그의 인간성의 선택은 '편향(偏至)'적인 것이 되었다. 즉, '이 면'이면서 동시에 '저 면'이기도 한 절충주의적인 '인성지전(人性之全)'은 루쉰에게 어울리지 않는다. 루쉰은 다시 한번 그의 사상의 철저성을 나타냈다. 그는 객관 세계의 만물의 불완미하고 편파적이며 폐단 있는 특성을 드러내었을 뿐만 아니라 자신의 주체 정신 속의 '인성지편(人性之偏)'을 조금도 은폐하지 않았다. "내가 획득한 것은 나 자신의 영혼의 황량함과 거칢이다. 그러나 나는 그것들을 꺼리지 않는다. 그것들을 숨기려 하지도 않는다"라고 그는 공개적으로 선언했다. 그리하여 그는 또 '정목(靜穆)'과의 무관함과, 표묘(漂渺)하고 유원(幽遠)한 미(美)에 대한 기절을 선언했다. 말하자면, 루쉰이 사랑과 평화, 관용이라는 인도주의적 이상과 그에 상응하는 정목함과 유원함의 미의 가치를 몰랐던 것은 아니지만, 그는 현실의 추악과 암흑을 더욱 정시하고자 했던 것이다. "모래 바람이 얼굴을 때리고 이리와 호랑이가 무리를 짓는" 시대에 "설사 아름다움을 원한다 하더라도, 필요한 것

은 모래 바람 속에 우뚝 솟은, 긴요하고 위대한 대건축"이라는 것
을 그는 알았다. 그리하여 그는 자각적으로 "참된 악성(惡聲)"을
부르짖었고, "힘의 미"를 제창했으며, "호방하고 표일한 대예술"
의 세계를 추구했다.──이 모든 것들이 '완미'에 대한 파괴를 이
루었고, 그리하여 루쉰은 불완미와 불만, 그리고 악, 편파, 조포,
힘 등 인간의 생명 의지에 일종의 심미적 의미를 부여했으며, 그
리하여 우리는 루쉰의 미학이 미학적 기호를 빌려 표현된 생명철
학이라고 말할 수 있는 것이다.

4

　우리가 여기서 루쉰의 생명철학에 대해 논하고 있지만, 실제로
루쉰으로 말하자면 그는 인간의 생존 체험에 대해 추상적인 철학
적 토론을 아주 조금밖에는 행하지 않았다. 그가 더욱 관심을 쏟
은 것은 차라리 중국인의 현실적 생존의 상태와 처지, 곤혹이었
다. 그리고 심후한 역사감을 지닌 사상가로서 그의, 중국인의 현
실 생존에 대한 관찰과 사고, 왕왕 역사 문화의 근원으로 깊이 들
어가는 탐색, 즉 루쉰의 생명철학적 사고는 필연적으로 역사철학,
문화철학의 영역으로까지 확장되었는데, 어쩌면 그것들 사이에
내재적 부합이 존재하고 있었는지도 모른다. 역사·문화 철학이
'루쉰 사상'의 다른 한 중요한 측면과 특색을 구성하게 된 까닭
은, 역사(문화)적 전환기에 처한 20세기의 중국에서 중국인(중국
지식인)의 영혼을 얽어맨 것이 언제나 문화 가치의 파괴와 재건의
문제였다는 데 있다. 진정한 사상은 자신의 시대가 제출하는 중심
문제에 대해 외면하는 태도를 취할 수 없는바, 루쉰은 그 시대적
과제에 대해 독특한 응답을 했고 그리하여 20세기 중국(그리고 세

계) 문화의 거인이 되었던 것이다.

서양 문화의 강대한 도전에 직면하여 루쉰이 나타낸 태도는 극히 '관용'적인 것이었다.──근본적으로 말하면, 모든 사상이 유한하다는 것을 인정하고 따라서 중국 전통 사상의 '전지전능'성을 부인할 때 이질적인 서양 문화에 대해 관용적 태도를 취하는 것은 필연적인 일인바, 이는 동시에, 루쉰이 보기에 서양 문화 역시 한계가 있는 사상 문화라는 것을 의미하는 것이기도 하다. 우리는 이 두 가지 측면으로부터 루쉰의 '가져오기주의(拿來主義)'를 이해하여야 한다. 루쉰은 "눈을 빛내며 스스로 가져올 것", "흉금을 열고, 대담하게, 두려움 없이, 신문화를 양껏 흡수할 것"을 주장한바, 그의 입각점은 "두루 비교하면 자각이 생겨나는 법"이니 이질 문화를 끌어들여 새로운 참조 체계로 삼음으로써 전통 문화의 신화를 타파하고 나아가 변혁의 요구를 일으킨다는 데 있었다. 다른 한편으로 루쉰은 '가져온' 서양 문화 역시 '완전'할 수는 없고 마찬가지로 결함이 있고 '편향'이 있다는 것, 혹은 편파와 폐단이 여전히 서양 문화의 존재 형태라는 것을 분명히 의식했다. 루쉰에게는 어떠한 '문화의 신화'도 존재하지 않는다. 루쉰은 바로 이러한 문화관을 가지고 19세기 공업 문명에 대해 나름대로 응답했다. 중국이 강제로 문호를 개방당하고 서양 문화에 광범위하게 접촉하기 시작했을 때, 서양의 19세기 공업 문명은 이미 여러 가지 폐단을 날로 더 드러내고 있었으며 현대 신사조(루쉰은 '신신학〔新神學〕'이라 불렀다)의 비판 대상이 되었다. 이러한 상황은 "19세기 공업 문명에 어떻게 응답할 것인가"를 금세기 중국 사상가가 반드시 답해야 할 문제로 만들었다. 루쉰의 응답은 그의 독특성을 다시 한번 드러내었고, 그리하여 중국 현대 사상사에서 나름의 독립적 가치를 획득하였다. 사상의 '완전성'을 추구한 적이 없는 루쉰에 대해 말하자면, 19세기 공업 문명에 편파와 폐단이 존재한다는 것은 "당연한 일"이고, 그러므로, 그에게 어떠한 실망이나 비관적 반응도 불러일으키지 않았다. 그는 오직 서방의 '신신학(新神學)'의, 공업 문명에 대한 비판의 성과를 차감하여 서양 공업 문명의 몇 가지 기본 명제——사회 평등, 민주, 물질 문명과 과학적 이성에 대해 냉정한 고찰과 추궁을 진행했다. 루쉰의 이러한 고찰과 추궁은 극히 필요한 것이다. 왜냐하면 당시(20세기 초) 및 그뒤의 오랜 시간 동안, 그리고 오늘(20세기말)에 이르러서도 낙관주의적이고 이상주의적인 중국의 수많은 지식인들이 모두 '사회 평등' '물질' '과학적 이성'을, '기사회생'의 신화를 창조하고 기적적으로 중국을 구원할 수 있는 '만병통치'의 '영단묘약'으로 보았기 때문이다. 루쉰은 진정한 사상가의 과학적 태도로써, 이 19세기 공업 문명의 기본 명제들을 '과학사'와 '인간의 역사' 속에 넣고 역사적 고찰을 진행했으며, 그리하여 프랑스 대혁명에서 시작된 사회 평등, 민주의 경향이나 서양 19세기 물질 문명이 극도로 역사의 전진을 추동했고 사회의 발전과 민족의 진흥이 "대부분 과학의 진보에서 말미암았다"는 것을 발견함과 동시에, 그 모든 명제들에 "마이너스 측면"의 폐단(그리고 위기)이 존재한다는 것을 예민하게 발견했다. "사회 평등"이 "천하의 사람들의 일치"를 고취시키고 "그 이상은 참으로 아름답"지만, 그 실행의 결과는 필연적으로 "고고하여 비속으로 떨어지지 않던 것"이 "전체적으로 범속으로 추락"하게 되며 심지어는 사회의 "진보 수준"의 저하를 초래한다는 것, 입헌 국회의 '민주' 제도가 "하나가 다수를 다스리는" 군주 전제를 반대한다는 것을 가지고 호소하지만, 그 실행의 결과는 다수가 하나를 학대하고 인간이 그 자아를 상실하게 되며 "천만 무뢰배"의 "민중적 전제"로써 한 사람의 폭군의 전제를 대체하게 된다는 것을 그는 날카롭게 지적했다. "물질 문명"의 배후에서는 "성령(性靈)의 빛이 날로 어두워지는" 정신적 위기가 배양된다. 그리고 "과학 이성"의 과분한 존중도 "온 세상이 지식만을 숭배하게 되고 인생은 적막으로 귀결되는" 현상을 초래할 것이다. 나아가서 루쉰은, "과학의 발견은 항상 초과학의 힘을 빌린다"는 것, 인간은 그 본성에 따라 "물질 생활에 안주하지 않고" "반드시 형이상적 요구를 가지며" "유한하고 상대적인 현세를 떠나고 싶어하고 그럼으로써 무한하고 절대적인 지상(至上)의 것을 추구하게 되며," 그리하여 인간은 "과학 이성"의 바깥에서 필연적으로 "비이성적 신앙"을 가지게 된다는 것, 즉 소위 "인심은 반드시 의지할 곳이 있어야 하는바 믿음이 아니면 그것을 충족시킬 수 없다는 것"을 지적했다. 그리하여 루쉰이 보기에, 과학과 신앙, 이성과 비이성, 물질과 정신의 갈등은 기실 "인간성의 모순"에서 기인하는 것이다. 바로 이러한 인식에 기초하여, 루쉰은 공업 문명의 마이너스 측면의 폐단을 첨예하게 드러내고 인간의 개성 독립과 비이성의 정신적 추구를 강조할 때에 일부 서양 사상가들처럼 과학과 민주, 물질 문명에 대한 비관주의에 빠지거나 반물질주의 및 반지성주의의 길을 걷지 않았으며, 일부 중국의 사상가들처럼 서양 공업 문명을 거절하고 중국의 전통 농업 문명(소위 동방 정신 문명의 '국수')으로 전면 귀의하는 조류에 함몰되지 않았다. 그는 시종 분별을 지켰으며, 나름의 독립성을 보지하였다. 루쉰은 일본으로부터 귀국한 뒤 낙후된 중국의 또 다른 사회 상황의 혼란에 직면하면서 계속적으로 공업 문명 명제에 대해 더욱 새로운 의견을 내놓지는 않았지만, 그의 초기 저작에 나타나는, "서양 공업 문명"에 대한 응답과 사고는 지극히 높은 사상사적 가치를 지님에 의심의 여지가 없다. 과거에 일부 사람들은 과학주의적 낙관주의를 가지고 루쉰의 상술한 사상의 '한계'를 비판하였는데, 여기에는 슬픈 '소외〔隔膜〕'가 있다.

　중국 역사와 전통 문화 및 중국의 국민성, 중국 문인에 대한 루쉰의 고찰은 더더욱 '소외'를 초래하기 쉽다. 의심의 여지 없이, 루쉰은 완전히 자각적으로, 폐단과 결함의 측면으로부터 중국 역사와 전통을 고찰하였다. 현대적 신문화의 창조에 대해 전통의 계승이 갖는 의의를 루쉰이 몰랐을 리가 없다는 것은 물론이다. 일찍이 금세기초에 그는 중국의 사상 문화계(그 자신도 포함하는)를 향해 "밖으로는 세계의 사조에 뒤처지지 않고 안으로는 고유의 핏줄을 잃지 않으며 취금복고(取今復古)하여 따로 신종(新宗)을 세우는" 임무를 제출했었고, 만년에 이르기까지 그는, "새로운 예술은 뿌리 없이 돌연히 발생하는 것이 아니라 항상 이전의 유산을 계승한다"고 문학 청년들을 일깨웠던 것이다. 그러나, 루쉰이 한시도 잊지 않은 것은, 장기적인 자기 폐쇄에서 형성된 민족적 과대망상 중심의 병태적 문화 심리, 일체가 다 완전하고 지극히 원만하며 "문제도 없고 결함도 없고 불평도 없고 따라서 해결도 없고 개혁도 없고 반항도 없"는 데서 말미암은, 너무 오래되어 고치기 어려운 민족적 타성이었다. 민족 전체가 모두 "옛 꿈의 잔재" 속에 푹 빠져 있고, 조상들의 수천 년 된 '영광'의 역사에 질식할 정도로 짓눌려 있으며, '현재'와 '미래'의 어떠한 새로운 생기(生機)도 '과거'에 의해 압살되는 현실에 직면하고 있는 것이다. 루쉰에게는 "우리를 보존하는 것이 첫째이다"라는 하나의 선택밖에 없었다. 루쉰이 보기에, 우리를 보존하기 위한 현재의 "첫번째 과제"는 중국 역사와 전통 문화의 절대적 완전성에 관한 '기만'적 미몽을 타파하는 것이었다. 즉, 루쉰은 단지 '현재'라는 구체적 시공간 속에서, 역사가 하고자 하는 일을 자각적으로 선택한 것일 뿐이었다. 그는 중국 역사와 전통에 대해 전면적이고 편향 없는, '영구'적 의미를 갖는 판단(그의 '철학'에 의하면, 소위 '전면'이니 '영구'니 하는 것 자체가 의심스럽다)을 내리고자 하지 않았고, 또 결코 그럴 수도 없었으며, 그리하여 자신의 견해를 폐쇄시키고 궁극과 원만을 자랑할 수도 없었다. 그는 단지 현재를 향해서는 백지의 답안을 내고 미래에 속하는 일을 하는 것을 원치 않았을 따름이었다. 자각적인 '중간물' 의식을 가지고 그러한 선택을 하였기 때문에 그는 중국 현대 사상·문화사에 있어서 자신이 가져야 할, 다른 사람이 대체할 수 없는, 독특한 지위와 가치를 획득했다. "전통 문화의 전화(轉化)"의 역사 과정 속에서 루쉰(그의 동시대 사람들도 포괄될 것이다)은 불가결한 중개자이고 중국 전통 문화의 폐단(핵심은 전제주의적 문화이다)에 대한 부정의 고리인바, 이러한 역사적 '부정'의 고리가 결여되면 전통 문화의 계승과 발양은 근본적으로 논할 수가 없게 된다. 하지만 중국에서는, 자아 감각이 지나치게 양호한 탓에 그러한 '부정'은 질시와 비방을 받게 되어 있다. 루쉰은 그리하여 사람들에게 '애국'과 '매국'의 구별을 입이 닳도록 설명해주지 않을 수가 없었다. 그는, "망국을 사랑하는 자"가 되고, "단지 과거를 비탄하면서 망하게 된 병근(病根)을 칭찬"하게 되는 것을 경계하라고 사람들을 일깨웠다. 그는, 외국인의 칭찬에 현혹되지 말고 "외국인들은 중국이 영원히 골동품으로 남아 그들에게 구경거리를 제공해주기를 바란다"는 것을 확실히 기억하라고 사람들에게 경고했다. 그는, "일치대외(對外)"라는 구호 아래 내국인을 노예로 부리는 덫이 강화되고 "애국을 외치는 것이 실제로는 노예가 되는 것과 아무런 저촉도 되지 않는다"는 것, 오히려 자신의 곪은 곳을 과감히 폭로하고 과감히 공개적으로 적에게서 배우는 사람이 진정한 애국자라는 것, "외국 사람으로서, 파티에 참석할 자격을 가진 지금에 와서도 우리에게 중국의 현상을 저주해주는 사람이 있다면, 그 사람이야말로 진정으로 양심이 있는, 진정으로 경복할 만한 사람"이고 진정으로 "중국을 사랑하는 사람"이라는 것에 주목하라고 사람들에게 경고했다. 루쉰의 이러한 논단들은 다른 사람들이 말하지 못한 것을 말함으로써 족히 세상을 깨우쳤고 사람들에게 내재적 침중을 느끼게 해주었다.

루쉰은 또, "오늘날 몇몇 비평가들은 사실주의는 싫다고 말하고 있는데, 사실은 싫어하지 않으면서 그것을 쓰는 것은 싫어하니 참으로 해괴한 일이다"라는 '침중'한 말을 했다. 사람들은 중국 역사와 전통 문화에 대한 루쉰의 비판의 '첨예함'을 싫어할 뿐, 그가 드러낸 병폐 배후의 사실은 감히 정시하지 못했다. 사실상 루쉰의 폭로는 진정으로 요점을 찌른 것이었다. 그의 비판적 성찰에는 하나의 기본적 출발점이 있는바, 그것은, "존망의 갈림에서 열국과 각축하는 사업은 그 으뜸을 입인(立人)에 두는바, 인간이 선 뒤에야 만사가 세워진다. 그 도술(道術)이라면 반드시 개성을 존중하고 정신을 확장시킬 것"이라는 그의 '입인(立人)' 사상이다. 따라서 그는 항상 '인간'이라는 중심을 놓치지 않았고, 중국의 사회 구조와 중국의 역사 속에서 '인간'이 처한 지위와 진실된 처지에 가장 관심을 쏟았다. 그리하여 그는, "가족을 기초로 하고 가정을 근본으로 하는" 중국의 사회 구조 속에는 "귀천이 있고 대소가 있고 상하가 있다. 자기가 남에게 능욕을 당하기는 하지만 자기도 다른 사람을 능욕할 수 있고, 자기가 남에게 잡아먹히기는 하지만 자기도 다른 사람을 잡아먹을 수 있다. 한등급 한등급씩 제어하고 있어서 움직일 수도 없고 움직이려고 하지도 않는다"는 것을 발견했다. 이러한 사회 구조 속에서는 '진정한 인간'이 생겨날 수도 없고 용납될 수도 없다. 인간의 아버지는 없고 아이를 만드는 놈만 있으며, 인간의 자식('인간'의 맹아)도 없고 며느리와 며느리의 남편만 있다. 또 그는, 중국 역사에서 "중국인은 '인간'의 자격을 쟁취하지 못했고 기껏해야 노예에 지나지 않았다"는 것, 중국의 '일치일란(一治一亂)'의 역사는 "잠시 노예로 안주하는" 시대와 "노예가 되고 싶지만 될 수 없는" 시대의 순환이고

"도적식의 파괴"와 "노예식의 파괴"의 순환이라는 것, 중국 역사상의 '반역'도 주인과 노예의 뒤바뀜일 뿐이었다는 것, "노예가 주인이 되면 그는 '나으리'라는 호칭을 결코 버리려 하지 않으며 그의 거드름은 그의 주인보다도 더 심할 것"이라는 것, 소위 '반역'이니 '혁명'이니 하는 것도 "혁명, 혁혁명, 혁혁혁명, 혁혁……"의 순환을 벗어나지 못한다는 것을 발견했다. 중국의 전통 문화와 중국의 국민성, 중국의 문인을 고찰할 때에도 루쉰은 "인간의 독립적 품격과 인간의 자유로운 자각"을 가치 척도로 삼았다. 그리하여 그는, '성인(聖人)'으로 떠받들어지는 공부자(孔夫子)가 중국에서는 '출세 수단'에 지나지 않고 일찌감치 자신의 독립성을 잃어버렸으며 소위 유교라는 것도 역대의 통치자가 자기 위치에 안주하는 노예를 배양하는 '치국평천하'의 도구가 되어버렸다는 것을 발견했다. 중국 전통 문화의 접수자이며 전파자로서의 중국 문인에게서 루쉰은 '협조자'와 '아첨꾼' 그리고 '공범'——그 가장 기본적인 특징은 자신의 독립적 지위와 독립적 품격은 없고 '외부 세력'에 의존한다는 것이다——을 발견했다. 루쉰이 보기에, 옛부터 지금에 이르기까지 거의 모든 중국 지식인들은 서로 다른 조건 아래에서 동일한 역할을 했던 것이다! 소위 옛날의 '은사(隱士)'는 '하야(下野)'한 협조자이자 아첨꾼에 지나지 않으니 "몸은 산림(山林)에 있으되 마음은 궁궐에 있는 것"이었다(그래서 루쉰은 중국 문학 전체를 크게 '낭묘[廊廟] 문학'과 '산림 문학'의 두 가지로 나누었다). 현대 지식인의 '경파(京派)'는, 루쉰이 보기에, "관(官)의 아첨꾼"에 지나지 않았고, '해파(海派)'는 "상(商)의 아첨꾼"일 따름이었다. 혁명적이고 진보적임을 자처하는 지식인에게서도 루쉰은 그들이 "'대중에 영합'하는 새로운 아첨꾼"이 될 위험을 간파했다. 루쉰은 '인간 해방'에 착안하여 중국의 '국민성'을 관찰하고서 탄복할 만한 많은 중대한 발견을 했다. "중국인은 사람을 잡아먹는 민족"으로서 인간의 생명을 완전히 무시한다는 것, "중국은 '문자 유희의 나라'"라는 것, 대중은 "코미디의 관객"으로서 타인의 고통을 저작하고 감상할 줄밖에 모른다는 것, '중국 정신의 강령'으로서의 '정신 승리법' '체면' 관념, '중용'의 도 등등. 어느 것 하나 중국인을 노예로, "노예 생활로부터 '미(美)'를 찾아내어 찬탄하고 어루만지는" "돌이킬 수 없는 노예"로 배양하지 않는 것이 없다. 이 모든 발견들에는, "낭자한 선혈을 정시하는" 루쉰식의 냉엄함이 삼투되어 있지만, 그 냉엄함에는 민족의 개조와 인간의 신생을 그토록 갈망하는 루쉰의 뜨거운 마음이 담겨 있다. 그리하여 마침내 우리는, 루쉰이 중국의 역사와 전통 문화에 대해 하나의 '부정'의 고리이기만 한 것이 아님을 알게 된다. 그는 중국 전통의 핏줄을 단절하지 않았다. 그는 중간물 개념과 현대적 개성 개념이라는 두 가지 개념을 거기에 추가하여 전통 논리학과 가치학 · 수신학 · 미학 등의 영역에 일련의 재구성 효과를 일으키고 민족 문화의 우수한 씨앗을 화석화된 체계로부터 구출하려 하였다. 역사가 이미 증명했고 또 계속해서 증명할 것이다. 루쉰이 중국 문화를 현대적 수준으로 진작시키려고 애쓴 20세기 중국의 문화 거인이라는 것을.

　루쉰의 출현은 중국 역사의 하나의 기적이다. 그가 너무 멀리까지 나아갔고 풀어야 할 수수께끼도 너무 많아서, 오늘날에도 학술계는 "루쉰은 누구인가"라는 문제를 끊임없이 제출하고 갖가지 서로 다른 해석을 부여하고 있다. 루쉰은 누구인가? 우리가 보기에, 루쉰은 하나의 모순 구조이다. 그에게는 너무나 많은 모순이 있어서 그의 풍부성을 개괄할 만한, 상응하는 명사를 찾아내기가 지극히 어렵다.

　중간물인가? 물론 그렇다. 그는 역사와 상대, 유한을 자각적으로 용감하게 선택했고, 그리하여 가치관상으로 일련의 독창적인 선택과 자아 설계를 끌어냈으며, 그리하여 궁극에 대해 관심을 갖지 않는 일종의 가상(假象)을 사람들에게 제공해주었다. 그러나 사실상, 모순의 다른 일단은 언제나 그의 심리의 스크린 위에서 사라지지 않았다. 그가 '중간'을 자각한 바로 그 때문에, 그는 습관적으로 일체의 중간 고리에 대해 쉼 없이 질문하고 회의했으며, 그 때문에 그는 인간의 존재 상황에 대하여 항상 종교에 가까운 정서 체험과 본체적 관심 속에 처해 있었고, 그리하여 중간은 곧장 무한으로 통했으며, 그리하여 그의 시화(詩化)된 철학이 생겨났다.

반(反)전통인가? 의심할 필요 없이 명백한 것 같다. 그러나, 독해의 오류를 적절히 극복하기만 하면, 유도(儒道)로 대표되는 중화 민족의 가장 우수한 기질과 지혜가 그의 새로운 가치의 토대 위에서 되살아나는 것을 어렵지 않게 발견할 수 있다. 이것이 바로 위에서 말한 바 진작이다. 구체적으로 말해보자. 중국 역사상 『논어』『맹자』의 전인(傳人)으로서 그보다 더 "임금을 가볍게 여기고 백성을 귀하게 여기며," 그보다 더 "부귀에 현혹되지 않고 폭력에 굴복하지 않으며 천하의 근심에 앞서서 먼저 근심하고," 그보다 더 '진실'되고 '성실'한 사람이 얼마나 되는가? 『도덕경』『장자』를 읽은 사람으로서 그보다 더 독창적이고 자유로우며 호방표일하고, 그보다 더 체계적으로 공업 사회의 '물역(物役)'과 지식 숭배의 '자아 상실'을 비판한 사람이 얼마나 되는가?……

계몽주의인가? 적절한 것 같다. 확실히 그는 5·4의 양대 기치 아래 활약했었다. 하지만 계몽주의의 양대 기치로서의 '데모크라시, 사이언스' 두 선생은 그가 추궁하거나 비난한 대상이기도 했었다. 심지어는 그의 저작에서 '민주' 같은 말을 찾아보기도 극히 어렵다. 그것은 그의 '한계'인가 그의 천재인가? 좀더 논의되어야 할 것이다.

비이성주의인가? 그렇다. 니체를 중심으로 하는 현대의 비이성주의자들이 그에 의해 소개되었고 격찬을 받았으며, '신신학(新神學)'으로부터 끌어들인 '힘'과 '의지[意力]'라는 개념이 평생토록 그의 가치와 사상 속에 혼융되고 삼투되었다. 그러나 그의 이러한 '힘'은 이성의 운동에 훨씬 더 많이 호소하였지 니체의 '디오니소스'적 광기나 쇼펜하우어의 "생식 의지"의 "맹목적이고 제어할 수 없는 충동," 베르그송의 "생명 충격력"의 "분천"과 "폭약" 등등으로 표현되지는 않았다.

실존주의자인가? 본서 제2장과 그 밖의 여러 장·절 들을 보면, 그는 인간의 존재 상황에 대하여 확실히 하이데거, 사르트르, 카뮈 등과 상통하는 '혐오' '공포' '고독'의 체험과 심지어는 종교적 의념(意念)까지도 가지고 있다. 하지만 그 어떤 실존주의자도 그처럼 쉼 없이 외부 세계를 향해 현실적인 교란과 반항을 행하지 않았다.

계급 투쟁의 전사(戰士)인가? 역시 그렇다. 그의 중간물 의식은 그로 하여금 인류에게 보편 이성적인 가치적 존재가 있다는 것을 부인하게 하였고 항상 편파적으로 하나의 이익 집단의 입장에 서서 다른 이익 집단을 향해 선전하게 하였다. 그러나 그는 동시에, 휴머니즘적 감정을 애용했고, 폭력으로써 폭력을 대체하는 구식 반역과 톨스토이를 비열하다고 생각하는 신식 혁명을 거부했다.

휴머니스트인가? 개성주의자인가?…… 그렇다. 그러나 또한 전적으로 그렇지는 않다. 루쉰은 바로 이러한 하나의 모순 구조이다. 그 모순 구조에는 중국 역사의 교차하는 사상 문화적 갈등이 집중적으로 체현되어 있다. 그는 독특한 기호 체계와 인격적 실천을 통해 이러한 갈등에 대해 응답한바, 중국에는 지금까지 그에 비견할 만한 사람이 없다. 의심의 여지 없이 그는 20세기 중국의 가장 위대한 사상가이다.

20세기는 과거의 수많은 역사적 진술들을 이미 연기로 만들어 버렸거나 곧 연기로 만들 것이다. 편자로서 우리는 독자들에게 강조할 필요가 있다. 그 모순 구조는 역사적 갈등의 체현일 뿐만 아니라 동시에 인간성의, 인류의 내재적 모순의 전개이기도 하고, 전자는 후자의 역사적 형태에 지나지 않는다는 것을. 그것이 그의 수많은 명제들을 역사적인 것이면서 또한 영원한 것이 되게끔 해준다. 그러므로, 책을 엮으면서 우리가 역사의 발견에 주의함과 동시에 역사의 여과 또한 잊지 않고 보편적이고 영원하며 초경험적인 기호를 캐내는 데 유념한 것은 당연한 일이다.

금세기의 책장이 점점 다해가며 우리의 눈을 21세기 쪽으로 돌리게 한다.   〔전형준 옮김〕

「광인 일기」 자세히 읽기

왕푸런

1. 문제 제기

「광인 일기」는 중국 현대 문학사 최초의 백화소설이며, 루쉰 연구자들이 가장 주목하는 소설이기도 하다. 그러나 지금까지 기존의 연구들은 이 소설의 직접 고백식 언어에 대한 인용 내지 그 사상성에 대한 설명에 만족하였지 자세히 읽기로서의 예술 비평은 거의 없었다. 「광인 일기」에 대한 꼼꼼한 예술 분석의 부재는 그것의 내재적 의미 구조에 대해서도 제대로 언급하지 못하게 하였다고 생각한다. 그래서 이 작품의 사상적 의의에 대한 기존의 파악 역시 소설 내부로 깊이 들어가지 못하고 표층에 머무름을 면치 못하였다. 본문의 목적은 「광인 일기」의 총체적 예술 구조 속으로 깊이 천착해들어가 그것의 의미 구조 및 사상적 의의를 다시 연구해보고자 함이다. 이는 과거 우리들이 흘려버렸을지도 모를 중요한 내용들을 조명해볼 수 있는 계기가 될 것이다.

2. '광인' 이미지

「광인 일기」의 예술 구조를 분석하든 그것의 의미 구조를 분석하든 '광인'이라고 하는 총체적 이미지를 벗어나서는 불가능하다. 소설 전체의 목적은 바로 이 이미지 창출에 있기 때문이다.

이전에 우리들은 '광인'을 현실주의의 전형적 형상으로 이해했고, 현실주의적 방법으로 그것의 예술적 완결성과 통일성을 파악하고자 했다. 현실주의적 관점에 따르면 문학 작품 속의 인물이란 작가라고 하는, 재구성 능력을 가진 살아 있는 매개를 통하여 만들어진 것이거나 현실 생활 속의 어떤 부류의 사람과 직접적으로 대응 관계를 찾을 수 있는 그런 부류의 사람 중 '한 사람'이다. 혹은 그들의 대표이며 그들의 전형이다. 그는 '본질적 진실'에서 그 부류 사람들의 사상과 정신적 면모에 부합할 뿐만 아니라 '세부적 진실'에서도 그 부류 사람의 언어와 행동거지, 복식과 장식 등의 생활 습관에서도 부합한다. 이러한 관점에 따라 기존의 연구에서는 아래 세 가지 견해가 제기되었다.

1) '광인'은 정신병자이지 반(反)봉건 전사가 아니다. 루쉰은 단지 그의 입을 빌려 전통 봉건 문화를 선전하였을 뿐이다.
2) '광인'은 반봉건 전사이지 정신병자가 아니다.
3) '광인'은 정신분열증을 앓고 있는 반봉건 전사다.

위 세 가지 견해는 모두 '광인' 형상으로부터 현실 생활 속에 존재하는 인물을 찾고자 한 결과이다. 그러나 1) 2)의 견해는 본질적 진실과 세부적 진실이 하나로 통일되어야 하는 현실주의 요구에 따를 수 없었다. 과거 나는 세번째 관점을 좋았다. 그러나 사실, 그것 역시 소설 텍스트 속에서 어떤 근거도 찾을 수 없는 것이었다. 만약 그가 반봉건 전사였다면 병이 완쾌된 후 보다 명료하게 각성한 의식으로 반봉건 투쟁에 투신하는 것이 순리일 것이다. 그러나 루쉰은 분명하게 그가 "어떤 지방의 후보로 부임해" 관료가 되었다고 말하고 있다. 이는 그가 병이 완쾌된 후 결코 이지(理智)를 갖춘 반봉건 전사가 되지 않았음을 말해준다.

　현실주의는 그 영향력이 크고 깊은 창작 방법이다. 그것은 세계 문학사에서 무수히 많은 우수 문학 작품을 창작하게 하였다. 현실주의 소설가는 자신의 소설에 나오는 인물을 사상 감정상에서는 물론 생활의 세세한 부분에 이르기까지 현실 생활 속의 구체적 인물과 대응시켜, 독자들로 하여금 그 예술 전형을 통해 이상 속의 인물과 현실 속의 인물을 직접 연계시키게 함으로써 현실 반영의 목적을 달성하고자 하였다. 그러나 세상에는 결코 현실주의 문학 작품만 있는 것이 아니니, 보편적인 문학 작품에서 창작 주체의 능동적인 매개 역할을 포기하는 것은 비합리적이다. 우리가 '광인'이라고 하는 예술 형상과 현실의 실제 인물과 완전히 일치하는 관계를 찾기 어렵다고 하는 이유는 바로 「광인 일기」가 현실주의 창작 방법의 요구에 완전히 부합하는 작품이 아니기 때문이다. '광인'의 미적 통일성은 창작 주체인 루쉰의 의식 속에서 찾아야지, 순수한 객관 현실 속에서는 찾을 수 없는 것이다. 청송(青松)과 영웅(英雄)의 통일성이 어디에 있겠는가? 그것은 인간의 느낌 속에 존재하는 것이지 객관적으로 존재하는 것이 아니다.

　5·4를 전후하여 중국의 몇몇 지식인들의 가치관은 근본적으로 변화하기 시작했다. 가장 깊은 심층 의식에서의 변화라는 면에서 아마도 루쉰의 변화가 가장 극심하고 가장 극명한 것 중 하나였을 것이다. 만약 우리가 루쉰의 가장 깊은 곳에 있는 내밀한 정신적 체험으로 들어갈 수 있다면 「광인 일기」의 '광인'은 바로 그의 내

면 의식 가운데 존재하는 또 하나의 자아, 즉 현실 속에서는 완전하게 표현해낼 도리가 없는 루쉰 자아라는 것을 느낄 수 있을 것이다.

한 문화 환경 속에서 인간은 어떻게 다른 사회 구성원과 일정한 관계를 가지면서 살아갈 수 있는가? 그는 가장 기본적인 문화 가치관으로 자신의 문화 환경 속에 편제된다. 상호 공통의 문화적 가치관은 여러 가지 형식의 언어 기호 속에 구체적으로 나타나는데, 사람들은 이러한 언어 기호의 동일한 소통 방법과 소통 능력에 의지하여 특정한 관계를 상호 교류하고 구축한다. 동일한 문화 가치관 앞에서는 적이든 친구든 누구도 이의를 제기할 수 없다. 그렇지 않으면 이해할 수 없는 서로 다른 두 개의 언어로 대화하는 것처럼 상호간의 소통과 이해는 불가능하다. 동일한 문화 환경 속에 있는 사람은 기본적으로 동일한 문화 가치관과 가치 기준을 가지고 있어서 적이든 우방이든 상대방을 건전한 이지(理智)의 인격체로 간주한다. 그러나 '5·4' 시기의 지식인, 그 가운데서도 특히 루쉰은, 그가 회의하고 부정한 것들 모두가 중국 전통 봉건 문화의 가장 기본적인 가치관들이었다. 그는 전통적 봉건 가치관의 허위과 거짓이 중국의 빈곤과 낙후를 초래하였다고 인식하고 중국 민족이 강해져 세계 민족들과 나란히 자립하고자 한다면 반드시 새로운 가치관을 세워야 한다고 생각했다. 이러한 기본적 가치관의 변화로 말미암아 루쉰은 자신의 내적 자아가 이미 자신이 처한 현실 문화 환경으로부터 이탈하였으며 그 문화 환경과의 최소한의 조화와 적응의 관계를 이미 잃어버렸다. 그리고 그것을 느끼지 않을 수 없었다. 그것은 바로 광인적 징후이기도 하였다. 정신 반역자와 광인은 자신의 문화 환경과 조화 내지 적응하기 어렵다는 점에서 완전히 일치한다. 그러므로 그들이 자신의 문화 환경 속에서 처하게 될 위치, 그들이 할 수 있는 역할 및 겪게 되는 운명 역시 완전히 일치하게 된다. 그뿐 아니라, 광인이 보다 더 철저하게 정신 반역자로서의 특성을 체현할 수 있다는 점에서 이지를 갖춘 정신 반역자는 광인만 못하다. 이른바 '이지(理智)'란 낡은 문화 가치관에 대해 일정 정도의 이해를 가지며, 자신이 속한 문화 환경의 다수인이 인지하는 가치 기준에 따라 말하고 행동할 수도 있으며, 주위 사람들로부터 정상인으로 보일 수도 있다. 그러나 진정하고 완전한 정신 반역자는 심지어 그러한 것들조차 하기 어렵기 때문에 오히려 진짜 광인 같은 그런 특성을 갖는다. 루쉰의 의식 속에서 중국 전통 봉건 문화에 대한 정신 반역자와 정신병자는 완전히 같은 성질을 갖고 있음을 어렵지 않게 알 수 있다. 물론 이러한 동일성은 '청송'과 '영웅'의 동일성, '춘화(春花)'와 '미녀'의 미적 동일성이지 객관적 동일성은 아니다. 결론적으로 '광인'은 루쉰 의식 중의 또 다른 '자아'의 상징물이며 하나의 예술 형상으로서 주관적 창조물이다. 객관 현실 속에서 이러한 두 '광인'이 완전히 통일 일치될 수 있는 것은 아니다.

'광인'은 작가의 주관적 창조물이다. 그러나 그것이 아무런 객관적 근거도 가지지 않음을 의미하는 것은 아니다. 여기서 우리들은 현대 정신분석학의 관점에서 정신병자를 인식할 필요가 있다. 현대 정신분석학에 의하면 정신병자는 정신적 억압에 의해 생기는 것이다. 인간은 여러 가지의 다른 본능적 감각을 가지고 있기 때문에 본능적 욕망에서 나온 여러 가지의 살아 있는 직감을 갖게 마련이다. 그러나 사회 문화적 관계로 말미암아 본능적 욕망이 그것을 표출할 수 있는 일정한 문화 가치 기준을 찾지 못하거나 의식적 수준으로 승화시킬 방법이 없을 때 욕망은 '초자아'와 '자아'의 속박과 억압을 받아 잠재 의식층에 침전하게 된다. 억압은 정신적 고통을 만드는데, 그 고통이 특정한 원인으로 인해 속박을 벗어나 이탈되어나오면 그 사람은 정신 분열 상태에 놓이게 된다.

214

초자아와 자아가 그 통제력을 잃어버리면 사회적 문화 가치관은 해체되고 자신의 문화 환경과의 조화로운 관계를 잃게 된다. 물론 루쉰은 그 당시 프로이트 정신분석학설의 직접적인 영향을 받지는 않았다. 그러나 그는 분명하게 감지할 수 있었다. 그가 느낀 것처럼 중국 전통의 봉건 문화가 가지고 있는 정신적 억압을 중국 역대의 다른 사람들도 똑같이 느꼈을 것임을, 그러나 그들은 단지 낡은 문화 가치관의 억압으로 인해 그것을 이지적 수준으로 승화시킬 수가 없었던 것임을, 그래서 정신병자의 미친 말 가운데 때로는 왜곡되게 때로는 직접적으로 표현되어 나온다는 것을. 이는 바로 '광인'이라고 하는 예술 형상에는 그 객관적인 기초가 있음을 말해주는 것이다. 그러나 역시 객관 현실 속에서 그런 정신병 환자를 직접 찾아낸다는 것은 불가능하다. 뿐만 아니라 '광인'은 현실 속의 정신 반역자와도 여전히 일정한 거리를 갖는 인물이다.

루쉰은 이 정신병자를 '피해망상증 광인'으로 설정함으로써 광인으로 하여금 정신 반역자와 보다 비슷한 특징을 갖도록 하였다. 중국 현대 지식인들의 문화적 자각은 중국 전통 문화의 비인간성에 대한 인식으로 귀결되고 그곳으로부터 나왔다. 중국의 현대 지식인은 전통 문화의 비인간성이 중국 인민들의 생존적 안정을 최소한으로 보장도 하지 못했으며 인간의 정신적 목숨은 그것이 가하는 무형의 교살과 가해를 오랫동안 받아왔음을 깊이깊이 깨달았다. 중국 전통 문화 앞에서 느끼는 이러한 공포감은 바로 피해망상증 광인이 느끼는 공포와 같은 것이다.

'광인'은 루쉰의 주관적 상상물이다. 현실주의 작품 중의 인물 형상과 구별하기 위해 나는 그것을 '형상(形象)'이라 부르지 않고 '이미지'라고 부르겠다.

3. 「광인 일기」의 예술 구조와 의미 구조

'광인' 이미지의 통일성을 느낀다면 우리는 「광인 일기」의 예술 구조와 의미 구조의 통일성을 느낄 수 있다.

우리는 루쉰이 문언(文言)으로 된 서문에서 그것에 대해 분명하게 밝혀놓았기 때문에 「광인 일기」의 백화문이 모두 '광인'이 병을 앓는 동안에 쓴 일기이라는 것을 쉽게 알 수 있다. 그런데 이 소설의 백화문은 어떻게 직조해낸 것인가? 광인의 미친 언어와 미친 행동을 그냥 임의대로 쌓아올리듯 그린 것인가? 그 속에 이야기 줄거리의 발전 과정과 사상의 발전 과정은 없는가? 이러한 문제에 관심을 가졌던 사람은 매우 적었다. 바로 그러하기 때문에 우리는 부득불 광인의 직접 고백으로부터 「광인 일기」의 사상성을 파악해야 한다. 「광인 일기」의 예술 구조 속으로 들어가 그것의 의미 구조를 파악할 수는 없다.

실제로 「광인 일기」의 백화문은 통일적 맥락도 가지고 있으며 변화도 있고 기복도 있고 결말도 있다. 이 맥락은 '광인'의 발병에서부터 병이 치유되기 전까지의 병을 앓는 전과정으로서, 루쉰에게서 이것은 중국 전통 봉건 문화에 대한 정신 반역자가 겪어나가야 할 사상의 역정이기도 하다.

먼저, 미친 사람의 발병과 정신 반역자가 어두운 중국 전통 문화에 반항하기 시작할 때 양자는 똑같은 역정을 걷게 된다. 그들은 자신들의 문화 환경과 분열하기 시작하여, 자신들의 문화 환경과 조화로운 관계를 잃으며, 시각을 바꾸어 주위 세계와 인생을 새롭게 관찰하게 된다. 이러한 분열로 인해 주위 문화 환경 역시 달라진 태도로 그들을 대하기 시작하며 그들은 외계의 자극을 느끼게 된다. 양자는 서로 같은 것을 인정할 수가 없으며 정신병자의 병세는 날로 악화되어간다. 정신 반역자로 말하자면 급격하게 세계를 새로이 인식하며 삶의 과정을 새로이 느끼고 받아들인다. 그들에 대한 외부 세계의 새로운 자극이 커질수록 그들의 사상은 점점 더 전통 봉건 문화관과는 먼 곳을 향해 발전해나가며, 점점 더 그러한 가치관의 허위와 오류를 느끼게 된다. 그러므로 정신병자 병세의 발전 과정은 바로 정신 반역자의 사상 인식이 발전되어가는 과정이기도 하다. 정신병자에 대한 주위 환경의 자극과 정신 반역자에 대한 주위 환경의 반응은 모두 한계가 있는 것이어서, 정신병자가 자신의 정신적 상태에서 여러 가지 서로 다른 자극을 겪게 되지만 그 후에 오는 자극이 이전 형태의 단순 반복일 경우 그는 그러한 자극에 익숙해져 더 이상 상처를 받지 않을 수 있게 된다. 그러면 그의 병세는 상대적으로 안정되어가게 마련이다. 마찬가지로 정신 반역자의 사상적 발전은 외부 문화 환경이 그에게 가하는 자극과 아주 밀접한 관계에 있다.

삶을 받아들이는 기본 시각의 차이로 인해, 광인에 대한 외계의 어떤 자극도 그로 하여금 자신이 처한 문화 환경과 그 문화 가치관을 재평가하고 재인식하게 만든다. 문화적 환경이 그에게 가하는 어떠한 압박도 그것은 모두 그 환경의 자아 폭로와 같은 것이다. 그에 대한 그 문화 환경의 술수 부리기가 바닥나고, 그 환경의 자아 폭로도 극에 달하면 그것의 모든 본질은 정신 반역자의 면전에 드러나게 된다. 그러면 바로 이때 정신 반역자는 더 이상의 새로운 삶의 자극이 없기 때문에 그 사상 인식도 상대적으로 고정되어간다. 미친 사람은 병세가 일정 상태에 이르면, 상대적으로 고정된 견해를 형성하게 되며 나아가 자신의 정당함에 대해 자신감을 가지게 되어 자신에 대한 주위 환경의 이해와 동정을 구할 생각을 갖게 된다. 그는 자신이 오랫동안 주위 환경과 심각한 대립 관계에 있기를 원하지 않는다. 전통 봉건 문화에 대한 정신 반역자의 이 상태가 바로 사상 계몽의 과정임을 쉽게 알 수 있다. 루쉰은 계몽자의 이러한 계몽은 반드시 실패할 것이라는 것을 고통스럽게 인식하고 있었다. 계몽자와 주위 문화 환경이 견지한 것이 근본적으로 다른 가치 기준이었기 때문에, 근본적으로 다른 문화 가치 기준의 작용 아래서 동일 사물에 대한 상호의 실질적 느낌 역시 근본적으로 다른 것이다. 그러므로 상호간의 간격은 근본적으로, 이치적으로는 소통시킬 방법이 없는 것이다(이치란 반드시 피차가 인정할 수 있는 동일한 문화 가치 기준 위에서 가능한 것이다). 계몽(啓蒙)은, 소수가 다수인의 몽매함(蒙)을 깨우쳐 열게(啓) 하는 것이다. 이러한 입장에서 보면 다수 대중은 몽매하게 보이는 것이다. 그러나 한 문화 환경 속에서 '정당함'이란 다수인의 공통된 인식에 의해 그 기준이 결정되는 것이다. 다수인의 입장에서 볼 때는 소수 계몽자가 오히려 정당치 못하며 '미친 사람'들인 것이다. 계몽은 반드시 계몽자와 피계몽자 사이에 서로 같은 근본적인 문화 가치의 기준이 있어야 하며 피계몽자가 계몽자를 정상적이며 이지를 갖춘 사람이라고 인정할 때, 자신보다는 보다 높은 이지를 갖춘 사람이라는 것을 인정할 때 비로소 가능하다. 그러나 이것은 계몽이라고 하는 개념에 완전히 부합하지 않는 또 하나의 상황이기도 하다.

다수인의 눈에 계몽자는 이성적 지혜가 없고, 그래서 치료할 필요가 있는, 다수인과 동일하게 인식하도록 할 필요가 있는 미친 사람에 다름아니다. 소설 속에서 루쉰은 '광인'이 주변 사람들을 설복시키지 못하고, 형조차 설복시키지 못하는 것으로 묘사하고 있지만, 그것은 정신 계몽자가 다수 대중의 몽매함을 근본적으로 각성시킬 수 없는 것을 그린 것이기도 하다. 미친 사람이 다른 사람의 이해를 얻고자 하는 것은 바로 그가 주위 환경과 대립적인 처지에 있음을 참을 수 없어함의 표현이며, 이러한 대립을 두려워하는 내면 의식의 반영이다. 그러나 그가 환경을 변화시킬 방법이 없고 그가 환경을 전이·개조하고자 한 노력이 완전히 실패한 후에 여전히 그가 그러한 고독을 인내하지 못하고 고독을 두려워하게 된다면 그는 자신을 변화시키는 것에서 시작하여 환경과의 관계를 미봉적으로 일치시키고자 할 것이다. 이와 동시에 그의 문화가치 기준은(그 기준이 무엇이든지) 매번 고정화되면서, 외재 환경의 현실 상황으로부터 점점 더 멀어질 뿐만 아니라, 동시에 자신이 실제로 도달한 것으로부터도 더욱 멀어진다. 이때 그는 자신이 다른 사람들과 동일함을 어쩔 수 없이 발견하게 된다. 이것이 바로 그의 내면 의식 중에서 자신의 환경과 동일성을 인식하는 기초를 갖게 되는 것이다. 그러므로 광인은 절망적으로 "아이들을 구하라!"고 외친 후, 광기의 증상이 점차 낫게 되는 것이다.

이 과정은 계몽자의 사상 과정과 어떻게 다른 것인가? 계몽자가 계몽을 하려고 하는 것은 민중을 구하기 위해서이며, 민중에게 자아를 이해시키기 위함이며, 스스로 고독감으로부터 벗어나기 위함이다. 지금 민중은 구제되지 않았고, 자신 역시 그 절대적 고독 속에 장기적으로는 오래 살 수가 없으며 또한 달갑지 않게 헛되이 그 문화 환경의 희생물이 되었다. 어떻게 해야 하는가? 오로지 자신이 주동적으로 자신의 환경과 동일함을 인정할 도리밖에 없다. 이러한 동일성의 인정 과정은 흔히 하나의 사상적 역정과 상호 연계되어 있다. 그의 계몽은 다른 사람들에 대한 요구를 향상시켜주어야 할 뿐만 아니라 동시에 자신에 대한 요구도 향상시켜야 한다. 그는 맨 나중에 자신도 바로 그 문화 환경 속에서 자랐다는 것, 자신도 그러한 잘못을 범한 것으로부터 면책되지 못한다는 것을 알게 된다. 그리하여 다른 사람에 대한 그의 이해와 동정도 점점 깊어지게 된다. 이 이해와 동정의 심화에 따라 그는 다른 사람을 이해하고 자기 자신을 이해하며, 자신의 문화 환경과 새로이 동일성을 인식하고 그 환경에 의해 소외된다. 계몽자의 역할은 단지 어린아이들을 구할 수 있을 뿐이지 자기 자신을 구할 수 있는 것이 아님을 루쉰은 인식했다. 이것이 바로 그가 「우리들은 어떻게 아버지 노릇을 해야 하는가」라는 글에서 "스스로 인습의 무거운 짐을 지고서, 어깨로 암흑의 어두운 갑문을 받쳐 밀어, 그들을 넓고 밝은 세상으로 내보내야 한다. 그런 후에야 행복하게 나날을 보내고 도리에 맞게 사람 노릇을 할 수 있다"고 한 것이다. 그러나 루쉰의 이 비감 어린 외침 속에는, 계몽자는 자신의 현실 환경을 개조하기 어렵다는 것, 자신을 구할 수 있는 방법은 오로지 자신의 환경과 동일함을 인정해야 한다는 것, 그러한 고통스럽고도 절망스러운 정서가 은연중에 담겨 있는 것이기도 하다.

이상을 종합해보면 「광인 일기」의 전구성 형식은 아래와 같이 정리할 수 있다.

'광인' 이미지 { 미친 사람 — 광기 발병 — 병세 악화 — 이해 구함 — 실망 · 병 치유 — 예술 구조 } 소설 문체

각성자 — 각성 — 인식 심화 — 계몽 진행 — 실망 · 소외화 — 의미 구조

「광인 일기」의 예술 구조와 의미 구조의 통일성이란 관점에서 보면, 그것이 결코 중국 전통의 봉건 문화를 반대하는 격문이 아니라 하나의 소설이라는 것을 쉬이 알 수 있다. 이 소설은 중국 현대의 계몽자가 자신의 문화 환경 속에 고립적으로 처하게 된 처지와 그 고통스러운 운명을 상징적으로 표현하였으며, 그들의 사상적 성장 과정에서의 힘겨운 몸부림을 그리고 있다.

4. 「광인 일기」 백화문 텍스트 자세히 읽기

I. 광기 발병(각성)

소설의 제1절에서는 광기가 발동하기 시작하는 것을 묘사하고 있다. 광인 내부의 정신 상태의 돌변이 처음으로 몰고 온 것은 주위 세계에 대한 생경한 느낌이다. "오늘 저녁 유난히도 밝은 달빛," 달은 평상시와 거의 다름없는데 유달리 반짝이는 것 같고, "내가 그 달을 보지 못한 지 30년이 넘었다." 그가 여러 해 동안 만나온 달이 갑자기 크게 달라 보이는 것은 그의 정신 상태에 거대한 변화가 생겼기 때문이다. 정신병자 중에서도 특히 피해망상증 환자의 극도로 흥분된 정신 상태는 외부 세계에 대한 느낌에서부터 반영돼나온다. "정신이 아주 상쾌한" 것은 정신의 흥분 상태를 자신이 느낀 대로 옮긴 것이다. 지금 세계에 대해 느끼는 특이한 느낌으로 인해 이전 것에 대해 모호한 감정을 갖게 된다. 그래서 그는 "지금까지 30여 년 동안 혼미 속에 지냈다"고 말한다. 세계에 대한 생경감은 무어라고 말할 수 없는 두려움을 수반하게 마련이다. "그러나 그래도 아주 조심해야" 하는 것은 두려운 정서의 지배하에서 발생하는 심리적 반응이다. 두렵게 되면 매사에 민감해지는데, "짜오(趙)씨네 집 개"가 그의 두 눈을 쳐다본 것도 평상시 같으면 아무렇지도 않았을 것을 이때엔 그로 하여금 떨게 만들었다. 이런 민감함은 오히려 그 자신의 걱정을 합리화시킨다. "내가 떨고 있는 것은 당연해!"라고.

여기서 묘사하고 있는 것은 정신병자의 초기 발병시의 심리 상태지만 동시에 정신 반역자가 초보적으로 각성한 후의 모습에 대한 묘사이기도 하다. 이른바 각성이란 전통 봉건관과는 완전히 다른, 또 다른 시각을 갖게 되어 이 눈으로 세계를 새롭게 대하는 것이다. 시각이 변하자마자 모든 만물은 바로 그 빛깔을 바꾸게 되어, 여러 해 동안 모호하기 그지없이 느껴왔던 것들이 이제 확연하게 밝혀진다. 오늘이 옳았고 어제가 그르다(今是昨非)라는 생각이 자연스레 생겨남과 동시에 그런 낯설게 됨으로부터 두려움을 느끼게 되어 장차 어떤 일이 일어날지 모르게 된다. 민감함은 두려운 정서에서 나오는 것으로서 이제 막 익숙했던 전통 사상으로부터 이탈한 각자(覺者)가 필연적으로 가지게 되는 심리 반응이다. 그러나 바로 이러한 민감함이 각자로 하여금 평범한 사람들이 감지하기 어려운 많은 것들을 감지할 수 있게 해준다.

주변에 세계에 대한 낯섦, 정신적 경쾌감, 금시작비의 신선감, 말할 수 없는 두려움과 두려운 마음에서 생긴 민감함과 의구심은 정신병자의 발병 초기와 정신 반역자의 첫 각성시에 공통으로 일어나는 정신적 특성이 아니겠는가?

Ⅱ. 병세의 악화(인식의 심화)

소설의 제2절에서 제6절까지는 광인 병세의 악화를 묘사하고 있는데, 이는 동시에 정신 반역자의 현실 인식의 심화 과정이기도 하다.

제1절에서 묘사하고 있는 것이 광인의 발병시의 상황이라는 것을 어떻게 알 수 있는가? 우리는 제2절 이후에 묘사된 것을 보고 그 사실을 알 수 있다. 발병은 저녁에 했는데 집안 사람들은 그의 정신에 이상이 생긴 것을 아직 모르고 있었고, 이튿날 아침 그는 자유롭게 외출할 수도 있었다. 길에 나온 사람들이 그의 정신에 병고가 생긴 것을 발견하게 되고 그 소식이 집에 전해지자, 집에서 천라오우(陳老五)를 보내어 그를 집으로 데리고 와 가두게 된다(제3절). 제4절에서 비로소 형은 그가 치료를 받도록 주선한다.

정신병자가 정상적인 정신 상태에서 실성한 상태로 빠져들자 다음과 같은 두 가지의 근본적인 변화가 발생한다. 주관적 변화와 객관적 변화인데 첫째, 주관적 변화란 정신병자가 객관 사물에 대해 정상인처럼 보편적으로 인정하는 문화 가치 기준으로 정상적 판단을 할 수 없게 되는 것이다. 객관 사물에 주관적인 새로운 색채를 씌우는 것이다. 다른 한편, 정신병자의 변화로 말미암아 객관적 외부 세계의 사람들이 그에게 다른 태도를 취하기 시작한다. 객관적 외계의 상황은 주체의 변화에 따라 그에 상응하여 변화가 생긴다. 이런 두 가지 변화의 결과는 하나로 귀결된다. 즉 정신병자와 외부 세계의 관계에 대한 근본적인 변화이다. 이 변화는 정신병자에게 정신적 자극을 주는데 그 자극은 정신병자에 의해 정상인과는 다른 사고 방식으로 이해되고 접수되어 그의 정신 상태 변화를 더욱 가속시킨다. 광인의 정신 상태의 변화는 동시에 주위 사람들의 그에 대한 태도 변화를 격화시킨다. 이 양자가 얽힌 가운데 정신병자의 병세는 급격하게 악화된다.

정신 반역자의 상황도 이와 같다. 사상적 기준이 달라지면 정신 주체의 모든 상황에 변화가 생긴다. 따라서 그의 면전에 펼쳐진 객관 세계의 객관적 면모도 달라진다. 동시에 주위 환경은 자신에 대한 반역자에 대해 각종의 차별, 억압과 박해의 수단을 가하지 않을 수 없게 된다. 이 양자의 교호 작용은 정신 반역자로 하여금 주위 객관 세계를 새로이 인식, 사고하지 않을 수 없게 만들며, 자신의 새로운 이성 인식을 완전하게 하지 않을 수 없게 한다.

정신병자에 대한 태도의 변화는 한두 사람이나 몇몇 일부 사람에 국한되는 것이 아니라 모든 사람이 그렇게 하게 된다. 광인이 맨 먼저 발견하는 것은 외부인의 태도 변화이다. 이 소설 속에는 짜오꾸이(趙貴) 영감 같은 상층 인물도 있고 "현감에게 칼을 씌운 형벌을 받은 사람" "나으리에게 뺨을 맞은 사람" "말단 관리에게 아내를 빼앗긴 사람" "양친이 빚쟁이에게 몰려 죽은 사람" 같은 하층 인물도 있다. 어른도 있고 아이도 있다. 이어서 그는 자기 가족의 그에 대한 태도도 변했다는 것을 다시 알게 된다. 이 피해 망상증 환자의 눈에 이 모든 변화는 그를 박해하려 하고, 그를 먹어치우려고 하는 것으로 보인다. 나중에 그는 또 그의 형도 다른 사람들과 마찬가지로 그를 미친 사람으로 여기고, 다른 사람들의 의견에 동의하며, 자신을 잡아먹으려 한다는 것을 알게 된다. 여기서 그의 사상은 아래와 같은 변화 과정을 겪는다.

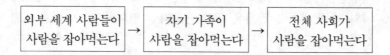

현실 사회인이 사람을 잡아먹으며 그들은 옛부터 대대로 내려온 사람들과 같다. 그러므로 광인의 사유 경로는 자신도 모르게 현실 개괄로부터 역사적 개괄로 뛰어오른다.

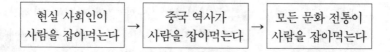

쉽게 드러나듯, 피해망상 환자의 이 사유 경로는 중국 전통 봉건 문화에 대한 정신 반역자의 사유 경로와 대체적으로 일치한다. 한 정신 반역자의 문화 가치관에 근본적인 변화가 생기면 그를 반대하는 사람은 단지 그의 적들뿐만 아니라 그의 가족들도 포함된다. 사회 통치자들뿐만 아니라 광대한 사회 대중도, 심지어 아이들까지도 이에 포함된다. 그는 사상적으로 고독하며 정신적으로 적막하다. 주위 모든 사람들이 목적이야 어떻든, 동기야 어떻든 그의 사상적 반역 행위를 용인하지 않으려 한다. 여기 광인 안중에서의 식인 행위는 실제로는 정신 반역자의 사상과 정신을 먹어

치움과 동시에 전민족의 사상적 활력과 발전의 구조 원리를 먹어 치운다. 한 민족의 성원은 자신의 문화 체계에서 만들어진 어떤 고통에 대해서도 의식상의 잠재적 이해를 한다. 그러나 자신들의 문화 전통을 이반한 사람에 대해서는 거의 본능에 가까운 공포를 갖게 되는데 이는 이해할 수 없는 사물에 대한 두려움이며 상상력에 의지하여 무한하게 과장된 공포이다. 통치자는 자신의 전통적 통치 지위를 유지·보호하기 위해 사회 대중의 이 본능적 공포 심리를 이용하여 정신 반역자를 압박하곤 한다. 루쉰이 「광인 일기」 속에 묘사한, "현감에게 칼을 씌운 형벌을 받은 사람" "나으리에게 뺨을 맞은 사람" "말단 관리에게 아내를 빼앗긴 사람" "양친이 빚쟁이에게 몰려 죽은 사람"들이 진짜 모욕과 손해를 자신들이 받았을 경우에도 낯빛은 광인을 만났을 때처럼 "그렇게 무섭고" "그렇게 흉악하"지 않았던 까닭이 여기에 있다. 어린아이들의 가치관은 맨 먼저 어른들에게로부터 간단하게 물려받기 때문에 그들 역시 이 정신 반역자를 이해할 수도 동정할 수도 없다. 아무튼 정신 반역자의 고독은 마치 미친 사람이 자신의 환경 속에서 갖게 되는 고독과 같다. 다만 미친 사람은 자신의 고독을 느끼지 못하고 정신 반역자는 분명하게 느낀다는 것일 뿐이다.

정신 반역자는 고독할 뿐만 아니라 미친 사람처럼 외부 사회의 자극도 받고 사람들에게 차별시되고 이단시되며, 동시에 그의 사상은 언제라도 압살당할 운명에 놓이게 된다. 그가 살아온 문화가 용인했던 모든 잔인함과 흉계가 바로 그의 면전에서 전부 폭로되고, 이때 자신의 문화 환경에 대한 정신 반역자의 인식은 비로소 심화 발전한다. 이 심화 발전의 경로는 마치 「광인 일기」가 묘사한 것처럼 개별에서 일반으로, 현실에서 역사 속으로 연상되어 최후에는 모든 전통 봉건 문화의 성질과 작용에 대한 인식으로 고양된다. 루쉰이 「광인 일기」에 대해 말하는 자리에서 "나중에 우연히 『통감(通鑑)』을 보게 되었는데, 그때 나는 중국인이 아직도 식인 민족이었음을 알게 되었다. 그래서 이 소설을 썼다"(1918년 8월 20일 쉬서우상〔許壽裳〕에게 보내는 편지, 『루쉰 전집』 제11권, p. 333)고 말했다. 「광인 일기」 속에서 이 내용은 우리들이 늘 인용하는 다음 말 속에 집중적으로 나타나 있다. "나는 역사책을 펼쳐 조사해보았다. 그 역사책에는 연대가 없었다. 인의도덕이라고 하는 몇 개의 글자만이 삐뚤삐뚤 페이지마다 적혀 있었다. 나는 잠을 잘 수가 없었다. 한밤중까지 자세히 읽어보다가 글자와 글자 사이로부터 다른 글자를 찾아냈다. 책 가득히 씌어 있는 두 개의 글자는 '식인(食人)'이었다." 미친 사람에게서 "역사책에 연대가 없었"던 것은 감각이 몽롱해서이다. 그러나 정신 반역자에게 역사는 중국 전통 봉건 문화가 그 성질과 주요 이데올로기면에서 수천 년 간 아무런 변화가 없었기 때문이다. 시간 개념은 변화 발전 속에 만들어지는 것이다. 변화와 발전이 없으면 연대는 아무 의미가 없게 된다. 전역사 기간 동안 중국 전통 봉건 문화는 유가의 인의도덕설만을 끊임없이 반복하여 선양해왔다. 그러므로 역사의 매 페이지 위에는 인의도덕이라는 몇 개의 글자만이 적혀 있는 것이다. 중국 봉건 역사상에서의 여러 가지 가장 흉악했던 폭행은 모두 인의도덕이라는 명분 아래 자행되어왔다. 그러므로 인의도덕이라는 글자 틈새에 책 가득 '식인'이 씌어 있다고 말한 것이다. 그러나 이것은 광인의 사상적 인식의 종점이긴 해도 이 소설 전부를 대표하는 부분은 아니다. 소설로서의 사상적 의의는 이 이성적 결론을 훨씬 넘어선다.

이 부분에서 광인 이외의 세 개의 중요한 이미지가 출현한다. 즉 구쥬(古久) 선생과 형과 의사이다.

구쥬 선생과 그의 오래되어 낡아빠진 장부를 중국 전통 봉건 문화의 상징이라고 보는 것에 이제 아무 이견이 없다. '형'은 우리가 딱히 어떤 구체적인 인물의 전형으로 볼 수는 없다. 그러므로 그의 계급 성분과 정치적 입장을 판단할 방법이 없다. 그는 단지 중국 봉건 가족 제도와 예교 제도의 상징일 뿐이다. 루쉰은 "「광인 일기」의 의의는 가족 제도와 예교 제도의 폐해를 폭로하는 데 있다"(『中國新文學大系·小說二集』, 서문, 『루쉰 전집』 제6권, p. 239)고 했다. 그들의 특징을 구체적으로 체현하고 있는 것이 '형' 이다. 우리들은 소설 속에서 그가 어느 정도로 광인을 적대시했는 지 판단할 수 없다. 가장 큰 가능성은 그가 동생의 병에 많은 관심을 가진 것이란 점이다. 그러나 어떻든 가족 제도는 중국 전통 봉건 문화의 기초이다. 가족 제도의 모든 관념은 무엇보다도 우선 가족 내에서 주입되고 실행되는 것이다. 가족 제도를 떠난 일체의 사상적 경향과 행위는 사회에서 먼저 교정하려 하고 압살하려고 한다. 가족 제도의 보증 아래서 구체적으로 실행되는 것은 상하존 비의 예교 제도 일체이다. '형'의 광인에 대한 관심은 동생의 미친 병을 낫게 하기 위함이다. 다른 입장에서 보면 모든 가능한 방법을 동원하여 정신 반역자로 하여금 그의 사상적 입장을 버리고 전통 봉건 문화를 인정하게 하려는 것이다. '의사'는 또 다른 인물 이미지이다. 여러 해 동안 우리들은 그를 중국 전통 한의에 대한 루쉰의 부정적 대상으로 보아왔다. 그것은 이 이미지의 핵심적 의의를 전혀 이해하지 못한 것이라고 생각한다. 루쉰이 당시에도 중국 한의에 대해 좋지 않은 견해를 확실히 가지고 있었다손 치더라도 의사의 의미를 여기에 국한시키는 것은 해석의 협애함을 면키 어렵다. 이 소설에서 의사는 중국 전통 봉건 문화에서의 설객(說客)의 상징이다. 목사처럼 타이르고 이끄는 역할을 하는 사람이다. 그러한 권고와 인도는 그 관심과 애정이 인도되는 사람의 면전에 살뜰하게 체현되어 나타난다. 그러나 그것은 반드시 인도되는 사람의 사상적 입장을 포기하게 만드는 것을 그 근본 목적으로 하고 있다. 그러므로 광인은 단박에, 그의 "눈에 흉악한 빛이 가득 차 있"었고, 고개를 숙이고 땅을 내려다보면서도 안경 너머로는 흘끔흘끔 사람을 쳐다보며 자신의 음험한 목적을 애써 숨기려 하고 있다고 말했다.

Ⅲ. 이해를 구함(계몽의 진행)

병세가 상대적으로 안정되어가면서 주위 사물에 대한 그의 특수한 느낌 방식도 상대적으로 고정된다. 그는 더 이상 사람들을 따를 수 없게 된다. 여전히 그와 다른 사람간의 차별과 간격을 느낄 수 있다. 그러므로 그는 다른 사람의 이해를 얻고 싶은 욕망이 생긴다. 정신 반역자에게서 이 과정은 문화 계몽의 과정이다.

「광인 일기」의 제7절부터 제10절까지가 이 과정에 해당된다. 이는 광인이 환각 속에서 한 청년과 이야기하는 곳과 형을 설복시키는 곳, 두 대목에 집중적으로 나타나 있다. 문화 계몽의 각도에서 보면 청년과 자신의 혈육은 계몽이 가장 먼저 요구되는 대상이다. 청년은 전통 문화 가치로부터의 속박이 비교적 약하고 또 일정한 이해력을 갖고 있다. 혈육은 진정으로 애정과 관심을 가지고 있는 사람이다. 그들은 정서적 · 감성적으로 비교적 용이하게 정신 반역자와 같은 인식에 도달하고 거기서 나아가 그의 이성적 판단을 이해할 수도 있다. 그러나 루쉰의 구체적인 묘사 아래서는 단순한 계몽조차도 이 두 사람에게 작용하지 못했다. 그렇게 된 관건은, 그들이 이미 관념상으로 너는 미치광이야, 너는 틀렸고 우리가 옳아라고 단정하고 있는 데 있다. 그러므로 그를 이해하려 하거나 그가 제기한 문제를 아예 생각해보려고도 하지 않았다.

제8절에서 광인이 환각 상태에서 한 청년과 대화를 나누는 내용이다. 사실상 이는 사실을 위해 관념을 희생시킬 것인가 아니면 관념을 위해 사실을 희생시킬 것인가라는 두 가지 사유 방식의 싸

움을 표현한 것이다. 광인이 집요하게 놓지 않으려고 하는 것은 사실 그 자체이다. 그러나 상대방은 극구 사실을 말살하고 사실의 본질을 덮어버리고자 한다. 청년의 방법은 아래 몇 가지로 구사된다.

1) 일반적 사실을 부인한다. (광인이 물었다. "사람을 먹는 것이 옳은가?" 그가 대답했다. "흉년이 아닌데 사람을 먹을 수 있겠어요?")

2) 아무 의미 없는 말로 논쟁의 초점을 흐려 모순을 회피한다. ("오늘은 날씨가 아주 좋군요.")

3) 애매모호한 말투로 사실을 인정하여 논쟁을 무마하려 하다가, 일단 상대가 그것을 근거로 하여 사실성을 결론지으려 하면 다시 사실 자체를 부정한다. ("옳지 않지요……" "그럴 리가……")

4) 부인할 수 없는 구체적 사실 앞에서 전통을 운운하면서 현실을 변호한다. ("아마 있을지도 모르죠…… 옛부터 그래왔으니까……")

5) 상대방이 전통의 권위를 인정하지 않는 것은, 그도 용서받을 수 없는 잘못을 저지른 것과 같다. 그러므로 앞서 광인이 제기한 문제는 동기가 불순하므로 부정당해야 한다. "아무튼 당신은 그런 말을 하면 안 됩니다. 말을 하시면 당신은 잘못 하시는 겁니다."

수천 년의 역사에서 중국 전통의 봉건 문화는 이미 자기 만족 형식의 가치 기준을 형성해왔다. 전통 관념에서는 오로지 자신들의 잣대만으로 객관 사실을 저울질했지 객관 사실을 기준으로 그들을 저울질하지는 않았다. 그리하여 문화를 인간에 대한 소외물로 만들어버렸다. 이 문화의 미궁에서 빠져나오는 방법 중 하나가 객관 사실을 가지고 그 문화 자체를 새롭게 가늠하는 것이다. 쉽게 드러나듯, 이 두 가지의 사유 경로에서 공동의 언어는 찾을 수 없다. 한마디로 귀결하면, 이는 과학 의식(사실로부터 결론 도출)

과 반(反)과학 의식 및 미신 의식(관념으로 사실을 부정)의 투쟁인 것이다.

제10절 광인과 형의 대화 속에서, 작가 루쉰은 중국 현대 계몽 사상가들의 주요 이론적 지주를 개괄하여 보여주었으며, 정신 반역자와 봉건 전통관의 근본적 차이를 보여주었다. 그러나 이러한 차이는 사상 계몽가나 설복시키는 인물에 의해 해결되어질 수 있는 것이 아님을 말하기도 하였다. 광인이 형과 나누는 대화 가운데 제일 먼저 한 말은 '인성(人性)이 진화한다'는 것이다. 이 말이 상대를 전혀 감동시키지 못한 것은 중국 전통의 윤리 도덕이 자신의 가치를 최고의 수준으로 삼고 있기 때문이다. "자연이 변하지 않는 것처럼 도리 역시 변하지 않는다(天不變道亦不變)"고 하는 기준은 수천 년 간 변할 수 없는 것이었다. 광인의 두번째 말은 인도주의적 의식에 관한 것이다. 광인은 이 의식으로 역사에 대해 새로운 반성을 하고 있다. 그것 역시 형을 감동시키지 못하는데, 이는 상대방의 사상적 기반이 인도주의적 의식에 있지 않기 때문이었다. 전통적 윤리 도덕의 신조를 옹호하기 위해서는 모든 희생이 합리적이었다. 임금이 신하를 죽게 만들면 신하는 죽지 않을 수 없었고, 아비가 아들을 망하게 만들면 아들은 망하지 않을 수 없었다. 역사상 온갖 종류의 희생은 모두 정상적인 것이고 합리적인 것이었다. 세번째 단락에서 광인의 말은 사회 의식이다. 광인은 그것을 가지고 형을 향해 그 이로움과 해로움을 밝히고 문화 혁신의 필요성을 설명하고 있다. 그러나 이 역시 아무런 효과를 발휘하지 못한다. 명철보신(明哲保身)은 전통의 기본 관념 중 하나이다. 자신이 당장 먹힘을 당하는 위험에 처해지지 않기만 하면 그들은, 전통 봉건 도덕의 반대를 앞장서서 지향하다가 눈앞에 위험을 초래하는 그런 일은 하려 하지 않는다. 이러한 이해(利害)관은 다른 이해(理解)관을 갖는데, 이 이해(理解)는 바로 해로움

(害)을 피해 이로움(利)을 좇는 데서 출발하기 때문에 계몽가의 권유가 귀에 들어올 리 없다. 그들이 해를 피해 이를 좇는 방법이란 현실의 해로움을 피해 미래의 요행을 바라는 것이다. 그런데 광인의 말은 평소 그들이 지녀온 불안감을 충동도 하고, 그 불안감은 다시 이단 사상에 대한 두려움을 증폭시키기도 하게 된다. "처음 그들은 단지 냉소만 짓더니 차츰 눈빛이 흉악해지기 시작하였다. 내가 그들의 음모를 폭로하자마자 그들은 얼굴이 모두 새파랗게 질려버렸다."

이 두 단락의 의미를 종합하면 적어도 몇 가지 사상과 의식상에서 정신 반역자는 봉건 전통관과 서로 대립 관계에 있음을 파악할 수 있다.

과학적 의식 — 맹목적 미신
진화적 의식 — 수구적 보수
인도(人道) 의식 — 생명 경시
사회 의식 — 명철보신(明哲保身)
개성 의식 — 노예적 복종

이 부분에서 작가는 광인의 입을 통해 두 종류의 식인을 설명한다. 하나는 전통적 봉건 도덕을 맹목적으로 믿고 따르는 사람들로 그 폐해에 대해 무지몽매한 사람들이며, 다른 하나는 그것이 능히 사람을 해치는 것임을 잘 알면서도 사사로운 이익을 좇아 그때그때 편의대로 행동하는 사람들이다. 이 두 부류의 사람들은 모두 식인 행위에 참여하고 있으며 정신 반역자에 대해서도 동일한 태도를 취하고 있다.

'하이에나'는 전체 소설 속에서 광인 다음으로 중요한 이미지이다. 그것은 광인을 제외한 모든 사람의 정신적 특성을 대변하고 있다. 중국 전통의 봉건 예교 제도는 "자연의 법칙을 받들고, 인간의 욕망을 없앤다(存天理滅人欲)"를 그 기치로 삼았다. '인간의 욕망을 없'앰이란 인간의 강렬한 욕망에 대한 억압과 정신적 억압을 말한다. 그러나 이러한 억압은 근본적으로 인간의 욕망과 정신적 욕구를 완전히 소멸시킬 수 없다. 억제된 욕망은 공개적으로 표현되어나올 수 없게 되며 보다 강력해진 내재된 욕구로 전화된다. 봉건 예교의 또 다른 주요 특징은 윗사람에 대한 절대 복종을 널리 선전하는 것으로, 정권의 강제 수단과 사회 여론의 막강한 압력을 이용하여 이 순종을 강제할 수가 있었다. 이렇게 하여 억압된 욕망은 윗사람과 강자 앞에서는 표출되기가 매우 어려웠다. 그래서 아랫사람과 약자는 욕망 표출의 유일한 대상이 되어버린다. 이제 어렵지 않게 생각할 수가 있다. 주변의 사람들이 저마다 자신의 삶 속에서 억압당한 분노와 정서를 약자에게 쏟아붓는다는 것, 그리고 그것이 얼마나 무서운 일이란 것을. 정신적 뒤틀림과 가슴 가득한 질시, 끓어오르는 원한의 정서가 오로지 업신여길 수 있는 약자만을 찾는다는 것, 그것은 바로 죽은 고기를 찾아 먹는 하이에나의 이미지이다. 하이에나 이미지는 광인 이미지와 마찬가지로 「광인 일기」를 시종 관통하고 있는 이미지이다. "나를 무서워하는 듯하면서도, 나를 해치고 싶어하는 듯한" 것은 사람을 해치고 싶어하면서도 사람을 해칠 용기가 없음을 표현한 것이다. "이놈! 내 너를 몇 입 물어뜯어야 분이 풀리겠다!"가 표출하고 있는 것은 내면의 독기 어린 정서이다. 그러나 그는 결코 그렇게 하질 못한다. 사람을 해치울 그럴듯한 구실을 찾기 전에 그들은 자신을 보호해야 하기 때문에 점잖고 예의 바른 듯한 그들의 가면을 벗을 생각을, 감히 벗어버릴 생각을 못 한다. 광인이 그들에 대해 "말은 전부 독이며, 웃음 속에는 전부 칼이 들어 있다. 놈들의 이빨은 모두 하얗게 번쩍번쩍거린다"고 말한 것은 조금도 이상한 일이 아니다. 그들은 "사람을 먹고 싶어하면서도 이상하게 주저주저하며, 호도할 궁리를 모색하면서 절대 감히 착수하질 못한다." 호도할 궁리란 다른 사람을 해칠 구실을 찾는 것으로 상대방에게 하나의 죄명을 덮어씌우는 것이다. 사람을 해치울 마음이 생기고 난 후에는 이리저리 사람의 죄명을 연구하기 때문에 그들이 사람에게 죄명을 씌우는 일은 식은죽 먹듯 쉬운 일이 된다. 죄를 씌우고 싶은데 어찌 구실 없음을 걱정하겠는가? "그들은 낯빛을 바꾸자마자 바로 상대를 악인이라고 하였다." 이를 글로 옮기고 단어를 고르는 데 있어서는 온갖 재주를 부리니 "하늘을 뒤집을 듯한 그 묘수는 뭇사람들과 다르다." 다른 사람에게 죄명을 씌울 때는 일정한 기준이 없기 때문에 항상 해오던 버릇대로 인의 도덕이라는 큰 도리를 한바탕 들먹이게 된다. 이 큰 도리라는 것도 사람에게 죄명을 뒤집어씌우기 위한 죄명에 다름아니다. 그러므로 광인은 "그들이 도리를 말할 때는 입가에 온통 사람의 기름을 처바르고 있을 뿐만 아니라 가슴속은 사람을 잡아먹고 싶은 생각으로 가득 차 있다"고 말한다. 일단 상대에게 죄명이 있게 되면 그 죄명이 합당한 것이든 아니든 불문하고, 그를 박해하는 것 역시 광명정대한 일이 되어버려 자신들에게 잘못이 없음은 물론 갖가지의 미명을 얻을 수도 있다. "미치광이라는 간판을 준비해두었다가 나에게 뒤집어씌운다. [그렇게 하면] 장차 나를 잡아먹어도 아무 걱정이 없을 뿐 아니라 동정해주는 사람조차 있을지도 모른다." 그러나 이렇기 때문에 사람들은 뒤탈을 감당하는 것을 두려워하여 감히 혼자서는 살해할 엄두를 내지 못한다. 그래서 언제나 먼저 "여럿이서 연락을 취한 뒤, 그물을 가득히 쳐놓고 내(광인)가 자살하게끔 만든다." 「광인 일기」에 나오는 여러 가지 이러한 묘사들은 모두 '하이에나'라고 하는 이미지의 주석인 셈이다. 이 이미지는 요약하여 말하면 세 가지 특징을 가지고 있다. "사자

같은 사악한 마음, 토끼 같은 겁 많음, 여우 같은 교활"이며, 사람을 해치고도 몸에는 핏자국 하나 남기지 않는다. 그런데 「광인 일기」는 이런 부류의 사람들이 가지고 있는 내적 두려움에 대해서도 쓰고 있다. "자기 자신은 사람을 잡아먹으려 하면서 남에게 먹힐까 두려워하기 때문에 언제나 아주 의심스러워하는 눈빛으로 서로 얼굴을 흘끔흘끔 훔쳐본다."

무서운 하이에나, 가련한 하이에나! 하이에나 속에서 생존하고 있는 광인은 언제 먹힐지 모른다는 두려움을 항시 느끼고 있다. 그러나 정신적으로 위축된 이런 하이에나들을 대면할 때 광인은 자신이 올바른 기개와 용기로 충만해 있음을 느끼기도 한다.

5. 실망, 병의 치유(실망, 소외화)

제11절, 12절 두 절에서는 실망한 이후의 광인 심경을 묘사하고 있다. 그는 더 이상 다른 사람들을 설복시킬 수 있다는 기대를 가지지 않게 된다. 여기에 이르러 광인은 과거 반추와 자아 참회라는 단지 두 가지의 심리 상태만 갖게 된다.

광인은 자신의 병이 생기게 된 최초의 마음의 상처라고 할 수 있는 누이의 죽음을 떠올리게 되자 병이 서서히 치유된다.

한 정신 반역자가 자신의 역사에서 계몽이라는 사회적 역할에 대해 절망을 하게 되었을 때, 그도 하는 수 없이 내면으로 눈을 돌려 과거를 반추하며 스스로 참회하게 된다. 그리고는 필연적으로 자신의 문화 전통에 대한 동일성 인식〔認同〕에 이른다. 중국 전통 봉건 문화의 특징은 전체 사회 문화를 이탈한 근본적 개조의 강조에 있는 것이 아니라 오로지 개인의 도덕 수양을 도모하고자 한 것이 아니었던가?

'어머니'의 이미지는 전통 봉건 문화에 대한 절대적 절망을 담고 있다. 어머니의 사랑은 인간의 본성 가운데 가장 강하면서 변치 않는 고귀한 사랑이다. 만약 이러한 사랑으로도 자기 자식이 먹히는 것조차 인식할 수 없다면, 그리고 그 정도로 봉건 전통 문화의 식인적 본질을 인식할 수 없다면, 정신 반역자의 계몽적 사상과 희망을 무슨 힘으로 광대한 대중이 이해할 수 있겠는가?

제13절은 이 소설에서의 결말이다. 광인의 일기에서 그것은 첫머리가 아니라 사상적 역정의 끝이다. 그리고 정신 반역자에게서 그것은 '임종 유언'인 셈이다.

6. 낯설게 하기의 효과와 차갑고 고아한 풍격

나는 이상의 정독을 통하여 적어도 한 가지 인상을 사람들에게 줄 수 있다. 「광인 일기」는 결코 우리들이 지난날 생각했던 것처럼 그렇게 직설적이고 그렇게 단순한 것이 아니라는 것, 그것이 지닌 예술상의 성취도는 중국 사상사에서 그것이 차지하는 지위만큼 숭고한 것이라는 점이다.

우리들은 이제 쌍관(雙關) 구조가 「광인 일기」의 가장 눈에 띄는 구조적 특성이라는 것을 충분하게 볼 수 있었다. 그래서 소설의 전텍스트는 두 가지의 서로 다른 서술 방식 속에서 방대한 쌍관어(雙關語) 시스템으로 형성되어 있는데 이는 중국 고대 소설에서는 아주 드물게 보이는 형식이다. 만약 우리들이 쌍관어 시스템의 복잡성을 다시 파악한다면 그것이 중국 소설사에서는 완전히 창조적인 것이라는 것을 알 수 있다. 앞에서 기술한 것처럼, 「광인 일기」 속의 상호 상관된 두 가지 서술 방식으로부터 가능한 두 개의 이야기 줄거리는 구조적 동일성[同構性]과 사상적 동일성〔同議性〕을 갖는다. 그러나 이와 동시에 그들은 또 구조적 비동일성과 차이성 및 사상적 반의성(反義性)도 갖는다. 그래서 「광인일기」의 쌍관 구조로 하여금 어느 정도에 있어서 반어적 구조를 갖게도 만든다.

정신병자	생리적	비이성적	부정적	가소로운	희극적
정신 반역자	심리적	이성적	긍정적	비장한	비극적

이 두 가지 이야기 줄거리 사이의 차이성과 반의성으로 인해 루쉰은 그 줄거리들을 낯설게 만들어버렸고 「광인 일기」의 독특한 예술적 효과를 만들어냈다. 정신병자의 생리 과정은 정신 반역자의 사상적 과정을 낯설게 하였고 예술화하였으며 사상적 과정에 대한 이성적 서술이 아닌 구체성과 희극성을 띤 이야기 줄거리로 만들었다. 정신 반역자의 사상적 과정은 정신병자의 병리 과정을 낯설게 하였고 예술화하였으며 병리 과정에 대한 기계적 서술이 아닌 엄숙한 정신적 내용과 이성적 의미를 함축하게 하였다. 이렇게 「광인 일기」는 심리적인 것과 생리적인 것, 이성적인 것과 비이성적인 것, 긍정적인 것과 부정적인 것, 비장한 것과 가소로운 것, 비극적인 것과 희극적인 것이 하나의 용광로에 완전히 용해되어 복잡하고 다채로운 예술적 총체를 구성하고 있다.

논술의 편의를 위해 우리는 미친 사람의 병리 과정 묘사를 소설의 예술 구조로 보았고, 정신 반역자의 사상적 역정에 대한 표현을 소설의 의미 구조로 보았다. 그러나 이 두 계통간의 관계를 상세히 파악한 지금, 이 양자는 단지 현상학적으로만 나눈 기계적 양분이지 진정한 예술 구조와 의미 구조는 하나의 통일체로서 두 개의 이야기 줄거리를 넘어서는 그 무엇임을 알아야 한다. 「광인 일기」의 이 두 과정의 동구성(同構性)과 비동구성(非同構性)도 소설의 의미 구조에 직접적으로 영향을 주고 있다. 동구성으로 말하자면 정신병자의 병리 과정은 정신 반역자의 사상적 역정을 독자가 느끼고 이해하는 데에 필요한 패턴을 제공하여 독자와 정신 반역자 사이의 예술적 매개가 된다. 또 정신 반역자의 사상 역정은 독자가 정신병자의 병리 과정을 느끼고 이해하기 위해 필요한 패턴을 제공하여 독자와 정신병자의 병리 과정간에 사상적 매개가 된다. 이렇게 하여 독자가 다른 각도에서 소설에 개입할 수 있는 가능성을 제공한다. 그러나, 어떤 면에서 이 두 과정이 갖고 있는 비동구성은 각기 상대방에 대해 새로운 의미와 뜻을 던져 상대방으로 하여금 낯설게 만들어버린다. 이를테면, 정신 반역자의 사상 역정을 정신병자의 병리 과정으로 표현할 때, 작가는 이미 독자들을 상식적인 사유 방식으로부터 끌어내어 그들로 하여금 정신 반역자의 사상과 언행으로 이행하게 하는데 이는 평상시의 감수(感受) 방식과 사유 방식으로 느끼고 이해할 수 있는 것은 아니다. 그러므로 진정한 정신 반역자는 독자들이 평소 이해하고 보아왔던 그런 정신 반역자가 아니기 십상이다.

이와 동시에 정신 반역자는 이성적일 뿐만 아니라 동시에 비이성적인 색채도 띠고 있어 특정한 삶의 기초 위에 서 있다. 이러한 생소화, 낯설게 하기의 과정에서 작가는 독자로 하여금 철저한 정신 반역자와 이지적으로 일정한 심리적 거리를 유지하게끔 만든다. 이전에 우리는 광인과 루쉰을 간단하게 동일시하였는데 이는 부분적인 합리성만 있을 뿐이었다. 사실 루쉰이 우리들에게 제공하고 있는 것은 느끼고 이해할 수 있는 하나의 대상, 루쉰의 깊은 내면에 자리한 또 다른 자아이다. 흉내내고 모방해야 할 어떤 대상도 아니며 더구나 루쉰 자체의 자아는 아니다. 이렇게 「광인 일기」의 묘사가 독자에게 암시하고 있는 것은 철저한 정신 반역자이다. 그는 중국의 현실 생활 속에서는 설 자리가 없으며, 그의 계몽 운동의 목적 역시 근본적으로 성취할 수 없는 것이었다. 그래서 그는 비합리적인 색채를 띠고 있기도 하고 부정할 만한 요소를 가지고 있기도 하며 그의 행위 역시 희극적인 면이 있는 것이다. 이런 의미에서 그는 확실히 진짜 미치광이인 것이다. 아무튼 정신병자의 병리 과정은 자신의 의미를 정신 반역자의 몸에 투사하여 그로 하여금 보통의 이해력으로는 이해할 수 없는 빛깔과 성질을 가지게 만들었다. 정신병자의 병리 과정이 정신 반역자의 사상 역정으로 체현되어나올 때, 정신병자의 병리 과정 역시 독자의 눈에 낯설게 변해버려, 더 이상 독자들이 평상시에 보아온 정신병자가 아니게 된다. 사실, 발생학의 각도에서 보자면 정신병자의 과정 속에는 이미 사상 해방의 의미가 내포되어 있다. 사상적 금고(禁錮)와 도덕적 억압은 양자 발생의 공통된 원인이다. 다만 하나가 비이성적인 것이라면 다른 하나가 이성적인 것이라는 점일 뿐이다. 그러나 바로 이와 같은 이유 때문에 정신병자의 비이성 속에는 어떤 이성적 내용이 포함되어 있어 적어도 이성적인 사유로 그것을 인식하고 파악할 수가 있는 것이다. 정신병자의 가소로움 속에는 결코 웃어넘길 수 없는 내용이 내포되어 있으며 그의 비정상적인 언행 속에는 정상적인 의미도 포함되어 있는 것이다. 마찬가지로 정신 반역자의 사상 과정 역시 자신의 의미를 정신병자의 병리 과정에 투영하여 정신병자로 하여금 독자가 평소에는 생각할 수 없었던 새로운 빛깔과 성격을 가지게 만든다고 할 수 있다.

「광인 일기」의 낯설게 하기 수법은 문언으로 된 짧막한 서문과 백화로 된 본문 사이에도 있다. 문언 서문에 대해 백화 본문은 낯선 빛을 띠게 되며, 백화 본문에 대해 문언 서문 역시 낯선 것이다.

이제 우리들은「광인 일기」의 예술 구조와 그 문화 사상의 유기적이고 총체적인 연계를 충분히 체험하였다. 중국 전통의 봉건 문화는 식인적이고 부패하고 낙후한 문화이지만 광대한 사회 대중에 의해 받아들여지고 있는 현실적인 문화이기도 하다. 당시 사상 계몽가가 부르짖는 문화는 인도적이고 선진적인 문화이긴 하나 중국 사회에 발붙이고 서기 어려운 문화이며 문화 스스로 마땅히 가지고 있어야 할 계몽적 역할을 실현하기 어려운 문화이다. 후자의 존재는 전자로 하여금 접수하기 어려운 무언가 두려운 면을 가지고 있었고 전자의 존재 역시 마찬가지로 후자에게는 현실적 의의를 결하고 있는 텅 빈 어떤 것이다.「광인 일기」는 그것들에 대해 양방향에서의 초월을 하고 있는 셈이다. 신문화로 구문화에 대해 사상적 초월을 하고 구문화로 신문화에 대해 현실성 있는 초월을 하였다. 루쉰은 광인과 다르다. 그는 일생을 마칠 때까지 현실의 땅 위에 서서 이상을 위해 싸웠다. 몸은 비록 전통과 봉건 문화 속에 처해 있었지만 새로운 문화의 출로를 찾은 문화 전사였다. 그는 내재적 광인과 외재적 범인의 복합체이며 '역사 중간물'이었다. 그런데 이 '역사 중간물'의 의식 역시 바로 현실과 이상에 대해 이중적 초월을 하였던 것이다. 작가 스스로「광인 일기」에 대해 언급한 일이 있는데, 그때 그는 니체의 차라투스트라의 상술한 것과 같은 초월의 영향을 받았다고 공개적으로 인정하였다. 그러나 그는 또 "니체적 초인의 막연함과는 다르다"고도 말했다. 루쉰이 이상(理想)성으로서의 초인 정신은 인정하면서도 그것의 비현실적 한계는 분명히 의식한 것이라고 말할 수 있겠다 (『中國新文學大系·小說二集』, 서문).

「광인 일기」의 이러한 쌍관적인 것은 반어(反語)식 예술 구조이면서 소설 전체의 고한(高寒)〔차갑고 고상한: 역주〕한 풍격과 긴밀한 관계를 가지고 있기도 하다.「광인 일기」의 비극은 정신 반역자가 현실 속에서 출로를 찾지 못하고 마침내 환경과, 전통 봉건 문화와 타협하지 않을 수 없는 그런 비극이다. 그러나 이 비극은 은혜에 감읍하고 원한에 사무쳐, 쓸쓸하고 처참한, 혹은 눈물을 줄줄 흘리는 그런 식의 비극은 아니다. 그것은 아주 드물게 볼 수 있는 높고 험준한 색채와 차갑고 고상한 풍격을 띠고 있다. 이러한 풍격은 소설의 시점의 높이에 의해 만들어진 것이기도 하다. 정신병자가 자신의 주위 환경에 대해, 혹은 정신 반역자가 자신의 문화 전통에 대해 아주 동떨어진 시점을 가지고 있는 것이다. 이러한 시점에서 보면, 주위 모든 사물의 빛과 성질은 모두 거대한 변형이 일어나고, 그로 인한 낯설어짐의 효과는 지극히 강렬한 것이 된다. 소설은 시작부터 독자들의 시점을 지극히 높고 아득한 지점으로 밀어올리고, 독자로 하여금 광인의 사상과 언행에 대해 너무나 갑작스럽고 놀라워 미처 따라갈 겨를을 주지 않는 것과 같은 그런 경이로움을 느끼게 만든다. 광인의 사상적 판단은 거의 매번 독자에게 경이로움을 느끼게 하며, 그것을 받아들이기에 좀 두렵게까지 만들기도 한다. 이러한 예술 풍격은 중국 전통 문학에서의 절도 있고 조화로운(中和) 풍격에 대한 일종의 도전이며 동시에 중국 전통의 중용 사상에 대한 반란이기도 하다. 이러한 의미에서도 「광인 일기」는 예전에 없었던 창시적인 작품이다. 「광인 일기」의 심리적 묘사와, 부분적으로 운용하고 있는 의식의 흐름 수법, 일기체의 소설 형식, 일인칭 관찰자 시점 등에 대해서는 이미 여러 사람들의 연구가 있기에 여기서는 부언 설명을 하지 않았다. 〔유세종 옮김〕

루쉰의 익살맞은 영감

—중국 현대 소설에서의 창조적 요구

마틴 앤더슨

5·4와 마오쩌둥(毛澤東) 사망 직후의 중국 문학은 우상 파괴라는 임무를 공유하였다. 전자에 있어 소설은 유교적 도덕관의 붕괴를 촉진시키기 위해 사용되었고, 후자의 경우 마오쩌둥 문화 혁명의 혁명적 낭만주의를 전복하기 위해 채택되었다. 이러한 사회 비판적 메시지는 사실주의의 다양한 형태를 통해 효율적이고 설득력 있게 제시되었다(5·4 시기의 비판적 사실주의라든지 70년대 후반의 신사실주의 혹은 상흔 문학[傷痕文學] 등을 예로 들 수 있다). 그러나 양시기의 글쓰기 작업이 문화계에서 과거의 잔존물을 제거하는 데 매우 효율적이었다고 할지라도 당시 지식인들이 제시하였던 메시지 속에 내재된 기존 권위에 대한 근원적 부정성은 지적·심리적인 공백을 초래하였던 것이다. 이로 인해 지식인들은 이러한 문화적 공백을 근심스럽게 바라보게 되었으며, 그 공백을 새로운 창조적 영감의 소재로써 메우고자 하였다. 이 과정에서 이들 작가들은 고대의 신화에 관심을 기울이게 된다. 5·4 시기 중 창조성의 문제는 창조사(創造社)의 호칭과 밀접하게 연결된 개념이었지만, 그것이 반드시 하나의 단일한 집단에 국한된 속성만은

아니었다. 이 논문에서 다루어질 주제이겠지만, (문학) 창조성과 관련된 근대적 논의는 루쉰이 그의 『새로 엮은 옛이야기(故事新編)』에서 채용한 파편적 형태의 전설이라는 기법과 관련된 영감이었다. 창조성을 신화에 대한 언급을 통해 표현하고자 했던 갈망이나 충동은 1980년대의 여러 소설에서도 명백히 드러난다. 이 글에서는 먼저 중국 전통 신화에 관해 언급하고 있는 당대 소설 세 편의 결미 부분을 간략히 고찰한 다음, 『새로 엮은 옛이야기』의 주제 기법상의 문제를 검토할 것이다. 여기서 논의될 것이지만, 루쉰의 『새로 엮은 옛이야기』는 신화적 비유 mythopoeic tropes를 현대 소설에 도입하는 과정에서 발생할 수 있는 긍정적·부정적 측면들을 판단하는 데 있어 중요한 문맥을 제공할 것이다.

짱신신(張辛欣)의 「우리 또래의 꿈(我們這個年紀的夢)」(1982)은 평범한 근로 여성 내면의 심리적 변화를 탐구하는 이야기이다. 이 작품은 1983년 '반(反)정신 오염' 캠페인 중 많은 비난의 대상이 되었지만, (주로 관대한 내면적 독백으로 이루어지는) 작가의 형식적 실험이나 인생에서 공상 fantasy이 차지하는 의미에 대하여 (작가가 부여하는) 긍정적 평가는 1980년대말 실험소설의 문맥에서 보자면 (오히려) 온건한 것이다. 이야기는 여성 주체의 탐구에 관한 인상적인 묘사로 남아 있다. 불만족스런 결혼 생활은 그의 소중한 낭만적 환상을 단지 환상적인 것으로 드러나게 하는데, 여주인공은 유일하게 자기 아들과의 관계 속에서 창조적인 만족을 발견한다. 그리고 그 관계는 어머니가 아들에게 들려주는 동화나 전설을 통해서 주로 구체화된다.

누가 이 고대의 전설 —그녀가 『산해경(山海經)』에 있는 간략하고 영웅적인 이야기로 기억하는—을 취하여 그것을 길고 생생한 동화로 썼던가? 이야기는 과보(誇父)가 산과 산을 가로지르고 강과 강을

건너는 것을 상세하게 묘사한다. [……] 그녀가 불가피한 결론에 결
코 이르지 못할 듯이 보인다. 그러나 아마도 종결은 변해도 좋을 것이
다. 이야기는 너무 길었다. 그녀는 (책을) 읽으면서 점점 더 피곤하게
되었다. [……] 내 꿈이 그렇게 장엄한 것은 아니었지만, 나에게는
그것이 중대하고 지속적인 꿈이었다. 그 꿈이 나와 함께 있을 동안
(비록) 실체나 무게를 지니고 있지 않았지만 흡사 침묵 속에서 나를
따라다니는 보이지 않는 그림자와 같았다. 그것이 나로부터 제거되었
을 때 나는 갑작스런 공허감에 의해 압도되었으며, 처음으로 내 꿈이
차지했던 공간을 인식하였다.[1]

이야기의 원래의 종결을 알지 못한 채 아들은 후에 달이 그를
따라다녔었다고 이야기하는데 이는 명백히 과보 전설에 대한 그
의 자의적인 변형을 보여주는 것이다. 시장에 있는 남자가 권고한
것처럼 그는 이야기의 종결을 다시금 상상하고 전설적 요소들을
뒤섞어서 그들을 자신의 개인적 꿈의 세계로 재창조해내는 것이
다. 소년의 희망적인 이야기 속에서 자연은 인간의 의지에 저항하
기보다는 거기에 조응한다. 「우리 또래의 꿈」의 종결부에서 어머
니는 심리적 갱신(更新)의 희망을 전혀 제공하지 못하는 불만족
스런 결혼 생활에서의 역할로 되돌아간다. 그러나 그녀의 꿈은 꿈
을 꾸는 자로부터 독립된 후생(後生)을 지니고 있으며, 이는 전설
로 전환되면서 다음 세대에 대한 영향력을 행사한다.
　민담(民譚)을 인간 마음의 심층에 내재한 초세대적인 동경의 보
고(寶庫)로 보고자 하는 관점은 심근(尋根), 즉 '뿌리 찾기' 운동
과 관련된 작가들의 믿음의 산물인데 그 중에서도 대표적인 인물

---

1) 張辛欣,「我們這個年紀的夢」, 四川出版社, 1985년, p. 188. 논문에서 인용된 작품
　중 중국어판이 없을 경우 앤더슨의 영역을 토대로 국역하였다. 중역으로 인한 의
　미상의 변화를 어느 정도 전제하여야 할 것이다.

은 한사오꿍(韓少功)이다. 한의 1986년 작품인 「여자 여자 여자 (女女女)」는 화자가 경험하는 정신적 에피퍼니 *epiphany*의 바로 중심부에 반고(盤古)의 창조 신화를 위치시킨다. 이러한 에피퍼니는 화자의 선조의 고향에서 발생하는데 화자는 그의 아주머니의 장례식에 참석하기 위해 고향으로 돌아온다. 이야기에서 그의 아주머니는 잔소리가 심한 여자로 등장하였다가 종국적으로는 '환상적 사실주의'의 방식을 통하여 괴물스런 물고기로 변한다. 전체적으로 화자는 죄책감 속에서 아주머니의 무의미한 인생이 무엇을 위한 것이었던가에 대하여 방황하고 회의한다. 그러나 사실상 그녀(아주머니)는 자신의 병과 죽음의 과정에서 일종의 개인적인 무녀로 기능하고 있으며, 화자를 자기 마을의 신화적 영역 속으로 다시 데려오면서 그로 하여금 작품의 두번째 장에서 전개될 정신 내면에 대한 묘사를 준비하게끔 한다. 여기에서 화자는 아침 일찍 일어나 어둡고 황량한 마을의 거리를 거니는 장면을 묘사한다. 갑자기 땅 위에는 생쥐들이 기어다니고 지면은 물결처럼 요동치기 시작하는데 이는 흡사 대홍수의 신화를 재현하는 것처럼 보인다. 그리고서 그는 마을 사람들의 노래를 들으며 반고의 창조 고사(創造故事)를 다시 들려주는데 그들의 노래는 표현할 수 있는 것의 경계선상에 놓여 있는 상상력을 불러일으킨다.

한때 산등성이는 반고(盤古)의 뼈였고,
절벽은 그의 몸이었으며,
그의 두 눈은 해와 달이 되었고,
그의 이빨은 금과 은이 되었으며,
그의 머리는 풀과 나무가 되었고,
새와 짐승들은 숲에서 나왔다.

한 늙은 시인이 노래를 시작하자 모든 사람들이 다 같이 따라 부른다. 땅은 흔들리며, 절벽은 무너진다. 천상(天上)의 책이 펼쳐지고, 활이 당겨지고, 피투성이 소의 머리가 종족의 깃발 아래 높이 매달린다. 당신은 어디로 가고 있는가? 전설은 쓸쓸한 고사리처럼 세상에 펼쳐져 있으며, 사막과 깊은 숲과 달빛과 녹으로 얼룩진 궁전 속에서 각 시대를 시대의 새까만 꿈에서 깨워준다. 〔……〕내가 어디에 있는가? 오래 전 그곳에는 정자(精子)의 분출이 있었으며, 아이의 탄생을 상징하는 한 가닥 울음 소리가 들렸으며, 진홍색의 피가 담 밑을 통하여 검은 석탄 지층 속으로, 거친 중얼거림으로부터 태어나 음모로 매듭지어진 문자 속으로, 그리고 전과(前科)의 혁명가의 잘려진 목과 그들의 쇠고랑 소리 속으로 스며든다. 너는 어디로 가느냐? 홍수는 하늘까지 솟구치고, 사람은 죽고, 땅은 흔들리고, 벽은 무너진다. 아무도 자기들 마음속의 광활한 우주를 원장(元帳) 속의 한 페이지로 귀착시킬 수 없듯이 누구도 그녀를 구할 수 없다.[2]

이 장면에서 화자는 일상의 의식을 부수고 원시적인 창조의 에너지를 탐색하는데 이는 한사오꿍이 그의 중요한 평론 「문학의 뿌리」에서 문화적 저층의 '암장(岩漿)'이라고 부르는 것이다. 마을 사람들은 이러한 에너지와의 일상적 교류 속에서 살고 있으며, 이 작품 속에서 묘사된 화자와 다른 도시인들은 그로부터 깊이 격리되어 있다. 창조 (과정)에서 분출된 원초적 힘은 두 가지 방식으로 산포되는데, 텍스트에 따르면 육체적으로는 혈연을 통하여, 그리고 정신적으로는 신화의 전파를 통해서이다. 자연의 원초적 힘에 대한 화자의 시선은——그것은 또한 진실된 문화의 원천이기도 한데——매우 교란적이지만, 이를 통해 그는 일상사의 가치

---

2) 韓少功, 「女女女」, 『誘惑』, 湖南文藝出版社, 1986, p. 252.

에 대한 새로운 이해와 함께 자신의 평범한 생활 속으로 돌아오게 된다. "저녁을 먹고, 그릇을 씻고, 그리고 전화를 하고 〔……〕 이 속에 가장 단순하고 심오한 원리가 내재해 있다."[3]

만일 한이 「여자 여자 여자」에서 일종의 정신적 초극을 지향하고 있다면, '신사실주의자'로 명명되는 류헝(劉恒)은 그의 1988년 작품인 「복희 복희(伏羲伏羲)」에서 완고한 유물론자로 남아 있으며, 이 과정에서 그는 '뿌리 찾기'에 대한 새로운 의미를 부여한다. 류(劉)는 여성의 창조적 원리 속으로 침잠하기보다, 남성 원리에 의해 지배되는 사회적 제도의 기원을 비판적으로 검토한다. 비록 이야기가 표면적으로는 40년대에 시작된 한 가정의 비극에 대한 자연주의적 묘사이지만, 작품은 독자들로 하여금 서술된 사건과 복희——그의 누이와의 결합을 통해 혼인 제도를 제도화시킨 것으로 전해지는 신화적 족장——전설 사이의 연관성을 탐구하게 한다. 작품은 또한 노골적으로 지시하고 있지는 않지만, 근친상간의 비유를 통하여 외디푸스 이야기를 유추적으로 암시한다. 「복희 복희」의 많은 부분은 토지 분배와 인민 공화국 초기의 공유제를 배경으로 이루어지고 있다. 당의 정책들은 사회적 부조화를 경감시키는 데 완전히 실패하며, 이는 이야기의 설명에 의하면 계급 분리의 결과라기보다는 성별간의 전횡적인 관계를 고취시키며 이로 인해 자연적 유전학의 붕괴를 초래하게 만드는 가부장 제도의 산물로 비쳐진다. 「복희 복희」에서 상술되는 비극적 사건들은 양찐산(楊金山)이라는 성적으로 무력한 중년 지주 남자가 자식을 갖고자 하는 욕망을 가지면서 시작되는데, 그는 쥐떠우(菊豆)라는 아름다운 두번째 처를 얻기 위해 자신의 거의 모든 재산을 처분해버린다. (그 후) 첫번째 아내처럼 그녀도 아이를 갖지

---

3) 앞의 책, p. 258.

못하게 되자 뒤이어 남편으로부터의 구타가 시작된다. 그녀는 곧 지주의 조카인 양티엔칭(楊天靑)과 사랑에 빠지게 되며, 그들 사이의 아이를 쥐떠우는 찐산(金山)의 아이로 내어놓는다. 두 젊은 남녀는 어느 해 가을 전신 마비에 걸리게 된 찐산 앞에 자신들의 관계를 드러냄으로써 그에 대한 복수를 단행한다. 그러나 조카에게 부여된 장기적인 결과는 더욱 가공스러운 것이다. 찐산의 죽음 이후 티엔칭과 쥐떠우는 헤어져 살게 되며, 오랫동안 티엔칭의 형제로 불려온 아들은 몇 년 후 티엔칭이 정작 부성애를 표현하게 되자 그를 아버지로 받아들이기를 거부한다. 마음이 산란해진 티엔칭은 저수 탱크에 빠져 자살한다. 그의 벌거벗은 몸을 발견한 마을 사람들은 물 표면에 로맨틱하고 숭고한 기풍을 띠고서 떠 있는 그의 생식기에 매료당하게 된다. 티엔칭의 뿌리라고 마을 아이들이 부르는 것의 '거대한 크기'는 이 지방의 전승으로 전해진다. 이야기에 대한 아이러니한 종악장 *coda*에서 화자는 몇 년 후 마을의 젊은이들이 티엔칭을 어떻게 그들의 생식기에 대한 비교의 표준으로 사용하는지를 상술한다.

아이들은 [……] 결코 티엔칭을 생전에 보지 못했으며, 죽은 티엔칭조차 보지 못했지만, 자신들을 (때로는) 자극하거나 (때로는) 슬픔에 빠지게 하면서 그들의 젊은 꿈을 혼란스럽게 만든 초시간적인 이야기를 전해들었다. 고통과 고독 속에서 인생을 살다 간 총각 양티엔칭은 이제 홍수욕의 역사 속에 불멸의 인물로 등장하였다.[4]

사실상 티엔칭은 마을 사람들의 기도와 탄원 속에서 '남성의 정신'(복희 자신?)으로 동화되어갔다. 이러한 결과에는 상당히 비

---

4) 劉恒, 「伏羲伏羲」, 『東西南北風』, 作家出版社, 1989, p. 255.

극적인 아이러니가 내재해 있는데 왜냐하면 티엔칭은 그러한 전설이 지지하는 가부장적 사회 구조의 명백한 희생물이기 때문이다. 이러한 사회적 구조——즉 이야기 속에서 전횡적이고 생식 불능인 쩐산에 의해 강요되는 구조——는 인간 욕망의 자연적인 순열을 수용하지 못하는 것으로 인해 저주받게 된다. 어떤 의미에서 「복희 복희」는 성적 자유에 대한 요구이며, 이 작품은 사실 중국에서도 그렇게 이해되어져왔다. 예를 들어 비평가 유정은 「복희 복희」가 복희(伏羲)와 여와(女媧)의 신화에, 영웅화의 과정 속에서 변형된 원 신화의 긍정적인 성적 강건함을 복원시켜내기 위한 시도라고 주장하였다. 그러나 그의 순자연주의적 발언의 와중에서, 류헝은 때때로 사회 비판의 경계를 넘어선 생물학적 결정론을 강요하게 된다. 그의 연인들은 에로틱한 욕구의 충족과 자기 파괴를 향한 동등한 차원의 동기에 사로잡혀 있는 듯 보인다. 티엔칭의 욕망의 근원은 또한 그의 소멸의 요인이다.

앞서 논의된 작품들은 각기 개인적 상황(혹은 언급된 사례)과 신화 속의 문화적 '원형 플롯 master plot' 사이의 관계에 대하여 상이한 견해를 채택한다. 「우리 또래의 꿈」에서 원형 플롯은 세대를 넘나드는 인간 욕망의 미종결적 표현으로 끊임없이 수정될 수 있다. 「여자 여자 여자」에서 신화와 전설은 동질적인 정신적 정보를 수반하며, 그렇지 않을 경우 화자나 청자는 영원히 서로에게 이방인으로 남게 된다. 「복희 복희」의 다소 비양성적(非陽性的)인 모습을 보자면, 문화적 원형 플롯은 그것이 둘러싸고 있는 파괴적인 사회 제도를 통해 티엔칭의 경우와 같은 개인적 비극을 끊임없이 창조하고 재흡수한다. 세 편 작품 속에서의 신화에 대한 전략적 언급은 가계 genealogy의 문제나 세대간의 문화적 동질성의 계승 등과 같은 또 다른 중요한 문맥 속에서 작가로 하여금 창조성(혹은 「복희 복희」의 경우 성적 능력)에 관한 개인적 열망을 표출할 수 있게 한다. 창조성은 세 작가 모두에 있어 개인적이고 보편적이며, 사적이고 공적인 문제이다.

전체적으로 이러한 작품들은 전통이 개인적 주체성에 관해서 가지는 관계, 그리고 국가의 문화적 쇄신을 위한 일반화된 투쟁 중 개인의 창조적 노력이 차지하는 위치에 대하여 광범위한 질문들을 제기한다. 이는 중국 현대 문학 논쟁에서 오랜 역사를 가지고 있는 질문들이며, 특히 5·4 시기 동안 특별한 긴박성과 함께 제기되었던 물음들이다. 청말(清末)과 민초(民初)의 여러 가지 유형의 개혁가들 또한 동일한 질문을 제기하였다. 즉 개인으로서, 민족으로서 중국이 어떻게 전통에 대한 신념의 상실에서 비롯된 정신적인 곤경을 극복하고 그 공백 위에 근대 세계의 도전들에 버금가는 활기찬 의식을 투여할 수 있을 것인가? 이 질문에 대한 답변을 고안하는 과정에서 5·4 작가들은 현대 중국의 작가들처럼 골절된 문화적 파편으로부터 새로운 문학을 구축해낼 것을 강요받게 된다. 즉 한편으로는 정통 유교와 도교의 전제적·부정적 영향에서 비교적 자유로운 그들 중국의 문화적 유산들로부터, 그리고 다른 한편으로는 노골적으로 제국주의적 성향을 옹호하지 않는 서구 문화의 요소들로부터. 그 결과는 꿔모뤄(郭沫若)의 1921년 시집 『여신(女神)』에서 보여지듯 세계 문학과 신화에 있어 창조적 원리의 다양한 분신들 중 하나로 여신 여와를 경축한 일종의 문학적 재구(再構)였다.

루쉰 『새로 엮은 옛이야기』의 첫번째 작품이면서 그 자체가 여와 신화의 재구였던 「하늘을 깁다(補天)」는 꿔모뤄 시의 영향이 아니었다고 할지라도, 그 시대 개혁 지향 지식인들 사이의 창조성 문제에 관한 보편적 관심으로부터 영감을 받았다. 창조사 동인이었던 청팡우(成仿吾)는 확실히 「하늘을 깁다」 속에서 꿔모뤄 시의 주제적 의미를 인지하였다. 청팡우는 루쉰의 단편집 『외침』 속에 처음 등장하였던 「부주산(不周山)」에 대한 논평에서 이 작품을 작가의 최초의 수작으로 꼽으며, 이를 루쉰이 마침내 사실주의의 속박을 벗어던지고 순문학의 궁전 속으로 들어간 증거로 간주하였다. 이러한 찬송은 창조사의 '예술을 위한 예술'이라는 미학관을 거부하였던 루쉰을 섬뜩하게 만드는 것이었다. 루쉰은 후에 청팡우의 논평을 인용하면서 (이러한 지적이) 그가 1930년에 출판된 『외침』의 판본에서 앞서의 작품을 제외시키게 된 이유로 들고 있다. 창조사에 대한 공적인 비난에도 불구하고 1902년에서 1909년 사이 일본에서 유학할 동안 루쉰이 쓴 수필들은 후일 창조사가 주장하였던 많은 문학관을 사실상 공유하고 있었음을 보여준다. 이러한 수필을 통해 루쉰은 개인의 의식을 역사 변화의 원동력으로 규명하는 진화 이론을 발전시켰다. 이 시기의 다른 사상가들처럼 그는 중국 문명의 명백한 정체성을 비난하였으며 변화를 수용하고 격려하는 서구의 역량을 존경하였다. 한편 루쉰은 변화에 대한 재능이나 적성을, 자아 실현을 위한 투쟁을 통해 그의 민족을 진보와 빛의 방향으로 인도하는 천재적이고 개인적인 창조력과 연결시켰다. 문학적 관점에서 볼 때 루쉰의 진화론은 괴테, 바이런, 니체와 같은 서구 작가들에 대한 경외로 표출되었는데, 루쉰은 이들 작품 속에서 자기 표현을 위한 새로운 형식의 영웅적 탐구 행위를 인지하였다. 창조사의 동인들도 이와 유사한 이유로 후일 동일한 서구 작가들에게 매료된다.

그러나 루쉰의 창조성에 대한 견해는 내적인 변화를 보여주고 있으며, 10년대 후반 그는 이미 서구의 신이상주의에 대한 자신의 흥미를 대다수 방기하였다. 루쉰이 자아 표현으로서의 예술적 창조에 대한 자신의 믿음을 저버리지 않았지만, 그는 점차로 모든 창조적 행위가 예술가와 그가 처한 사회적 환경 사이의 특수한 관계를 전제한다는 인식과 함께 당초의 표현주의적 형식론에 대한 관점이 변화하게 된다. 급기야 1924년경 루쉰은 중국 문화 부흥의 희망을 천재의 도래에서 찾고자 하였던 사람들을 조소하게 된다. "천재란 광야에서 갑작스러이 등장하는, 스스로 생성되는 신동이 아니다. 천재란 민중들이 천재를 양육할 능력을 갖추었을 때 (비로소) 탄생된다."[5] 창조에 대한 개인적 노력의 중요성을 지속적으로 인정함과 동시에 루쉰은 사회적 문맥을 모든 개인이 각자의 양분을 흡수하는 토양으로 간주하며 거기에 새로운 우선권을 부여한다. 이러한 문제에 대한 루쉰 심경상의 변화는 5·4 이후 보편적으로 등장하는 중국 지식인들 사이의 집체주의적 경향을 반영한다. 그러나 루쉰이 개인주의에 대하여 부정적인 입장을 취하게 되는 것을 단순한 정치적 방편 정도로 파악하는 것은 적절하지 않은 듯하며, 오히려 인간성의 사회적 본질에 대한 작가 자신의 성숙한 인식의 결과로 보는 편이 바람직하다. 이는 그가 1927년 쓴 「소잡감(小雜感)」에서 명확히 드러난다:

> 사람이 적막함을 느낄 때 글을 쓴다.
> 그에게서 적막감이 사라지는 순간, 더 이상 글을 쓸 수 없는데
> 왜냐하면 그에게는 이미 사랑이 없기 때문이다.
> 글쓰기는 늘 사랑에 뿌리를 두고 있다.
> 양주(楊朱)는 글을 남기지 않았다.
> 비록 글쓰기가 인간 내면 세계의 표현이라고 하지만,
> 우리는 독자를 기대하고 있다.
> 글쓰기는 사회적 행위이지만, 때로 한두 명의 독자만으로도 충분하다.
> 즉 좋은 친구나 연인.[6]

5) 魯迅, 「未有天才之前」, 『魯迅全集』 1권, p. 166.
6) 魯迅, 「小雜感」, 『魯迅全集』 3권, p. 532.

여기에서 루쉰은 창조성을 그 자체가 본질적으로 결속에 대한 염원(사랑)인, 타인으로부터의 격리감(고독감)에서 유래하는 것으로 묘사한다. 글쓰기란 자기 표현의 사적(私的) 문제인 동시에 그것의 유래와 결과에 사회적 의미가 부과되는 것이기도 하다. 그러나 문학 작품의 사회적 의미가 항시 고도로 공적(公的)이거나 정치적인 변형물일 필요는 없다.

창조성에 대한 루쉰의 관점은 「하늘을 깁다」의 주요 테마로 등장하고 있으며, 『새로 엮은 옛이야기』에 수록된 이 작품과 나머지 일곱 작품에서 루쉰이 채용하고 있는 기법들에 관한 단서를 제공한다. 서사 형식에 관한 한 루쉰의 가장 과감한 실험으로 이 책은 많은 독자들을 곤혹스럽게 하였다. 이 책의 이상적인 독자는 광범위한 역사적이고 동시대적 함의를 인지해야 할 뿐만 아니라, 한 순간에는 매우 모호하면서 다음 순간에는 지나치게 결정론적인 수사적 입장에 만족해야 한다. 많은 비평가들이 그들 해석의 지주 *point d'appui*로 삼고 있는 루쉰의 기발하고 자기 조롱적인 작품 서문은 비평의 어려움을 여러 가지 점에서 더욱 복잡하게 만들었다. 가장 악명 높은 것으로 루쉰은 그의 작품들이 희극성에 의해 손상되었다고 지적한다. 그는 작품집의 첫번째 이야기 「하늘을 깁다」가 창조의 기원, 즉 인간과 문학의 창조의 기원을 설명하기 위하여 프로이트의 이론을 사용하는 심각한 의도와 함께 집필되었다고 주장한다. 그러나 작품이 끝나기 전에 그는 잠시 집필을 멈추고 신문을 살펴보았는데 거기서 그는 애정시를 쓴 젊은 시인을 비난하는 도덕주의적 기사를 발견하였다. 이에 격노하여 루쉰은 그의 이야기에 새로운 인물을 등장시키지 않을 수 없었으며 그 인물은 여신의 다리 사이에 낡은 옷을 입은 채로 나타나서 여신이 옷을 입고 있지 않은 것에 대해 과장된 고전적 용어로 꾸짖는다. 이에 대하여 루쉰은 "그것이 내가 심각함에서 익살스러움으로 변

하게 된 이유이다. 익살은 글쓰기의 가장 커다란 적이다. 나는 나
자신에 대하여 불만족스럽게 느끼게 되었다"[7]라고 지적한다.

　이러한 익살스러움에 대한 비난은 비록 명백하게 자기 냉소적
인 것이지만『새로 엮은 옛이야기』가 발표된 이후 작품 논의의 상
당 부분에 영향을 미치게 된다. 특히 50년대 중반 루쉰의 명성이
중국에서 공고히된 연후 비평가들은 루쉰의 익살스러움을 설명하
는 과정에서『새로 엮은 옛이야기』에 대한 결정적인 변명을 제공
하고자 노력하였다. 비평가들의 변론의 입장은 그들이 작품 속의
역사적 혹은 현대적 요소들 중 어느 부분에 방점을 두는가에 따라
구분될 수 있다. 예를 들어 비평가 우잉은『새로 엮은 옛이야기』
를 역사소설의 거작으로 칭송하였다. 그는 루쉰이 정의로운 분노
에서 시사(時事)로 이전할 때 단지 간헐적으로 익살스러움에 의
존하였다고 지적하면서, 국민당의 강압적 정권 아래에서 글쓰기
에 종사함에 있어 작가는 그의 정치적 양심을 분노가 아닌 유머로
가장하여 이러한 간접적 형태로 표현할 수밖에 없었다고 주장한
다. 이와는 다른 관점으로 비평가 리상우는『새로 엮은 옛이야기』
는 결코 역사소설이 아니며 일종의 정치 풍자라고 주장한다. 즉
루쉰이 역사소설의 기법을 부분적으로 채용하는 것은 자기 시대
의 암울한 현실에 대해 논평하고자 하는 작가 자신의 의도를 은폐
하기 위한 연막일 따름이며, 따라서『새로 엮은 옛이야기』는 루쉰
이 완곡하게 당시의 정치 문화적 상황에 대한 불만스런 요소들을
폭로하고 거기에 충고를 가하는 우화 정도로 이해될 수 있을 뿐이
라고 지적한다. 루쉰 작품 속의 익살스런 요소들은 정치 우언(寓
言)의 표지로 사용되면서 텍스트의 축어적 의미를 넘어서서 거기
에 감춰진 진실된 메시지를 독자들로 하여금 간파할 수 있도록 촉

---

7) 魯迅,「『故事新編』序言」,『魯迅全集』2권, pp. 341~42.

진하는 요소로 작용한다. 그러므로 이들 요소는 루쉰의 기법에 있어 필수적인 것이다.

『새로 엮은 옛이야기』에 대한 이러한 독법은 모두가 작품집을 역사소설 또는 풍자라는 공식적으로 인정된 장르의 주형(鑄型) 속으로 쑤셔넣고자 한다. 그러나 루쉰의 서문은 작가 자신이 앞에서의 어떠한 분류에도 만족스러워하지 않았을 것이라는 추정을 제시한다. 루쉰은 반복적으로『새로 엮은 옛이야기』의 소재를 신화 혹은 전설이라고 명명하고 있으며, 이러한 주장은 그의 작품들을 "상아탑적 속성," 즉 "건실한 고증 및 광범위한 연구에 근거한" 심각한 역사소설들로부터 구분짓고자 하는 것이다. 루쉰은 그의 작품을 시사적인 정치 우언으로 읽어내고자 하는 과도하게 협소한 해석을 거부한다. 이와 더불어 그의 작품을 통해 당시의 실존 인물에 대한 암시성을 발견하고자 하는 독자들에 대해서도 강한 불만을 표시한다. 약간의 반대적 증거에도 불구하고, 루쉰은 그의 작중 인물이 단일한 실제 인물에 근거하고 있지 않으며 오히려 여러 모델들의 혼합으로 이루어졌다고 주장한다.

루쉰이『새로 엮은 옛이야기』에서 시도한 형식에 대한 실험은 그의 비평가들이 인식하였던 것보다 사실상 더욱 극단적이었다. 경향성보다는 오히려 장난기가 더욱 농후하였던 그의 익살성은 다소 미세한 명성을 누리고 있었던 문학 기법인 시대착오성의 직접적 사용에 기인한다. 몇몇 작가들은(특히 로만극에서의 조지 버나드 쇼나 알레조 카펜티어 같은 동시대 마법 사실주의자들) 의식적으로 시대착오성을 사용하였지만 문학 작품에 내재한 이러한 요소는 기법상의 실수로 종종 인식되어졌다. 그러나 근본적인 의미에 있어서 역사적 주제를 다루는 모든 작품들은 시대착오의 흔적을 보인다. 즉 지나간 시대를 묘사하기 위해서 현대적 언어를 사용하는 것은 스타일과 주제 사이의 시대착오적 불일치를 생성할 수 있는 잠재성을 수반한다. 루쉰이 지적하듯이 역사소설의 작가는 이러한 불일치를 극소화시키고, 그들이 묘사하는 역사적 환경을 자연스럽게 묘사하기 위해 자기 정력의 상당 부분을 학문적 사실 고증에 투여한다. 반면 『새로 엮은 옛이야기』에서 루쉰은 현대 작가가 고대인을 소생시키고자 하는 시도에서 발생하는 불일치성을 즐기고 있다. 때때로 루쉰은 묵자가 문언(文言) 독자에게는 익숙한 그의 치근치근하고 끈적끈적한 어투로서 왕에게 질문을 던지는 「공격하지 말라(非攻)」에서처럼, 문체적 음역(音域)의 마찰을 확인한다: "지금 여기 사람이 있어 자신의 덮개 있는 수레를 마다하고 이웃 사람의 초라한 이륜 마차를 탐하며, 자신의 비단 예복을 마다하고 이웃 사람의 누더기를 탐하고, 자신의 쌀과 고기를 뒤로하고 이웃의 왕겨 껍질을 부러워한다고 하면, 그러한 사람을 당신은 어떻게 생각하겠습니까?" 왕은 퉁명스럽게 대답하기를, "그가 절도광이라고 말하겠소."[8] 다른 곳에서 루쉰은 「죽은 자를 되살리다(起死)」에서의 순경이나, 포로들의 옷을 벗기는 상해의 도적들과는 달리 자신들이 문명화된 도둑이라는 것을 피랍된 사람들에게 확신시켜주고자 하는 「고사리를 캐다(采薇)」에서의 해적들처럼, 20세기 제도나 사회적 현상에 대한 부적절한 언급을 통해 익살스러움을 드러낸다. 때때로 시대착오성은 루쉰이 '셰익스피어' 'Vitamin W,' 혹은 신농(神農)의 '본초(本草)' 등을 언급하는 상황에서처럼, 「홍수를 다스리다(理水)」에서의 현학자들 모임에서 그의 등장 인물들로 하여금 피진 영어 *pidgin English*와 고대 중국어를 섞어서 말하게 하는데, 이러한 기법은 「침륜(沈淪)」에 등장하는 것과 같은 문화적 스튜 *stew*를 패러디하기 위해 도입된다. 『새로 엮은 옛이야기』에서 루쉰은 과거가 현재에 깊이

---

8) 魯迅, 「非攻」, 『魯迅全集』 2권, p. 460.

스며들어 있고 자신의 관점에서 과거에 대하여 끊임없이 재해석을 해내려가는 근대 세계를 독자들로 하여금 인식하게 하기 위하여 시대착오성을 사용한다. 대다수 역사소설과의 현저한 대조를 보이면서 루쉰의 작품은 현대 사회에서 역사·신화, 그리고 전통 이데올로기 등이 지속적으로 누리고 있는 권위에 도전하는 과정에서 자신이 창작의 주제로 삼고 있는 이들 요소들의 복합적 혼합을 부자연스럽게 만들고자 한다.

『새로 엮은 옛이야기』의 형식적 특성들 중 많은 논의가 이루어지지 않은 부분은 작품 내에서 사용되는 상징주의와 알레고리적인 요소이다. 상징주의는 특히 20년대에 씌어진 세 편의 작품인 「하늘을 깁다」「달을 향하여(奔月)」「칼을 만들다(鑄劍)」에서 명확히 드러나는데 이는 루쉰이 고도의 상징적인 산문시 『들풀(野草)』이나 쿠리야가와 하꾸손의 저서 『고통의 상징』을 중국어로 번역하던 시기와 거의 유사한 기간이다. 루쉰은 특히 프로이트와 베르그송에 많은 영향을 받은 쿠리야가와의 창조성 이론에 깊이 공감하였다. 쿠리야가와에 의하면 모든 창조적 행위는 두 개의 원초적 극단성 사이의 투쟁으로부터 태어나는데, 이는 '생명'과 '억압'의 힘이다. 「하늘을 깁다」는 그 자체가 이러한 투쟁의 상징주의적 탐구이며, 여와는 생명의 힘을 암시한다. 그러나 루쉰이 전통적 이미지나 인물들을 인용할 때조차도 그는 기존의 관례에 상반되는 해석을 취한다. 예를 들어 「하늘을 깁다」에서 여와의 형상은 창조성에 대한 기존의 중국적 관습에 근거하기보다 동시대의 서구로부터 추출된 모습이다. 루쉰은 그가 '식인주의(食人主義)'라고 비난했던 전통에 대하여 긍정성을 부여함이 없이 전통에 기대면서 (자신이 사용하는) 과거의 이미지를 새로이 재창조하고자 한다.

『새로 엮은 옛이야기』에서 알레고리는 루쉰이 30년대 중반에 쓴 다섯 편의 작품에서 상징주의를 대체하는 지배적인 수사 기법으로 등장한다. 그러나 루쉰의 알레고리의 사용은 일정하지 않으며, 그가 사용하는 기법들 중 명백히 가장 논란적인 요소이다. 그는 알레고리의 가장 일반적 정의에서 전제되는 것과 같은 기표와 기의 사이의 고정된 상응 관계에 안주하지 않는다(일반적으로 보자면 서사의 사건들은 명백히 그리고 지속적으로 사건과 사상의 다른 동시적 구조를 지시한다). 루쉰의 알레고리는 교체적으로 매우 구체적이며(지시에 있어 개인적 영역을 가리키거나 혹은 특수한 동시대 사건을 가리키면서), 또한 일반적이고(철학적인 추상성의 꽤 정미화된 영역을 가리키면서), 때때로 서사는 서너 가지 영역을 동시적으로 지시한다.

예견될 수 있듯이 정치적 알레고리는 중국 대륙의 학자들로부터 가장 주목을 받았던 요소이다. 「홍수를 다스리다(理水)」는 이러한 알레고리의 가장 지속적인 사례를 제공한다. 비록 외면적으로는 신화적인 치수자(治水者) 우(禹)에 대한 이야기지만, 이 작품은 현대적 사건에 대한 구체적 언급으로 이루어져 있으며, 이를 통해 루쉰은 일본의 침략에 대한 중국의 비효율적인 대응에 대하여 조소를 가한다. 그러나 전체적으로 정치적 알레고리는 텍스트에서의 보다 광범위한 문화적 알레고리의 문맥에 종속된다. 실제로 30년대 중반에 씌어진 다섯 편의 작품은 전통적 이데올로기 및 오늘날 중국인의 생활에 스며들어 있는 (이들 전통 사상의) 지속적인 영향력에 관하여 광범위한 검토를 시도한다. 루쉰은 특히 유교와 도교에서의 "원리화된 은둔" 개념에 흥미를 가지면서, 짱타이옌(章太炎)을 좇아 이 두 가지의 사고가 상호 유기적으로 연관되어 있다고 믿었다. 그러나 그는 또한 치수자 우와 철학자 묵자로 대표되는 실용주의와 평등주의——그가 비제도화된 민간 전통이라고 불렀던 것——도 중요하게 취급하였다. 루쉰의 의향은 이러한 사상가들에 대한 사실적인 역사적 초상화를 제공하는 것이 아니며, 그들의 철학 전통을 어떤 지성적 엄격함에 근거하여 탐구하고자 하는 것도 아니다(루쉰은 그들의 철학적 체계에 대해 삽화적 스케치를 제공할 뿐이다). 그는 대신 그들 사상의 물화된 사회적 결과를 검토하고, 이러한 사상이 중국과 중국인의 복지를 어떻게 방해하거나 진보시켰는가를 보여주는 데 흥미를 가진다. 이러한 이야기를 통해 루쉰은 그들의 사상을 유물론적 비판에 종속시키고, 이러한 사상을 집단의 요구에 견주어 측정한다(즉 의식주를 요구하는 중국인이라는 집단). 자연스럽게 이러한 관점에서 가장 환영받는 것은 실용주의적 민간 전통이다.

한편 『새로 엮은 옛이야기』에는 또 다른 층의 알레고리가 있는데, 이는 분석하기에 가장 용이하지 않은 부분이다. 20년대와 그이후에 씌어진 몇몇 작품에서, 루쉰은 그가 작품을 창작할 당시 가장 개인적으로 관심을 가졌던 (인간의) 심리적 문제를 알레고리화하였다. 초기 작품에서 루쉰은 자신을 그가 묘사하는 문화적 영웅과 동일시한다(특히 「하늘을 깁다」에서의 여와, 「달을 향하여」에서의 궁수 예, 그리고 「칼을 만들다」에서의 어두운 이방인 연지오자[宴之敖者]). 이러한 인물들을 통하여 루쉰은 창조적 영감에 대한 사적 추구와 그의 개인적 명예의 반향, 그리고 혁명적 격렬함의 본질 및 결과를 차례로 탐구한다. 한편 알레고리의 다양성은 외형적으로 비개인화된 것처럼 보이던 작품을 내면적 본질에 있어 루쉰의 사적 고뇌의 긴밀한 표현으로 만든다. 이러한 동질화는 거의가 자기 충족적이 아닌 것처럼 보이는데 왜냐하면 루쉰은 항시 인물들의 수동성에 우리의 관심을 환기시키기 때문이다.

『새로 엮은 옛이야기』에서 알레고리의 다양성은 무장 해제적인데 왜냐하면 그들은 불연속적이 아니라 상호간에 중복되고 방해

적이기 때문이다. 어떠한 주어진 텍스트적 기표도 사적인 일이나 정치적 사건, 문화, 철학적 구조, 혹은 이런 모든 층을 동시적으로 지시할 수 있다. 물론 알레고리화된 상상력에 자유로운 통제를 가하는 데 있어 루쉰은 텍스트의 수사적 안정성을 저해시킬 수 있는 위험성을 감수하였으며, 이러한 기법상의 성공이나 실패는 개별 작품에 따라 독자적으로 평가되어야 할 것이다. 그러나 최상의 경우에 있어 루쉰의 기법은 매우 효과적이다. 작품 속 수사의 불연속성은 루쉰으로 하여금 공과 사, 철학과 정치 사이의 관습적인 구분을 혼동스럽게 만들며, 이러한 방식으로 실제 세계에서의 의도치 않은 연속성을 드러내 보여준다.

　예를 들어 이러한 상징적이고 우화적인 층을 통하여 「하늘을 깁다」는 사적이고, 사회적이고, 우주적인 창조성에 대한 명상을 제공한다. 이러한 다의성은 루쉰의 인물 창조에 흥미있는 효과를 가져다준다. 예들 들어 여와는 일면적 알레고리의 도식적인 해석과 타협하지 않으며, 사실주의 소설에서의 인물의 불투명성을 간직한다. 실제로 불투명성은 텍스트에서 여와의 상징적 가치를 규정할 뿐 아니라 그녀 자신의 존재 의식을 규명한다. 이야기의 서두에서 여신은 연분홍빛 우주에서 깨어나는데, 주위로부터 그녀는 완벽하게 구분되는 것처럼 보인다. 우리는 단지 여신이 무엇인가가 결핍되었으며 무엇인가가 과다함을 인식할 뿐이라는 것을 전해듣는데, 이는 루쉰 자신이 모든 창조적 행위가 당면하고 있다고 생각했던──우리가 외로움과 사랑의 혼합으로 인식하는── 감정적 상태이다. 그녀는 무기력하고 무목적적으로 진흙으로 자신의 형상을 닮은 작은 생명체를 만들기 시작한다. 그리고 그녀 자신의 수공은 스스로를 놀라게 만든다: "비록 그녀 자신이 첫번째 인간을 만들었지만, 그녀는 그 창조된 인간이 원래 진흙 속에 숨겨져 있지 않았던가라고 의아해하지 않을 수 없었다."[9] 이러한 장면을 통해 볼 때 여와는 (흡사) 창조적 충동을 수행하는 대리인처럼 보이며, 이러한 충동이 전적으로 여와 자신에게 속하는 것은 아닌 듯하다. (실제로) 여와 자신은 생의 활기를 불러모으기보다 잠정적으로 거기에 소유당하였다. 창조하고자 하는 욕구는 지적이라기보다 육체적 요인이며 이는 여신의 신체에 거주하면서 그녀의 이성으로는 충분히 측량할 수 없게 남아 있다. 문맥을 통해 드러나듯, 그녀의 원초적 창조력은 궁극적으로 성과 불가분리적이다. 여신에 대한 묘사에서 "그녀의 분홍빛 살갗을 잡아당기고, 육체가 물결의 거품에 덮여 있다"라고 하는 부분은 루쉰의 문장에서 가장 에로틱한 구절이다.

그러나 창조성에 대한 루쉰의 견해는 단순한 유기주의를 넘어선다. 「하늘을 깁다」에서 여와의 두번째 중요한 행위인 '하늘 보수'는 창조적 노력의 보다 성숙한 단계를 약술해주는데, 이는 그녀가 창조한 생명체의 행위에 의해 비극적으로 불가피하게 된다. 그녀가 생명체을 창조하는 순간, 그들은 그녀로부터 격리되면서 서로간에 전쟁을 수행하기에 이른다. 작품 속에서의 그들간의 전쟁 행위는 하늘의 붕괴를 촉진시키며, 붕괴된 하늘의 보수는 여와의 마지막 영웅적 행위가 된다. 인간 사회는 그 자체가 여와에 반대하는 억압적 힘의 장소이며, 그녀의 피조물이 만들어내는 사회는 루쉰의 풍자적 상상력의 분노에 귀속된다. 모든 다양성 속에서의 인간들의 교제는 루쉰의 묘사에 의하면 허영의 표현일 뿐이다. 종교는 죽음에 대한 공포로부터 그것의 원천을 찾으며(공급자조차도 무가치한 것으로 인식하는 생명을 구하기 위한 불로약의 무용한 탐구), 정치는 지배적 욕망을 이성화시키기 위한 필요에서 등장한다(지구상에서 전쟁의 패자는 정의를 수호하지 못하는 하늘을

---

9) 魯迅, 「補天」, 『魯迅全集』 2권, p. 346.

260

원망하고, 승자는 그들 공격에 대한 저항을 유발했던 반대자들 마음 속의 사악함을 비난한다). 그리고 사회적 도덕은 본질상 생명 그 자체의 원동력인 본능에 대한 반박이다. 요약하자면, 인간 사회는 언어에 내재한 위선적 잠재성의 최상일 뿐이다.

여와는 그녀의 피조물에 대하여 애정을 인식하지 않지만(여신 은 피조물의 언어를 수용하지도 완전히 이해하지도 못한다), 그들을 동정할 수는 있다. 그녀가 하늘을 보수하고자 하는 결정은 사실상 새로운 도덕적 의도에 기인하는 것이다. 그리고 도덕적 책임성에 대한 가정과 함께, 여와는 처음으로 자신을 보다 완전히 이해하게 된다. 그러나 아이러니하게 자아의 발견은 자기 희생의 행위와 일 치하게 되며, 비극적으로 자신이 창조한 피조물은 이러한 행위의 (의미를) 인식하지 못한다. 신들의 황혼 *götterdämmerung*에 관한 이야기 속에서 여신은 아무런 조건 없이 그녀의 불멸성을 희생하 게 되며 여신의 피조물들은 그녀 행위의 진실된 본질을 그릇되게 대변하는 파편적 미신과 의례 속에서만이 그녀를 존경하게 된다.

여와 이야기는 한편으로는 자연의 생성적 원천으로부터 사회가 격리되는 것에 관한 알레고리로 변형되고, 다른 한편에서 루쉰은 그의 작품을 통해 문학과 인류의 창조에 관해 이야기하고자 한다. 여와에서 독자는 작가의 초상을 발견하게 된다——설령 구체적으 로 (그 작가가) 루쉰 자신이 아니더라도, 일반적인 5·4 시기의 작 가 영웅들의 모습을. 즉 희망적이지만 나약한 대중에 의한 기적의 내림을 기대하는 과정에서 문화적 보수주의자로부터는 비판을 받 으며, 민족적 위기의 시대에 문화 부흥의 거대한 부담을 떠맡은 5·4의 작가 영웅들. 그러나 여와의 두 가지 행위——즉 하나는 자 연스럽지만 비도덕적이고, 다른 하나는 열정적이지만 파괴적인 행위——는 다소 부자연스럽게 결합되어진다. 그들 속에서 우리 는 루쉰의 창조에 관한 두 가지 상호 대립적인 명제를 그려볼 수 있다. 한편으로는 진실된 창조가 창작 주체의 감정적 생활의 자연스런 분출이 되어야 한다는 것이며, 다른 한편으로는 작가가 창조적 부산물의 사회적 결과에 대하여 책임을 지녀야 한다는 것이다.

마지막으로 장자가 꿈에서 생사의 상대적 가치에 대하여 해골과 대화하는 「죽은 자를 되살리다」라는 『새로 엮은 옛이야기』에서의 끝 작품을 간략히 살펴보기로 하자. 루쉰의 이야기는 간략한 극적 스케치인데, 거기에서 장자는 사명(司命)으로 하여금 해골의 주인을 소생시키도록 한다. 놀랍게도 소생한 사람은 장자와 철학적 대화를 나누는 데 흥미를 갖지 않았으며, 완강히 의복과 음식을 요구하고 새로운 시대에서 가족과 친구가 없음을 아쉬워한다. 장자의 역설적이고 자기 부정적인 난해한 반응은, 물질적 필요성을 직설적으로 드러내는 남자의 얼굴 위에서 공허히 맴돌 뿐이다. 어떤 의미에서, 이 작품은 지식인과 농민 사이의 범례적 만남에 대한 루쉰의 또 다른 이야기이며, 지식인이 자신의 사회적 의무감에 대하여 느끼는 (일종의) 우월 의식은 계급적 경계를 넘어선 일 대 일의 만남 속에서 (자기) 기만적인 것으로 드러난다. 그럼에도 불구하고 「죽은 자를 되살리다」에서 개인적인 의무감은 확대되는데, 왜냐하면 장자는 그 남자의 생명에 대한 직접적인 책임을 지니기 때문이다. 장자는 이러한 만남의 시련을 통과하지 못한다. 그 남자가 짜증스러워하자 장자는 경찰을 불러 그를 법의 손에 맡기고 왕과 함께 철학을 이야기하기 위해 떠나간다. 장자의 철학은 평범한 인간의 생리적 요구에 대응하지 못할 뿐 아니라, (나아가) 그의 마지막 행위는 국가를 떠받치는 사회 제도와의 무의식적 공모를 암시한다.

『새로 엮은 옛이야기』에서의 문화 비판적 관점에서 보면 장자는 이 책의 모든 문화적 영웅 중 가장 혹독한 취급을 받는다. 그러나 장자의 (이야기 속 역할은) 『새로 엮은 옛이야기』에서 루쉰이 '옛날이야기'를 들려주는 행위와 현저한 유사성을 지닌다. 결국 부활한 해골이 하나의 육화된 시대착오가 아니고 무엇일 것인가? 꿔모뤄는 1940년 출판된 장편의 논문에서 장자와 루쉰 사이의 유사한 상상력에 착안하면서, 루쉰 문장 속에서의 무수한 장자 인용에서 드러나듯이 루쉰이 장자로부터 많은 영감을 받았다고 주장한다. 그런데 여기에서 조금 더 나아가『새로 엮은 옛이야기』를 좀 더 고무적으로 만드는 기법들——문화적 영웅들의 과감한 비개인화, 시대착오성, 그리고 무분별한 알레고리화——이 형식적으로 『장자』에 기원을 두고 있다고 가정해보는 것이 가능하다. 사실 『장자』에서 공자를 평가하는 것은 루쉰이 자신의 문화적 영웅들을 취급하는 것에 비해 더욱 존경심이 결여되어 있고, (역사적 고증도) 부정확하다. 심지어 루쉰이 장자의 철학을 부인할 때조차, 그는 장자의 창조성에 대한 자유스런 모델로부터 상당한 영감을 얻었었다. 그러나 (물론) 어떠한 유보가 없었던 것은 아니다. 사명이 장자에게 "당신은 완전히 진지하지도, 완전히 농담스러운 것도 아니다"라고 했을 때 그는 장자에게 "익살스러움"이라는 낯익은 비난을 던지는 것처럼 보인다. 루쉰은 이 마지막 이야기를 통해 자기가 당초 서문에서 지적하였던 우려를 환기시킨다.

포스트모더니즘의 새로운 문맥에서 루쉰의 "익살스러움으로의 전략"은 더 이상 변론을 필요로 하지 않으며, 대신 그의 익살은 어떠한 역사적, 그리고 미학적 긴박성의 불가피한 결론처럼 보인다. 루쉰은 당초 그의 표현적 잠재성을 확대하기 위해 고대의 전설과 이야기에 관심을 가졌으며, 그들을 통해 과거 그가 형식적 기법들을 시도하였던 기존의 소설들과는 구분되는 (새로운) 주제들을 취급하고자 하였다. 그러나 신화를 문화적·예술적 권위의 원천으로 사용하고자 하는 것이 그의 의도는 아니었다. 루쉰은 전통 문화의 식인적 본질에 대해 한시도 망각한 적이 없었으며, 따라서 그의 글은 전통적 원류에 대하여 지나치게 경애적인 태도를 부추기는 경향을 제어할 수 있는 형식적 기제를 찾고자 했다.『새로 엮은 옛이야기』에서 루쉰이 시대착오와 알레고리를 사용하는 것은 이러한 목적에 연유한다. 이들 기법을 통해 루쉰은 그가 재구하는 전설적 영웅들을 에워싸고 있던 신비주의적 베일을 벗겨버린다. 이러한 방식으로 루쉰은 자신의 창조적 목적을 위해 전해오는 전통의 파편들을 복원시키며, 과거와의 관계에서 새로운 의미의 무중력 상태를 확보한다.『새로 엮은 옛이야기』속의 이야기들은 실제적 '갈등'에 뿌리를 두고 있는데, 작품에서 표현되는 고뇌는 루쉰이 과중한 전통을 움켜잡으려는 데서 파생되는 것이 아니라, 그의 내면적인 창조의 충동을 도덕적이고 정치적인 책임 의식과 조화시켜내고자 하는 작가 자신의 고통스런 투쟁에서 비롯된다. 루쉰은 그가 현대인보다는 고대인을 존경하는 마음이 덜하기 때문에 (후자의 묘사에 있어) 익살스러움에 의존한다고 자신의 서문에서 밝히고 있다.

『새로 엮은 옛이야기』는 때로 혼란스런 새로운 지구 문화 속에서 창조성의 문제와 다시금 씨름하고 있는 중국 작가들에게 중요한 교훈을 제공한다. 전통과 민족성의 관계를 재평가하고자 하지만, 향수나 문화적 국수주의의 덫을 피하고자 하는 작가들에게, 문학적 잠재성을 확장하여 강렬하고 새로운 주체성을 표현하고자 하지만, 5·4 이후 중국 현대 문학이 떠맡아온 사회적 임무를 위배하기를 원치 않는 작가들에게. 이러한 새로운 작가들은 어린 여와의 변덕스런 창조성 속에서 중국 문화 복구의 중요한 업무에 적용될 수 있는 방식을 발견할 수 있을 것이다. 〔정진배 옮김〕

루쉰 연보

1881   9월 25일 절강성(浙江省) 소흥현(紹興縣) 성내(城內)
               동창방구(東昌坊口) 신태문(新台門)에서 출생. 본명은
               쪼우수런(周樹人), 아명은 쌍서우(樟壽). 부친 쪼우원
               위(周文郁), 모친 루루이(魯瑞)의 3남 중 장남.

1898   5월, 남경(南京)의 강남수사학당(江南水師學堂)에 입
               학.

1900   남경의 강남육사학당(江南陸師學堂) 부설 광무철로학
               당(礦務鐵路學堂)에 입학.

1902   4월, 국비 일본 유학생으로 선발되어 도일, 유학생 예
               비 학교인 동경홍문학원(東京弘文學院)에 입학.

1903   번역문 「스파르타의 혼」, 과학 논문 「라듐에 대하여」
               「중국지질약론(中國地質略論)」, 쥘 베른의 과학소설
               『달나라 여행』『지하 여행』의 번역 등을 유학생 잡지
               『절강조(浙江潮)』에 발표.

1904   8월, 센다이의학전문학교(仙臺醫學專門學校)에 입학.

1906   3월, 센다이의전을 중퇴. 6월, 일시 귀국하여 쭈안(朱
               安)과 결혼하고 다시 도일.

1907   산문 「악마파 시의 힘」「문화 편향론」 등을 써서 이듬
               해초 유학생 잡지 『하남(河南)』에 발표.

1909	러시아 및 동구의 소설을 번역하여 『역외 소설집(域外小說集)』 두 권을 출판. 8월에 귀국, 항주(杭州)의 절강양급사범학당(浙江兩級師範學堂) 교사로 취임하여 화학 및 생리위생학을 가르침.
1910	8월, 소흥부중학교(紹興府中學校) 교감으로 취임.
1911	10월, 신해 혁명으로 청나라가 멸망하고 중화민국 정부가 수립됨. 루쉰은 산회초급사범학교(山會初級師範學校) 교장으로 취임. 겨울에 한문소설 「회구(懷舊)」를 씀(1913년에 발표).
1912	2월, 남경 정부의 교육부 직원으로 취임. 5월, 북경 천도와 함께 북경으로 이주.
1918	5월, 단편소설 「광인 일기(狂人日記)」를 루쉰이라는 필명으로 『신청년(新靑年)』에 발표.
1919	단편소설 「쿵이지(孔乙己)」 「약(藥)」을 발표.
1920	단편소설 「내일(明日)」 「작은 사건(一件小事)」 「머리털 이야기(頭髮的故事)」 「풍파(風波)」를 발표. 가을 학기부터 북경대학과 북경사범대학에 출강.
1921	단편소설 「고향(故鄕)」을 발표. 12월 4일, 중편소설 「아Q정전(阿Q正傳)」의 연재 발표를 시작(다음해 2월 2일에 발표를 끝냄).
1922	5월, 러시아 작가 에로센코의 『동화집』을 번역 출판. 단편소설 「단오절(端午節)」 「흰빛(白光)」 「토끼와 고양이(兎和猫)」 「오리의 희극(鴨的喜劇)」 「마을 연극(社戲)」 「부주산(不周山)」(뒤에 「하늘을 깁다〔補天〕」로 개제)을 발표.
1923	8월, 15편의 중단편을 묶은 첫 창작집 『외침(吶喊)』을 출판. 북경여자고등사범학교(뒤에 북경여자사범대학

으로 개명)에 출강. 12월, 중국 문학 연구서『중국소설
사략(中國小說史略)』상권을 출판.

1924   단편소설「복을 비는 제사(祝福)」「술집에서(在酒樓
上)」「행복한 가정(幸福的家庭)」「비누(肥皂)」를 발표.
6월,『중국소설사략』하권을 출판.

1925   단편소설「장명등(長明燈)」「조리 돌리기」「까오 선생
(高老夫子)」「형제」「이혼(離婚)」을 발표. 10월, 단편
소설「고독한 사람(孤獨者)」「죽음을 슬퍼함(傷逝)」을
탈고(다음해에 창작집에 수록). 산문집『열풍』을 출
판.

1926   6월, 산문집『화개집(華蓋集)』을 출판. 8월, 북경을 떠
남. 9월, 하문대학(廈門大學) 문과 교수로 취임. 11편
의 단편소설을 묶은 두번째 창작집『방황(彷徨)』을 출
판. 9월, 단편소설「미간척(眉間尺)」(뒤에「칼을 만들
다〔鑄劍〕」로 개제)을 탈고(다음해 4월에 발표). 12월,
단편소설「달을 향하여(奔月)」를 탈고(다음해 1월에
발표).

1927   1월, 하문을 떠나 광주(廣州)로 감. 중산대학(中山大
學) 문과 교수로 취임. 산문집『화개집 속편』을 출판.
3월, 산문집『분(墳)』을 출판. 4월, 국민당 우파의 반
공 쿠데타 발발. 9월, 광주를 떠남. 10월, 상해에 도착
하여 쉬꽝핑(許廣平)과 동거를 시작.

1928   9월, 산문집『아침꽃을 저녁에 줍다』출판. 10월, 산문
집『이이집(而已集)』을 출판.

1929   4월, 루나차르스키의『예술론』일역본을 번역 출판.
비평 번역집『벽하역총(壁下譯叢)』을 출판. 10월, 루나
차르스키의『문예와 비평』일역본을 번역 출판.

1930	2월, 자유운동대동맹에 참가. 3월, 중국좌익작가연맹의 대표로 선임됨. 5월, 플레하노프의 『예술론』 일역본을 번역 출판.
1932	9월, 산문집 『삼한집(三閑集)』을 출판. 러시아 단편소설선 『수금(竪琴)』을 편역 출판. 10월, 산문집 『이심집(二心集)』을 출판.
1933	3월, 소설 선집 『루쉰 자선집』을 출판. 4월, 서간집 『양지서(兩地書)』를 출판. 7월, 산문 선집 『루쉰 잡감선(雜感選)』을 출판. 10월, 산문집 『위자유서(僞自由書)』를 출판.
1934	3월, 산문집 『남강북조(南腔北調)』를 출판. 8월, 단편소설 「공격하지 말라(非攻)」를 탈고. 12월, 산문집 『준풍월담(准風月談)』을 출판.
1935	3월, 고리끼의 『러시아의 동화』 일역본을 번역 출판. 5월, 산문집 『집외집(集外集)』을 출판. 9월, 산문집 『문외문담(門外文談)』을 출판. 11월, 단편소설 「홍수를 다스리다(理水)」를 탈고. 12월, 단편소설 「고사리를 캐다(採薇)」 「관문 밖으로(出關)」(다음 해 1월에 발표), 「죽은 자를 되살리다(起死)」를 탈고.
1936	1월, 8편의 단편소설을 묶어 세번째 창작집 『새로 엮은 옛이야기(故事新編)』를 출판. 6월, 산문집 『화변문학(花邊文學)』을 출판. 10월 19일, 지병인 폐병으로 서거.

수록 논문 출처

제1부 총론

전형준, 「소설가로서의 루쉰과 그의 소설 세계」: 「소설가로서의 魯迅과
　　　그의 소설 세계」, 『中國現代文學』 제10호(서울: 중국현대문학학
　　　회, 1996)를 수정 · 보완한 것임.

제2부 작가론 · 작품론

취츄바이, 「『루쉰 잡감 선집』 서언」: 취츄바이 자신이 편한 『魯迅雜感選
　　　集』(靑光書局, 1933)을 위해 쓴 서문으로서, 여기서는 본명 대
　　　신 허닝(何凝)이라는 필명을 사용하고 있다.

다께우찌 요시미, 「루쉰의 삶과 죽음」: 다께우찌 요시미의 저서 『魯迅』
　　　(東京: 未來社, 1961)의 서장 「死と生について」에서 발췌 번역
　　　한 것임.

마루야마 노보루, 「혁명 문학 논쟁에 있어서의 루쉰」: 마루야마 노보루
　　　의 저서 『魯迅と革命文學』(東京: 平凡社, 1972)의 제3장을 우리
　　　말로 옮긴 것임. 번역시 옌사오탕(嚴紹璗)의 중역본을 참조했
　　　음.

왕후이, 「절망에 대한 반항──루쉰 소설의 정신적 특징」: 「反抗絶望:
　　　魯迅小說的精神特徵」, 『無地彷徨』(浙江文藝出版社, 1994)을 발
　　　췌 번역한 것임.

첸리췬 · 왕첸쿤, 「사상가로서의 루쉰」: 「作爲思想家的魯迅」, 『中國現代

文學』제8호(서울: 중국현대문학학회, 1994)를 발췌 번역한 것
임. 이 글은 원래 『新論語──中國二十世紀思想文庫·魯迅卷』
의 편자 서문을 수정 보완한 것임.
왕푸런, 「「광인 일기」 자세히 읽기」: 「「狂人日記」細讀」, 『中國現代文學』
제6호(서울: 중국현대문학학회, 1992)를 우리말로 옮긴 것임.
마틴 앤더슨, 「루쉰의 익살맞은 영감──중국 현대 소설에서의 창조적
요구」: 이 글은 1991년 6월 24일 UCLA에서 개최된 중국현대문
학학술대회에서 발표된 논문임. 영문 제목 Lu Xun's Facetious
Muse: The Creative Inferative in Modern Chinese Fiction.

참고 문헌[1]

1. 국내외 단행본

丸山昇, 한무희 역, 『노신평전』, 일월서각, 1982.
王士菁, 신영복·유세종 역, 『魯迅傳』, 다섯수레, 1992.
南雲智, 정성호 역, 『천국은 여인의 가슴에 있다』, 우석출판사, 1993.
중국현대문학학회 편, 『노신의 문학과 사상』, 백산서당, 1996.

林非, 『魯迅前期思想發展史略』, 上海文藝出版社, 1978.
雪峰, 『魯迅的文學道路』, 湖南人民出版社, 1980.
樂黛云 編, 『國外魯迅研究論集』, 北京大學出版社, 1981.
劉再復, 『魯迅美學思想論稿』, 中國社會科學出版社, 1981.
李宗英·張夢陽, 『六十年來魯迅研究論文選』(上, 下), 中國社會科學出版
　　　社, 1981.
魯迅博物館魯迅研究室 編, 『魯迅年譜』(1, 2), 人民文學出版社, 1981.
王瑤 等著, 『北京大學記念魯迅百年誕辰論文集』, 北京大學出版社, 1982.
中國社會科學院文學研究所 編, 『魯迅研究資料索引』(上, 下), 人民文學

---

1) 이 서지는 루쉰에 관한 글만을 대상으로 했고 루쉰 자신의 글은 제외했다. 또한 그
　　범위를 국내외의 주요 단행본으로 제한했는데 그렇게 하지 않으면 서지가 너무나
　　방대해질 것이기 때문이다. 다만 국내의 관련 연구자들을 위해 국내의 석·박사
　　학위 논문 목록을 추가했다.

出版社, 1982.

孫玉石, 『野草研究』, 中國社會科學出版社, 1982.

許懷中, 『魯迅與中國古典小說』, 陝西人民出版社, 1982.

唐弢, 『魯迅的美學思想』, 人民文學出版社, 1984.

陳涌, 『魯迅論』, 人民文學出版社, 1984.

李何林, 『魯迅論』, 陝西人民出版社, 1984.

林志浩, 『魯迅研究』(上, 下), 中國人民大學出版社, 1986.

中國社會科學院文學研究所魯迅研究室 編, 『魯迅研究學術論著資料匯編 (1913~1983)』(全5卷), 中國文聯出版公司, 1987.

甘競存, 『魯迅研究概論』, 江蘇教育出版社, 1987.

王富仁, 『中國反封建思想革命的一面鏡子——'吶喊' '彷徨' 綜論』, 北京 師範大學出版社, 1988.

錢理群, 『心靈的探尋』, 上海文藝出版社, 1988.

林非, 『魯迅與中國文化』, 學苑出版社, 1990.

曾智中, 『三人行——魯迅與許廣平, 朱安』, 中國青年出版社』, 1990.

汪暉, 『反抗絕望——魯迅的精神結構與 '吶喊' '彷徨' 研究』, 上海人民出 版社, 1991.

王友琴, 『魯迅與中國現代文化震動』, 水牛圖書出版社業有限公司(臺灣), 1991.

王潤華, 『魯迅小說新論』, 東大圖書股有限公司(臺灣), 1992.

鄭心伶, 『魯迅學論稿』, 香港東西文化事業公司, 1992.

張效民 主編, 『魯迅作品賞析大辭典』, 四川辭書出版社, 1992.

袁良駿, 『當代魯迅研究史』, 陝西人民教育出版社, 1992.

彭小, 韓麗 編選, 『阿Q正傳 70年』, 北京十月文藝出版社, 1993.

王曉明, 『無法直面的人生』, 上海文藝出版社, 1993.

竹內好, 『魯迅』, 日本評論社, 1944(未來社, 1961).

丸山昇, 『魯迅——その文學と革命』, 平凡社, 1967.

丸山昇, 『魯迅と革命文學』, 紀伊國屋書店, 1972.

伊藤虎丸, 『魯迅と終末論』, 龍溪書舍, 1975.

今村與志雄, 『魯迅と傳統』, 勁草書房, 1976.

山田敬三, 『魯迅の世界』, 大修館書店, 1977.

竹內實, 『魯迅遠景』, 田畑書房, 1978.

伊藤虎丸, 『魯迅と日本人』, 朝日新聞社, 1983.

藤井省三, 『ロシアの影——夏目漱石と魯迅』, 平凡社.

藤井省三, 『魯迅——'故鄕'の風景』, 平凡社, 1986.

魯迅論集編輯委員會 編, 『魯迅研究の現在』, 汲古書院, 1992.

魯迅論集編輯委員會 編, 『魯迅と同時代人』, 汲古書院, 1992.

丸尾常喜, 『魯迅: '人' '鬼' の葛藤』, 岩波書店, 1993(중역본, 秦弓 역, 『人與鬼的糾葛』, 人民文學出版社, 1995).

伊藤虎丸, 孫猛 等 譯, 『魯迅, 創造社與日本文學』, 北京大學出版社, 1995.

V. I. Semanov, 『Lu Hsun and His Predecessor』, M. E. Sharpe Inc., 1980.

Leo Ou-fan Lee(ed.), 『Lu Xun and His Legacy』, Univ. of California Press. 1985.

Leo Ou-fan Lee, 『Voices from the Iron House——A Study of Lu Xun』, Indiana University Press, 1987(중역본, 尹慧珉 역, 『鐵屋中的吶喊』, 三聯書店〔香港〕, 1991).

2. 국내 석 · 박사 학위 논문

1) 석사 논문

김철수, 「魯迅硏究」, 성균관대학교 대학원, 1961.

이영자, 「魯迅小說硏究──작품에 나타난 민중상」, 서울대학교 대학원, 1970.

김명호, 「魯迅小說硏究」, 고려대학교 대학원, 1980.

박길장, 「魯迅『吶喊』硏究」, 한국외국어대학교 대학원, 1981.

김하림, 「魯迅 소설의 주제 사상 변모 과정 연구」, 고려대학교 대학원, 1982.

박민웅, 「魯迅 소설의 인물 연구──『吶喊』과 『彷徨』의 민중과 지식인을 중심으로」, 연세대학교 대학원, 1983.

劉麗雅, 「春園과 魯迅 비교 연구」, 서울대학교 대학원, 1984.

劉春花, 「魯迅有關婦女作品硏究」, 성균관대학교 대학원, 1984.

백원담, 「魯迅雜感文硏究」, 연세대학교 대학원, 1984.

한병곤, 「「阿Q正傳」 硏究──성격 창조를 중심으로」, 전남대학교 대학원, 1984.

문정욱, 「魯迅 문학의 배경」, 고려대학교 대학원, 1985.

윤영근, 「魯迅 초기 소설에 나타난 인물 연구」, 단국대학교 대학원, 1985.

허경인, 「魯迅 소설의 문예성 연구」, 연세대학교 대학원, 1986.

조영태, 「魯迅 소설의 기법 연구」, 명지대학교 대학원, 1988.

장혜경, 「魯迅 '雜文'의 예술성 연구」, 단국대학교 대학원, 1989.

정동관, 「前期 魯迅 雜文에 반영된 인문주의 연구」, 영남대학교 대학원, 1989.

이영동, 「魯迅 작품에 반영된 사상 연구」, 명지대학교 대학원, 1989.

이광욱, 「魯迅의 『吶喊』 연구」, 경희대학교 대학원, 1990.
홍석표, 「魯迅의 초기 문학 사상 형성 연구」, 서울대학교 대학원, 1993.
서광덕, 「前期 魯迅의 중국 전통 문화 관념 연구」, 연세대학교 대학원, 1993.
이금선, 「魯迅 前期 雜文의 주제 의식과 예술 특성 연구」, 한국외국어대학교 대학원, 1993.
박자영, 「魯迅 前期 소설과 근대성 문제」, 연세대학교 대학원, 1995.
정진희, 「魯迅의 西學 수용과 역사 인식의 전변——일본 유학 시기를 중심으로」, 고려대학교 교육대학원, 1995.
공번정, 「魯迅 소설의 인물 형상 연구」, 경북대학교 대학원, 1996.

2) 박사 논문
김용운, 「魯迅 창작 의식 연구」, 성균관대학교 대학원, 1990.
유세종, 「魯迅 『野草』의 상징 체계 연구」, 한국외국어대학교 대학원, 1993.
김하림, 「魯迅 문학 사상의 형성과 전변」, 고려대학교 대학원, 1993.
유중하, 「魯迅 前期 문학 연구」, 연세대학교 대학원, 1993.
엄영욱, 「魯迅 문학의 현실주의 연구」, 전남대학교 대학원, 1993.
한병곤, 「魯迅 雜文 연구」, 전남대학교 대학원, 1995.
조경란, 「중국의 진화론 수용과 역사 인식의 전변——嚴復, 梁啓超, 章炳麟, 魯迅을 중심으로」, 성균관대학교 대학원, 1995.
홍석표, 「중국의 근대 문학 의식 형성에 관한 연구——胡適의 白話文 운동과 魯迅의 소설 창작을 중심으로」, 서울대학교 대학원, 1996.

필자 · 역자 소개

〔* 논문 게재순〕

전형준
충북대학교 중문과 교수.
저서 『현대 중국 문학의 이해』 『현대 중국의 리얼리즘 이론』, 역서 『아Q정전』.

취츄바이 (瞿秋白)
중국의 정치가, 문학비평가.
중국 공산당 서기장으로 있다가 숙청된 뒤 문학비평가로 활동함.
1930년대 전반 좌익작가연맹의 중심적 이론가였음.

김시준
서울대학교 중문과 교수. 현재 중국현대문학학회 회장.
저서 『중국 현대 문학사』 『중국 현대 문학론』 (공저), 역서 『루쉰 소설 전집』.

다께우찌 요시미 (竹內好)
일본의 중국 문학자, 문학비평가, 사상가.
전후 일본의 대표적 사상가로서 동경대학교 중문과 교수 역임. 저서 『魯迅』 『中國革命の思想』, 편저 『アジア主義』, 역서 『魯迅文集』.

백영길
고려대학교 중문과 교수.
논문「胡風 ‘主觀戰鬪精神’ 論의 成立」외 다수.

마루야마 노보루(丸山昇)
동경대학교 중문과 교수 역임. 현재 櫻美林 대학 교수.
저서『魯迅──その文學と革命』『魯迅と革命文學』.

박재우
외국어대학교 중문과 교수.
저서『중문학 어떻게 공부할까』(공저), 『史記漢書比較研究』, 논문
「노신의 인생 체험과 문학 의식」외 다수.

왕후이(汪暉)
중국사회과학원 문학연구소 연구원.
저서『反抗絶望』『無地彷徨』.

이욱연
고려대학교 중문과 강사.
역서『아침꽃을 저녁에 줍다』, 논문「郭沫若 · 徐志摩 문학의 ‘근대의
식’ 비교 연구」외 다수.

첸리췬(錢理群)
북경대학교 중문과 교수.
저서『心靈的探尋』『中國現代文學三十年』(공저), 『二十世紀中國文學
三人談』(공저).

왕첸쿤(王乾坤)
무한(武漢) 사회과학원 철학연구소 소장.

왕푸런(王富仁)
북경사범대학교 중문과 교수.
저서『中國反封建思想革命的一面鏡子』『靈魂的掙扎』.

유세종
한신대학교 중국학과 교수.
역서『들풀』, 논문「魯迅『野草』의 상징 체계 연구」외 다수.

마턴 앤더슨 Marston Anderson
미국의 중국 문학자, 예일 대학 교수 역임.
저서 『*The Limits of Realism: Chinese Fiction in the Revolutionary Period*』.

정진배
연세대학교 중문과 교수.
논문「Korean and Chinese Experience of Marxism: Hermeneutic Problems and Cultural Transformation」외 다수.